Ocean Beach

Michelle Richmond

Ocean Beach

Vertaald door Catalien en Willem van Paassen

ARCHIPEL

Amsterdam · Antwerpen

L 2. 04. 2007

Omslagontwerp: Nico Richter
Omslagfoto: © Simon Larbalestier / Getty Images

ISBN 978 90 6305 259 1 / NUR 302
www.uitgeverijarchipel.nl

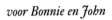

voor Bonnie en John

'Zoekercamera's hebben een simpele zoeker van plastic of glas die je niet kunt scherpstellen. De zoeker zit net boven of naast de lens en geeft bij benadering aan hoe de foto eruit zal gaan zien (hoewel sommige parallaxproblemen – het verschil tussen wat het oog door de zoeker ziet en wat daadwerkelijk door de lens wordt vastgelegd – zichtbaar zijn op het ontwikkelde negatief of de afdruk).'

– Henry Horenstein, *Black and White Photography: A Basic Manual*

'Het licht van het geheugen, of liever het licht dat het geheugen aan dingen verleent, is het bleekste licht van allemaal...'

– Eugene Ionesco, *Présent Passé, Passé Présent*

I

Dit is de waarheid, dit is wat ik weet: we liepen op Ocean Beach, hand in hand. Het was een zomerse ochtend, koud, juli in San Francisco. De mist lag dik en wit over het zand en de oceaan; een alles omhullende mist die zo dik was dat ik amper een meter voor me uit kon zien.

Emma zocht zanddollars. Soms spoelen ze met tientallen tegelijk aan, gaaf en verblindend wit, maar die dag was het strand bezaaid met gebroken helften en kwarten. Emma was teleurgesteld. Ze is een kind dat dingen het liefst in een perfecte staat ziet: zanddollars moeten heel zijn, schoolboeken moeten smetteloos zijn, haar vaders haar moet netjes geknipt zijn en net boven z'n kraag vallen.

Ik dacht aan haar vaders haar, het zachte donkere randje waar het zijn nek raakt, toen Emma aan mijn hand trok. 'Vlug,' zei ze.

'Vanwaar die haast?'

'Straks spoelen de golven ze weg.'

Hoewel we tot nu toe geen geluk hadden, dacht Emma dat verderop op het strand een schat aan puntgave zanddollars moest liggen.

'Zullen we anders naar Louis' Diner gaan?' vroeg ik. 'Ik heb honger.'

'Ik niet.'

Ze probeerde haar vingers los te wurmen en haar hand terug te trekken. Vaak vond ik, al zei ik het nooit hardop, dat haar vader haar te veel verwende. Ik begreep waarom: ze was een moederloos kind, en dat probeerde ze te compenseren.

'Laat me los,' zei ze, terwijl ze haar hand in de mijne draaide, met verrassend veel kracht.

Ik boog me omlaag en keek haar aan. Haar groene ogen blikten vastberaden terug. Ik wist dat ik hier de volwassene was. Ik was groter, sterker, verstandiger. Maar ik wist ook dat als het op wilskracht aankwam, Emma altijd van me zou winnen. 'Blijf je in de buurt?' 'Ja.' Ze glimlachte nu ze wist dat ze had gewonnen. 'Zoek maar een mooie zanddollar voor me.' 'Ik zal je de allergrootste geven,' zei ze terwijl ze haar armen wijd uitspreidde.

Ze huppelde weg, dat kleine, zesjarige mysterie, die briljante vrouwelijke replica van haar vader. Ze neuriede een liedje dat we een paar minuten eerder op de radio hadden gehoord. Ik keek naar haar en voelde een golf van geluk en angst door me heen gaan. Over drie maanden zou ik met haar vader trouwen. We hadden haar nog niet uitgelegd dat ik permanent bij hen zou intrekken. Dat ik haar ontbijt zou maken, haar naar school zou brengen en naar haar ballet-uitvoeringen zou gaan, zoals haar moeder vroeger deed. Nee, zoals haar moeder had moeten doen.

'Je bent goed voor Emma,' zei Jake altijd graag. 'Je zult een veel betere moeder zijn dan mijn ex ooit is geweest.' En ik dacht elke keer: hoe weet je dat nu? Waarom ben je daar zo zeker van? Ik keek naar Emma met haar gele emmertje, haar blauwe linnen schoenen, haar zwarte staartje dat zwiepte in de wind terwijl ze bij me weg rende en ik dacht: hoe moet dat? Hoe word ik een moeder voor dit meisje?

Ik hief de Holga voor mijn oog en besefte terwijl de sluiter klikte – één keer, zachtjes, als een speeltje – dat Emma zou worden gereduceerd tot een wazige 6x6 in zwart-wit. Ze liep te hard, er was te weinig licht. Ik haalde de transportknop over, drukte af en spoelde weer door. Tegen de tijd dat ik de ontspanner voor het laatst indrukte, was ze bijna verdwenen.

2

En dit is nu de fout, mijn ergste moment van falen. Als elk mens een beslissing heeft die hij koste wat kost zou willen terugdraaien, dan is dit de mijne: mijn oog viel op een vorm in het zand. Eerst leek het op iets wat was weggegooid: misschien een kinder-t-shirt of een heel klein dekentje. Instinctief bracht ik de camera naar mijn oog, want dat is mijn werk: ik neem foto's voor de kost, ik leg vast wat ik zie. Terwijl ik erheen liep, kwam het harige kopje in beeld, de gebogen rug, de zwarte vlekken op de witte vacht. De kleine gedaante was met zand bestrooid, zijn kopje wees mijn kant op en zijn zwempoten lagen elegant langs zijn zij. Ik knielde naast het zeeleeuwenjong, strekte mijn hand uit om hem aan te raken, maar iets weerhield me. De natte zwarte ogen, open en starend, knipperden niet. Stekelige snorharen waaierden uit aan weerskanten van z'n gezicht en drie lange wimperharen boven elk oog bewogen in de wind. Toen zag ik de grote snee over z'n buik, die bijna geheel door zand werd verborgen, en voelde ik een soort moederlijke drang in me opborrelen. Hoe lang bleef ik bij het zeeleeuwenjong staan? Dertig seconden? Een minuut? Langer?

Een klein zandkrabbetje schuifelde over het zand bij mijn teen. De aanblik ervan deed me denken aan die miniatuurschepseltjes waarmee het strand bij Gulf Shores bezaaid was toen ik klein was. Mijn zusje Annabel bewaarde ze in weckpotten waarin we hun roze buikjes bewonderden als ze eruit probeerden te kruipen, hun pootjes tikkend tegen het glas. Dit krabbetje maakte een kuiltje in het zand en verdween vervolgens; op z'n hoogst gingen er tien seconden voorbij. Ik keek oostwaarts in de richting van het park, waar de mist abrupt ophield en op een stralend blauw botste. Ik was naar deze stad overgeplant vanuit het zonnige, broeierige zuiden en was van de mist gaan houden, van zijn indrukwekkende aanwezigheid en de manier waarop hij geluiden dempte. Van de manier waarop hij zomaar ophoudt in plaats van langzaam op te trekken, ondoorzichtig wit dat ineens wijkt voor helderheid. Als je vanuit de mist het zonlicht in stapt, heb je het gevoel dat je bent verrezen. In omgekeerde richting lijkt het alsof je wegzinkt in een mysterieuze, sprookjesachtige afgrond.

Vlak achter het strand, langs de Great Highway, leidde een lijkwagen een stoet auto's zuidwaarts naar Pacifica. Ik moest denken aan de laatste begrafenis waar ik was geweest, van een gezonde man, achter in de twintig, die zijn nek had gebroken bij een ongeluk tijdens het bergbeklimmen; hij was een vriend van een vriend, niet iemand die ik goed kende, maar omdat ik twee weken voor het ongeluk met hem had gepraat tijdens een etentje, leek het gepast om naar zijn begrafenis te gaan. Deze herinnering nam nog vijf seconden in beslag.

Ik keek vooruit, waar Emma zou moeten zijn, maar zag haar niet. Ik begon te lopen. Alles was verzadigd van een koel wit en het was onmogelijk om afstand te bepalen. Ik klemde de plastic Holga vast en stelde me de prachtige foto's voor die ik zou nemen, het diepe zwart van Emma's haar tegen het koude witte strand.

Ik moest aan de dode jonge zeeleeuw denken, aan hoe ik het Emma zou uitleggen. Ik dacht dat dit iets was waarvan moeders instinctief wisten hoe het moest. Dit zou een test zijn, de eerste van vele; op dat moment dacht ik niet alleen maar aan Emma. Ik begon sneller te lopen, benieuwd of ze de zeeleeuw had gezien; het was iets goeds voor haar om vandaag te zien, alleen op het strand, met mij. Ik wilde dat ze zou schrikken van het dode zeeleeuwenjong zodat ik met veel gevoel in de rol van stiefmoeder kon stappen.

Ik weet niet precies wanneer ik besefte dat er iets mis was. Ik bleef maar lopen en zag haar niet. Ik duwde mijn handen voor me uit, hoewel ik op hetzelfde moment besefte hoe absurd dat gebaar was, alsof een stel handen de mist kon scheiden.

'Emma!' riep ik.

De paniek sloeg niet meteen toe. Nee, dat zou een paar seconden, bijna een volle minuut duren. Eerst was er alleen een geleidelijk afglijden, een draaierig gevoel, zoals het gevoel dat ik als kind altijd kreeg wanneer ik tot aan mijn knieën in het warme water van de

Golf van Mexico stond, mijn ogen dichtkneep tegen de withete zon boven Alabama en de golven het kleine platform onder mijn voeten lieten afkalven. Eerst verdween het zand onder de holten, daarna de tenen en ten slotte verloor ik mijn evenwicht en viel ik voorover in de branding, waarbij mijn mond vol zeewater liep en ik mijn ogen opensperde om de heldere, tollende wereld te zien.

'Emma!'

Ik riep harder, voelde het bewegende, onbetrouwbare zand onder mijn voeten. Ik rende vooruit en toen weer terug, in mijn eigen voetspoor. Ze verstopt zich, dacht ik. Ze heeft zich ongetwijfeld verstopt. Een paar meter van het dode zeeleeuwenjong vandaan stond een betonnen strandmuur, vol graffiti. Ik rende naar de muur. Ik zag voor me hoe ze erachter hurkte, giechelend, met haar volle emmertje op haar knieën. Dit beeld was zo duidelijk en leek zo waarachtig dat ik bijna geloofde dat ik het echt had gezien. Maar toen ik bij de muur kwam, was ze er niet. Ik leunde ertegenaan, voelde mijn ingewanden samentrekken en braakte in het zand.

Ik kon vanaf waar ik stond de contouren zien van de openbare toiletten op het strand. Terwijl ik erheen rende, had ik een angstig gevoel. Ik wist al dat de zoektocht op een of andere manier was veranderd. Ik stak de tweebaansweg over en keek in het damestoilet, dat donker en leeg was. Daarna liep ik om naar de kant van de mannen. De vensters waren van matglas; er viel schemerig licht op de tegelvloer. Ik stak mijn hand in de vuilnisbak, op zoek naar haar kleren, haar schoenen. Op handen en voeten keek ik onder de urinoirs, terwijl ik mijn adem inhield tegen de stank. Niets.

Toen ik weer overstak naar het strand, beefde ik. M'n vingers leken gevoelloos, m'n keel voelde droog. Ik klom naar de top van een duin en liep terug in kringen, maar zag niets dan ondoordringbare witte mist, hoorde niets dan het zachte gezoem van auto's op de Great Highway. Ik stond even stil.

'Denk na,' zei ik hardop. 'Geen paniek.'

Voor me was nog meer mist, ongeveer achthonderd meter strand en daarna de heuvel die naar het Cliff House, de Camera Obscura, de ruïne van de Sutro Baths en Louis' Diner voerde. Rechts was het lange trottoir, de snelweg en daarachter Golden Gate Park. Achter me, kilometers strand. Links van me, de Grote Oceaan, grijs en schuimend. Ik stond in het hart van een in mist gehulde doolhof met onzichtbare wanden en oneindig veel mogelijkheden. Ik dacht: een kind verdwijnt op het strand. Waar gaat dat kind naartoe?

3

Ik zal steeds weer naar dat moment terugkeren. Ik zal een notitie-boekje bijhouden waarin ik de details opschrijf. Het zal onbeholpen schetsen, grafieken van tijd en beweging bevatten, de ene na de an-dere bladzijde waarop ik probeer het verleden te achterhalen. Ik zal doen alsof het geheugen betrouwbaar is, alsof het niet zo snel en grondig wegbrokkelt als de korrelige lijnen van een magisch teken-bord. Ik zal mezelf voorhouden dat er, diep weggeborgen in de in-gewikkelde doolhof van mijn geest, een detail, een aanwijzing, een klein verloren ding ligt dat me naar Emma zal leiden.

Later zullen ze het precieze moment willen weten waarop ik merkte dat ze zoek was. Ze zullen willen weten of ik iets ongebrui-kelijks zag op het strand, of ik iets hoorde op het moment vlak voor of na haar verdwijning. Zij – de politie, de verslaggevers, haar vader – zullen me keer op keer dezelfde vragen stellen terwijl ze me wan-hopig in de ogen kijken, alsof ik het me door die herhaling zal gaan herinneren, alsof ze door dwang of wilskracht aanwijzingen tevoor-schijn kunnen toveren die er niet zijn.

Dit is wat ik ze vertel en dit is wat ik weet: ik liep met Emma op het strand. Het was koud en heel mistig. Ze liet m'n hand los. Ik stond stil om een foto van een jonge zeeleeuw te maken, en keek toen omhoog naar de Great Highway. Toen ik weer naar haar keek, was ze verdwenen.

De enige aan wie ik het hele verhaal vertel, is mijn zusje Annabel. Alleen mijn zusje zal weten dat ik tien seconden heb verspild aan een zandkrabbetje en vijf aan een begrafenisstoet. Alleen m'n zusje zal weten dat ik wilde dat Emma de dode zeeleeuw zou zien, dat ik op het moment vlak voor ze verdween, een plan bedacht om haar liefde te winnen. Tegenover anderen kies ik m'n woorden zorgvuldig en scheid ik de belangrijke details van verwarrende, onbeduidende zaken. Hun presenteer ik deze versie van de waarheid: er is een meisje, ze heet Emma, ze loopt op het strand. Ik kijk opzij, er verstrijken een paar seconden. Als ik terugkijk, is ze verdwenen.

Dit ene moment ontvouwt zich als een bloem in een reeks time-lapse-foto's, als een complex doolhof. Ik sta in het hart van het labyrint en kan niet zien welke paadjes doodlopend zijn en welk pad naar het vermiste kind leidt. Ik weet dat ik me door m'n geheugen moet laten leiden. Ik heb maar één kans om het goed te doen.

Het eerste verhaal dat ik vertel, de eerste aanwijzing die ik onthul, zal de richting van de zoektocht bepalen. Het verkeerde detail, de verkeerde aanwijzing, zal onvermijdelijk tot verwarring leiden, terwijl de juiste aanwijzing naar een prachtig kind leidt. Moet ik de politie vertellen over de postbode op de parkeerplaats, de motorfiets, de man in de oranje Chevelle, het gele busje? Of gaat het juist om de lijkwagen, de strandmuur, de golf? Hoe maak je onderscheid tussen het relevante en het irrelevante? Een vergissing in het verhaal, een foutje in de keuze van details en alles stort in elkaar.

4

Het oppervlak van een cirkel is gelijk aan PI maal de straal in het kwadraat. Tijd is een continuüm, dat zich oneindig naar voren en naar achteren uitstrekt. Die dingen heb ik op school geleerd.

Dr. Thomas Swayze, een inspirerende man met een twijfelachtige reputatie, die zijn doctorstitel via de post zou hebben verkregen, tekende voor een eerste klas van de Murphy High School een gigantische cirkel op het bord. Op de rand van die cirkel en op een rechte lijn die hij van het middelpunt naar de rand van de cirkel had getrokken krabbelde hij cijfers en formules. Z'n biceps spande aan, waardoor het witte mouwtje van zijn T-shirt strak trok. 'Straal, diameter, omtrek,' zei hij, waarbij zijn FM-radiostem bij mij zoete puberale verlangens wekte. Hij keerde zijn gezicht naar de klas en rolde het glanzende witte krijtje van zijn ene hand in de andere terwijl hij me recht aankeek.

De zon scheen door een lange rij ramen en zette het koperkleurige haar van het meisje voor me in vuur en vlam; ze rook naar Juicy Fruit-kauwgum. Mijn hand lag op de lessenaar in een poel van brandend licht; rond mijn hele duimnagel zaten bloedvlekjes waar ik de huid aan flarden had geknauwd. Een gestaag, gekmakend gezoem in mijn hoofd. Dr. Swayze keerde zich naar het bord. Een of ander verborgen object vormde een vage en perfecte cirkel op de achterzak van zijn spijkerbroek.

'En het grootste daarvan is het oppervlak,' zei hij. Mijn knieën schoven uit elkaar en ik voelde hoe zich kleine plasjes zweet vormden op de plastic zitting onder mijn dijen.

Jaren eerder had Mrs. Monk, mijn juf in groep drie, de wijzers van een gigantische kartonnen klok bewogen en de deugden van de tijd geprezen. Seconden waren zandkorrels, zei ze. Minuten waren kiezels. Uren waren de bakstenen waarvan verleden, heden en toekomst zijn gemaakt. Ze had het over dagen en jaren, decennia, eeuwen. Ze had het over het millennium, als we allemaal groot zouden zijn. Ze spreidde haar grote armen wijd uit en fluisterde het woord *eon*. In ons noodlokaal sputterde de airconditioning zachtjes tegen de hitte van april in Mobile; Mrs. Monk, onderwijzeres van het jaar in 1977, preekte en gloeide en zweette.

Ik zat achter mijn houten lessenaartje en keek omhoog naar die enorme cirkel met zijn voor eeuwig gevangen wijzers en begon te huilen. Ze kwam naar me toe en legde warme, vochtige vingers in mijn nek. 'Wat is er met je, Abby?' vroeg ze. Ik leunde tegen haar gulle, moederlijke middel, begroef mijn gezicht in diepe plooien polyester en bekende: 'Ik begrijp de tijd niet.' Het was niet de klok zelf die me in verwarring bracht, niet het halve uur en kwart voor, het vijf voor en tien over, maar eerder de wezenlijke aard van de tijd. Ik beschikte niet over de woorden om dit aan Mrs. Monk uit te leggen.

Wat me het meest verwarde waren de verloren tijdspannen tussen naar bed gaan en wakker worden, die duistere uren waarin mijn geest fantastische en vreselijke reizen ondernam. Ik wist dat de tijd een plaats was waar je kon verdwalen, een plaats waar gruwel en geluk eindeloos door konden gaan, maar als ik wakker werd, zag mijn moeder er hetzelfde uit, was mijn zusje Annabel niet ouder geworden en stond mijn vader op en trok hij zijn pak aan om naar zijn werk te gaan alsof er niks was veranderd. Ik dacht dat ik in een andere wereld dan zij leefde, dat mijn familie sliep terwijl ik reisde. Ik voelde een grote verantwoordelijkheid op mij rusten, alsof ik was uitverkoren om een last voor mijn hele familie te torsen.

Mrs. Monks stem bleef me bij en nog lang nadat ik klok had leren kijken, was ik geraakt door het gestage, onstuitbare tempo van de klok. Toen ik in dr. Swayzes lokaal zat en naar de saaie klok van chroom aan de wand boven het bord keek, wou ik dat ik hem op een of andere manier kon laten stoppen, om de dagen langer te maken.

'Hoe meten we het oppervlak van een cirkel?' vroeg dr. Swayze.

Ik stel me zo voor dat een cirkel begint als een kosmische speldenpunt, zo klein als het lichaam van een kind. Het kind staat gebogen op het strand en pakt een zanddollar op. Er verschijnt een lange gedaante in de mist. Een hand drukt de mond van het kind dicht, een sterke arm tilt haar op. Met elke stap die de vreemde neemt, wordt de cirkel groter. Met elke seconde groeit het aantal mogelijkheden.

Waar is het kind? Het antwoord ligt in een gekmakende vergelijking: PI maal de straal in het kwadraat.

5

De kamer is klein, met stoelen van hard plastic en een betonnen vloer. In de hoek staat een vreemde eend in de bijt, die daar misschien is neergezet door een secretaresse of een zorgzame echtgenote: een mozaïekbijzettafeltje en een mooi lampje. Het peertje klikt en zoemt als er een mot onder de kap fladdert. Een grote metalen klok tikt de seconden weg. Jake is in een andere kamer, achter een gesloten deur, vastgebonden aan een of ander apparaat. De man van de leugendetector stelt hem vragen, registreert zijn hartslag en let op signalen van een verborgen motief, een zorgvuldig verborgen leugen.

'We moeten eerst de familie elimineren,' zei rechercheur Sherburne gisteravond. 'Negen van de tien keer is het de moeder, of de vader, of beiden.' Terwijl hij dit zei lette hij op mijn ogen en keek of ik knipperde, wat niet zo was.

'Ik ben niet de moeder,' zei ik. 'Niet eens de stiefmoeder. Nog niet. De moeder is er drie jaar geleden vandoor gegaan. Zoekt u haar?'

'We houden overal rekening mee.'

De klok tikt, de cirkel wordt groter en ik wacht op mijn beurt.

Her en der in het bureau staan agenten, alleen of met z'n tweeën. Ze drinken koffie uit piepschuimen bekertjes en wippen van de ene voet op de andere, praten snel, maken persoonlijke grapjes. Eentje staat er met zijn hand op zijn wapen, met de palm lichtjes om het metaal gesloten, alsof het wapen zelf een verlengstuk van zijn lichaam is. Gisteren haastte Jake zich naar huis vanuit Eureka, waar hij het weekend zou doorbrengen met een vriend. We waren tot diep in de nacht op het politiebureau om formulieren in te vullen en vragen te beantwoorden; we namen alle details door. Het is nu acht uur 's ochtends. Er zijn tweeëntwintig uur verstreken. Wie is er aan het zoeken terwijl ik hier zit te wachten?

Het is geen geheim dat hoe langer een kind is vermist, hoe moeilijker het wordt het te vinden. Het gevaar neemt met de seconde toe. De tijd is de beste vriend van de kidnapper en de geduchtste vijand van de familie. De kidnapper beweegt zich met elke minuut die verstrijkt verder weg in een onwaarneembare richting, en het gebied dat moet worden doorzocht, de diameter van de mogelijkheden, wordt groter.

Gistermiddag kwam Sherburne binnen tien minuten na de eerste patrouillewagen aan bij het Beach Chalet en hij nam onmiddellijk de leiding. Nu zit hij achter zijn bureau, gekleed in een lichtblauw overhemd en een vreemde, iriserende das, vast een cadeautje dat hij zich verplicht voelt te dragen. Ik stel me hem bij hem thuis voor, als hij zich klaarmaakt om naar zijn werk te gaan te midden van de huiselijke chaos. Ik zie een gelukkige echtgenote voor me, een paar heel keurige kinderen. Er gaat iets geruststellends uit van zijn aanwezigheid. Hij doet me denken aan Frank Sinatra, met zijn brede voorhoofd en onberispelijke kapsel, zijn afhangende blauwe ogen. Hij beweegt zich met een soort ouderwetse elegantie.

Ik vang zijn blik. Hij steekt een hand op met gespreide vingers en vormt met zijn mond geluidloos de woorden 'vijf minuten'. Hij pakt zijn koffie, brengt het bekertje naar zijn mond, neemt een slokje en zet het weer neer. Er zijn weer zes seconden verstreken. Stel dat Emma in een auto zit die 100 kilometer per uur rijdt. In zes seconden legt een auto die 100 kilometer per uur rijdt, zo'n 150 meter af. Neem daar het kwadraat van en vermenigvuldig het met PI. In de tijd die het hem kostte een slokje te nemen, heeft het zoekgebied zich vergroot met ruim 80.000 vierkante meter. Als elk slokje nog eens 80.000 vierkante meter is en er honderd slokjes in een beker zitten, hoe groot zal dan de cirkel zijn als hij zijn koffie op heeft en hoeveel bekertjes zou hij moeten drinken om de cirkel tot rond de aardbol uit te breiden?

Ik ga alle mogelijkheden van mensen in beweging na. Nam de kidnapper Emma bij de hand mee? Pakte hij haar op? Als dat laatste het geval was, wat is dan de lengte van zijn pas? Hoeveel meter kan hij in een minuut afleggen? Hoe ver is hij te voet gegaan? En wat was de afstand tot zijn auto? Heeft ze zich verzet en zo ja, heeft dat hem vertraagd? Probeert hij haar zoet te houden als ze honger heeft?

Ik stel me een busje voor dat is gestopt bij een restaurantje aan een stoffige weg. Binnen zitten een schimmige figuur en een meisje. Ze zijn aan het ontbijten. Misschien wil hij haar vertrouwen winnen, dus eet het meisje pannenkoekjes met chocoladesnippers en een ongezonde portie stroop, misschien zelfs chocolademelk. Zal Emma eraan denken langzaam te eten om hun vertrek uit te stellen? Neem de tijd, denk ik en ik pers die boodschap telepathisch door de leegte. Kauw goed op elke hap. Er schiet me een liedje te binnen van het zomerkamp in de Carolina's toen ik een ongelukkig lid van de Girls in Action was: 'Kauw vijftig keer op elke hap en neem dan een slokje sap.' Tijdens die minuten in het restaurant bewegen ze zich nergens heen; de klok staat stil, de cirkel blijft gelijk.

Dit is niet de enige mogelijkheid. De politie neigt al naar een verdrinkingstheorie.

Kort nadat gisteren de politie was gearriveerd, verscheen er een boot van de kustwacht. Ik stond op het strand vragen te beantwoorden en zag hoe de boot door het ijskoude water ploegde. Boven mijn hoofd kwam een oranje helikopter aangezeild vanuit het noorden. Zijn neus wees naar de oceaan en het luide wapwap van zijn wieken deed me denken aan films over Vietnam. Uren later, toen het begon te schemeren, verdween de boot van de kustwacht. De oceaan lag blauwzwart onder een donker wordende lucht en er was een wind opgestoken die de mist naar het oosten dreef. Terwijl het zand in mijn gezicht en hals sloeg, piekerde ik over Emma's trui, die niet warm genoeg was bij zo'n harde wind. Ik hoopte dat ze sokken had gedragen, maar kon het me niet herinneren.

Op een gegeven moment kwam Jake. Ik weet niet meer hoe dat gebeurde, alleen dat hij er een hele tijd niet was en toen opeens wel. Rood en blauw licht van de patrouillewagens flitste over het donkere strand. Er was de sterke geur van creosoot van een kampvuur verderop. Er kwamen een paar surfers uit het water; hun lichamen rank en gestroomlijnd in de zwarte wetsuits. De politie ondervroeg hen een voor een.

Ten slotte kwam er iemand van de kustwacht naar ons toe. Zijn uniform zag er keurig gestreken uit, ondanks het feit dat hij de hele dag had gewerkt.

'We kunnen niet veel doen in het donker,' zei hij. 'We gaan morgenvroeg weer verder.'

'Als ze daar ergens is,' vroeg Jake, 'hoe groot is dan de kans dat jullie haar vinden?'

De kustwachter tuurde omlaag en groef de neus van zijn schoen in het zand. 'Moeilijk te zeggen; dat hangt af van het tij. Soms spoelt een drenkeling aan op het strand, soms ook niet.'

'Emma is doodsbang voor water,' zei ik, terwijl ik Jake met mijn blik om bevestiging vroeg. 'Ze zou er nooit naartoe zijn gelopen.'

Sherburne keerde zich naar me toe. De blaadjes van zijn gele notitieblokje flapperden in de wind.

Ik vertelde hoe ik Emma onlangs naar het verjaarspartijtje van een bazig meisje, Melissa genaamd, had gebracht. Gillende kinderen speelden tikkertje in een geel betegeld zwembad in Millbrae, terwijl Emma in kleermakerszit op een ligstoel zat en een lieveheersbeestje treiterde dat in haar limonade was gevallen. 'Ze weigerde het zwembad in te gaan,' zei ik. Ik zag Emma voor me in haar blauwe badpak, zoals ze daar zat, duidelijk als een kiekje. Zo nu en dan keek ze met toegeknepen ogen naar het glinsterende zwembad en bewoog ze haar voet een klein stukje, alsof ze de moed had verzameld erin te gaan, maar ze deed het niet. Toen ik haar in de auto op weg naar huis vroeg of ze het leuk had gehad, legde ze haar magere voetjes op het dashboard en zei: 'Ik vind die Melissa stom.'

Sherburne keek me meewarig aan, alsof hij wou zeggen dat dit geen enkel bewijs was. Maar aan de manier waarop hij zijn hoofd liet zakken en een hand op Jakes schouder legde, kon ik zien dat hij me graag wilde geloven.

'Ze is een heel slim kind,' zei ik, in een wanhopige poging hem te overtuigen. 'Als ik ook maar een seconde had gedacht dat ze in de buurt van het water zou komen, had ik haar hand nooit losgelaten.'

Op dat moment keerde Jake zich van me af, naar de oceaan, en ik besefte dat een klein stukje van hem het daadwerkelijk voor mogelijk hield, dat dit idee ergens in zijn intens rationele geest postvatte als een minuscule maar onmiskenbare mogelijkheid: Emma kon zijn verdronken.

'Ik heb twee kinderen,' zei Sherburne. 'Ik zal alles doen wat ik kan.'

Jake komt nu door een deur. Zijn schouders hangen af, zijn hoofd is gebogen. Ik raak zijn schouder aan als we elkaar passeren. Hij deinst terug alsof hij is gestoken en kijkt me dan met rode, gezwollen ogen aan. Met een duidelijke inspanning beweegt hij zijn hand in mijn richting, pakt mijn vingers en laat dan los. 'Hoe kon je?' zei hij, vlak nadat hij het nieuws had gehoord. 'Mijn god, Abby, hoe kon je?' Het was door de telefoon, een interlokaal gesprek naar Eureka; zijn stem was beverig, hij huilde. Ik kan nu aan zijn gezicht zien dat het hem moeite kost het niet nog eens te zeggen – om het eindeloos te herhalen, een razend refrein. En ik denk: hoe kon ik? De schuld is een fysiek gevoel, een constante, misselijkmakende pijn.

De man van de leugendetector staat in de deuropening, de handen in de zij, en hij glimlacht ontspannen als een vriendelijke huis-aan-huisverkoper. 'Norm Dubus,' zegt hij, terwijl hij mij een hand geeft. 'Klaar?'

De kamer is kaal en wit en heel warm. Onder het raam staat een kachel te snorren, met roodgloeiende spiralen. Een geur van zweet en gebrande koffie. Norm doet de deur achter ons dicht en gebaart me te gaan zitten. Hij doet kabeltjes rond mijn borst, zegt me rechtop te gaan zitten en verstelt de hoogte van de stoel zodat mijn voeten plat op de grond staan.

'Ontspan je. Ik ga je een paar vragen stellen.'

Op de tafel voor hem ligt een geel notitieblokje en daarnaast staat een gouden apparaatje met een naald. Hij haalt een hendeltje over en het apparaat begint te zoemen. De naald komt in beweging en krast vier rechte blauwe lijnen op het papier. In het begin zijn de vragen alledaags:

Is je naam Abigail Mason?

Ben je geboren in Alabama?

Heb je op de universiteit van Tennessee gezeten?

Woon je op dit moment op Arkansas 420, Unit 3, San Francisco, Californië?

Hij schrijft antwoorden op zijn blok, kijkt naar de afdruk van de naald, maakt aantekeningen. Na een tijdje veranderen de vragen van toon.

Hebben jij en Jake onlangs ruzie gehad?

Heb je kinderen?

Wil je kinderen?

Heb je wel eens ruzie met Emma?

Norms haar is glimmend zwart, op een paar grijze strepen boven zijn oren na. Hij heeft paarsachtige vlekjes rond zijn haarlijn en ruikt naar groene appels. Hij heeft zijn haar vast niet langer dan twee dagen geleden geverfd, misschien zelfs vanochtend.

Er is een halfuur voorbijgegaan sinds de leugendetectortest begon.

Heb je Emma ooit gestraft?

Weet je waar Emma is?

Heb je iets met haar verdwijning te maken?

Verloor je je geduld?

Heb je haar verdronken?

Heb je Emma vermoord?

Na het einde van de sessie stort ik in. Norm biedt me een zakdoekje aan en buigt naar voren om de monitors van de hartslagpunten los te maken. De zoete appelgeur van zijn shampoo wordt sterker. 'Emma is dol op appelmoes,' hoor ik mezelf zeggen. Hij trekt een wenkbrauw op, lacht afwezig en dan rolt er een absurd deuntje door mijn hoofd, het soort muzikale litanie dat je op de kleuterschool leert. *A is voor appel, A is voor Adam, A is voor Abraham.*

'We zijn klaar,' zegt Norm. 'Je kunt gaan.' Dan, iets vriendelijker: 'Het is routine. We moeten het gewoon doen.'

'Ik weet het,' zeg ik.

A is voor Alles is mogelijk.

Buiten het politiebureau staat een verslaggeefster van Channel 7 te wachten met haar cameraman. Jake kijkt recht in de lens en praat in de hem toegestoken microfoon. 'Als je Emma hebt, laat haar dan alsjeblieft gaan. Laar haar gewoon achter in een openbare ruimte. Loop weg. Niemand hoeft te weten wie je bent.'

De verslaggeefster zwaait de microfoon voor mijn neus. Haar make-up heeft iets van glimmend plastic en haar lippenpotlood loopt iets buiten de natuurlijke randen van haar lippen. 'Wat is uw relatie met het kind?'

'Ik ben de verloofde van haar vader.'

De vrouw perst zichzelf tussen Jake en mij. 'Gaat het huwelijk nog door?'

'Ik wil alleen maar mijn dochter vinden,' zegt hij.

Ze bestookt Jake met nog meer vragen en wacht nooit lang genoeg om een volledig antwoord te krijgen. 'Hoe voelt u zich? Waar is Emma's moeder? Heeft u enig idee wie dit kan hebben gedaan?' Ik weet dat ze hengelt naar de perfecte quote: een eruptie van verdriet, een verklaring die de moeder erin betrekt, de vermelding van een enge buurman of gestoorde oom – alles wat haar verhaal interessanter kan maken.

Jake pareert haar vragen kalm, professioneel. Niet één keer verliest hij zijn geduld of barst hij in tranen uit. Hij is geboren voor zulke crisismomenten, deze resolute Californiër die altijd alles onder controle heeft. Zijn betovergrootvader was een 49er van de goudzoekende soort; zijn vader was ook een 49er, een footballheld wiens naam nog altijd wordt genoemd op de sportpagina's, een ongekend talent dat stierf toen hij begin veertig was, genekt door de alcohol. Jake speelde football op de middelbare school en was behoorlijk goed, maar hij gaf er met plezier de brui aan toen zijn vader stierf. Toch heeft hij nog altijd iets van de bravoure van de footballspeler, een blijmoedig vertrouwen dat mensen altijd voor hem inneemt.

Als ik naar hem kijk, weet ik dat hij goed zal overkomen op de TV. De kijkers zullen bewondering hebben voor zijn milde ernst, zijn dikke, golvende haar dat altijd net niet netjes zit, de volle onderlip waarop hij bijt als hij nadenkt over een vraag, de subtiele bril waardoor hij eruitziet als een rustige intellectueel. Ze zullen vallen voor de jongensachtige wangkuiltjes als hij glimlacht, de manier waarop hij naar zijn voeten kijkt als iemand hem een compliment maakt. Ik denk aan de TV-kijkers, die naar ons kijken en ons beoordelen, net zoals ik dat in betere tijden heb gedaan.

We rijden naar Jakes huis bij de hoek van 30th Avenue en Lawton Street. Daar wacht nog een verslaggever. Jake houdt halt om nog een verklaring af te leggen waarin hij om Emma's veilige terugkeer smeekt. Als we eenmaal binnen zijn, doen we de gordijnen dicht en staan we in de donkere huiskamer, zonder te spreken of elkaar aan te raken; we staan daar maar, de armen langs het lichaam, tegenover elkaar. Emma's spullen liggen verspreid door de kamer: op de salontafel een toverstaf van aluminiumfolie; in een mand bij de trap een pannenlap die ze voor haar onderwijzeres aan het maken was; onder de bank de rode balletschoentjes die ze graag binnenshuis droeg.

Ik leun tegen zijn borst en sla mijn armen om hem heen. Zo hebben we altijd het beste gepast, rechtopstaand, met mijn hoofd net tot aan zijn borstbeen, zijn armen om me heen op een manier waardoor ik me beschermd voel. Maar dit keer omhelst hij me niet. In plaats daarvan klopt hij me op de schouder – één, twee, drie keer – zoals bij een kennis op een begrafenis.

'Het spijt me zo,' zeg ik.

Hij laat zijn hand langs zijn zij vallen. 'Ik weet het, het is niet jouw...'

Maar hij kan niet zeggen dat het niet mijn schuld is, kan niet zeggen dat hij het mij niet verwijt, omdat het dat wel is en hij dat wel doet.

Hij reikt achter zijn rug om mijn handen los te maken en loopt dan naar boven, naar Emma's slaapkamer en doet de deur achter zich dicht. Er kraken beddenveren en zijn gesnik klinkt door de vloerplanken heen. Ik denk aan Emma's bed, aan het gele dekbed met witte bloemen, de kleine kussentjes waar ze graag dingen onder verstopt: potloden, poppenkleertjes, knisperende dollarbiljetten. Er gaan minuten voorbij voor ik boven beweging hoor, er gaat een deur open, trage voetstappen schuifelen over de vloer, een andere deur gaat dicht, dan het geruis van water in de wastafel van de badkamer.

Leslie Gray verslaat het verhaal op Channel 7 als volgt: 'Een zesjarig meisje uit San Francisco, de kleindochter van de legendarische footballspeler Jim Balfour, verdween gisteren van Ocean Beach. Hoewel haar vader en zijn verloofde nog niet zijn geëlimineerd als verdachten, vertellen bronnen dat ze beiden een leugendetectortest hebben doorstaan. De politie probeert de vervreemde moeder van het meisje op te sporen. Gevreesd wordt dat het meisje is verdronken.'

Er verschijnt een foto van Emma op het scherm, een schoolfoto van het afgelopen jaar. Haar pony is scheef geknipt en ze draagt een blauwe haarspeld. Ze mist een tand, vooraan in het midden. Ik herinner me de dag dat deze foto werd genomen. Ik hielp haar de haarspeld uit te kiezen en ze haalde me over haar pony met een krultang te bewerken. Ik hield mijn hand tussen de krultang en haar voorhoofd zodat ze zich niet zou branden, net zoals mijn moeder vroeger deed en toen ze honderduit kletste over een jongetje dat Sam heette en dat de klassenkanarie had vergiftigd, realiseerde ik me dat ze me aardig begon te vinden.

Leslie Gray fronst op een geforceerde manier, waardoor er een reeks vouwen in haar perzikkleurige make-up ontstaat. 'Ieder die het meisje heeft gezien, wordt verzocht deze hotline te bellen.' Er flitst een nummer in beeld. Ik pak de hoorn op en draai het. Het meisje dat opneemt is vermoedelijk niet ouder dan zeventien. 'Hotline vermiste kinderen,' zegt ze monter. 'Kan ik u helpen?' Ik wil haar zeggen dat ze Emma moet vinden. Ik wil haar zeggen dat Emma van chips met zout en azijn houdt en dat ze op celloles zit. Ik wil haar vertellen dat Emma niet één fout had bij haar laatste spellingtest en dat ik haar heb geleerd hoe een camera werkt. In plaats daarvan verlamt mijn keel en zeg ik niks.

'Hallo?' zegt ze. 'Hallo?' Haar stem verandert van opgewekt in een geërgerd 'Halló,' en de verbinding wordt verbroken.

6

Voor mijn werk heb ik altijd mijn Leica R8 gebruikt. Hij is gemakkelijk in het gebruik en geeft me maximale beheersing van mijn beelden. Maar in de afgelopen paar maanden kreeg ik het gevoel dat mijn foto's iets misten; een zekere diepte die ik niet helemaal kon definiëren. Ik wilde een camera zonder fratsen proberen, zonder speciale lenzen en *precision focus* en daarom nam ik voor die dag de Holga mee naar Ocean Beach. Zonder precision focus en met maar twee diafragma-instellingen is de Holga de simpelste soort zoekercamera.

Het is de dag na Emma's verdwijning, middernacht. Jake is buiten aan het zoeken. Vandaag zijn er tientallen vrijwilligers uitgewaaierd over Golden Gate Park, met de bedoeling om heel de 412 hectaren uit te kammen: de dichte bosjes en de enorme voetbalvelden, de botanische tuin, meren en speeltuinen en de ringen voor ruiters. Een vrouw die Bud heet, van de Park Police, leidde de zoektocht te paard. Ik herkende haar van een uitstapje naar de Presidio-stal dat Emma en Jake en ik in de lente hadden gemaakt. Op die dag, die nu een eeuw geleden lijkt, deed agent Bud Emma voor hoe ze de paarden wortels kon voeren uit haar hand. Er waren nog andere kinderen bij de rondleiding en ik schaamde me toen Emma zich, een en al opwinding, stiekem naar voren drong. Ik kon me niet herinneren dat ik daar als kind ooit het lef voor had gehad en vroeg me met een mengeling van plezier en ongemak af welke vormen Emma's voorlijkheid zou aannemen als ze ouder werd.

Voor mij leidt de zoektocht vanavond terug naar mijn appartement, naar de donkere kamer met zijn gekoelde lucht en chemische geur. Ik haal het filmpje van gisteren uit de Holga, verwijder het uit het doosje en draai het voorzichtig rond de spoel. Dit heb ik al talloze malen gedaan, maar mijn vingers trillen. Ik leg de spoel in het ontwikkelbak, sluit hem af en knip het licht aan. Ik controleer de temperatuur van de ontwikkelaar, giet de chemicaliën erin en kantel de bak behoedzaam naar voren en naar achteren. Daarna doe ik hetzelfde met het stopbad en het fixeer en klok elke actie heel precies, want ik besef dat ik de belangrijkste film die ik ooit heb geschoten in mijn handen heb. Ten slotte haal ik het deksel van de bak, spoel water over de spoel, rol de film af en hang de strips te drogen.

Het is drie uur 's ochtends als ik de negatieven in strips van drie knip; ik schuif ze een voor een in de vergroter, beweeg de arm tot het beeld scherp is, leg dan het fotopapier op de tafel en belicht de film, vier seconden per afdruk. Daarna de bakken: ontwikkelaar, stopbad, fixeer. Ten slotte het waterbad.

Elke foto vangt het moment met een zekere mate van accuratesse en toch ben ik onthutst door de onvolkomenheden, het verhaal dat de foto niet vertelt. Eentje is een close-up, haar gezichtje maar een paar centimeter van de camera, een grote grijns, een vlekje bloem op haar gezicht van het pannenkoeken bakken dat we eerder die ochtend deden. Op de tweede staat ze op ruim een meter afstand en buigt ze voorover om een zanddollar te bekijken; ze is en profil, haar haar hangt voor haar gezicht. De derde is van achteren genomen. De foto toont een klein, wazig figuurtje aan de linkerkant van het frame. Als je deze foto in een galerie zou zien of aan de wand van iemands huiskamer, zou je hem mysterieus en aangenaam voor het oog vinden: het zwarte haar van een kind, witte mist en een uitgestrekt strand.

Toch ontbreekt er iets essentieels op de foto's. Wat ontbreekt, is de waarheid, wat ontbreekt, is het antwoord. Keer op keer speur ik ze af met het vergrootglas, op zoek naar een donkere gedaante, loerend in de schaduw. Ik zoek in de korrels naar een of andere aanwijzing, een verborgen betekenis of een simpel, duidelijk iets dat ik was vergeten. Ik zoek totdat mijn zicht troebel wordt en weiger te geloven dat er domweg niets is. Het is zeven uur 's ochtends als ik de donkere kamer uitkom, misselijk van teleurstelling.

Voor elk probleem is een oplossing: dat zei mijn moeder me altijd toen ik klein was en ik heb het heel mijn leven geloofd. Maar nu faalt dat oude aforisme; het is slechts een optimistische misleiding zonder praktisch nut. Het enige wat ik weet, is dit: er is een meisje, ze heet Emma, we liepen op het strand. Ze was er, en toen was ze weg. Dat moment is op geen enkele manier terug te halen, het script kan onmogelijk worden herschreven; ik keek opzij. Het kan niet ongedaan worden gemaakt.

7

De telefoon blijft maar overgaan. Ik zie mezelf als van een afstand: de hoorn in mijn vingers geklemd, de smaragden verlovingsring aan de hand die hem vasthoudt. Alles voelt onmogelijk aan, als een vreselijke scène uit het leven van een ander. Ten slotte komt er een man met een hoge, gespannen stem aan de andere kant.

'Alarmnummer,' zegt hij. 'Heeft u een noodgeval?'

'Ik ben een klein meisje kwijt,' zeg ik met trillende stem.

'Wanneer besefte u dat ze verdwenen was?'

'Vijfendertig minuten geleden.' Ik kijk op mijn horloge, vol ongeloof. Vijfendertig minuten. Wat kan er met een kind gebeuren in vijfendertig minuten?

'Waar heeft u haar voor het laatst gezien?' vraagt de man.

'Op Ocean Beach. Ik ben teruggelopen naar de parkeerplaats om haar te zoeken, maar daar was ze niet.'

'Het belangrijkste is nu dat u kalm blijft,' zegt hij.

Maar ik weet dat hij zich vergist; kalmte impliceert een zekere rust, een toezien en afwachten.

'Waar bent u nu?'

'Het Beach Chalet.'

'Kan het wat harder,' zegt hij. 'Ik kan u amper horen.'

'Het Beach Chalet.' Ik schrik van het volume van mijn stem. In het restaurant draaien mensen zich naar me toe: een man met een schort die bestek in servetten rolt, een zwaar getatoeëerd stel dat samen een omelet eet bij het raam, een groepje Duitse studenten die zich over het menu buigen. De gastvrouw van het restaurant, een vroegtijdig moederlijke vrouw met een vet Russisch accent staat voor me en wringt haar handen.

'Is het kleine meisje uw dochter?' vraagt de stem.

'Nee, de dochter van mijn verloofde.'

'Hoe oud is ze?'

'Zesenhalf.' Het volume van mijn stem wordt weer luider. 'Stuur alstublieft iemand. Wanneer gaat u iemand sturen?'

'U moet kalm blijven, mevrouw. Ik stuur een patrouillewagen.'

'Hoe lang gaat dat duren?'

'Vijf minuten. Blijf waar u bent. De agent komt naar u toe.'

Hij klinkt zo zeker van zichzelf, totaal niet nerveus. Ik voel me ergens lichtelijk gerustgesteld door het strakke protocol en stel me voor hoe de melding uitgaat via de radio en wordt opgepikt door een keur aan goed getrainde agenten. In een ommezien haasten zij zich met gillende sirenes naar Ocean Beach en ze zullen Emma beslist binnen een paar minuten hebben gevonden.

'Ik haal koffie voor je,' zegt de Russische vrouw. Ze verdwijnt in de keuken.

De man van het bestek komt naar me toe en legt een hand op mijn schouder.

'Hoe heet ze?'

'Emma. Emma Balfour.'

Hij knoopt zijn schort los en gooit hem op de toonbank. 'Ik ga in het park kijken.'

Ik verdring een beeld van Emma met een of andere vreemde achter de bomen op een rotsachtig paadje. Ik kijk op mijn horloge. Negenendertig minuten. Ze kan inmiddels overal zijn.

Het getatoeëerde stel schrokt de laatste happen van hun omelet weg. 'Wat kunnen wij doen?' vraagt het meisje, terwijl ze haar jack aantrekt.

'Ik weet het niet,' zeg ik. 'Ik kan niet denken.'

'We kunnen naar de parkeerplaats gaan,' zegt haar vriend. 'We kunnen kentekens noteren.' Hij lijkt gretig, bijna opgewonden, alsof hij in een film is beland, de rol van zijn leven.

'Neem deze maar mee.' Ik geef hem de Holga. 'Er zitten nog maar vijf foto's op.'

'We brengen hem terug als we klaar zijn,' zegt het meisje. Ze legt een briefje van twintig op de toonbank en ze lopen naar de deur. De Duitse jongeren kijken telkens op van hun menu's en fluisteren tegen elkaar, alsof dit op een of andere manier een onderdeel van het entertainment is, een stuk dat speciaal voor hen wordt opgevoerd.

De Russin komt terug met een grote mok koffie, een klein kannetje room, twee suikerzakjes en een lepeltje. 'Je dochter,' zegt ze, 'we zullen haar vinden.'

Ik pak de telefoon weer op en draai het nummer van Jakes mobieltje, bijna hopend dat hij niet zal opnemen. Ik stel me voor dat ik hem over een tijdje bel, nadat ik haar heb gevonden. Een deel van me denkt dat het over een paar minuten allemaal voorbij zal zijn en dat het leven dan weer zijn normale loop neemt. Emma speelt gewoon verstoppertje, of ze is haastig op zoek gegaan naar een toilet, of ze is verdwaald in de mist en het duurde even voor ze de parkeerplaats vond. Ze staat vermoedelijk op dit moment naast de auto; dat moet wel zo zijn. Ik had daar op haar moeten blijven wachten.

Jakes telefoon gaat twee, drie keer over. Ik weet dat de nachtmerrie waar wordt op het moment dat ik het hem vertel. Bij de vijfde keer neemt hij op.

'Abby?'

Ik hoor stemmen op de achtergrond, omroepers in een stadion, het rondgonzende geluid van een publiek. Ik weet niet hoe ik moet beginnen.

'Ben je daar?' zegt hij.

'Ik moet je iets vertellen.'

Er klinkt een luid gejuich op in het stadion en Jake slaakt een vreugdekreet.

'Delgado heeft net een homerun geslagen!'

'Jake, je moet naar huis komen,' zeg ik. En nog terwijl ik het zeg, bereken ik de tijd die het hem zal kosten om de 430 kilometer af te leggen als hij nu vertrekt, als hij te hard rijdt en niet hoeft te tanken, als het niet druk is op de weg.

'Wat?'

'Je moet naar huis komen. Het gaat om Emma.'

'Ik kan je amper verstaan.'

'Emma,' zeg ik.

Zijn stem verandert van toon. 'Is er iets aan de hand?'

'Ze is verdwenen,' zeg ik.

'Wat?'

'Emma. Ze is verdwenen.'

Zijn stem krijgt een hoge, onbekende toon. 'Wat bedoel je?'

'We waren op het strand. We waren aan het wandelen.'

Hoe moet ik het gesprek beëindigen? Niets van dit moment lijkt echt. Ik weet dat er nu ongetwijfeld gepaste woorden te prevelen zijn, maar ik heb geen idee welke dat kunnen zijn. Dit is een storing in de tijd, een vergissing, een grap. Emma kan elk moment naar binnen stappen.

'Wat bedoel je?' vraagt hij opnieuw.

'Er was een dode zeeleeuw, een jong. Ik keek een paar seconden een andere kant op, ik zweer dat het maar een paar seconden was. Toen ik weer opkeek, was ze weg.'

'Maar... waar is ze dan nu?'

Waar is ze? Een goede vraag. De voor de hand liggende vraag. Hoe moet ik die beantwoorden?

'Verdwenen,' zeg ik. Alsof ze gewoon zoek is geraakt, zoals kinderen wel vaker doen. Alsof ze geduldig op me staat te wachten bij een vaste plaats. 'De politie is onderweg.'

Aan de andere kant blijft het een paar seconden stil. De stem van een vreemde zegt: 'Hé, man, gaat het wel?' Ik zal later horen dat het de stem van de hotdogventer is. Jakes benen hebben het begeven. Het ene moment staat hij, geconcentreerd op de wedstrijd, met twee vingers omhoog om aan te geven dat hij twee hotdogs wil. Daarna zit hij op de grond – nee, hij zit niet, hij knielt, knieën op het cement.

'Dit is onmogelijk,' zegt Jake. 'Abby, hoe kon je?'

Op de achtergrond hoor ik de plok van een honkbalknuppel, het gebrul van het publiek.

Ik had Jake een jaar geleden ontmoet op de middelbare school waar hij lesgeeft. Ik gaf een diapresentatie over landschapsfotografie in het zuidwesten aan leerlingen uit de onderbouw en de bovenbouw. Voor ik het licht uitdeed, zag ik op de achterste rij een man in zijn eentje zitten, die enigszins misplaatst leek. Hij had golvend zwart haar, een bril met een dun zilveren montuur en hij droeg een blauw button-down overhemd. Toen het licht weer aanging, stak hij een duim naar me op.

Ik bood de mogelijkheid commentaar te geven. Dat kwam niet. De lerares kunstgeschiedenis, een broodmagere brunette met een heel korte pony, stelde me een paar voorspelbare vragen om het gebrek aan interesse van haar leerlingen goed te maken. Toen de bel ging, stormden de leerlingen duwend en schreeuwend door de gangpaden. Door die plotselinge activiteit woeien er onaangename pubergeurtjes op: goedkope parfum, haarlak, zweet en onderdrukte lust. Toen het lawaai was weggestorven, stond de man van de achterste rij voor het podium.

'Je deed het heel goed,' zei hij.

'Je wilt gewoon aardig zijn.'

'Heus, het is een lastig stel. Je hield je goed staande.' Hij stak me zijn hand toe. 'Ik ben Jake.'

'Mag jij wel zonder pasje door de gangen lopen?'

'Het vorige uur was mijn lunchpauze en dit is voorbereidingstijd. Ik moest er niet aan denken om in de lerarenkamer te gaan zitten.'

Op dat moment gingen de lichten uit en werden we in het duister gehuld. 'Bezuinigingen,' legde Jake uit. 'Alle lichten hebben tijdklokken.' De aula was leeg, op ons na. We reikten tegelijk naar de schakelaar van de diaprojector en toen onze handen elkaar raakten, was er een snel sprankje statische elektriciteit.

'Vonken,' zei hij.

Ik glimlachte.

We wurmden ons door de drukke gang, een chaos van rugzakken en mobieltjes en iPods, een broeikas van botsende feromonen. De ruimte voelde onvoorspelbaar, onveilig aan, alsof er elk moment een wapen kon worden getrokken of een steekpartij kon uitbreken. Een magere jongen in een slobbertrui gaf Jake een high five en een meisje in een minirok van vinyl blies hem een kusje toe. Verscheidene leerlingen riepen zijn naam. Ik vroeg me af hoe het hem gelukt was hun vertrouwen te winnen. Ik heb tieners nooit gemogen, ook niet toen ik er zelf een was. Ik nam aan dat dat gevoel wederzijds was; ze zouden ongetwijfeld dwars door me heen kijken, mijn afkeer voelen en mijn angst ruiken.

'Welk vak geef je?' vroeg ik, terwijl ik met een draai een televisie ontweek die door de gang werd gereden door een dikke, kalende jongen.

'Filosofie.'

'Vind je het leuk?'

'Eerlijk gezegd krijg ik maar één sectie filosofie per jaar. De rest is football en Amerikaanse geschiedenis.'

'Een uomo universale.'

'Meer een troubleshooter,' zei hij. 'Wie heeft jou hiervoor gestrikt?'

'Tijdens een moment van zwakte gaf ik me vrijwillig op voor "Kunstenaars op de Scholen". Dit is niet echt wat ik voor ogen had; ik had visioenen van lieve eersteklassertjes in kruippakjes en met staartjes.'

'Wat voor soort foto's maak je?'

'Alles wat geld in het laatje brengt. Vooral bedrijfsevenementen en bruiloften, met als bijverdienste fotorestauratie.'

'Mijn moeder was fotografe,' zei Jake. 'Treinen, landschappen, lege straten. Het was maar een hobby, maar ze was best goed. Ik heb vaak gewild dat ze dat talent aan mij had doorgegeven.'

We stapten vanuit het bedompte, fluorescerende interieur het zonlicht in. Vanaf de parkeerplaats kon ik in de verte de oceaan zien en de streep mist rondom de stad, een helderwitte halsketting rond een lap stralend blauw. Jake zette de diaprojector in de kofferbak van mijn auto, gaf me een hand en zei: 'Hier scheiden onze wegen, denk ik.' Hij leek te verwachten dat ik 'nee' zou zeggen, maar het was zo lang geleden dat ik een man om een date had gevraagd, dat ik was vergeten hoe dat moest.

'Bedankt voor je hulp,' zei ik, terwijl ik hem inwendig toeriep mijn telefoonnummer te vragen. Maar in plaats daarvan zwaaide hij onhandig naar me en liep weg.

Ik stak net het sleuteltje in het contact toen hij weer opdook naast mijn open raampje. Hij zette zijn handen op de rand en boog zich naar me toe. 'Wat doe je morgenavond?'

'Ik heb toevallig twee kaartjes voor de wedstrijd van de Giants.'

Jake was verrast. 'Echt waar?'

'Ik zie je om halfzeven bij het standbeeld.'

'Ik zal er zijn,' zei hij.

Ik zwaaide naar hem op mijn beste ik-vind-dit-doodnormaal-manier. Onderweg naar huis moest ik almaar aan zijn handen op mijn portier denken en aan de vertederende manier waarop zijn rechtervoet iets naar binnen stond als hij liep.

37

Toen ik de volgende avond bij het standbeeld van Willie Mays aankwam, stond Jake er al. Tijdens een dineetje van hotdogs en knoflookfrietjes stelde hij me talloze vragen, waarbij hij me op een of andere manier overhaalde een uitgebreide lijst prijs te geven van mijn vorige werk, de lengte van mijn vroegere relaties, de inhoud van mijn cd-verzameling en zelfs de naam van de champagnekleurige cockerspaniël die ik had toen ik zeven jaar was. We hadden geen van tweeën veel oog voor de wedstrijd.

Tegen het eind van de achtste inning veegde ik kruimeltjes van mijn schoot en zei: 'Het voelt alsof ik een sollicitatiegesprek heb gehad.'

Hij haalde zijn schouders op. 'Ik stel gewoon de belangrijke vragen.'

'Ben ik aangenomen?'

'Dat hangt ervan af. Wil je de baan?'

'Ik weet maar weinig over het bedrijf.'

Tegen die tijd stonden de Giants acht punten voor. 'Ben je met de auto?' vroeg Jake.

'Ik ben met de Muni¹ gekomen.'*

'Mooi zo, dan geef ik je een lift naar huis.'

Later stonden we heel lang voor mijn appartement te praten over ditjes en datjes; we wisten eigenlijk geen van beiden hoe we het afspraakje moesten beëindigen. Na een paar minuten stopte hij zijn handen in zijn zakken, keek naar de grond en zei: 'Hoe denk je over kinderen?'

Ik moest lachen. 'Loop je niet iets te hard van stapel? Je hebt me nog niet eens gekust.'

Hij pakte me bij mijn middel, trok me naar zich toe en bracht me aan het wankelen met een lange, zachte kus, die me deed verlangen naar meer. 'Ziezo,' zei hij. 'Nu we die hindernis hebben genomen...'

'Je lijkt Alvie in *Annie Hall* wel,' zei ik, 'die scène waarin ze samen naar huis lopen na hun eerste avondje uit en hij haar alleen maar kust om dat achter de rug te hebben, zodat het later niet ongemakkelijk zal zijn.'

'Dat is mijn favoriete Woody Allen-film,' zei hij. 'Nee, mijn favo-

<hr>

* Deze noten van de vertaler worden achterin verklaard.

riet op één na, na *Crimes and Misdemeanors.*'

We keken elkaar een paar seconden ongemakkelijk glimlachend aan en ik had dat verraste, gelukkige gevoel dat je krijgt als je beseft dat je met iemand op dezelfde golflengte zit.

'Nu even serieus,' zei hij. 'Hoe denk je over kinderen?'

'Ik kan je in alle eerlijkheid zeggen dat je de eerste man bent die me dat bij het eerste afspraakje vroeg.'

'Ik hou van duidelijkheid.'

'Ja hoor, ik wil er ooit wel eentje, maar ik hoor mijn klok nog niet tikken, als je dat bedoelt.'

Hij kuste me opnieuw, dit keer langer, waarbij hij een hand in de holte onder aan mijn rug drukte en met de andere mijn elleboog omvatte op een tedere en vertrouwde manier. Ik had het een jaar geleden uitgemaakt met mijn vorige vriend. De relatie was slecht geëindigd, met telefoontjes laat op de avond, wat maandenlang doorging. Toen Jake me kuste, voelde ik een muur in mij afbrokkelen.

Hij pakte mijn haar en zwiepte het over mijn schouder. 'Stel dat je een intelligente, grappige, knappe man tegenkomt.'

'Ken je die dan?'

'Stel dat die man een dochter had. Zou je dan nog op hem kunnen vallen?'

Ik speurde zijn gezicht af naar tekenen van een grap, maar zag niets.

'Je meent het.'

'Ze is vijf jaar. Ze heet Emma.'

Ik herinner me nog goed het beeld dat op dat moment door mijn hoofd flitste. Het was een onnozel beeld van Jake en mij en een klein meisje. We waren in een park en ik duwde het kind op een schommel. Haar haar waaierde achter haar uit terwijl ze steeds hoger ging. Ik vond dat dit idee van een kant-en-klare familie iets aangenaams en verrassend gemakkelijks had. Toen besefte ik dat er iets ontbrak aan het beeld. 'Haar moeder?' vroeg ik.

'Lisbeth is er een paar jaar geleden vandoor gegaan. Ze ontmoette een of andere kerel uit een band en raakte verzeild in een maf wereldje. Op een dag kwam ik van mijn werk en was ze verdwenen. Dat was vermoedelijk de ergste dag van mijn leven. Het ging toen al heel slecht tussen ons, maar ik hield nog wel van haar. Of misschien dacht ik gewoon dat ik haar kon redden, haar kon helpen weer degene te worden die ze was toen ik haar leerde kennen.'

'Waar is ze nu?' vroeg ik.

'Ik weet het niet.' Jake wachtte even. 'Nadat ze was vertrokken, hoorde ik een paar maanden niets van haar en toen kwam er een vloed aan telefoontjes waarin ze om geld vroeg. Ongeveer zes maanden geleden belde ze om middernacht op, in tranen en een en al excuses. Ze beweerde dat ze clean was, dat die man verleden tijd was en dat ze me miste en het opnieuw wilde proberen. Het treurige was dat ze niet één keer naar Emma vroeg. Volgens mij heeft Lisbeth het moederschap altijd als een soort last ervaren, iets wat haar belemmerde.'

'Wat heb je gedaan?'

'Ik heb haar gezegd dat ze weg moest blijven, dat we het prima redden zonder haar. Ik had Emma toen al verteld dat haar moeder niet zou terugkomen. Misschien was ik er toen nog niet helemaal overheen – ik weet niet of je het verlies van een ware liefde ooit helemaal kunt verwerken – maar ik wist dat ze niet goed was voor Emma en dat ik haar niet in ons leven wilde.'

Hij glimlachte toen, een verlegen glimlach die contrasteerde met de kant die ik eerder die avond van hem had gezien. 'Weet je, ik heb eigenlijk weinig afspraakjes gehad sinds ze is weggegaan. Heb ik je afgeschrikt?'

Zoals we daar stonden, met zijn handen op mijn schouders en de chocola-en-koffiesmaak van zijn kus nog in mijn mond, besefte ik dat dit niet de vrijblijvende date was waarvoor ik een paar uur geleden was vertrokken. Ik raakte het vage litteken op zijn kin aan. 'Hoe kom je daaraan?'

'Mike Potter. Ik was negen jaar. Wrede veldslag op de speelplaats.'

Ik stond op mijn tenen en kuste het litteken en haalde toen diep adem. Ik had nog nooit iets gehad met een man met een kind. Ik wist niet zo goed hoe de regels waren.

'Wanneer kan ik haar zien?'

'Gauw.'

Twee weken later, op een warme zaterdag, was het burrito's bij Pancho Villa, gevolgd door een kinderfilm in de Balboa. Emma zat tussen ons in met een reusachtige beker popcorn op haar schoot. Een paar keer pakte ik er popcorn uit waarbij mijn hand die van Emma of Jake raakte. Telkens als hij me aanraakte, trok er een warm gevoel door mijn botten en viel er iets hards binnen in mij uit elkaar. Op een gegeven moment leunde Emma naar voren op haar stoel, waarop Jake zijn arm naar me uitstrekte, zijn hand in mijn nek legde en me naar zich toe trok. We kusten snel en hevig, zoals tieners wier ouders net om de hoek stonden.

En de weken daarna werd het een routine, die zaterdagse films met Emma tussen ons in, de snelle kussen die me deden zwijmelen. Jake legde zijn arm over de rugleuning van Emma's stoel, zette zijn hand in mijn nek en liet hem daar de hele film liggen. Tegen de tijd dat de aftiteling in beeld kwam, was mijn nek gloeiend heet, mijn zicht troebel en mijn lichaam slap van verlangen. Jake drukte met zijn duim in de spleet boven mijn bovenste wervel, of liet zijn hand onder mijn kraag glijden, of volgde met zijn vinger patronen op mijn huid, en ik kon de plot van de film niet meer volgen, vergat de namen van de personages, miste cruciale gesprekken die belangrijke achtergrondverhalen onthulden. Het zou nog uren duren voor ik hem kon hebben, uren voor we weer bij hem thuis zouden zijn en Emma lag te slapen in haar kamertje, terwijl Jake en ik ons zachtjes uitkleedden, in bed gingen liggen en de liefde bedreven onder een dikke laag dekens en buiten de misthoorn loeide op zijn eenzame, dierlijke manier.

Maanden later, toen de zaterdagse films waren afgezwakt tot eens in de drie of vier weken en de nacht inmiddels een fijne slaap naast een vertrouwd lichaam betekende in plaats van een gelegenheid voor een vurige vrijpartij, werd ik op een keer in het holst van de nacht wakker om te zien hoe Jake op zijn zij naar me lag te kijken.

'Kun je niet slapen?' vroeg ik.

'Ik observeer je.'

'Waarom?'

'Ik hoop dat je in je slaap gaat praten en je diepste, duisterste geheimen onthult.'

'Die ken je al.'

Ik lag op mijn buik, met mijn hoofd naar hem toe gedraaid. Hij strekte zijn arm om mijn nek aan te raken. 'Ik kan de huid in je nek dromen,' zei hij. 'Je kunt me blinddoeken en honderd nekken op een rijtje zetten, en dan weet ik precies wanneer ik bij de jouwe ben aangekomen.'

Ik schoof naar hem toe en kuste hem. We vreeën op de trage, gemakkelijke manier die ik me altijd bij getrouwde stellen had voorgesteld. We waren op een gegeven moment allebei moe, nog voor we klaar waren, en we vielen in slaap met mij boven op hem, mijn hoofd op zijn borst. Even later werd ik wakker doordat de vloerplanken kraakten. Ik keek op en zag Emma in de gang staan. Het licht in de badkamer was aan en ze stond in een bundel bleek licht, starend naar de vloer, bewegingloos. Ik deed mijn kamerjas aan liep naar haar toe, nam haar bij de hand en leidde haar terug naar bed.

Ze zag er verward uit. 'Je was aan het slaapwandelen,' zei ik, terwijl ik haar instopte.

'Echt waar?'

'Ja. Ga nou maar weer slapen.'

'Blijf je bij me?' vroeg ze.

'Natuurlijk.' Ik bleef op de rand van haar bed zitten tot ze in slaap viel. Ergens verlangde ik er al naar dat ze van mij was.

8

De politie is geïnteresseerd in de feiten: de beweging van het tij, de hoek van de zon, de windrichting, exacte tijden en plaatsen. Op grond van die feiten stellen ze scenario's op, en uit de scenario's halen ze een reeks mogelijkheden, en die mogelijkheden zelf worden geordend in een bepaalde hiërarchie van waarschijnlijkheid. Elke zoekactie gaat uit van een stel algemene regels die met grote precisie op het specifieke geval moeten worden toegepast. Aanknopingspunten moeten worden overwogen en vervolgens worden verworpen of gevolgd tot hun logische einde. De ordelijkheid van de zoekactie staat voorop.

'De sleutel tot elk mysterie,' zo vertelt een energieke jonge agent me, 'ligt in de deconstructie. De som moet worden ontmanteld om zijn aparte delen bloot te leggen. De delen zijn daarom van grotere betekenis dan de som.' Ik weet natuurlijk dat dit niet waar is. De som zelf is alomvattend. De som is Emma, en zij is weg.

Er is geen minuut op de dag dat ik er in gedachten niet heen ga, naar die plaats op het strand, het in mist gehulde doolhof, het precieze moment waarop ik besefte dat ze zoek was. Elke keer als ik naar dit moment terugkeer komt er een grotere helderheid, een vertraging en stopzetting van de tijd, een nieuw detail dat zichzelf als in bas-reliëf presenteert tegen het platte, grijze oppervlak van het geheugen: een bruine papieren tas die opdwarrelt in de wind, drie plastic rietjes die naast elkaar in het zand liggen, een flessendop, met de bovenkant omhoog, waarop staat *Sorry, volgende keer beter*. In deze slow motion-voorstelling, deze ononderbroken reconstructie, hoop ik de aanwijzing te vinden die me naar haar zal leiden. Maar ik vraag me toch telkens af of de details die bovenkomen als ik afdaal in mijn onderbewuste, ontspruiten aan begraven herinneringen of aan mijn fantasie. Het draait erom feit en verlangen te onderscheiden.

Ik wil dat ze terugkomt en in dat verlangen wordt er iets stoffelijks gecreëerd uit het niets. Ik herinner me hoe ik achter de betonnen muur keek, overtuigd dat ik haar daar zou vinden. Ik wilde het zo graag dat ik een beeld vormde en dat beeld beefde van het leven: Emma, op haar hurken aan het wachten achter de muur, met het gele emmertje tussen haar knieën. Toen ik omliep en achter de muur keek zag ik geen Emma; de waarheid sloeg me als een zweepslag in het gezicht en bracht een angst mee die zo intens was dat ik ervan dubbelsloeg en moest braken.

Ik keek omhoog naar de trap van cement die naar het trottoir en de parkeerplaats leidt, met daarachter de Great Highway. Ze zou niet die richting op zijn gelopen. Ze had al de hele week bij me gebedeld om haar mee te nemen naar het strand; ze was geïnteresseerd in het zand, niet in de stad die erachter lag. Dus bleven er drie richtingen over: noord, zuid en west. Een taak in vele richtingen, die stuit op de lineaire beperkingen van beweging. Een mens kan elk moment maar één richting op gaan en het vermogen van de ogen om beweging te registreren is beperkt tot 180 graden, terwijl de belangrijkste taken een blikveld, een zicht van 360 graden vereisen.

Als ik me op dat cruciale moment de oranje Chevelle had herinnerd, de man in zijn eentje voorin, half verscholen achter zijn krant, dan had ik misschien een andere keus gemaakt; hij leek ons niet op te merken, maar achteraf gezien kan hij ons best hebben gevolgd, wachtend op het moment om toe te slaan. Of misschien bevatte het gele busje wel het antwoord, de knappe surfer die bij het portier aan de bestuurderskant zijn plank stond te waxen, de vrouw die vanachter de opzijgeschoven gordijntjes naar Emma zwaaide. Als ik aan hen had gedacht, was ik misschien meteen teruggerend naar het parkeerterrein, dat had mijn eerste keus kunnen zijn. Als ik snel genoeg bij het parkeerterrein zou zijn aangekomen, had ik misschien gezien hoe de surfer Emma in het busje tilde. En wat te denken van de postbode, die hoog op de strandmuur zijn boterham zat te eten? Ik had zijn vrachtwagen kunnen binnendringen en tussen de pakketjes kunnen graaien, naar haar op zoek in de kleine, donkere ruimte.

In plaats daarvan doorzocht ik de toiletten, liep toen noordwaarts naar Seal Rock. Soms stonden Emma en ik stil op het strand onder het Cliff House om naar de zeeleeuwen te luisteren; ze hield van

44

hun hoge geblaf en de manier waarop ze hun hals rekten en lui bij elkaar lagen als lome zonaanbidders. Maar ik liep naar het eind van het strand en ze was er niet. Toen herinnerde ik me de belangrijkste les voor als je was verdwaald, datgene wat kinderen altijd te horen krijgen dat ze moeten doen: blijf op dezelfde plaats tot je wordt gevonden. Pas toen dacht ik aan de parkeerplaats, mijn auto, Emma's buitengewoon logisch aangelegde aard. Ze is geen kind dat snel in paniek raakt. Ze is natuurlijk teruggegaan naar de auto om daar op me te wachten, dacht ik. Ik begon te rennen.

Ik weet niet precies hoeveel minuten er verstreken voor ik de wal naar de parkeerplaats op klom, terwijl er nieuwe hoop door me heen golfde. Natuurlijk zou Emma daar staan, naast de auto, enigszins ontredderd omdat ik haar uit het oog had verloren. Misschien zou ze huilen of, wat waarschijnlijker was, pruilen. Of misschien zat ze wel op de motorkap, grabbelend in haar emmertje met zanddollars. Ze zou daar zijn, dat wist ik zeker. Dat meisje van wie ik was gaan houden, zou niet vermist zijn. Zulke grote, ingrijpende tragedies komen alleen in andermans leven voor. Meisjes zoals Emma verdwenen niet. Ze verdronken niet en ze werden ook niet ontvoerd. Mijn paniek was ongegrond. En later, dacht ik, als het gevaar was geweken, zou ik het verhaal aan Jake vertellen. We zouden aan tafel zitten, met zijn drieën, een gezin, en Jake en ik zouden elkaar zonder iets te zeggen aankijken, vol verwondering, dankbaar, zonder hardop te durven erkennen hoe dicht we bij het onnoembare waren geweest.

Het duurde maar een paar seconden om mijn auto te lokaliseren, een halve hartverzakking om te zien dat ze er niet was en nog een moment om te beseffen dat ik mijn mobieltje thuis had laten liggen. Toen liep ik naar het dichtstbijzijnde gebouw, het Beach Chalet, razend op mezelf dat ik niet vanuit het Cliff House had gebeld.

Nu weet ik dat door een paar cruciale momenten alles anders had kunnen zijn. Maar zulke beslissingen zijn me voorgoed ontglipt. Het naakte feit is dat ik alles fout deed.

'Wat dacht je in godsnaam?' zegt Jake laat op de derde avond terwijl we in bed liggen, niet in staat te slapen en zonder dat onze lichamen elkaar raken. 'Het is Ocean Beach, dat is een monster.'

'Het was maar een paar seconden,' zeg ik.

'Maar Ocean Beach is niet zoals de stranden waaraan jij bent opgegroeid. Je moet er ontzag voor hebben. Heb je de stroming van
het tij niet gevoeld? Heb je de bordjes niet gezien?'
Natuurlijk wel. Houten bordjes die er ongeveer om de kilometer staan, met zwaar aangezette waarschuwingen. *Afwisselende Golven van Bijzondere Grootte en Kracht. Mensen die hier gingen zwemmen
of pootjebaden zijn de dood in gesleurd.*
'Ik weet dat ze nog leeft,' zeg ik. 'Ik weet dat ze niet is verdronken.'
Hij keert zich van me af. 'We weten niets.'

Om vier uur 's ochtends word ik wakker en zie ik dat het bed naast
me leeg is en de lichten beneden aan zijn. Jake is in de keuken en
staat bij het aanrecht naar een koffiepot te staren. Het komt bij me
op dat de nachten altijd het moeilijkst zullen zijn. We kunnen onze
dagen vullen met bezigheden, met zoeken en telefoneren en het or-
ganiseren van de vrijwilligers, maar op een gegeven moment moeten we naar huis. Tot Emma terug is, zullen we er 's nachts zo aan toe
zijn: gevangen en machteloos, wachtend op de ochtend.
'Hoe vroeg is te vroeg om mensen te gaan bellen?' vraagt hij.
Het regent. Op straat springt een stoplicht op rood. Elke flits
blijft even op het natte asfalt hangen, waardoor de wereld droevig,
rusteloos en slapeloos lijkt. Een lange man in een zwart t-shirt en
een spijkerbroek staat voor de wasserette aan de overkant, alleen.
'Mary!' schreeuwt de man. Zijn hoofd is ietwat omlaag geknikt,
alsof de vrouw tegen wie hij praat naast hem staat.
Uit de keuken komt een ruisend geluid, een zachte plof; als ik
me omkeer zie ik Jake op de keukenvloer zitten, zijn armen om zijn
knieën geslagen en met schokkende schouders. Hij laat een lang ge-
kerm horen, een machteloos geluid dat diep vanuit zijn binnenste
komt. Ik loop de keuken in, kniel op de vloer en sla mijn armen om
hem heen. Ik wil hem zo graag iets geven, maar ik kan absoluut niets
bedenken wat het leed dat ik heb veroorzaakt kan goedmaken.
'Waar kan ze zijn?' zegt hij.
Waar? Het enorme aantal mogelijkheden valt over me heen met
een verlammend gewicht. We kunnen onmogelijk weten waar we
moeten beginnen. Ik zie een cirkel op het strand, alsof ik door de

lens van een filmcamera kijk. Een vrouw bukt zich voor een gesprek met een kind. Ze gaan uiteen en de lens trekt zich terug en pikt een vlek van iets wits en doods op het strand op. De klok tikt. Naarmate de lens hoger komt, breidt de cirkel zich uit om het hele strand; de ruïne van de Sutro Baths; de Great Highway; de kapotte windmolens; de harige bizon in het park; de Golden Gate Bridge; zeilboten, als witte knopen op de blauwe stof van de baai gestrooid; de met rijen peperkoekhuisjes bezaaide heuvels van Daly City; de uitgestrekte begraafplaatsen van Colma; de lange kale rotsen van Pacifica. De lens blijft maar klimmen, het zoekgebied groeit met een beangstigende snelheid.

'Haar vriendje Sven gaf vanavond een verjaarspartijtje,' zegt Jake. 'Ze zouden naar de Sea Bowl gaan.'

'We gaan daar met haar naartoe als ze weer thuis is,' zeg ik.

'De kans...' begint Jake, maar hij kan zijn zin niet afmaken. Ik weet dat hij verwijst naar de cijfers die Sherburne ons gisteren gaf: jaarlijks zijn er 60.000 ontvoeringen van kinderen door mensen buiten de familie. Daarvan zijn er 115 langdurige ontvoeringen door vreemden, het soort dat in het nieuws komt. Van de 115 slachtoffers wordt de helft seksueel misbruikt, 40 procent vermoord en 4 procent nooit gevonden. Maar 56 procent – 64 kinderen – worden wél gevonden. Voor mij bestaat er geen twijfel over: Emma is een van die 64. Dat moet gewoon.

9

Op de vierde dag parkeer ik na zonsondergang mijn auto bij Fort Point aan de voet van de Golden Gate Bridge, ongeveer acht kilometer ten noorden van waar Emma verdween. Ik loop langs de waterkant, zoekend naar aanwijzingen op het smalle, rotsachtige strand. Ik weet niet precies waarnaar ik zoek: een onderdeel van haar kleding, haar gele haarspeld, een of andere onwaarschijnlijke boodschap die in haar kinderlijke hand in het zand is gekrast?

De vorige keer was ik hier met Emma en Jake, ongeveer drie maanden geleden. Ik heb een foto waarop ze aan de voet van de brug staat en omhoog tuurt naar de enorme boog bij het fort dat haastig werd voltooid aan de vooravond van de Burgeroorlog. Op haar zesde was Emma al een geschiedenisstudent in de dop, vol vragen over de soldaten die ooit het bakstenen fort bezetten – waar ze sliepen en wat ze aten en of hun ouders al of niet bij hen in het fort kwamen wonen.

Ik stop bij de Warming Hut om de bediende een stel flyers te geven. Een stukje verderop loop ik een drijvende pier op. Aan de rand staat een man, roerloos, zijn vislijn hangt slap in het water. Naast hem staat een koelbox die leeg is, op een enkele vis op een bedje van ijs na. De vis gaat met zijn kop op en neer en er gaat een rilling door zijn zilverachtige lichaam. 'Dit is mijn kleine meisje,' zeg ik, terwijl ik een flyer ophoud. 'Ze is vermist.' De man kijkt naar mijn lippen, niet naar mijn ogen en ik besef dat hij doof is. Hij schudt zijn hoofd en keert zich weer naar het water. In een moment van verbroken verbinding, een seconde buiten de tijd, wou ik dat Emma nu bij me was, omdat ze op school gebarentaal leert. Zo snel als die gedachte bij me opkomt, besef ik hoe absurd ze is. In de weken na mijn moeders dood wilde ik telkens de telefoon pakken om haar te bellen, voor ik me realiseerde dat ze er niet meer was. Zo is het ook met Emma: telkens als ik me omdraai, verwacht ik haar te zien.

Rond middernacht beland ik bij het Palace of Fine Arts. De eenden in de vijver zijn stil. De wind blaast door de zuilen, bitterkoud. In het maanlicht lijken de beelden van wenende vrouwen boven op de zuilen levensecht, alsof hun tranen niet alle van steen zijn. In de beschutting van urnen en standbeelden liggen dakloze mensen in haveloze slaapzakken. Ik benader hen een voor een, geef ze dollarbiljetten bij de flyer, in de hoop dat een van hen iets weet.

Een paar uur later ga ik mijn appartement op Potrero Hill binnen zonder het licht aan te doen. Ik ga op de tast de trap op, schop mijn schoenen uit en wankel mijn bed in. Het lijkt alsof ik mijn ogen nog maar net dicht heb, als de telefoon gaat. Het is mijn zusje Annabel, die interlokaal vanuit Wilmington, in North Carolina belt.

'Hoe laat is het,' vraag ik, terwijl ik mijn bril pak.

'Zeven uur 's ochtends in jouw deel van de wereld. Hoe gaat het?'

'Niet zo goed.'

'Ik wou dat ik naar San Francisco kon komen,' zegt ze en ik weet dat ze dat meent. Ze zou er alles voor over hebben om hier te zijn en te helpen zoeken. Terwijl ze ooit een fanatiek reiziger was, is ze niet meer weg geweest uit Wilmington sinds bij haar jongste kind, Ruby, een ernstige vorm van autisme werd vastgesteld. Ruby is vijf jaar oud, een lief maar afstandelijk kind dat communiceert met een ingewikkeld systeem van handsignalen. Ruby verdraagt het nauwelijks aangeraakt te worden en haar gevoeligheid voor geluid is zo extreem dat de telefoons en de deurbel in Annabels huis niet rinkelen, maar knipperen.

'Wat kan ik doen?' zegt Annabel. 'Heb je geld nodig?'

'Ik heb een beetje gespaard.'

'Hoeveel is een beetje?'

'Niet veel. Ik heb al mijn opdrachten voor de komende maand afgezegd.'

'Wat betaal je aan huur?'

'Die is en blijft twaalfhonderd, dankzij de huurbescherming.'

'Luister,' zegt ze, 'ik ga op de eerste van elke maand twaalfhonderd dollar op je rekening zetten tot dit achter de rug is.'

'Elke maand?' zeg ik, terwijl ik het bloed uit me weg voel stromen. 'Het is al erg genoeg me nog een week voor te stellen zonder te weten waar Emma is. Ik kan het idee niet eens bevatten dat dit maandenlang kan gaan duren.'

'Ik hoop dat je haar morgen vindt, maar nu heb je tenminste een ding minder om over te piekeren.'

'Maar ik kan je geld niet aannemen, Annabel.'

'Geen gemaar. Rick is net partner geworden. De zaak is gesloten.'

'Dankjewel. Ik zal je terugbetalen.'

'Abby,' zegt ze, 'gaat het wel een beetje?'

'Alle stukjes vielen ineen,' zeg ik. 'Alles leek zo volmaakt.'

Ik vertel Annabel hoe ik vrijdag in alle vroegte naar Jake ging om hem samen met Emma uit te zwaaien. Hij zou een weekend naar Sean Doherty in Eureka gaan, een kamergenoot van tijdens zijn studie, die onlangs was gescheiden. Sean worstelde met een depressie en Jake ging hem redden; ik zou voor Emma zorgen. Dit zou ons eerste weekend met zijn tweetjes worden, een soort test. Jake zou na zijn terugkeer Emma over onze trouwplannen vertellen.

Die ochtend ontbeten Emma en ik met wentelteefjes en warme chocolademelk in de Tennessee Grill. Daarna maakten we van een knutselpakket een lappenpop, met patchwork knieën en blauwe knopen als ogen en dikke zwarte draden als haar. 's Middags gingen we naar een animatiefilm over een ziekelijk meisje van een onduidelijke nationaliteit, dat vriendschap sluit met een paard en haar dorp van de ondergang redt. Emma had te veel gomvisjes gegeten en op de terugweg van de bioscoop kreeg ze buikpijn en begon ze te huilen. Leer nee zeggen, dacht ik, terwijl ik mijn arm uitstak en over haar rug wreef.

Bij mij thuis gaf ik haar een glas water en ze schurkte tegen me aan op de bank terwijl ik haar voorlas uit *Old Hasdrubal and the Pirates*. Ze viel in slaap met haar hoofdje op mijn schouder. Ik verloor me in de warmte van mijn lievelingsboek uit mijn kindertijd en bleef nog een tijdje in stilte lezen, genietend van het gewicht van Emma's hoofd tegen mijn schouder. Toen ik haar optilde en haar de trap op droeg, naar haar bedje, deed ze lodderig haar ogen open, net lang genoeg om welterusten te zeggen.

Ik trok mijn pyjama aan en kroop naast haar in bed. Ik keek naar hoe ze sliep en voelde diepe voldoening. Misschien was ik geschikt voor het moederschap; en zo niet het moederschap, dan toch dat andere, het stiefmoederschap, die rol die ergens tussen moederschap en vriendschap in zat. Emma was een wilskrachtig, soms wild kind, net zoals ik vroeger, maar in haar slaap was ze bedrieglijk rustig. Ik dacht aan mijn eigen moeder, die mij op haar 22ste kreeg, en ik stelde me haar voor in de deurpost van mijn slaapkamer in haar korte katoenen badjasje, haar rode haar in een staart, zoals ik haar elke avond van mijn kindertijd had zien staan. Ik vroeg me af of zij zich, net zoals ik nu, opeens volwassen had gevoeld, op haar plaats in de wereld, bekleed met grote verantwoordelijkheid.

'Ik voelde me voor het eerst sinds jaren verbonden met mama,' vertel ik Annabel. 'Ik had het gevoel dat ik haar eindelijk begon te begrijpen. Ik wou dat ze nog leefde, zodat ik het haar kon vertellen.'

Wat voor successen ik ook had in mijn carrière, wat voor interessante wendingen mijn leven ook nam, ik wist dat mijn moeder altijd vond dat ik tekortschoot, niet echt volwassen was. Zonder man en kind was ik voor haar niet meer dan een losgeslagen meisje.

'Heb ik je ooit verteld wat ze me tegen het einde vertelde?' vroeg ik Annabel. 'Toen ik thuis was om haar te verzorgen, moest ik haar beloven dat ik een goede man zou vinden, een die kinderen wilde. En toen deed ik iets ongelooflijk doms. Ik beloofde het, maar hield intussen mijn vingers gekruist achter mijn rug, omdat ik toen in mijn toekomst echt geen kinderen zag. Niet dat ik ze per se niet wilde hebben; het was gewoon geen prioriteit. Wie liegt er nou tegen zijn moeder op haar sterfbed?'

'Je zult vast niet de eerste zijn,' zegt Annabel. 'Ze wist trouwens toch wel dat je maar deed alsof, denk ik.'

'Maar het rare is dat ik me wel aan die belofte heb gehouden. Ik vond Jake, werd verliefd op hem, ging van Emma houden. Soms bekruipt me het griezelige gevoel dat mama het allemaal heeft bekokstoofd vanuit de ruimte, als een goede kosmische grap.'

'Ik acht haar ertoe in staat.'

Ik vertel Annabel hoe Emma en ik op zaterdag vroeg waren opgestaan om pannenkoeken te bakken. 'Ik verdiende punten door haar de eieren te laten breken en in het beslag te laten roeren. Zo keek ik er echt tegenaan, weet je. Ik had bij Emma het gevoel dat ik begon met allemaal punten tegen mij: ik was niet haar moeder, Jake besteedde tijd aan mij terwijl ze hem eerst voor zich alleen had. Ik had geen flauw idee hoe je een kindje blij kon maken. En alles wat ik goed deed, was een punt in het plusrijtje. Hoe meer punten ik verdiende, hoe aardiger ze me zou gaan vinden, dacht ik.'

'Ze vindt je aardig, Abby.'

'Dat was het niet eens. Ik wilde dat ze van me ging houden. Ik had het gevoel dat elke minuut die we samen waren, een soort test was.'

Eindelijk, voor de eerste keer, vertelde ik Annabel het hele verhaal, zonder ook maar iets weg te laten: hoe ik een lichte prikkeling van geluk voelde toen ik het dode zeeleeuwenjong zag. Wat een mooie foto's het zou opleveren. Wat een mooie kans het was om Emma te troosten en haar een of andere belangrijke les over de vergankelijkheid van het leven te leren. Ik vertelde haar zelfs hoe ik glimlachte naar een van de jongens op de parkeerplaats – een surfer, die naast een geel bestelbusje zijn plank aan het waxen was. Hoe mijn glimlach misschien iets te vriendelijk was geweest, hoe ik me heel even afvroeg hoe het zou zijn om hem te zoenen.

'Het is geen misdaad om te denken dat je iemand zoent,' zegt Annabel.

'Dat weet ik. Waar het mij om gaat, is dat ik er niet helemaal met mijn gedachten bij was. Ik concentreerde me niet op Emma. Als ik beter had opgelet, zou dit nooit zijn gebeurd.'

'Je mag jezelf dit niet aandoen,' zegt Annabel.

Ik denk aan de sympathieke jonge agent die me die eerste avond op het politiebureau probeerde te troosten. 'Het kan iedereen overkomen,' zei hij. Ik weet dat dat niet waar is. Annabel zou het nooit zijn overkomen. Jake zou het nooit zijn overkomen. Het zou geen van hen beiden hebben kunnen overkomen omdat ze niet een andere kant op zouden hebben gekeken.

10

Mijn buurvrouw Nell Novotnoy gelooft dat boeken ons kunnen redden. Ze woont naast mij op de bovenverdieping van haar dode zoon Stephen. Hij stierf zes jaar geleden op zijn 35ste en liet haar de bovenverdieping na, die hij tijdens de vette jaren van de internethausse had afbetaald. Nells getekende gelaat staart je nu aan vanaf grote banieren die door de hele stad aan lantaarnpalen hangen. Ze is woordvoerster voor de Aids Walk-campagne, de Quilt of Hope en de Mothers for Aids Research Foundation.

Ze is ook bibliothecaresse en heeft dertig jaar in de Mechanics' Institute Library aan Post Street gewerkt. Ze komt elke maandag langs met een boek dat ze speciaal voor mij heeft uitgekozen. Dankzij Nell heb ik kennisgemaakt met John Fante en Josef Škvorecký, Halldór Laxness en Lars Gustafsson, de dagboeken van Robert Musil en de essays van Edmund Wilson. Noem een auteur, en ze kan vrijwel altijd een titel noemen. Noem een jaar, en ze kan je de winnaars van de grote literaire prijzen noemen.

Zes dagen na Emma's verdwijning klop ik op Nells deur. Haar appartement is warm en ruikt onmiskenbaar naar haar zelfgemaakte macaroni met kaas. De afgelopen week heeft ze ovenschotels en cakes bij mijn deur achtergelaten, me aangeboden mijn was te doen en me te helpen waar ze maar kan. Nu gebaart ze mij naar de keukentafel en schenkt ze mij een kop koffie in.

'Praat,' zegt Nell, terwijl ze een dikke lok zwart haar uit haar gezicht strijkt. 'Ik kan goed luisteren.'

'Ik blijf me maar afvragen of ik die dag iets heb gemist,' zeg ik. 'Iets wat ik heb gezien of gehoord, maar mij niet kan herinneren. Iets wat toen onbelangrijk leek maar mij de goede kant op kan sturen. Ik heb het gevoel dat ik de sleutel tot het mysterie heb, maar dat hij onder tonnen troep begraven ligt en ik heb geen idee hoe ik hem kan vinden.'

'Weet je wat de heilige Augustinus zei? "Groot is de kracht van het geheugen, buitengemeen groot... een enorme en grenzeloze innerlijke ruimte."'

Ze staat op om de macaroni uit de oven te halen, vult twee kommen en reikt me een vork aan. 'Eet.'

Mijn verstand weet dat het heerlijk is – dezelfde macaroni met kaas waar ik een week geleden alles voor opzij had gezet – maar nu lijkt hij smakeloos en krijg ik hem nauwelijks weg.

'Je bent afgevallen,' zegt Nell, terwijl ze nog meer macaroni in mijn toch al volle kom schept. 'Ik weet dat eten nu het laatste is waaraan je denkt, maar je kunt niks op een lege maag.'

Ze neemt de laatste hap uit haar eigen kom en loopt dan naar haar boekenkast. 'De herinnering is een wetenschap,' zegt ze, terwijl ze de titels langsloopt. 'Er is een hele hoop over geschreven.'

Binnen een paar minuten liggen er stapels boeken en archiefmappen op tafel. Er zijn boeken bij over hoe de hersenen informatie opslaan, gekopieerde artikelen over het terughalen van herinneringen, geschriften van Aristoteles over de kunst van de mnemoneutiek, Raymond Lull en Robert Fludd.

'Heb je dat allemaal zomaar in huis?'

Nell haalt haar schouders op. 'Eens een bibliothecaresse, altijd een bibliothecaresse.' Ze bladert door de boeken, markeert een aantal bladzijden met Post-it-papiertjes en laat me schematische voorstellingen van de hersenen zien: de elegant gewelfde hippocampus, de amandelvormige amygdala, de mysterieuze slaapkwab. 'Hier zit het,' zegt ze, terwijl ze op mijn hoofd tikt. 'Hier zul je het antwoord vinden. Het is een bekend feit dat traumatische of zeer emotionele gebeurtenissen een puinhoop aanrichten in het geheugen, waardoor de informatie die in de hersenen ligt opgeslagen moeilijk toegankelijk wordt. Maar die informatie is er nog wel. Je moet alleen uitvogelen hoe je erbij kunt komen.'

Als ik later op de avond alleen thuiszit, met een pen en notitieblok naast me, duik ik in Nells boeken. In een onlangs gepubliceerd werk, *Strange Memory*, van een bekende professor in de psychologie, Stephen Perry genaamd, stuit ik op het verhaal van Sjeresjevski, de man die niet kon vergeten. Perry haalt het klassieke werk *Een teveel aan geheugen* aan, waarin de Russische psycholoog Alexander Luria zijn patiënt simpelweg met S. aanduidt. Ik vind het vreemd dat een man met zo veel herinneringen wordt gereduceerd tot een enkele letter.

Wat onthield S. allemaal? Elk woord van elk gesprek, teruggaand tot in zijn kindertijd. Elke maaltijd die hij had gegeten, elk geluid dat hij had gehoord, elk kenmerk van elk gezicht dat hij ooit had ontmoet. Waar amnesielijders niet in staat zijn iets te onthouden, was S. niet in staat iets te vergeten. Elke bladzijde tekst, elk gesprek, was een mijnenveld; een enkel woord kon een lawine aan herinneringen veroorzaken die het onmogelijk maakte zijn gedachtegang te voltooien.

Stel je een straat in een stad voor, op een willekeurige dag. Stel je nu voor dat een wandeling door die straat tot duizenden blijvende herinneringen leidt. Voor jou bestaat er niet zoiets als de korte termijn, zoiets als vergeten. Je zult je elke etalage, elke figuur achter het glas, elke aparte houding herinneren. Stel dat er in deze straat een boekhandel is. Als je langs die winkel loopt, werp je een blik in de etalage en zie je een paar titels uitgestald liggen. Je zult je nu voorgoed niet alleen die titels herinneren, maar ook de omslagen van de boeken, de volgorde waarin ze liggen, de vrouw die in de rij staat om iets de kopen, haar opzij geknikte hoofd als ze zich omdraait en jou ziet. Je zult je de kleur van haar lipstick, rood, herinneren, de vorm van haar been, rank en lang, iets opgeheven, de zwartleren sandaal die van haar hiel glijdt. Je zult je ook de man achter de kassa herinneren, zijn kapsel, het gouden horloge dat hij draagt. Je loopt snel door, terwijl je intussen beseft dat je in de voorgaande seconden je geheugen van duizenden indrukken hebt voorzien die je tot aan je dood met je mee zult dragen. Terwijl je al lopend deze waarheid overdenkt, stoot je je teen. Je kijkt naar beneden en ziet de boosdoener: een verhoging in het trottoir. Ook dit wordt een herinnering: de oneffenheid in de stoep, het pijnlijke gevoel in je teen, het beeld van je eigen schoen in beweging. En je zult niet in staat zijn te vergeten dat je op die bepaalde dag van dat bepaalde jaar op die precieze plaats, je eigen gesel overdacht, je leven vol herinnering.

Wat is een zoektocht anders dan een tweeledige oefening in hoop en machteloosheid? De hoop maakt de zoektocht mogelijk, de machteloosheid maakt hem tegelijkertijd absurd. Ik wil graag ge-

55

loven dat er, diep begraven in de grijze materie, in de ingewikkelde vouwen van de cortex en het corpus callosum, de hippocampus en de amygdala, een enkel detail bestaat, een nauwkeurig stukje kennis, een precieze en cruciale herinnering die voldoende is om een vermist kind te redden.

Net zoals Funes, die met herinneringen beladen held uit het beroemde verhaal van Borges, wilde S. niets liever dan gewoon vergeten. Wat ik het allerliefst wil is herinneren, met absolute helderheid de gebeurtenissen op die dag op Ocean Beach zien. Ik zou graag alle herinneringen van mijn leven – verjaardagen en kerstochtenden, eerste liefdes en prachtige vakanties, fantastische boeken en mooie gezichten – inruilen voor die ene herinnering die ertoe doet, die ene die me naar Emma zal leiden.

11

De commandopost is gehuisvest in het Castro, in een leegstaande winkel die door een barmhartige samaritaan was aangeboden. Voorbijgangers worden begroet door Emma's ogen, die hen aankijken vanaf tientallen flyers die het raam bedekken. Aan lange tafels zitten vrijwilligers enveloppen te vullen en telefoons aan te nemen. Iedereen draagt hetzelfde uniform: een wit T-shirt met Emma's gezicht voorop, met daaronder de woorden: *Heb je Emma gezien?* Op de rug staat in grote zwarte cijfers een 0800-nummer met daaronder *www. findemma.com.*

De meeste vrijwilligers zijn leerlingen van Jake, maar er zijn ook andere leraren, vrienden, een paar mensen die ik ken uit de wereld van de fotografie en vreemden die hebben gereageerd op onze oproepen op de centrale website van de stad.

Er is een week verstreken sinds Emma is verdwenen. Terwijl ik als een bezetene liep te zoeken op straat en alle kanten op rende, heeft Jake de troepen georganiseerd. Hij pakte het methodisch, rationeel en planmatig aan: zoals hij alles aanpakt.

Een wand is bijna geheel bedekt door een plattegrond van de Bay Area, met pinnetjes in allerlei kleuren. Er rinkelen telefoons, stemgeluid zwelt aan en neemt af. Een puisterige jongen met perfect gekamd haar instrueert een groep tieners.

'Leg deze flyers op zo veel mogelijk plaatsen in het gearceerde gebied,' zegt hij. 'Koffiezaakjes, boekhandels, supermarkten, noem maar op.' Hij geeft een schoenendoos vol buttons met Emma's foto erop door. 'Speld deze op. Neem er een paar extra mee om uit te delen. We willen dat iedereen haar gezicht voor ogen heeft.'

De groep verspreid zich en de jongen komt naar me toe en geeft me een hand.

'Abby Mason,' zeg ik.

'Dat weet ik,' zegt hij. 'Ik ben Brian.' Hij heeft de zelfvoldane maar toch ook ietwat innemende houding van een klassenvertegenwoordiger of de voorzitter van de Jonge Democraten. 'Wil je een campagnezone, of kom je voor Mr. Balfour?'

'Beide.'

Brian geeft me een stapel flyers en een kaart. 'Onze man voor Colma is niet komen opdagen. Had een atletiekwedstrijd. Je kunt voor hem invallen.' Hij haalt een gekopieerde kaart tevoorschijn, waarop een klein blokje is gemarkeerd met een oranje markeerstift. Iedere vierkante centimeter staat voor tien vierkante kilometer. Ik stel mijn vierkant voor als een uitgestrekt doolhof vol winkels, appartementen, huizen. Greppels, afvalcontainers, struiken.

Jake ziet me en komt naar me toe.

'Nieuws?' vraag ik.

'Niet sinds ik je voor het laatst sprak.'

Dat was een halfuur geleden. We leven op onze mobieltjes. Niet aflatend verkeer, uitwisseling van informatie, aanmoedigingen. Er zijn talloze aanknopingspunten binnengekomen, maar de agenten weten niet welke ze moeten volgen. Een man in Pescadero dacht dat hij haar in een Chinees restaurant had gezien op hetzelfde moment waarop ze was gesignaleerd door een jogger in Oakland, een winkelbediende in de buurt van Yosemite en een postbode in San Diego. Jakes ex-vrouw, Lisbeth, is nog altijd niet opgespoord.

'Ik hoop dat ze samen zijn,' zei Jake me toen dit hele gedoe begon. 'Ik had nooit gedacht dat ik dat zou zeggen, maar mijn god, ik hoop dat het zo is. Dan is ze tenminste...'

Hij maakte zijn zin niet af, maar ik wist wat hij dacht. Als zijn ex erachter zat, zou Emma tenminste nog leven.

Ik denk aan wat Sherburne meer dan eens heeft gezegd met betrekking tot Lisbeth: 'Het is niet gemakkelijk iemand te vinden die echt niet gevonden wil worden.'

Emma's gezicht kijkt me aan vanaf Jakes T-shirt. Voor mij ziet ze eruit als Emma, met haar lage, lange lach, Emma die in niet meer dan vijf seconden kan omslaan van vrolijk naar humeurig, Emma die van pindakaas en honing op geroosterd zuurdesembrood houdt; maar voor vreemden moet ze eruitzien als een van de vele zwartharige, groenogige meisjes met kuiltjes in de wangen. Brengen de telefoontjes ons dichterbij, of voeren ze ons verder weg? Emma kan in Pescadero of Oakland of Yosemite zijn, en ze kan ook twintig meter hiervandaan opgesloten zitten in iemands appartement, verdoofd en daas. De flyers zeggen: 'Zwart haar. Groene ogen. 1,22 m. Droeg een rode sweater, blauwe broek en blauwe Paul Frank-gympies met EMMA op de neus geborduurd.' Maar de kidnapper kan gemakkelijk haar haar hebben afgeknipt en geverfd en haar andere kleren hebben gegeven. Ze kan bij haar moeder zijn, bang maar relatief veilig, of ze kan bij een of andere psychopaat zijn.

Jake kijkt de kamer rond, gaat dan achter een bureau zitten en drukt zijn handen tegen zijn ogen. Hij zal willen dat hij me nooit had ontmoet. Ik wil mijn armen om hem heen slaan en hem vertellen dat het me spijt, en dat ik zeker weet dat we haar zullen vinden, maar er zijn te veel mensen, er is te veel lawaai. Met het voortslepen van de uren en het uitdijen van het zoekgebied wordt ook de afstand tussen ons groter.

Toen we elkaar net hadden ontmoet, waren we verbaasd over het grote aantal dingen dat we gemeen hadden. Het ging veel dieper dan een gedeelde liefde voor de Giants en het feit dat we uit Woody Allen-films konden citeren. We hadden allebei onze moeder door kanker verloren. We hadden allebei een vader die uit beeld was verdwenen, zij het om verschillende redenen: Jake verloor de zijne aan de drank, terwijl ik de mijne kwijtraakte aan zijn nieuwe vrouw, hun jonge gezin en zijn allesoverheersende wens opnieuw te beginnen na de akelig verlopen scheiding van mijn moeder.

Op ons vierde afspraakje – een bezoek aan een tentoonstelling van William Eggleston in het MOMA, gevolgd door een etentje in de Last Supper Club – hadden Jake en ik het uitgebreid over onze families. 'Als je volwassen bent, hoor je domweg te accepteren dat je ouders er niet meer zijn,' zei hij, 'maar ik heb daar altijd moeite mee gehad. Volwassen zijn vrijwaart je niet van het gevoel een wees te zijn. Ik denk dat dat een reden was waarom ik er zo kapot van was toen Lisbeth bij me wegging. Ik heb lang geleden besloten dat een gezin mijn eerste prioriteit was en toen ze wegging had ik het gevoel dat ik had gefaald. Daar had je Emma, drie jaar oud, zonder moeder, en ik had heel sterk het gevoel dat het mijn fout was.'

Als ik terugkijk, denk ik dat ik mezelf die avond voor het eerst toestond aan het woord *liefde* te denken, voor het eerst accepteerde hoe sterk mijn gevoelens voor Jake waren. Daarna ging alles razendsnel en opeens hadden we het over trouwen en leek dat de allernormaalste stap van de wereld. In de weken voor dit allemaal gebeurde, dacht ik vooral aan de bruiloft. Nu doet die er natuurlijk niet meer toe. Gisteren kwam het onderwerp voor het eerst ter sprake en Jake en ik waren het erover eens dat het huwelijk moest worden uitgesteld. De woorden die we geen van beiden uitspraken, waren *voor onbepaalde tijd*. Al onze hoop is gericht op een onbepaald punt in de toekomst, de precieze stip op een onzichtbare tijdbalk als Emma gevonden is. In de momenten na haar verdwijning wist ik zeker dat dit punt binnen een paar minuten zou komen. In de loop van de dag stelde ik mijn hoop bij naar uren. De volgende ochtend had ik mezelf voorbereid op dagenlang wanhopig zoeken, dagen van niet weten. En nu de dagen voorbijgaan zonder enig teken van haar, zonder aanwijzingen, blijven we zitten met de niet te bevatten mogelijkheid dat deze verschrikking wel eens weken kan gaan duren.

Als ik de commandopost verlaat met een stapel flyers in mijn tas gepropt, is er een liedje op de radio, een pakkend nummer dat ik niet uit mijn hoofd krijg, een song van Wilco die de afgelopen weken overal te horen was. Ik had wel de melodie lopen neuriën, maar nooit op de tekst gelet.

'Elke song is een terugkeer,' zingt de stem. En dan komt het refrein, dat keer op keer wordt herhaald, zo pakkend en deprimerend: 'Elk moment is het weer wat later.' Ik kijk op mijn horloge en maak de rekensom: PI maal de straal in het kwadraat, een reeks cijfers die wegtikt in mijn hoofd.

Ik ben in geen jaren in Colma geweest, om goede redenen. Je vindt er niets dan eindeloze tweederangs winkelcentra en restaurantketens en vierbaanswegen zonder stoep. Ik leg flyers neer bij Burger King en Cost Plus, Pier 1 en Home Depot, Payless Shoes, Marshalls en BevMo. De bedienden betonen zich meestal vriendelijk en betrokken. Bij Nordstrom Rack vraagt een zwangere vrouw om extra flyers en belooft dat ze die zal ophangen in Westlake. 'Die arme ouders,' zegt ze, terwijl ze met een hand over haar enorme buik wrijft. 'Ik kan het me niet voorstellen.'

Rond middernacht, nadat ik met honderden winkelende mensen heb gepraat en Emma's foto heb laten zien aan iedereen die maar wilde kijken, kom ik bij Target. Het is de enige winkel in Colma die nog zo laat open is. Hij is alarmerend hel verlicht. Bij de deur duwt een gastvrouw een mandje mijn kant op en in ruil geef ik haar een flyer. Ze haalt een bril uit haar zak, zet die op haar neus en zegt: 'Knap kind. Hartverscheurend. Hoe lang is het nou geleden, een week? Ze ligt vermoedelijk ergens in een greppel.'

Ik zwerf door de lange gangpaden en deel een tiental flyers uit aan late klanten. Op een gegeven moment sta ik tegenover Dreamtime Barbie, die gekleed is in een flanellen nachtjapon en donzige slippertjes, met een doorzichtige plastic tas aan haar arm. In de tas zitten een kammetje, een flesje shampoo en een piepklein oogmaskertje. Ik leg Dreamtime Barbie in mijn mandje. Opeens lijken al het plastic en de opzichtige kleuren, die ik vorige week nog lelijk zou hebben gevonden, mateloos aantrekkelijk. Ik voeg er een rode zachte bal aan toe, een doorzichtig springtouw dat is gevuld met paarse glittertjes, het bordspel Operation en een hondje op batterijen dat kan blaffen, rollen en apporteren. Zelfs het seksespecifieke speelgoed waar ik altijd een hekel aan had is plotseling verleidelijk: een oventje, Barbies Malibu Mansion, en een microfoontje met een speaker die de Spice Girls laat horen.

Ik draag mijn buit naar de kassa, waar mijn oog op een televisie op de elektronica-afdeling valt. Emma's foto verschijnt in een klein kadertje rechts van Leslie Gray. 'Martin Ruiz, voormalig docent Engels aan de school waar Jake Balfour lesgeeft, is opgepakt voor verhoor. Ruiz werd afgelopen februari opgenomen op de psychiatrische afdeling van het gezondheidscentrum Kaiser Permanente en werd later ontslagen.'

Ik ken Ruiz, die na een nare echtscheiding een zelfmoordpoging deed – vandaar dat verblijf op de psychiatrische afdeling. Jake had hem een paar keer te eten gevraagd. Ruiz leek me een zwaar depressieve man die zijn droef gemoed achter grappen en iets te veel alcohol probeerde te verbergen. Ik vond hem meteen aardig, net zoals Emma, voor wie hij na het toetje een indrukwekkend kaartenhuis op de vloer van de woonkamer bouwde. Ik weet zeker dat hij hier niets mee te maken heeft – niets aan hem komt vreemd of onbetrouwbaar op mij over – maar dan besef ik dat ik nergens zeker van kan zijn. Ik wist zeker dat Emma veilig zou zijn bij mij, zeker dat we een gelukkig gezin konden zijn als Jake terugkwam van zijn reis. Alles wat ik wist, alle basisregels, zijn betekenisloos geworden.

Een jongen van een jaar of zestien staat in de gang met de koptelefoons en kijkt naar de televisies, gekleed in Target-rood. Op zijn naamplaatje staat dat hij Pete heet. 'Heeft u hulp nodig bij het zoeken?' vraagt hij.

'Nee, dank je.'

Pete kijkt naar de televisie. 'Mijn moeder krijgt maar geen genoeg van dit verhaal. Ze denkt dat de vader erbij betrokken is, dat het iets te toevallig is dat hij net de stad uit was op de dag dat het meisje verdween. Ik gok op de gestoorde leraar Engels. En u?'

De winkel begint te tollen en ik leun tegen de toonbank.

'Gaat het?' vraagt Peter en pakt me vast om me staande te houden.

Ik laat het mandje staan en loop naar de uitgang. 'Hé,' zegt Pete, die achter me aan loopt. 'Hé, wilt u die spullen nog?'

De parkeerplaats is bijna leeg. Neonlichten werpen griezelige vormen op het glimmende asfalt. Een vrouw loopt naar de deur en duwt een rij winkelwagentjes. Het moeten er minstens twintig zijn, een lange rechte slang, die ratelt bij het rijden. Er scheurt een auto vol jongeren over het terrein, die net op tijd opzij zwenkt om de wagentjes te ontwijken. De vrouw schudt haar hoofd en vloekt, de chauffeur roept iets schunnigs terug en er waait een flard muziek door de autoraampjes. Het is weer die song van Wilco.

12

Een paar jaar geleden ging ik met een vriendin naar New York om haar dertigste verjaardag te vieren. Daar woonde een man die ik kende uit mijn studententijd en op wie ik ooit vreselijk verliefd was. We hadden elkaar in geen jaren gesproken hoewel ik wel vaak aan hem had gedacht. Zijn adres had ik niet en hij stond niet in het telefoonboek. Dat weerhield me er niet van overal waar ik kwam naar hem uit te kijken: Dean & Deluca, een ballet in het Lincoln Center, de Shakespeare Garden, de metro naar het centrum.

Twee keer dacht ik dat ik hem in de verte zag, maar toen ik dichterbij kwam bleek het iemand anders te zijn. Ik begon me af te vragen of ik hem na tien jaar nog wel zou herkennen. Stel dat hij dikker was geworden of zijn haar kort had geknipt of een voorliefde voor driedelige pakken had ontwikkeld? Hield ik mezelf voor de gek door te denken dat ik hem alleen aan zijn gezicht, de boog van zijn wenkbrauwen, een bepaald gebaar kon herkennen? Zocht ik hem of de persoon die hij tien jaar geleden was? Ik vroeg me af of ik misschien al onbewust in zijn buurt was geweest, of ik naast hem had gezeten in een restaurant of op straat in het voorbijgaan zijn arm had aangeraakt.

Emma is echter overal. Telkens als ik een hoek om ga, telkens als ik de voordeur van mijn appartement openmaak, telkens als ik naar de bank ga. Ik bezoek de smoezelige hotels van de Tenderloin, de viersterrenhotels op Union Square, de chaotische winkels in Chinatown, de trendy cafés van North Beach. Geen enkel vrouwelijk kind van ongeveer Emma's lengte is uitgesloten van mijn nieuwsgierigheid en mijn hoop. Ik zwerf over de heuvels van Noe Valley, turend naar de gezichtjes van kinderen die aan het fietsen zijn. Ik ga naar gezondheidscentra in heel de stad, waar ik de mistroostige gezichten in de veel te hel verlichte wachtkamers afspeur. Ik wandel door de heuvels van Oakland.

Op de ochtend van de tiende dag rijd ik naar Point Reyes, klim naar de top van de vuurtoren en speur het omringende strand en de zee af met een verrekijker. Op weg naar beneden kijk ik of ik soms een voetje of een handje uit een hoekje in de toren zie steken. Op de elfde dag kam ik de wasserettes en hamburgertenten van Richmond uit, de met woningen volgepakte straten van Sunset. Die nacht rijd ik tien uur achter elkaar met de Muni van het ene punt naar het andere, kriskras door de stad als een krankzinnige, met rinkelende kwartjes in mijn portemonnee. Op de twaalfde dag doe ik de BART[2]. Op de dertiende Caltrain[3].

Op de veertiende dag neem ik de kabeltram naar Fisherman's Wharf; ik wurm me langs toeristen die ansichtkaarten en *saltwater taffy*[4] kopen. Ik bestel krab en zit op een terrasje naar de mensenmassa te kijken. De gezichten van de vreemden nemen moordzuchtige trekken aan. Ik zie een man uit een souvenirwinkel komen. Hij is in de vijftig, bleek en draagt een spijkerbroek en een smaakvolle trui. Onder een arm houdt hij een pakje dat in teer, wit papier is gewikkeld. Nog terwijl ik hem volg, weet ik dat dit geen zin heeft. Ik weet dat de kans dat deze man de kidnapper is ongeveer één op twintig miljard is. Ik weet dat ik me onredelijk gedraag, maar kan het niet laten. Ik loop vlak achter hem, maar niet zo dichtbij dat ik zijn aandacht trek. Ik volg hem naar Ghirardelli Square, een café in, waar hij een kop koffie en een stukje citroentaart bestelt. Daarna naar Pier 39, waar hij op een bankje gaat zitten om de *Chronicle* te lezen. Ten slotte komt er een Larkspur-veerboot aan en de passagiers gaan van boord. Een aantrekkelijke Italiaanse vrouw met een opvallende rode hoed dringt zich door de menigte naar hem toe. Nadat ze elkaar hebben omhelsd, geeft hij haar het cadeau. Ik loop weg en voel me verloren en ontzettend dwaas.

Op de vijftiende dag dwaal ik over de Embarcadero, ik loop Stockton in, ga links Montgomery in en beklim de smalle trap langs schilderachtige appartementen met schuine deuren naar de top van Telegraph Hill, waar Coit Tower in het hart van Pioneer Park staat. In de toren maak ik een rondje op de begane grond, met zijn reusachtige muurschilderingen, zachte vormen en stralende kleuren – vrouwen die calla's plukken, breedgeschouderde mannen die glazen bier drinken aan blinkende bars. Ik neem de wenteltrap naar de top en kijk uit over de straten die aflopen naar de baai, de Golden Gate Bridge, het eiland Alcatraz. Vanaf hier ziet het water er kalm en aangenaam uit, helemaal veilig.

Buiten bestel ik bij een versnaperingenkraampje een cola en een hotdog. Ik betaal de verkoper en geef hem een flyer. 'Ik ben mijn kleine meisje kwijt.'

Hij schuift een bril van boven op zijn hoofd naar zijn neus en houdt de foto er vlak voor. 'Ik heb haar op de TV gezien,' zegt hij. 'Ik heb met je te doen.' Hij gebaart naar de stapel flyers in mijn hand. 'Heb je er een paar over? Ik zal ze graag voor je uitdelen. Ik verkoop heel veel hotdogs en spreek heel veel mensen.'

Op de zestiende dag huur ik een fiets in de Presidio en rijd ik via China Beach en Fort Point de Golden Gate Bridge over, de hoog oprijzende Headlands in. Ik neem voor een nacht een kamer in een jeugdherberg die hoog boven de brullende Grote Oceaan ligt en snuffel rond in de lege ruimten. Tijdens een ontbijt van eieren en geroosterd zuurdesembrood laat ik Emma's foto aan een tiental rugzaktoeristen zien. Ze luisteren welwillend naar mijn verhaal, zeggen dat ze naar haar zullen uitkijken en keren dan terug naar hun gesprek over het scoren van goedkope hasj in Phuket en het krijgen van dysenterie in Bombay.

Op dag zeventien sluip ik bij Alamo Square rond in duistere bars die naar weed ruiken. Ik bezoek tattooshops en coffeeshops voordat ik richting Upper Haight loop, waar ik Emma's foto ophang bij dure boetieks en hem laat zien aan een groepje toeristen dat voor het Grateful Dead-huis in Ashbury Street staat. Ik dool door de lange gangpaden van Amoeba Records, waar Jake en ik altijd kwamen om ons te ontspannen, en geef flyers aan de hippies die in de rij staan te wachten. In Cole Valley ondervraag ik bloemisten en serveersters, werk het achterste terras van café Reverie af en praat met de bediende van Cole Hardware die me de afgelopen tien jaar elk jaar een klein kerstboompje heeft verkocht. Overal waar ik kom deel ik aan Jan en alleman mijn telefoonnummer uit en dring ik er bij vreemden op aan mij te bellen als ze iets zien. Iedereen heeft hetzelfde te bieden: sympathie, maar geen antwoorden.

Op de achttiende dag loop ik door de rustige steegjes van Chinatown, waarbij ik eruitzie als een vreemdeling in een zee van Chinese gezichten. Oude mannen, zonder haast, met hun handen ineengestrengeld op de rug, staan stil en staren me na. In Waverly Street waait het geklik van dobbelstenen vanachter de gesloten deuren van gokhuizen naar buiten. Ik word een toerist in mijn eigen stad, een waarnemer van wijken, een beschouwer van gezichten, een spion. San Francisco, dat altijd zo klein had geleken, voelt nu onmogelijk groot aan, een immense topografie van irrelevante dingen, die allemaal samenwerken om de waarheid te verdoezelen. Ik heb geen idee waar ik naar op zoek ben, geen benul van waar ik zou moeten zoeken, in welke straat, op welke dag en op welk tijdstip. Emma is overal en ze is nergens.

Jake trekt zich intussen steeds verder terug. De meeste nachten slaap ik bij hem thuis. Hij staat erop dat ik daar blijf terwijl hij er in zijn auto op uit gaat om te zoeken. 'Er moet iemand hier zijn, voor het geval dat,' zegt hij. Voor het geval dat wat? Het is alsof hij ergens gelooft dat Emma gewoon zal komen binnenwandelen.

Als hij terugkomt van die nachtelijke zoektochten, zijn z'n kleren vies, zit zijn haar door de war en is zijn bril smerig. Zijn transformatie heeft zich zo snel, zo grondig voltrokken dat als je twee foto's van hem naast elkaar zou leggen, een van pakweg drie weken geleden en een van vandaag, het net foto's van twee verschillende mensen zouden zijn. Ik weet dat hij zijn best doet mij niet te haten, mij niets te verwijten. Maar soms betrap ik hem als hij naar me zit te staren – 's ochtends aan tafel, als we koffie drinken en de zoektocht van die dag plannen, of 's nachts, als hij uit de badkamer komt en zijn lichaam nog dampt van de douche – en op zijn gezicht lees ik dan iets totaal anders dan de blik van een man die de vrouw met wie hij wil trouwen heeft gevonden. Het is een blik vol verwarring, woede. Ik weet dat hij al onze maanden samen, al onze plannen, zonder mankeren in zou ruilen voor nog een seconde met Emma. Ik besef vol verbijstering dat ik precies hetzelfde zou doen.

13

Een oranje Chevelle. Nieuwe lak, oude banden. Raampjes half omlaag. De Maagd Maria bungelt aan de achteruitkijkspiegel. Op de plaats van de bestuurder zit een man. Grijs haar. Blauw overhemd, middagbaardje, verdiept in een krant. Ik zag de kop toen we langsliepen: *Betrekkingen met China onder druk.*

'Kijk,' zei Emma. Ze wees naar een legertje mieren dat een minuscule, dode zandkrab over de stoep aan het versjouwen was. Gebiologeerd hurkte ze neer bij de optocht. 'Waar brengen ze hem naartoe?'

'Naar huis.'

'O,' zei ze. 'Ze gaan voor hem zorgen.'

Ik stond net te genieten van haar vertederende onschuld toen ze iets onverwachts deed: ze pakte haar rode plastic schepje en liet het hard neerkomen op de krab, waarbij zijn schaal brak. De mieren bewogen niet meer.

Ze keek verheugd naar me op. 'Ik heb ze gedood!'

'Inderdaad.'

Maar toen begon de schaal weer te bewegen. Dit keer hief ze haar voetje op en stampte ze zowel de krab als de mieren naar de vergetelheid. 'Ziezo,' zei ze, zwaaiend met haar gele emmertje. We liepen verder over de parkeerplaats naar het strand. Ik wierp een blik op de man in de oranje Chevelle. Hij was nog steeds zijn krant aan het lezen en koffie aan het drinken. Op het dashboard stond een poppetje van een hoelameisje, dat hij tijdens het lezen met zijn vinger heen en weer tikte.

Het lijkt alsof ik me elke dag iets meer herinner van het gezicht van de man, nog een klein detail van zijn auto: een kras op de motorkap, een gele streep langs de zijkant. Maar hoe duidelijker de details worden, hoe meer ik aan mijn eigen geheugen ga twijfelen. Het lijkt alsof het geheugen met het verstrijken van de tijd steeds impressionistischer zou moeten worden: de lijnen worden vaag, de kleuren gedempt, de ene vorm gaat in de andere over. Maar wat begint als impressionisme beweegt zich in plaats daarvan gestaag naar closeupfotografie, tot er uiteindelijk één over is, die beangstigend gedetailleerd is. Hoeveel van die details zijn waar en wat heb ik simpelweg tevoorschijn getoverd?

Tijdens mijn eerste jaar aan de universiteit van Tennessee volgde ik de verplichte collegereeks Studiemethoden. De eerste helft van de reeks was gewijd aan het geheugen. Ik ben het meeste ervan vergeten, maar wat ik me nog goed herinner is de relatie tussen fysieke ruimte en geheugen. Een student die elke dag achter hetzelfde bureau zit zal beter informatie opslaan dan een student die zich verplaatst. Als je niet meer weet in welke volgorde een bepaalde gebeurtenis zich heeft afgespeeld, helpt het meestal om terug te keren naar de plaats waar die zich voltrok. Door naar de indeling van de plaats en de verscheidene details van de omgeving te kijken, kan je kortetermijngeheugen worden geprikkeld. En als je iets kwijt bent, moet je stap voor stap terugkeren naar de laatste plaats waarvan je je herinnert dat je het verloren voorwerp er nog had.

Met deze dingen in gedachten maak ik een dagelijkse pelgrimage naar Ocean Beach. Emma verdween om 10.37 uur. Ik keer er elke dag terug van 10.00 uur tot 11.10 uur, zodat ik in beide richtingen ongeveer een halfuur heb. Het is niet alleen mijn eigen geheugen dat ik probeer op te frissen als ik in ons spoor terugkeer, dag in dag uit. Ik zoek ook naar de oranje Chevelle, het gele bestelbusje, de motorfiets, de postauto, ieder die Emma die dag kan hebben gezien. Ik zoek naar aanwijzingen.

Ik vind van alles op de koude, grijze strook zand, maar niets wat ik werkelijk zoek. Op de hoek van de Sloat Boulevard en de Great Highway stuit ik tussen de stukken beton en steen die samen de rommelige zeewering vormen, op een ongelijk, plat stuk steen met een verweerde inscriptie. Ik kan nog net de woorden 'ter nagedachtenis' en 'gestorven 187...' lezen. Het laatste cijfer is weggesleten.

Ik moet denken aan een lesje geschiedenis dat Jake me in het begin van onze relatie gaf. In de negentiende eeuw was Ocean Beach de grens van een uitgestrekt duingebied dat zich een aantal kilometers landinwaarts uitstrekte. Dit gebied, de Outside Lands genoemd, behoorde toe aan Mexico. De Amerikaanse regering annexeerde Outside Lands pas in 1848 en er verstreek nog eens bijna twintig jaar voor het bij de stad werd getrokken. Maar voor de inwoners van San Fransisco leek het afgelegen strand met zijn dichte mist en onbewoonbare duinen nog steeds een ander land. De rest van de eeuw herbergden de Outside Lands saloons en begraafplaatsen.

Nadat in 1901 begrafenissen binnen de stadsgrens bij wet werden verboden, raakten de begraafplaatsen in verval. In 1950 waren ze allemaal gesloten en de meeste doden waren zuidwaarts naar Colma verplaatst. Het City Cemetery, de laatste rustplaats voor armen en minderheden, werd in 1909 opgedoekt. Nadat de niet opgeëiste grafzerken waren verwijderd, besloot de stad die nuttig te gebruiken. In het Buena Vista Park stuit je vaak op vreemde woorden en data die in de stenen goten gekerfd staan. Op oude foto's van Ocean Beach zie je zanderige heuvels die bedekt zijn met afgedankte grafzerken: een tijdelijke zeewering.

In 1912 begon boven op het City Cemetary de aanleg van de Lincoln Park-golfbaan. Jake en ik hadden er een paar keer gegolft. We namen Emma mee: zij hield van de lange wandeling over de groene heuvels, de geweldige panorama's. Vanaf de zeventiende hole konden we de Golden Gate Bridge en de mond van de baai zien. Ik vroeg me vaak af of de golfers zich bewust waren van wat er onder hun voeten lag. Tijdens een renovatie in 1933 werden er driehonderd lijken opgegraven. Onder de opgegraven eigendommen waren kunstgebitten, rozenkransen en Levi's-broeken. De ontdekking leidde tot een officieel onderzoek naar wat er met de elfduizend lichamen was gebeurd die begraven lagen op het City Cemetery. Ze lagen lang niet allemaal in Colma. Ze lagen ook niet elders. Ze leken gewoon te zijn achtergelaten.

14

De Holga-lens is precies het tegenovergestelde van wat een echt
goede optische lens zou moeten zijn. Hij is gemaakt van goedkoop
plastic en vertoont vaak vervormingen. Het resultaat is een onvoorspelbare soft focus, die zijn eigen stemming en atmosfeer creëert.

– International Lomographic Society

Ik kan me niet herinneren of Emma nu aan het rennen of aan het
huppelen was. Ik probeer me dat moment weer voor de geest te halen, het moment waarop ze van me wegliep. Lachte ze? En waarom
vroeg ik haar niet wat langzamer te lopen? Ik wist dat ze te hard liep
en te ver bij me vandaan was. Ik wist dat het beeld onscherp zou zijn.
En toch nam ik die foto gedachteloos, alsof het gewoon een kiekje
was, inwisselbaar. Hoe kon ik weten dat het een van mijn laatste foto's van haar zou zijn?

En nu, hoe vaak ik ook de derde foto op het rolletje van Ocean
Beach afdruk, hoeveel ik ook experimenteer met de scherpte en de
belichtingstijd, hoe vaak ik die belichting ook varieer om het licht
en contrast aan te passen, de afdruk komt er altijd grijs en korrelig
uit, altijd vaag. Op de voorgrond het zeehondenjong: witte vacht be-
poederd met zand, zwarte vlekken, de C van de ruggengraat. In de
verte Emma. Het zwart-witfilmpje en de verzachtende invloed van
het mistige licht geven de beelden iets mysterieus, iets als uit een
droom.

Elke foto is een enkel moment, ogenschijnlijk compleet, maar
wat ontbreekt, is de context: de afwezigheid van adem, de diepe stilte, het feit dat het zeehondenjong dood is. Wat ontbreekt, is de ontvoering, die zich buiten mijn gezichtsveld voltrok.

In de dagen na Emma's verdwijning, toen mijn gedachten naar

talloze vreselijke oorden afdwaalden, stelde ik me voor dat ze gevangen zat in de natte diepten van een golf, rondtollend in het duister, waarbij zout water haar longen in gulpt. Ik stelde me de vreselijke paniek voor die ze gevoeld moest hebben toen het water haar naar beneden zoog. Maar ik weet dat dit niet is gebeurd. Jake en ik hadden Emma voor die dag al tientallen keren meegenomen naar het strand. Niet een keer was ze in de buurt van het water gekomen, ze had er niet eens een teentje in gestoken. Wat Jake over Ocean Beach zegt is waar – de golven zijn woest en onvoorspelbaar – maar om te verdrinken had Emma heel dicht bij de branding moeten komen. Zoiets zou ze gewoon nooit doen.

15

Het is de twintigste dag, elf uur 's avonds en ik bel weer met Annabel.

'Waar ben je?' vraagt ze.

'De visvijvers.'

'Wat?'

'In Golden Gate Park.'

'Ben je gek geworden?' zegt ze. 'Het is daar niet veilig.'

'Ik heb pepperspray.'

'Maar waarom ben je daar?'

'De politie zegt dat ze het hele park hebben doorzocht, maar dat is onmogelijk. Het is te groot.'

Emma, Jake en ik zijn hier een keer samen geweest, op een zaterdag, voor een les vliegvissen. Hij staat erop dat Emma voortdurend nieuwe dingen meemaakt; dat is een van de redenen waarom Jake zo'n goede vader is. Die dag leken de drie reusachtige grijze vijvers van glas, verlicht door zonnestralen die tussen de coniferen door vielen. Vanavond zijn ze in mist gehuld. Ik weet nog hoe Emma mijn hand stevig vasthield, op een afstandje van de vijvers bleef staan en vroeg: 'Is het diep?'

Mijn stem klinkt vreemd in de stilte hier. Ik vertel Annabel niet over het grote luik aan het westelijke uiteinde van de vijver, hoe ik aan de zware klep trok en tot mijn verrassing merkte dat hij niet op slot zat, hoe ik hem optilde en met mijn zaklantaarn in het duister scheen en voorzichtig de vochtige trap afdaalde. Ik vertel haar niet dat toen ik gisternacht wakker lag, ik aan de vijvers en het luik dacht en me voorstelde hoe Emma gehurkt beneden zat, rillend in het duister, in de greep van een of andere maniak.

Ik riep haar naam terwijl ik de trap af liep. Mijn eigen stem echode terug. Ik bereikte de bodem en vond niets.

Nu houd ik een minuscuul houten vliegje in mijn hand dat is beschilderd met iriserend paars, met witte veertjes en vreemd lichtgevend bont. Ik voel zijn geringe gewicht in mijn hand en tuur in het duister van de vijvers. Zou je daar een lijk kunnen verbergen?

'Ik wil dat je nu, op dit moment naar je auto teruggaat,' zegt Annabel. 'Ik hou je aan de lijn tot ik weet dat je veilig bent.'

Ik loop langs het stenen gebouwtje, over de paadjes tussen lavendel en rozemarijn. De koperen koepel van het nieuwe de Young Museum rijst in de verte boven de rij bomen uit en glinstert vreemd in het maanlicht. Ik stap in mijn auto en sla het portier dicht.

'Is hij op slot?' vraagt Annabel.

'Je lijkt mama wel.'

Ze zucht. 'Wat laat je me soms toch schrikken.'

Ik start de auto en rijd naar huis. Ik hield er altijd van om 's nachts door het park te rijden, het leek dan niet zozeer een stedelijke oase als wel een soort jungle aan de rand van wereld. Nu lijkt het alleen maar gevaarlijk, een schuilplaats voor daklozen en moordenaars.

'Hé,' zegt Annabel. 'Ik vroeg me iets af. Herinner jij je Sarah Callahan nog?'

'Natuurlijk. Ik was haar totaal vergeten. Maar toen dit allemaal gebeurde, moest ik meteen aan haar denken.'

'Ik denk voortdurend aan haar,' zegt Annabel. 'Heb ik je ooit verteld dat ze me bij haar liet afkijken tijdens wiskundeproefwerken? Ze deed dat alleen maar omdat ze ontzettend graag mijn vriendin wilde zijn. Een paar weken voor ze verdween, nodigde ze me uit om met haar naar de film te gaan om haar verjaardag te vieren. Ik verzon een smoes om eronderuit te komen.' Hoewel ik zelden met Sarah had gepraat, herinner ik me haar gezicht. We zaten samen op een kleine, particuliere meisjesschool waar iedereen elkaar kende. De kliekjes waren duidelijk gedefinieerd en iedereen bleef devoot bij zijn eigen groepje. Sarah onderscheidde zich doordat ze geen groepje had. Voor zover ik weet had ze niemand.

'Ze nam altijd een rode lunchtrommel van Tupperware mee naar school,' zegt Annabel. 'Er zaten kleinere Tupperwaredoosjes in. Elke dag spreidde ze die kleine doosjes uit op de grond – haar sandwich, haar chips, haar koekjes – en nam een hapje van elk onderdeel, een voor een, tot alles op was. Ze dronk niets tot ze de laatste kruimel had opgegeten.'

Op een dinsdag aan het begin van het lentesemester kwam het schoolhoofd onze klas binnen en vroeg of iemand Sarah de vorige dag gezien of gesproken had. Niemand gaf antwoord. 'Denk goed na,' zei het schoolhoofd. Nog steeds geen antwoord. 'Goed,' zei hij somber. 'Ga maar verder.'

Die middag ging hij alle klassen langs en stelde overal dezelfde vraag, waarop hij steeds hetzelfde zwijgen ten antwoord kreeg. Tegen het eind van de dag deed het nieuws de ronde dat Mr. en Mrs. Callahan Sarah voor het laatst hadden gezien op maandagochtend, toen ze allebei naar hun werk gingen. Op maandagavond kwamen de Callahans laat thuis na een etentje en Sarah was er niet.

De buschauffeur meldde dat Sarah op maandagochtend niet bij de bushalte had gestaan. Op dinsdagmiddag verschenen er twee politieagenten op school, samen met Sarahs ouders, om vragen te stellen. Ik herinner me niet veel van Sarahs ouders, behalve dat haar vader afwezig leek en dat haar moeder een dikke blauwe sjaal droeg, ook al was het warm buiten. Elk meisje had weer een andere theorie. Misschien was Sarah ontvoerd door een seriemoordenaar. Misschien was ze ervandoor gegaan met een oudere man, iemand in de twintig, die haar minnaar was. Misschien had ze bus naar New York genomen, waar ze in de prostitutie zou belanden en een Broadwayster zou worden. Misschien wisten haar ouders iets wat ze niet vertelden.

In de dagen na haar verdwijning genoot Sarah een geheel nieuwe beroemdheid. Maar een paar weken later was het nieuwtje eraf. De onderwijzers hadden het niet meer over haar, en na verloop van tijd waren de leerlingen haar zo goed als vergeten. In april werd haar lichaam ontdekt in een bosje eikenbomen in Blakeley State Park. Het koord waarmee ze was gewurgd zat nog altijd rond haar keel en ze was naakt vanaf haar middel. De man die haar had vermoord had duidelijke sporen achtergelaten en werd weldra gearresteerd. Toen ze was gevonden werd er door niet één leraar op school iets over gezegd; misschien dachten ze dat het beter was om haar dood stilzwijgend voorbij te laten gaan. Het was alsof ze nooit had bestaan.

'Ik heb me altijd afgevraagd of ik iets voor haar had kunnen doen,' zegt Annabel nu. 'Ik herinner me een politieagent die een paar dagen na haar verdwijning op de TV kwam. Hij zei dat met elke dag die er verstreek, de kans dat ze levend zou worden gevonden drastisch afnam. Toen er ongeveer een maand voorbij was gegaan, leek het alsof de politie het had opgegeven. Maar toen ze de dader arresteerden, onthulde hij dat hij haar nog zeven weken in leven had gehouden. We hadden allemaal naar haar moeten zoeken.'

Als Sarah populair was geweest, had de school waarschijnlijk een gezamenlijke zoekactie ondernomen. We zouden ons hebben verzameld op de parkeerplaats van Delchamps, met een stel bezorgde ouders als chaperones, en we zouden de stad in groepjes hebben afgestruind terwijl we flyers uitdeelden en her en der aanklopten. We zouden waken bij kaarslicht hebben gehouden. We zouden om haar hebben gehuild. In plaats daarvan verdween Sarah snel uit ons collectieve geheugen, naar een nog diepere onbekendheid dan toen ze nog onder ons was.

'Waarom vertel je me dit?' vraag ik.

'Omdat je niet dezelfde fout kunt maken die we bij Sarah hebben gemaakt.'

'De politie komt telkens terug op de theorie dat ze is verdronken. Zelfs Jake begint er enig geloof aan te hechten.'

'Je moet je instinct vertrouwen, laat iedereen maar kletsen.'

Er klinkt een kinderstem in de kamer aan het andere eind van de lijn. 'Alex, schatje,' zegt Annabel, 'waarom ben je uit bed gekomen?'

'Het moet daar laat zijn,' zeg ik.

'Zeg tante Abby welterusten.'

Alex' slaperige stemmetje komt aan de lijn. 'Trusten, Abby.'

'Slaap lekker.'

En dan, alsof hij zich opeens iets herinnert, zegt hij: 'Wanneer mag ik Emma zien?'

'Gauw,' zeg ik, en slik iets weg.

Annabel komt weer aan de lijn.

'Heb je het hem niet verteld?' vraag ik.

'Ik denk maar steeds dat dat niet nodig is,' zegt ze. 'Ik denk steeds dat als ik maar lang genoeg wacht, dit allemaal voorbij zal zijn.'

'Ik ook.'

'Ik bel je morgen,' zegt ze.

16

Op de 23ste dag loop ik 's middags onaangekondigd Jakes huis binnen. Het is er eigenaardig stil, op het gefluit van een fluitketel op het fornuis na. Ik ga de keuken in en draai de pit uit.

'Jake?'

Geen antwoord.

Ik loop naar boven. Ik sta in de gang als ik een stem hoor, heel zacht, geen stem in gesprek maar eerder een zwak, monotoon gezang. Ik kijk door de open deur in de schemer van Jakes slaapkamer. Hij zit geknield voor het bed, met zijn rug naar me toe; zijn ellebogen bewegen langzaam. De vloer kraakt onder mijn voeten en hij draait zich verschrikt om. Zijn gezicht is nat. Hij heeft een rozenkrans in zijn handen.

'O,' zeg ik. 'Neem me niet kwalijk.'

Hij knikt en houdt even mijn blik vast; dan draait hij zijn hoofd weer om en gaat verder met zijn bezwering. Ik doe de deur dicht en blijf in de gang staan, met mijn rug naar de muur, onthutst door de vormelijkheid van het moment. Zolang ik Jake ken, heeft hij niets met religie gehad. Hij is opgegroeid als katholiek maar stapte als tiener uit de Kerk toen hij een oprechte interesse in filosofie begon te ontwikkelen.

Ik denk aan de kerken van de Southern Baptists uit mijn jeugd, de sonore dreun van de stem van de predikant tijdens de invitatie. 'Jezus roept je. Waar wacht je op?' zei hij altijd, terwijl achter hem het koor in lange witte gewaden zachtjes deinde en 'Kom zoals je bent' zong. Ik rook de mierzoete geur van mijn moeders parfum, voelde de lichte druk van haar hand op mijn rug. Ik wist zeker dat de predikant recht naar mij keek als hij op de treden voor de doopvont stond te wachten.

Ik wist precies wat mijn moeder wilde: dat ik uit de kerkbank zou stappen en door het gangpad naar voren zou lopen. Ze wilde dat ik de hand van de predikant zou pakken en zou huilen als hij zijn arm om mij heen sloeg om mij naar de verlossing te leiden. Als ik dat kon, als ik voor de gemeente kon gaan staan en mijn geloofsbelijdenis kon afleggen, zou ze helemaal van me houden. Maar hoe graag ik de roep van God ook wilde horen, het lukte me niet. Dus stond ik daar, week in week uit, jaar in jaar uit, naar de zachte stemmen van het koor te luisteren, rook ik mijn moeders parfum, voelde ik haar hand in het kuiltje onder aan mijn rug; en toch ging ik niet. Ik wachtte tot de Heilige Geest in mijn oor zou fluisteren, maar hoe langer ik niks hoorde, hoe zekerder ik werd dat ik nooit iets zou horen.

Nu ik naast Jakes slaapkamer sta terwijl hij bidt en huilt aan de rand van het bed waarin we zo vaak hebben gevreeën, voel ik dat oude, vertrouwde verlangen, de wens om diep vanbinnen beroerd te worden door de mysterieuze hand van God. Nee, het is niet zozeer God naar wie ik verlang als wel het één-zijn dat het geloof mij kan schenken – niet het één-zijn met een hogere macht, maar met de man van wie ik hou.

Mijn onvermogen Gods stem te horen scheidde mij mijn hele kindertijd van mijn ouders; het plaatste een soort hoge muur tussen ons waar ik onmogelijk overheen kon klimmen. Zelfs Annabel had in haar jeugd, voor de rebellie begon, een moment gehad waarop zij naar voren liep in de kerk, de hand van de predikant pakte, huilde en bad en verlost werd verklaard. Wat voor conflicten er zich ook tussen haar en mijn ouders zouden gaan voordoen – en dat waren er veel – ik wist dat ze haar altijd als de dochter zouden beschouwen die was verlost, de dochter voor wie er hoop gloorde, terwijl ik voorgoed een eigenaardig schepsel zou zijn van wie ze niks begrepen.

De volgende dag haalt Jake me over naar de kerk te gaan. Dat is de laatste plaats waar ik nu wil zijn, maar ik heb nu het recht niet hem iets te weigeren.

In een holle, donkere kerk die een paar straten van Ocean Beach ligt, knielen we en staan weer op, knielen we en staan weer op, terwijl een man in een lang, vreemd gewaad zachtjes spreekt. Tijdens de communie raakt Jake mijn elleboog aan, een aansporing om te gaan. Ik volg hem het gangpad in en wacht mijn beurt af in de rij. Jake knielt voor de priester, slaat een kruis en neemt de hostie op zijn tong. Het is koud in de kerk, het orgel speelt hard. Ik kijk naar Jake, de bleke huid van zijn gebogen nek, het lieve donkere randje haar, en ik ken hem niet meer.

Ik kniel op mijn beurt, sla verlegen een kruis, open mijn mond voor de hand van een vreemde en proef het zout op de vinger van de man. De hostie is droog en flauw, het tapijt ruw onder mijn knieën. Als ik opkijk naar de uitdrukkingloze ogen van de priester, heb ik het gevoel dat ik een of andere zware misdaad bega. Ik volg Jake naar een andere priester, die de rand van een zware zilveren kelk afveegt en die voor mijn lippen houdt. Het orgel dreunt maar door.

Na afloop, in de auto, zegt Jake: 'Ik voel het allemaal terugkomen.'

'Het?'

'Het geloof.'

'Weet je zeker dat je niet iets zoekt wat de dingen gemakkelijker kan maken?'

'Misschien. Maar daarom is het nog wel echt.'

We komen bij een rood stoplicht. Er steekt een vrouw voor ons over, met drie kinderen in haar kielzog. Een van de kinderen, een klein meisje, kijkt naar ons en grijnst. Heel even wordt het lichte haar zwart, wordt het gezicht vertrouwd en glimlach ik niet naar het kind van een vreemde maar naar Emma. In een fractie van een seconde is de illusie voorbij.

'Je moet iets hebben gevoeld,' zegt Jake, terwijl hij me hoopvol aankijkt.

'Nee.'

'Het gebeurt niet van de ene op de andere dag. Ga elke week mee naar de mis.'

'Het is tijdverspilling.'

'Het duurt maar een uur.'

Het licht verspringt, we kruipen vooruit. Ik doe het handschoenenkastje open, doe het weer dicht, gewoon om iets te kunnen doen. 'Ik kan niet doen alsof ik ergens in geloof wat me niets zegt.'

Jake zet de richtingaanwijzer aan en gaat rechtsaf Lawton op. 'We kunnen dit niet alleen aan.'

'We zijn niet alleen,' zeg ik. 'We hebben elkaar. Waar is je gezonde agnosticisme gebleven? Waar is je filosofie gebleven?'

Hij zucht. 'Ik geef toe dat het een beetje raar is. Denk niet dat ik geen grote twijfels had. Maar ik moet iets bedenken om hier iets zinnigs in te ontdekken.'

'Misschien is er niks zinnigs aan. Het is een feit dat er op de wereld vreselijke mensen rondlopen, een van hen heeft Emma en het is onze taak haar te vinden.'

Hij rijdt de oprit op. De garagedeur gaat open en valt dan rammelend achter ons dicht. Als we in het donker van de garage zitten, legt Jake zijn handen in zijn schoot en kijkt hij naar het plafond. 'Ze is heel klein. Eén golf kan genoeg zijn geweest. Dat zou verklaren waarom je niemand op het strand zag, waarom je niks hoorde.'

'Er zijn andere verklaringen.'

'Maar de politie denkt...'

'Het kan me niet schelen wat de politie denkt.' Ik doe m'n best om mijn stem onder controle te houden. 'Ze is niet hun dochter.'

'Ze is ook niet jouw dochter.' Hij doet het portier open, stapt uit en loopt het huis in.

Ik blijf een halfuur zitten, misschien langer, ruik de gebruikte olie, de muffe geur van kranten in de papiercontainer. In mijn hoofd tikken de seconden voort, de cirkel aan mogelijkheden dijt uit, terwijl een ingebeelde auto haar steeds verder van ons wegvoert.

Later, in bed, word ik wakker van Jakes gewoel. Als ik mijn arm om hem heen sla, merk ik dat hij ligt te baden in het zweet. Ik trek het laken weg en ontbloot zo zijn schouders. Hij wordt wakker.

'Je bent drijfnat,' zeg ik.

Hij knippert en haalt zijn handen door zijn haar. Heel even kijkt hij me aan alsof – en ik zweer het – hij me niet kent. 'Ik kan maar niet lekker liggen,' zegt hij. 'Ik ga beneden slapen.'

'Als er iemand op de bank gaat slapen, ben ik het.'

'Nee, nee. Dat doe ik wel. Alleen vannacht. Ga maar weer slapen.'

Hij drukt zijn kussen tegen zijn borst, pakt een deken uit de kast en gaat naar beneden. Ik hoor hoe hij de lamp aan knipt en zich op de bank nestelt. Daarna het gedempte geluid van de televisie.

Als ik om zes uur 's ochtends naar beneden ga is hij al weg. Ik weet dat hij over straat zwerft, zoals hij elke ochtend doet. Hij gluurt door de vensters van huizen en appartementen en geparkeerde auto's, op zoek. Straks vertrek ik in een andere richting om hetzelfde te doen.

17

Tegen het eind van mijn eerste semester aan de University of Tennessee vertelde mijn moeder mij een verhaal. We zaten in de Chevy Impala, met een aanhangertje vol boeken, kleren, alles wat ik zo hoopvol had meegenomen naar mijn nieuwe leven aan de universiteit. Mijn moeder was de vorige dag bij mijn appartement gearriveerd en had aangekondigd dat ze me naar huis haalde tot de volgende herfst. Er was een spetterende ruzie, ik weigerde te gaan, maar ze herinnerde me eraan dat ik geen geld en geen baantje had en onmogelijk de huur kon betalen.

Het volgende was gebeurd: ze had een stapeltje foto's gevonden die mijn vriendje Ramon het vorige jaar van mij had gemaakt; ik was 17, Ramon 27, en de foto's waren een openhartige getuigenis van de dingen die we samen deden. Na een lang gesprek met de jeugdpredikant van hun kerk concludeerden mijn ouders dat ik een abnormaal libido had voor mijn leeftijd. 'We hebben je ingeschreven bij een groep,' zei ze die dag dat ze bij me aan de deur stond.

'Wat voor groep?'

'Een therapiegroep voor seksverslaafden.'

'Seksverslaafden?' vroeg ik ongelovig.

'Je vader en ik hebben de foto's gezien, Abby. Die dingen zijn gewoon niet normaal.'

'Hoe durfde je ze te bekijken! Ze waren privé.'

Ik was razend. Ik wilde geen enkel aandeel meer in het leven waarnaar ze me terugbracht. Tegen die tijd was Ramon er al niet meer; hij was een paar maanden eerder omgekomen bij een motorongeluk. Ik vond het een onverdraaglijke gedachte dat mijn ouders in de restanten van ons leven samen hadden staan grabbelen en die onderzochten als een soort smerig bewijs.

Tegen de middag van de volgende dag waren we op weg. Een paar uur lang reden we zo nu en dan door een onweer, een van die grillige buien die zo vaak voorkomen in het diepe zuiden. Het ene moment ploeterden we door een stortbui met de ruitenwissers op topsnelheid en een troebele en gevaarlijke weg voor ons, en het volgende reden we het zonlicht binnen, op een droge weg die was omzoomd door eindeloze kilometers groen. Ze bleef maar praten, terwijl ik naar de langsgolvende, eindeloze leegte keek en deed alsof ik haar niet hoorde.

In de buurt van Linden, in Alabama, begon het zo hard te regenen dat we niets meer aan onze ruitenwissers hadden, dus kroop mijn moeder de weg af en stopte ze op de parkeerplaats van een Stuckey's[5]. Binnen kochten we twee bekers koffie en mijn moeders favoriete lekkernij, het Stuckey's pecannotenboomstammetje. Er was niemand, behalve de vrouw achter de kassa en een ruig uitziende vrachtwagenchauffeur, die in elk oor drie gouden kruisjes droeg. Mijn moeder koos de kant van het hokje waar ze uitkeek op de trucker, zodat hij mij niet kon bekijken.

De koffie had gekookt en er was geen room, alleen wat pakjes poedermelk die zo oud was dat hij hard was geworden. Terwijl we daar vochtig en uitgeput zaten te wachten tot het onweer voorbij was, zon ik op een ontsnappingsroute. Toen ik in augustus van school kwam, voelde ik dat er eindelijk goede tijden waren aangebroken. En toen Ramon in september stierf, leek het alsof alle banden met mijn vorige leven, met uitzondering van Annabel, waren doorgesneden. Terwijl ik daar zo in die Stuckey's met mijn moeder zat, bekroop me het wanhopige gevoel dat ik terugging in de tijd.

'Weet je nog dat we naar Gatlinburg gingen?' zei mijn moeder, terwijl ze de wikkel van haar boomstammetje trok.

'Nee, wanneer was dat dan?'

'Je was tien.'

Ik was een keer in Gatlinburg geweest met Girls in Action, maar ik kon me niet herinneren dat ik er met mijn familie heen was gegaan. Maar mijn moeder glimlachte, en de herinnering leek haar milder te stemmen, dus ik gaf niet toe dat ik mij er niets van herinnerde.

'Het was reuzeleuk,' zei ze. 'We reden door de nacht, terwijl jullie, meisjes, achterin lagen te slapen en we kwamen 's ochtends vroeg

81

in Gatlinburg aan, weet je nog? Ons hotel was naast de Little Pigeon River. We namen een stoeltjeslift naar de top van de berg en lieten onze foto nemen bij een van die ouderwetse fotostudiootjes. Daarna skieden we naar beneden en dronken we warme chocolademelk in een oude bajes die was omgebouwd tot restaurant. De bediende gaf jou en Annabel gratis plakjes appelcake.'

Het klonk allemaal zo lief en gezellig. Langzaamaan kwam de herinnering weer bij me boven. Terwijl de regen buiten neerkletterde en de trucker zachtjes in zichzelf zat te neuriën, wisselde ik met mijn moeder herinneringen uit. Het was ons eerste beschaafde gesprek sinds maanden. 'Het water was ijskoud,' zei ik, terwijl ik me herinnerde hoe ik door de Little Pigeon River had gewaad, waar de brede stenen met sneeuw waren bedekt.

'Herinner je je nog dat ritje in de slee met je vader?' vroeg ze.

Natuurlijk. Ik zat voor in de slee met zijn armen om mij heen geslagen en we vlogen de berg af, de wind suisde langs onze oren. 'En ik kreeg een indiaanse pop bij het souvenirwinkeltje,' zei ik, terwijl ik aan de stijve vlechtjes, een piepkleine hoofdtooi met kralen, knipperoogjes en de geur van plastic dacht.

De regen was opgehouden. Mijn moeder stopte het laatste stukje boomstam in haar mond en we liepen naar buiten, naar de auto. 'Ik rij wel,' zei ik. Tot mijn ontsteltenis vond ze dat goed en ik dacht dat de dingen vanaf nu misschien anders zouden zijn tussen ons. Ik dacht dat ik haar, als we eenmaal thuis waren, na een dag of twee er misschien van kon overtuigen die onzin over de seksverslaving te vergeten en me terug te laten gaan naar school. Maar toen we de snelweg op reden, klemde ze zich vast aan het dashboard, zoog haar adem tussen haar tanden door en siste: 'Let op waar je rijdt.' De betovering was gebroken.

De rest van de rit zeiden we geen woord en ze vergat niet haar redenen om me naar huis te brengen. Het bleek dat ik de volgende paar maanden in een benauwd kamertje zou zitten met een griezelige christelijke therapeut, Sam Bungo genaamd, en een tiental seksverslaafden. Ter verdediging van mijn moeder moet ik zeggen dat ze niet kon hebben voorzien dat mijn seksuele onderricht pas goed begon in het klasje van Sam Bungo, dat de leerlingen in het weekend samenkwamen in geparkeerde auto's en groezelige motelkamers.

Mijn libido was tot op dat moment gemiddeld geweest, niets bijzonders. En opeens bracht ik mijn tijd door met mensen die 24 per uur dag nergens anders aan dachten dan aan seks. Ik was zoals een amateur-pokeraar die gedwongen werd mee te spelen aan de hoge-inzettafels in Vegas.

Een paar jaar na dat gesprek bij Stuckey's benutte Annabel haar lentevakantie voor een bezoekje aan mij in San Francisco. Op een middag begon ik over het reisje naar Gatlinburg.

'Waar was ik?' vroeg Annabel.

'Hoezo? Jij was erbij.'

'Ik ben nooit in Gatlinburg geweest.'

'Dat is onmogelijk. We zouden nooit zonder jou met de familie op vakantie gaan.'

'Ik bel mama,' zei ze. 'Ik durf te wedden dat je dit verzint.'

Ze draaide mama's nummer en zette de speaker van de telefoon aan. Annabel vertelde niet dat ze bij mij was.

'Waar was ik toen je dat reisje naar Gatlinburg maakte?' vroeg Annabel.

'Welk reisje?'

'Abby zegt dat we met z'n allen op vakantie zijn gegaan toen ze tien was. Maar ik weet zeker dat ik daar nooit ben geweest.'

Er volgde een lange pauze. Toen zei mijn moeder: 'O, dat. Begon ze daarover? Luister, lieverd, hoe is het op school?'

'Dat gaat prima. Je verandert van onderwerp.'

'Dat was jaren geleden. Ik kan het me niet herinneren.'

'Mama. Waarom was ik niet mee?'

Ik kon mijn moeder aan de andere kant van de lijn horen eten. Het klonk als popcorn. Ze was altijd broodmager geweest, maar elke keer als ik haar aan de telefoon had, was ze aan het eten. We wisten niet dat de kanker al wortel had geschoten, een klein clustertje kwade cellen die zich onderhuids vermenigvuldigden.

Mama nam ergens een slokje van en kauwde op het ijs. 'Kun je een geheim bewaren?'

Annabel keek naar me en grijnsde. Ik zette het volume van de speaker wat harder. 'Natuurlijk.'

'We zijn nooit naar Gatlinburg gegaan.'

'Maar Abby zei...'

'Dat weet ik. Zweer dat je het haar niet vertelt, maar ik heb het verzonnen.'

'Waarom deed je dat in godsnaam?'

'Misschien herinner je je dit niet meer, maar je zusje was een heel lastige tiener. Ze zag me als haar grote kwelgeest, of zoiets. Ik wilde dat ze tenminste één fijne jeugdherinnering zou hebben.'

'Dus je loog?'

'Je laat het zo boosaardig klinken. Ik wilde gewoon dat ze iets leuks had om op terug te kijken, vooral na dat gedoe met die kinder-misbruiker Raul.'

Op dat moment viel ik in. 'Het is Ramon, en hij was geen kinder-misbruiker. Hij was mijn vriend.'

'Wat doe jij daar?' zei mama. 'Jullie hebben me voor de gek ge-houden.'

'Het slaat nergens op,' beweerde ik. 'Ik herinner me het bajesres-taurant en de Little Pigeon River en de stoeltjeslift.'

'Je zult aan het tripje met Girls in Action denken.' Het was echt iets voor haar om zo nonchalant te doen nadat ze op heterdaad was betrapt op een leugen.

'Dat is onmogelijk. Ik kan me niet alles verkeerd hebben herin-nerd.'

'Nou ja, we zijn nooit gegaan en dat is de waarheid. Maar je moet toegeven dat het een goed verhaal was.'

Later nam ik Annabel voor een drankje mee naar Sadies. Ze was totaal op haar gemak, bestelde een wodkamartini met een schijfje ci-troen als een doorgewinterde kroegloper en lonkte naar een man in een leren broek. 'Het is best grappig als je erover nadenkt,' zei ze. 'Ik vraag me af wat ze ons nog meer heeft voorgelogen.'

Die nacht kon ik niet slapen. Annabel was naar een feestje gegaan met de man in de leren broek en ik was alleen in mijn studio in The Mission; onder mijn raam bonkte het geluid van motorfietsen en rapmuziek. Ik lag heel lang naar het plafond te staren en dacht terug aan momenten die deel uitmaakten van mijn versie van mijn leven, dingen die ik me heel helder herinnerde: een ritje op een groene fiets door nieuw verkaveld land waar alle huizen onbewoond wa-ren, pecannoten plukken met Annabel op de velden van onze groot-ouders in het landelijke Alabama, aan het roer op de boot terwijl mijn vader me coachte op een familie-uitje naar Petit Bois Island. Ik vroeg me af hoeveel ervan waar was. Ik wist dat ik over mijn moeders bedrog heen moest stappen als was het een grappig verhaal dat ik vertelde om aan te tonen hoe maf mijn familie was, maar in plaats daarvan voelde ik me belazerd. Ik kon mijn moeder niet vertrouwen en erger nog: ik kon mijn eigen geheugen niet vertrouwen.

Misschien dat ik me daarom aangetrokken voelde tot het medium fotografie. Als er iets op een foto staat, zal het er echt zijn geweest, tenzij hij is bewerkt. Het is een versie van de geschiedenis die je kunt vertrouwen, zelfs al is het maar geschiedenis die is gezien door de ogen van één persoon.

Ondanks het onvermijdelijke element van vervorming, ondanks het verschil tussen wat het oog ziet en wat de camera vastlegt, is een foto toch nog bewijs, een historische opname, een bevroren moment waarvan de fysieke waarachtigheid accurater is dan het geheugen.

Zelfs foto's zijn vatbaar voor menselijke fouten. Steeds opnieuw bekijk ik de foto's van die dag op Ocean Beach. De laatste vier frames, die ongeveer 45 minuten na Emma's verdwijning zijn genomen door het jonge stel op de parkeerplaats, onthullen niets. Toen ik hun de camera gaf, vergat ik ze te vertellen over een van de grillige eigenschappen van de Holga. Waar de meeste camera's zo zijn ontworpen dat meervoudige belichting onmogelijk is, kun je bij de Holga de ontspanner zo vaak indrukken als je wilt zonder de film door te spoelen. Het busje staat niet op de foto's, noch de oranje Chevelle, de postwagen of de motorfiets. In plaats daarvan zie je de mistige contouren van auto's en vage gezichten van vreemdelingen, in laagjes over elkaar. Op elke foto zie je ook een vinger in beeld en een lok van iemands haar.

18

Dit is een stukje van de waarheid, een ding dat ik zeker weet: er stond een geel Volkswagenbusje, dat hier en daar verroest was. Voor de raampjes hingen gaasachtige blauwe gordijntjes, die opzij waren geschoven. Er keek een vrouw met een heel bruin gezicht en kort blond haar door het raampje. Ze zwaaide naar Emma. Emma zwaaide terug. Iets in dat gebaar van de vrouw – een knik van haar hoofd, hoe ze haar kin ophief als ze glimlachte – kwam me bekend voor. Ik had het idee dat ik haar eerder had gezien.

We stonden op het parkeerterrein boven het strand. Het was koud. De golven sloegen dreunend op de kust. Het strand was bijna leeg – alleen een paar joggers, mensen met honden, de vaste daklozen en een paar toeristen in feloranje sweaters waar hoogmoedig *I Survived Alcatraz* op stond. Emma hield mijn hand vast en ik voelde me buitengewoon goed, alsof het leven op mijn 32ste eindelijk was begonnen. Ik hield van die kou, die zilte geur, het mistige grijs van een zomerochtend. Ik hield van dit kind.

Het portier aan de bestuurderskant van het busje was open. Er stond daar een man, in een marineblauw wetsuit dat tot aan zijn middel was opengeritst. Op zijn haarloze borst was een tatoeage van een brekende golf; de golf krulde over zijn rechtertepel. Hij stond een longboard te waxen, dat naast hem tegen het busje aan stond. De plank had een verschoten tint rood met een of ander symbool in het midden. De biceps van de surfer spanden aan terwijl hij de wax in trage cirkels over de plank bewoog. Hij was krankzinnig knap, ook al was hij duidelijk toe aan een bad. Zijn teint was diepbruin en goud, zijn blonde haar moest nodig worden gekamd.

'Hallo, dames,' zei hij. Toen hij glimlachte, verschenen er drie rimpels: een op elke wang, een onder zijn linkeroog.

'Hallo,' zei ik.

Hij knipoogde naar Emma en zij keek me aan voor instructies; ze wist immers dat ze niet aardig mocht doen tegen vreemde mannen. Ik kneep in haar hand.

'Hallo,' zei ze tegen hem met haar Emma-glimlach, waarbij ze de rechterkant van haar mond iets hoger optrok dan de linker. En toen waren we van het parkeerterrein af en op het strand. Deze hele woordenwisseling duurde op zijn hoogst twintig seconden.

Ik vertelde deze dingen aan rechercheur Sherburne op het politiebureau op de avond van Emma's verdwijning. Ik liet achterwege dat ik me, toen Emma en ik de trap naar het strand af liepen, had afgevraagd hoe het haar van de surfer van dichtbij zou ruiken, naar zout en zon.

Sherburne knikte, zijn armen over elkaar op zijn smalle borst. Zo nu en dan haalde hij ze uit elkaar en krabbelde hij iets op een geel notitieblokje.

'Moeilijk om een voertuig te vinden zonder kenteken,' zei hij.

'Hij was geel. Roestig. Blauwe gordijntjes voor de raampjes. Er was iets raars met dat stel, maar ik kan het niet precies benoemen. En toen ik terugkwam op de parkeerplaats nadat Emma was verdwenen, was het busje weg.'

'De Chevelle?'

'Weg. En de postbode die er had gezeten, was ook weg. Net zoals de motorfiets.'

Terwijl ik het voor de zoveelste keer vertelde, begon ik aan mijn eigen verhaal te twijfelen: de volgorde van de gebeurtenissen, de allerkleinste details. Stel dat mijn relaas door de herhaling iets was veranderd, dat de volgorde was veranderd, een detail was vervangen door een ander? Zou dat voor de politie voldoende reden zijn om het compleet te verwerpen? Ik had dat eerder zien gebeuren. De ouders zeggen de ene dag het een, de volgende dag iets lichtelijk anders en opeens komt het onderzoek tot stilstand. Alle energie wordt in de familie gestoken, terwijl er met andere aanknopingspunten niets wordt gedaan. Ik wist dat de zoektocht naar Emma afhankelijk zou zijn van geheugen, een onnauwkeurige kunst. Haar leven hing af van de vraag of ik me elk detail juist herinnerde, elke keer.

Sherburne knikte naar een foto van Emma die op een prikbord

hing. 'Luister, het is een mooi kind. Mensen doen aardig tegen mooie kindertjes. Dat betekent nog niet dat ze kidnappers zijn.'

Het bord bedekte de helft van een wand en toonde honderden gezichten van kinderen die op een willekeurig moment waren gevangen: schoolfoto's, picknicks, speeltuinen. De uiterste rechterkant van het bord was gereserveerd voor de nieuwere gevallen, de kinderen die in de afgelopen zes maanden waren verdwenen. Onder elke foto stond met dikke zwarte inkt een datum gekrabbeld. Emma's foto hing boven aan dit gedeelte. Ik besefte geschokt dat haar gezicht in deze zee van gezichten niet opviel; op het bord zag ze eruit als gewoon nog een slachtoffer, nog een vermist kind.

Helemaal links stonden de successen: op elke foto stond het woord GEVONDEN gestempeld in rode blokletters. Er waren ook dankbare briefjes van ouders, krantenknipsels met koppen zoals 'meisje uit San Rafael gevonden'. Maar de meeste ruimte werd in beslag genomen door de gezichten in het midden: alle kinderen die in de afgelopen vijf jaar in Californië waren verdwenen en wier zaak niet was opgelost. Sommige foto's gingen vergezeld van verouderingsschetsen: het haar iets langer of korter, de slapen breder, de lippen dunner. De ogen hadden op die schetsen allemaal een angstige, afwachtende blik. Ik vroeg me af wat er met de foto's gebeurde als er vijf jaren waren verstreken. Ik stelde me een reusachtige archiefkast in een of andere kelderruimte voor, met duizenden foto's in verschoten mappen van manillapapier, waar niemand ooit meer naar zou kijken.

19

De 26ste dag. De bijeenkomst wordt gehouden in een lokaal van het City College in San Francisco. Ik arriveer twintig minuten te vroeg. Om de tijd te doden loop ik over de ringweg die rond de campus loopt. Het college is triest stemmend stads: een warboel van rechthoekige gebouwen met veel te weinig ramen, neergezet zonder enige merkbare aandacht voor esthetiek. Op het gazon aan de voorkant staat een cementen beeld van een katholieke heilige die zijn handen zegenend naar Phelan Avenue uitstrekt.

Om halfacht 's avonds sta ik bij de ingang van Cloud Hall en zet me ertoe naar binnen te gaan. De lucht binnen is vochtig en muf. De vloeren zijn van onversierd cement, de muren egaal groen. Ik loop de trap op naar de derde verdieping en lokaliseer klaslokaal 316, waar een man lessenaartjes in een kring aan het zetten is. Hij glimlacht en steekt me zijn hand toe. 'David.'

'Abby.'

'Hoe lang duurt het al?'

'Drie weken, vijf dagen. Jij?'

'Zeven jaar.'

Ik sla aan het rekenen. Over zeven jaar zal Emma dertien zijn, een tiener. Ze zal oud genoeg zijn om te menstrueren, jongens te ontmoeten, met vriendinnen naar de bioscoop te gaan. Ik kan me geen zeven jaar afwezigheid voorstellen. Ik kan me niet voorstellen hoe het deze man lukt door te gaan.

'Meisje of jongen?' vraagt hij.

'Een klein meisje. Ze is zes. En bij jou?'

'Jonathan zou nu twaalf zijn. Hoe heet je kleine meisje?'

'Emma.'

Hij knikt. 'Natuurlijk. Je kwam me al bekend voor. Ik heb het verhaal gevolgd.'

Ik zou David moeten vertellen dat ik hier niet kom voor morele steun, om mijn hart te luchten en uit te huilen op iemands schouder. Ik hoop iets van praktischer aard te vinden. Ik wil dat iemand die dit ook heeft meegemaakt me vertelt hoe ik de zoektocht voort moet zetten. Ik wil weten welke fouten ik moet vermijden, wat deze mensen anders zouden hebben gedaan.

David loopt naar een tafel in de hoek, schept koffie uit een busje in een kegelvormige filter. Hij reikt me de koffiepot aan. 'Zou je die met water willen vullen bij het kraantje?'

Mijn voetstappen weergalmen in de lange gang. Het is woensdagavond en de lokalen zijn zo goed als leeg. De muren zijn bedekt met advertenties voor Engelse bijles en taekwondolessen. Het fonteintje is aan het eind van de gang; er is een stukje kauwgom tegen de rand geplakt. Ik moet denken aan een middag in de dierentuin bijna een jaar geleden; Jake en Emma en ik lopen over het paadje langs de tijgerkooi. De tijger lag op een steen in de zon. Hij keek naar ons en knipperde met zijn ogen. 'Ik heb dorst,' zei Emma. Even verderop was een kraantje. 'Wie er het eerst is,' zei ik. Ik liet haar winnen en tilde haar toen op zodat ze kon drinken. Ze droeg een mouwloos hemdje en de huid onder haar armen was zacht en vochtig.

Ik had Jake pas een paar weken ervoor ontmoet en alles ging zo snel. Terwijl ik Emma opgetild hield bij het kraantje, besefte ik dat als ik verliefd werd op Jake, ik ook verliefd zou moeten worden op haar. Jake kwam niet geheel alleen, hij was deel van een *package deal*. Ik stond te kijken van het gemak waarmee ze me vertrouwde, hoe ze haar armpjes spreidde en wachtte tot ik haar zou optillen. Ik stond versteld van de onverwachte volkomenheid van dit kind: hoe ze haar bleke hals boog om van het kleine waterstroompje te drinken, hoe ze met haar beentjes in de lucht trappelde toen ze klaar was, om aan te geven dat ik haar kon neerzetten. Ik had kinderen eigenlijk nooit als mensen gezien, alleen maar als mysterieuze en behoeftige wezentjes die op weg waren naar iets groters. Maar zoals ik daar stond, met Emma in m'n armen, zag ik een meisje dat al haar eigen persoonlijkheid aan het vormen was, haar eigen manier om naar de wereld te kijken en erin te staan. Ik zette haar neer. Ze rende terug naar haar vader. Hij tilde haar op en zwierde haar in de rondte. Ze gilde van plezier. Er woelde iets in mijn binnenste – angst, opwinding, geluk. Mijn god, dacht ik, ik val voor ze.

Terug in het lokaal giet ik water in het koffiezetapparaat en zet ik het aan. Het water begint te borrelen. 'Hoe houd je het uit?' vraag ik. 'Hoe kun je blijven zoeken?'

'Dat doe ik niet. Niet meer. We hebben Jonathan in oktober gevonden. Hij is geïdentificeerd op grond van zijn gebitsgegevens. Hij lag begraven op een knoflookkwekerij in Gilroy.'

'Wat vreselijk.'

'Ik blijf naar deze bijeenkomsten komen omdat ik bij mensen wil zijn die weten hoe het is. Als je kind is afgepakt, lijkt het alsof je in een vreemd land bent waarvan je de taal niet spreekt. Je opent je mond om iets te zeggen en je krijgt de indruk dat niemand je begrijpt. De mensen die je kende – en vooral de ouders van de vriendjes van je kind – gaan je uit de weg. Je bent een wandelende herinnering aan hun grootste angst. Het lijkt alsof iedereen die je tegenkomt ziet dat je anders bent dan zij.'

'Misschien hebben we een bepaalde blik,' zeg ik. 'Misschien ruiken we naar tragedie.'

'Melk, suiker?' vraagt David.

'Nee, dank je.'

Hij reikt me een kop zwarte koffie aan en gaat dan achter een houten lessenaartje zitten. Ik zit tegenover hem in de kring. Het voelt weer zoals op de middelbare school: te kleine tafeltjes, het lokaal permanent ouderwets, de geur van oude gummetjes.

'Grappig,' zeg ik. 'Ik heb mijn leven lang koffie met melk en suiker gedronken. Toen Emma verdween, ging ik hem zwart drinken.'

'Dat is normaal. Na Jonathans ontvoering vergat ik voortdurend een das om te doen naar mijn werk. Ik droeg altijd twee verschillende sokken. Ik vergat mijn vingernagels te knippen en de planten water te geven en de auto vol te tanken. Alle details van het dagelijks leven worden onbelangrijk.'

Hij nipt aan zijn koffie. Ik kijk naar de klok. Over vijf minuten zou de bijeenkomst beginnen. Hoe ver kan ze gaan in vijf minuten?

'Je vrouw. Gaat zij weleens naar de bijeenkomsten?'

'We zijn twee jaar na Jonathans verdwijning uit elkaar gegaan.' David spreidt zijn handen op de lessenaar, staart ernaar en balt ze dan tot vuisten. 'Iedereen in deze groep is ofwel gescheiden of weg bij zijn partner. Jane en ik waren het perfecte stel, of dat dachten we tenminste. Nadat Jonathan was verdwenen, was er te veel pijn. We herinnerden elkaar voortdurend aan wat we hadden verloren. En er is altijd dat schuldgevoel.'

'Hoe is het gebeurd?' vraag ik, want ik merk dat zijn verhaal mij boeit zoals anderen geboeid zijn door dat van Emma.

'Jane was in Minnesota op bezoek bij haar moeder en ik had Jonathan meegenomen naar de Russian River voor het weekend van vaderdag. We waren op een kanotochtje met nog een paar vaders en hun zonen. Terwijl ik onze tent aan het opzetten was, gaf ik Jonathan toestemming om met een paar oudere jongens kikkers te gaan zoeken. De kinderen waren hoogstens tien, twaalf minuten weg. Ik stak net de laatste haring in de grond toen de twee andere jongens in paniek uit het bos gerend kwamen. Op het moment dat ik ze zag, wist ik dat er iets vreselijks was gebeurd. Ze waren benaderd door een man met een wapen. Om een of andere reden koos die man mijn zoon.'

'Ik weet nog dat ik erover hoorde. De klopjacht ging wekenlang door.'

'Mediagekte. Het is griezelig zoals mensen zich op het verhaal storten, maar je accepteert de opdringerige verslaggevers en de nieuwsgierigheid omdat je denkt dat het misschien helpt. Met al die mensen die naar jouw verhaal luisteren op het journaal van vijf uur, denk je dat je kind zal worden gevonden.'

Ontgoocheld herinner ik me de drommen vrijwilligers die de bossen uitkamden met zaklantaarns en walkietalkies. *America's Most Wanted* deed er verslag van, net als CNN. Er waren posters en flyers en waken bij kaarslicht. En ondanks dat alles konden ze zijn zoon niet vinden.

'Jane heeft me nooit vergeven dat ik hem niet in het oog heb gehouden. Het had niet uitgemaakt als ze dat wel had gedaan, want ik heb het mezelf nooit vergeven. Elke morgen als ik wakker word, is die klotetent het eerste waaraan ik denk. Als ik Jonathan nou had gezegd dat hij moest wachten tot ik klaar was...'

'Er was een zeeleeuwenjong,' zeg ik. 'Het was dood. Ik moet er telkens aan denken. Stel dat die zeeleeuw er niet was geweest? Stel dat ik geen camera bij me had gehad? Ik keek veertig seconden niet naar Emma, misschien een minuut.'

'Dat is de vloek van ons allemaal – denken aan die seconden.'

'Er was een begrafenisstoet op de Great Highway,' zeg ik. 'Ik had geen reden om te kijken, maar ik kon het niet laten. Begrafenisstoeten hebben bij mij altijd dezelfde gevoelens opgeroepen als zware auto-ongelukken; het is deprimerend, het is morbide en ook al weet je dat de betrokkenen wat privacy verdienen, het is onmogelijk om niet te kijken.'

David knikt nadenkend.

'Ik ben niet haar moeder,' leg ik uit.

'Ja.'

'Ik ben verloofd met Emma's vader.'

'Dat weet ik.'

Ik vraag me af of ik hierdoor minder word in zijn ogen. Hoeveel schuld ik ook voel, hoezeer ik ook treur, ik kan nooit echt het lijden van een ouder die een kind heeft verloren begrijpen.

'Je verloofde wilde niet komen?' vraagt hij.

'Hij heeft het druk. Commandopost.'

'En?' zegt David, alsof hij mijn gedachten kan lezen.

'Hij vindt de steungroep tijdverspilling. Volgens mij begint hij mij ook tijdverspilling te vinden. Ik slaap meestal bij hem thuis, maar nu is alles natuurlijk anders. En ik neem het hem niet kwalijk. Ik blijf maar denken dat als we haar vinden, alles weer normaal kan worden.'

'Je kent de statistieken,' zegt David zachtjes, terwijl hij mijn hand pakt. Zijn hand is koel, een beetje vochtig. 'Je moet op het ergste zijn voorbereid.' Als hij zijn hand op de mijne legt, heb ik er opeens spijt van dat ik hem zo veel heb verteld.

Er verschijnt een vrouw in de deuropening en David trekt zijn hand terug. Het T-shirt en de broek van de vrouw zijn gekreukeld, haar ogen staan vermoeid. Er is iets mis met haar haar: op sommige plaatsen is het dun, op andere dik en boven een oor zit een kale plek.

'Sharon,' zegt David, terwijl hij opstaat. Hij loopt naar de deur, slaat een arm om haar schouders en leidt haar naar een lessenaar. Ze kijkt me uitdrukkingsloos aan.

93

'Hallo,' zegt ze.

'Hi.'

Ik herken haar. Een paar weken lang hoorde je niks anders dan haar verhaal, voor alles weggleed in duisternis. Ik besefte met schaamte dat ik de cheerleader die op een zaterdagmiddag spoorloos uit een bioscoop was verdwenen, totaal was vergeten.

Ze trekt aan haar haar. Er blijven een paar plukken aan haar vingers hangen, maar ze schijnt het niet te merken. 'Veertien maanden, drie weken, twee dagen,' zegt ze, zonder enige aansporing. 'Ze heet Tanya. Ze wordt morgen vijftien.'

20

Tussen het leesmateriaal van Nell zit een boek met de titel *Verloren in de tijd: het probleem van vergeten*. Het bevat een citaat uit Aristoteles' essay 'Over het geheugen en herinneren': 'Het gebeurt vaak dat, ook al kan een persoon zich niet het moment herinneren, hij dat later wél kan door te zoeken en te ontdekken wat hij zoekt.'

28 Dagen na Emma's verdwijning bel ik Nell in de bibliotheek en vraag haar of ze een exemplaar van Aristoteles' essay voor me wil meenemen. Ze komt het die avond brengen. De zoektocht, zegt Aristoteles, kun je het best op een geordende manier uitvoeren. 'Men moet een beginpunt vinden,' schrijft hij. Een persoon 'ontdekt wat hij zoekt' door te proberen zich een gebeurtenis van het begin tot het einde te herinneren, 'door vele bewegingen op te zetten, tot hij uiteindelijk aan een raakt waaruit het feit volgt dat hij zich wil herinneren.'

Ik moet dus bepalen wat het 'beginpunt' is, het ding dat naar 'het feit' of de aanwijzing zal leiden: datgene wat ik me moet herinneren. Maar deze methode vooronderstelt dat de zoeker enig idee heeft van de aard van het object dat hij zoekt en daar stokt mijn zoektocht. Ik weet niet of ik me de trekken van het gezicht van een vreemde moet herinneren, of het kenteken van iemands auto, het geluid van een stem in de verte of iets totaal anders. Het enige wat ik zeker weet, is dat ik Emma kwijt ben en dat ik haar moet vinden. De enige acceptabele afloop is deze: Emma, thuis, veilig. Maar alles wat naar die gewenste afloop moet leiden, de specifieke stappen die ik moet zetten om er te komen, blijft een raadsel voor me.

Het valt me in dat mijn beginpunt misschien verkeerd is. Al die weken heb ik me op die vreselijke momenten op het strand geconcentreerd. Maar misschien begint het verhaal al eerder, misschien heb ik iets gemist doordat ik gevangenzat in een te kleine tijdspanne. Misschien ligt de sleutel wel ergens in de dagen en weken voorafgaand aan haar daadwerkelijke verdwijning. Ik pak het zwarte notitieboekje waarin ik elke herinnering, alle details heb opgetekend. De bladzijden staan propvol met schetsen, grafiekjes, namen of kenmerkende eigenschappen van iedereen met wie ik regelmatig contact heb, inclusief de bediende bij Trader Joe's, de man van UPS, de vrouw die elke ochtend haar Deense dog uitlaat bij Jakes huis.

Ik sla een lege bladzijde op en probeer opnieuw mijn stappen na te gaan, een voor een, te beginnen op de dag voor haar verdwijning. Elke winkel waar ik ben geweest, elke persoon die ik heb gesproken, elke lunch, elk avondeten, elke klant. Soms word ik om middernacht wakker met het notitieblokje op mijn schoot en mijn benen onder me gevouwen. Als ik ze probeer te bewegen, voelt het alsof duizenden kleine naaldjes door mijn huid prikken. Ik herlees de aantekeningen – saaie kleinigheden van vijf dagen – en zoek in de alledaagse details naar een element van waarheid. Niets.

De volgende avond ga ik naar Jakes huis om enveloppen te vullen. We zitten aan de eettafel, zonder iets te zeggen. We hebben flyers gestuurd naar radio- en televisiezenders in het hele land, naar politiebureaus, sheriffs, universiteiten. Vandaag werken we aan de ziekenhuizen. Onze tijd samen wordt nu altijd op deze manier besteed: zwijgend, bezig met een repetitieve klus, gewoon bezig blijven. Als Jake tegen me praat, is het alleen maar om te zeggen dat de beloning is verhoogd of dat er weer een melding van een mogelijke signalering is geweest. De meldingen lopen altijd dood, net zoals onze gesprekken.

'We zouden uit moeten gaan,' zeg ik. Ik denk dat we als we weggaan, al is het maar een uurtje of twee, als we gewoon heel even samen kunnen zijn op een andere plaats dan de commandopost of in dit sombere huis, dat we dan misschien weer contact kunnen leggen en dan kunnen bedenken hoe we elkaar hier doorheen kunnen helpen.

'Wat?'

'Jij en ik samen. Uit eten. Een van onze oude plekjes. Park Chow, misschien, of Liberty Café.'

'En waarvoor?' zegt hij, en hij kijkt me aan alsof ik gek ben geworden.

'Om iets te eten wat niet uit de magnetron komt. Iets drinken, ontspannen, met elkaar praten. We zijn nog niet één keer gestopt sinds...' Ik weet niet hoe ik deze zin moet afmaken. Het woord 'gekidnapt' is te erg, 'verdwenen' klinkt nog erger.

'Ik ben er niet aan toe om uit te gaan. Nog niet.' Hij trekt de kleefstrip van de flap van een envelop, plakt hem dicht en legt de brief in het stalen mandje.

'In de steungroep zeggen ze dat je toch iets wat op normaal lijkt in je leven moet houden.'

'Normaal?' zegt Jake met overslaande stem. Hij pakt het stalen mandje op en kiepert de dichtgeplakte enveloppen tussen ons in. 'Elk van deze brieven zal worden geopend door een werknemer in een ziekenhuis, die Emma's foto zal vergelijken met de niet geïdentificeerde lijken in het mortuarium. En wij zouden normaal moeten doen?'

Ik verzamel de enveloppen en leg ze terug in het mandje.

Hij schudt z'n hoofd. 'Ik heb het gevoel dat alles aan het instorten is.'

'Het spijt me. Ik weet het.'

Zwijgend gaan we verder met enveloppen vullen. Mijn gedachten zijn intussen ergens anders. Ik begin waar ik de vorige avond ben opgehouden: vijf dagen voor Emma's verdwijning. Ik neem mijn bezigheden een voor een door – de plaatsen waar Emma en ik samen zijn geweest, de mensen met wie we hebben gepraat. Vijf dagen, zes, zeven.

Acht dagen voor het gebeurde: een ontmoeting met een klant in mijn studio. Een bruiloftsreportage in de Presidio. Daarna Emma's cello-uitvoering en een ijsje bij Polly Ann's, waar je ofwel een smaak kunt uitkiezen of een gokje kunt wagen door het rad een slinger te geven. Emma, altijd avontuurlijk, koos het rad en kreeg uiteindelijk Bubblegum Banana. Ik koos Rocky Road. Emma vond het hare niet lekker en, typisch Emma, stond erop dat we zouden ruilen. Het zou nog even duren voor Jake zou thuiskomen. Waar waren we heen gegaan?

'Natuurlijk,' zeg ik.

Jake kijkt verschrikt op. 'Wat?' De blik in zijn ogen is onmiskenbaar: hoop.

97

'Acht dagen voor het gebeurde, paste ik een dagje op Emma, weet je nog? Jij had een vergadering op school. Emma en ik gingen naar de vvv aan de straat langs Ocean Beach zodat ze de wandschilderingen kon bekijken.'

'Daar onder het Beach Chalet?'

'Ja. Ik denk dat ik het was vergeten omdat we er zo vaak heen gingen, het was toen niets bijzonders. Er was bijna niemand. Alleen Emma en ik, de jongen achter de informatiebalie en die blonde vrouw. Vijfendertig, veertig jaar oud – ze zag eruit alsof ze een zwaar leven had gehad, miljoenen sigaretten had gerookt. Ze was tegen de jongen aan het praten en ze vertelde hem dat ze met haar man op vakantie was. De enige reden waarom ze me opviel, was dat ze onnatuurlijk hard praatte. Ze droeg een satijnen joggingbroek die een zoevend geluid maakte bij elke beweging.

De jongen vroeg haar hoe lang ze in San Francisco zouden blijven en ze zei dat ze het niet wist. Het was een trekvakantie, ze namen alles gewoon zoals het kwam.'

'Wat heeft dit met Emma te maken?' vraagt Jake.

'Ze bleef maar met haar vingers op de balie trommelen, terwijl haar ogen in het rond schoten. Een keer bleef haar blik een paar seconden op Emma rusten, maar ze keek nooit naar mij. Dat was het. Daarna draaide ze zich om en liep ze het gebouw uit.'

'Ik begrijp het niet,' zegt Jake.

'De vrouw in het gele busje bij Ocean Beach, de vrouw die naar Emma zwaaide? Volgens mij was dat dezelfde vrouw als die ik bij het Beach Chalet zag.'

'Weet je het zeker?'

'Ik denk het wel. Ik heb haar nooit recht in de ogen gekeken, maar ze leken sterk op elkaar.'

Jake is onmiddellijk van tafel opgesprongen en pakt de telefoon uit zijn bakje aan de keukenmuur. 'Ik bel rechercheur Sherburne.'

'Weet je het zeker?' vraagt Sherburne me een minuutje later. Hij is thuis en op de achtergrond hoor ik de TV.

'Ja.'

'Het is een maand geleden. Eigenaardig dat je je het pas in dit stadium herinnert.'

'Ik denk echt dat zij het was.'

'Ik wil geen spelbreker zijn, Abby, maar als ik iets heb geleerd in dit vak, dan is het dat hoe later na een gebeurtenis je je iets herinnert, hoe kleiner de kans is dat het klopt.'

'Ik verzin het echt niet.'

'Dat bedoelde ik niet. Ik denk alleen dat je verstand misschien met je aan de haal gaat. We kunnen onszelf van alles wijsmaken, weet je, als het nodig is.'

'Je begrijpt het niet. Ik heb haar glashelder voor ogen. Het is trouwens het beste wat we nu hebben, toch? Ik kom naar het bureau voor een compositietekening. Ik kan hen allebei beschrijven: de vrouw en de surfer uit het busje.'

'We halen er meestal pas een forensisch tekenaar bij als we sterke aanwijzingen hebben.'

Ik stel me een groot kasboek voor dat ergens in het politiebureau verstopt ligt, waarin bij elke uitgave de dollars en centen worden afgetrokken. Misschien is er geen budget voor een forensisch tekenaar in een geval als dit. Misschien bewaren ze hun geld voor zekerder zaken.

'Heb je een beter idee?' vraag ik.

Er volgt een lange pauze aan de andere kant van de lijn. Ik kan Sherburnes vrouw iets horen zeggen op de achtergrond. Misschien heeft ze medelijden met me, misschien wil ze alleen maar dat Sherburne het gesprek beëindigt, maar ik weet bijna zeker dat ze hem opdraagt mij tegemoet te komen.

'Goed dan. Ik zal een ontmoeting met onze forensisch tekenaar voor je regelen, maar je mag er niet te veel van verwachten.'

'Dankjewel.'

Nog voor ik heb opgehangen, begin ik al aan mijn eigen verhaal te twijfelen en zoek ik naar gaten in mijn herinnering. Er moeten tientallen onverzorgde vrouwen van onbestemde leeftijd zijn die dagelijks langs Ocean Beach komen, om maar te zwijgen over de honderden passerende surfers. Stel dat Sherburne gelijk heeft en dat mijn verbeelding de hiaten vult waar mijn herinnering het laat afweten?

'God, ik hoop dat dit iets oplevert,' zegt Jake, terwijl hij zijn armen om mij heen slaat.

Het voelt goed dat hij me zo vasthoudt; het is zo lang geleden sinds hij dat deed, zo lang geleden sinds hij me aankeek met enige tederheid in zijn blik. Ik sla mijn armen rond zijn middel en houd hem vast, snuif zijn geur op – een mengeling van stijfsel en iets anders dat alleen maar hem is; die zoete, aparte geur die ik elke avond opsnoof als we in slaap vielen, mijn gezicht tegen de warme huid van zijn rug gedrukt.

21

Dag 33. Ze heet Amanda Darnell en ze zegt dat ik me moet ontspannen. Ze biedt me koffie en donuts aan. De donuts zijn nog warm en de zoete geur die de kamer vult doet me denken aan de zaterdagochtenden in Alabama toen ik klein was en mijn moeder mij en Annabel meenam naar de Krispy Kreme op Government Boulevard, om te kijken hoe de rijen donuts, waar het glazuur van afdroop, over grote zilveren rollers gleden.

'Ze hebben net een Krispy Kreme vlak bij mijn huis in Daly City geopend,' zegt Amanda. 'Ik ben in twee maanden bijna drie kilo aangekomen. Nu komt er ook nog een In-N-Out Burger, god beware me.' Ze draagt een spijkerbroek en een rode coltrui, met oorbellen van veertjes die tot op haar schouders bungelen. Ze begint met te vragen wat ik doe, waar ik ben opgegroeid, of ik wel of niet van koken houd.

'Ik ben niet zo'n keukenprinses,' beken ik, 'maar ik kan noedels met jus maken waarvan je helemaal uit je dak gaat. De truc zit 'm in de verkruimelde bacon. Die roer je gewoon door het deeg.'

'Ik krijg er ter plekke trek in.'

We zitten naast elkaar in gemakkelijke stoelen en haar schetsboek ligt op de tafel voor haar, met een blanke bladzijde opgeslagen. Ze heeft een plastic doosje vol krijt, potloden en gummetjes. Deze kamer in het politiebureau heeft warm groene wanden en staat vol bladrijke planten in aardewerken potten, maar er hangen geen foto's.

'Kook jij graag?' vraag ik.

'Ik kan een heel behoorlijke kippenpastei maken.'

Het is fijn om over zoiets alledaags als koken te praten, fijn om als een normaal mens en niet als slachtoffer of crimineel te worden behandeld. Maar ik kan niet om de reden heen waarvoor ik hier ben.

Ik merk dat ik naar haar handen, de lange roze nagels en turkooizen ringen kijk.

'Oké,' zeg ik, en probeer achteloos te klinken, 'hoe gaat dit in zijn werk?'

'We gaan een aardappelmannetje maken.' Ze legt een dun boek op de tafel tussen ons in. 'De catalogus voor gezichtsidentificatie van de FBI,' legt ze uit. Het boek bevat honderden foto's van kinnen en jukbeenderen en ogen, neuzen en oren en hoofden. 'We beginnen met de vrouw, daarna doen we de man. We beginnen met de vorm van het hoofd. Als iets lijkt, wijs je het aan.'

Ik blader door een paar bladzijden, langs vierkante kinnen en korte voorhoofden, eivormige hoofden en ronde en ovale.

Amanda begint te tekenen. 'Zeg iets tegen me. Jij bent de baas. Zeg maar als er iets lijkt.' Van de vorm van het hoofd gaan we over op de ogen, die diepliggend waren met licht afhangende hoeken. 'Zo ongeveer?' zegt ze.

'Dat is de goede vorm, maar ze stonden verder uit elkaar.'

Daarna doen we de jukbeenderen – niet uitstekend – en de neus: smal, met een lichtjes afgerond puntje. Ze tekent snel en kijkt telkens even op om mijn reactie te zien. Ze tekent en gumt, maakt lijnen zachter door ze met haar duim uit te vegen, buigt zich naar voren om gumsliertjes van de bladzijde te blazen. Er begint een gezicht te verschijnen, het is herkenbaar, en mijn herinnering wordt scherper terwijl Amanda tekent. Er komen kleine dingen bij me terug die niets te maken hebben met het gezicht van de vrouw: een lege kinderwagen naast het informatiehokje bij het Beach Chalet, een afhaalmaaltijddoos op de informatiebalie, een omgevallen boom in het schaalmodel van het Golden Gate Park.

Maar als we bij de oren komen, weet ik het niet meer. Ik kan me niet herinneren of ze groot of klein waren, of ze uitstaken of plat lagen en of ze wel of geen oorbellen droeg.

'Dat is normaal,' zegt Amanda. 'De meeste mensen hebben moeite met de oren.'

Het haar is gemakkelijk: blond, recht, stug. Amanda brengt wat schaduw aan op het gezicht en zegt dan: 'Wijs maar aan wat er niet goed aan is. Neem de tijd.'

Na twee uur werken hebben we een voltooide schets. 'Dat is haar,' zeg ik, verbluft door de accuratesse van de tekening. 'Je bent heel goed. Heb je een kunstopleiding gedaan?'

'Ik heb tekenles gehad op school, maar ik heb psychologie gestudeerd. Het gaat niet zozeer om kunst als wel om luisteren, de juiste vragen stellen. Je werkt niet met je fantasie, je werkt met andermans geheugen.'

Ze haalt een ander boek uit haar tas en legt het op tafel: eenzelfde type catalogus, maar deze staat vol mannengezichten. Anderhalf uur later hebben we een tweede schets. Die dag op het strand zag de man uit het gele busje er heel gewoon uit, niet anders dan tientallen andere surfers. Komt het door het effect van de schets of door de lange weken van boos, angstig afwachten dat het gezicht er minder vriendelijk en om een of andere reden onbetrouwbaar uitziet? De trekken die me aanstonden – zijn luie oog en verwaaide haar, zijn hoge jukbeenderen en volle lippen – lijken me nu juist verdacht. Als ik naar zijn gezicht kijk, komt de dag in volle vaart terug: het koude zand, de witte mist, de hoop die ik had toen ik hand in hand liep met Emma. En vervolgens de paniek, het gevoel dat wereld zich binnenstebuiten keerde.

'Wat gaat er nu gebeuren?' vraag ik.

'Ik geef deze aan rechercheur Sherburne en die maakt kopieën voor zijn contactpersoon bij de FBI, die ze over alle FBI-bureaus in het land zal verspreiden. Jij krijgt natuurlijk ook kopieën.'

Die avond, thuis, kan ik niet slapen. Ik pak een kiekje van Emma uit het fotoalbum, ga op de bank zitten en probeer haar te tekenen. Ik begin met de vorm van het gezicht – breed en rond – en ga dan verder met de grote ogen met hun lange, donkere wimpers, het wipneusje, de kleine mond. Ik ben bezig met een van haar dwalende wenkbrauwen als ik abrupt stop, niet in staat nog één streek te maken. Om twee uur 's ochtends neem ik vier slaappillen. Als ik de volgende ochtend wakker word op de bank, zijn mijn benen verkrampt en voelt mijn hoofd opgezwollen en zwaar aan. De schets ligt op mijn schoot; de onhandig getekende trekken zijn zo vaag dat je onmogelijk kunt zeggen of de schets een jongen of een meisje voorstelt. Hij lijkt totaal niet op Emma. Ik vraag me af hoe lang het duurt voor mijn herinnering aan haar gezicht gaat vervagen, hoe lang voor ik naar een slechte schets kan kijken zonder de fouten te zien.

22

'Vertel me iets wat ik niet weet,' zei ik op een keer tegen Jake. We gingen drie maanden met elkaar. Ik was verliefd, maar had hem dat nog niet verteld. We zaten te eten bij de Foreign Cinema, buiten onder de grote witte luifel, met een zoemende terrasverwarming boven onze tafel. We waren de avond begonnen met rauwe oesters en waren al flink gevorderd met een fles chardonnay. Op de achterwand van het restaurant speelde *Last Tango in Paris*, met een jonge, zelfverzekerde Marlon Brando die in een volle bar danst. Emma was thuis met de oppas.

'Lang voor de Giants had je de San Francisco Seals,' zei Jake. 'Voor één seizoen, in 1914, speelden ze op Ewing Field, ten westen van Masonic. Het was er zo mistig dat er ooit een wedstrijd was waarbij de mascotte naar het achterveld werd gestuurd om Elmer Zachar, een speler van de Oakland Commuters, te vertellen dat de inning was afgelopen.'

'Interessant,' zei ik. 'Maar ik bedoelde iets over jezelf.'

'Dat is moeilijker.'

'Denk na.'

'Goed, ik werd tweede bij het nationale kampioenschap Rubiks kubus in 1984.'

'Grapje.'

'Nee, hoor.'

'Waarom heb je dat niet eerder verteld?'

'Wat had je dan verwacht? Hallo, ik heet Jake en ik was twintig jaar geleden heel handig met Rubiks kubus?'

'Als ik jou was, zou ik het als ik maar even de kans kreeg laten vallen in een gesprek.'

'De kubus vereist alleen maar geduld en een systeem. Weet je hoeveel mogelijke combinaties hij heeft?' Jake schreef een getal op

zijn servetje: 43.252.003.274.489.856.000. De cijfers werden kleiner bij de rand van het servet waar hij geen ruimte meer had.

'Hoe spreek je dat getal in godsnaam uit?'

'Geen idee.'

'Hoe kun je het dan onthouden?'

'Ik onthoud het niet als een geheel. Ik onthoud het in zijn nume-
rieke eenheden, die stuk voor stuk een betekenisvolle associatie hebben. Zo is 43 de leeftijd waarop mijn vader stierf, 252 is het aantal
homeruns van Bobby Mercer tijdens zijn carrière enzovoort.'

'Ik heb Rubiks kubus nog nooit opgelost. Helemaal nooit.'

'Als ik je zou opsluiten in een kamer met alleen maar Rubiks kubus, voedsel en water, zou je hem op den duur wel moeten oplossen.
Het is een kwestie van kansberekening.'

'Hoe lang deed je erover, dat jaar dat je tweede werd?'

'Zesentwintig komma negen seconden. Het wereldrecord staat
op 13,22 seconden. Een Finse jongen die Anssi Vanhala heet.' Hij
spietste een stukje inktvis en bood het over de tafel aan.

'Als je zo goed bent in wiskunde, los dit dan maar eens op. Hoeveel minuten kost het om af te rekenen en naar jouw huis te gaan?'

'Het is maar een ruwe schatting, maar het zullen er zo'n 34 zijn.
Plus 5 om de oppas te betalen en haar de deur uit te werken.' Hij
stak zijn hand op om de ober te roepen.

Hoe beter ik Jake leerde kennen, hoe logischer het werd dat hij
zo handig was met Rubiks kubus. Hij benaderde alles in zijn leven
als een taak die uiteindelijk zal worden voltooid, zolang hij die maar
zorgvuldig uitvoert. Alles is methodisch en berust op logica. Misschien verklaart zijn overtuiging dat hij met de juiste hoeveelheid
volharding en planning elk probleem kan oplossen, zijn zelfvertrouwen. Maar dit keer mislukt zijn plan. Vijf weken, twintigduizend flyers, tientallen radio-interviews, 247 vrijwilligers, twee 'mogelijke
verdachte'-schetsen – en we zijn nog steeds niet dichter bij Emma.
Lisbeth moet nog worden opgespoord en Jake heeft de hoop dat
Emma bij haar zou zijn zo goed als opgegeven.

Gisteravond ging ik naar Jake met in mijn tas spullen om die
nacht bij hem te blijven. Ik was net bij Channel 4 geweest met de
schetsen van het stel uit het bestelbusje, maar de producent van het
zesuurjournaal zei dat het programma al vol zat. Het was mijn derde

poging om mijn schetsen in hun uitzending te krijgen, tevergeefs. Hoewel ze het niet hardop zei, denk ik dat de producent Emma oud nieuws vindt.

'Wat is dat?' vroeg Jake, met een blik op de tas.

'Ik ben al een tijdje niet meer blijven slapen. Ik dacht...'

'Vanavond komt het niet goed uit.'

'Het zal nooit goed uitkomen.' Ik deed mijn jas uit en legde die over een stoel. 'Ik wil niet dat ik jou ook nog kwijtraak,' zei ik. Ik had het nog niet gezegd, of ik wist dat het de verkeerde woorden waren. Plotseling schaamde ik me voor die tas, schaamde ik me dat ik had gedacht dat ik hem tenminste een paar minuten kon doen vergeten hoe ik zijn leven had geruïneerd.

'Ik ga weg,' zei hij.

'Waarheen?'

'Dat weet ik niet.'

'Kom je straks naar mijn huis?'

Hij zei niets, trok simpelweg een jack aan en deed de deur open.

'Praat tegen me. Ik wil weten wat je voelt.'

Hij stond in de deuropening, een voet in huis, een voet op de veranda. 'Ik heb het gevoel alsof mijn leven voorbij is,' zei hij met zijn rug naar me toe. 'Ik heb het gevoel dat ik alles heb gedaan wat ik moest doen, en niets ervan heeft iets opgeleverd. Ik heb het gevoel dat ik, wat mijn liever nu ook doormaakt – als ze überhaupt nog leeft – helemaal niets kan doen om haar te helpen.'

Hij draaide zijn gezicht naar me toe. 'Toen dit allemaal begon, was er een gedachte die ik maar niet uit mijn hoofd kon zetten: de gedachte dat ik de dader zou vermoorden als ik hem zou vinden. Ik zwoer dat ik het hem betaald zou zetten. De woede hield me gaande. Maar nu duurt het al langer dan een maand en ik heb geen energie meer voor woede. Ik had dat weekend nooit weg mogen gaan en ik had jou nooit toestemming mogen geven om met haar naar Ocean Beach te gaan. Het was ongelooflijk stom van me, en waarom deed ik het? Om een of andere oude makker die net gescheiden is uit te laten huilen op mijn schouder? En ik blijf maar aan dat idiote 'als' denken, ga steeds verder terug in de tijd, overpeinzend hoe het voorkomen had kunnen worden. Er was zelfs een moment waarop ik Sean de schuld van alles gaf, omdat hij zijn vrouw had bedrogen, waardoor ze bij hem wegging, wat ertoe leidde dat ik die dag naar hem toe ging. Maar ik was degene die ze aan elkaar had voorgesteld, twintig jaar geleden. Het is die eindeloze cyclus van gedachten over wat ik anders had kunnen doen, en het komt allemaal hierop neer: ik had nooit de stad uit mogen gaan.'

'Je kon het niet weten. Niemand kan zoiets als dit voorzien.'

Hij bewoog zich zo dat zijn gezicht in het licht van de lamp kwam en ik besefte dat hij bruin was geworden. Heel diep bruin, zoals je bij bouwvakkers ziet. Ik kon bij de boord van zijn overhemd het lijntje zien waar het bruin ophield en plaatsmaakte voor zijn natuurlijke huidskleur, die in vergelijking ziekelijk bleek was. Een fractie van een seconde haperden mijn hersens en snapte ik het niet, dat gezonde bruine kleurtje dat hem op een of andere manier jonger maakte, ondanks de spanning en het slaapgebrek. Toen besefte ik dat het kwam doordat hij zo veel buiten was en uren achtereen de straten afstruinde, op zoek.

'Nee,' zei hij, 'maar ik had er moeten zijn. Zeg maar wat ik moet doen. Maak ik mezelf van kant? Of ga ik de komende vijftig jaar op deze voet verder, vol zelfhaat en jaloers op elke ouder met kind die ik tegenkom op straat? Weet jij wat er door mijn hoofd gaat als ik meisjes van Emma's leeftijd zie? Dan denk ik: ik wou dat zij het was geweest in plaats van Emma. Ik haat mezelf omdat ik het denk, ik word er fysiek beroerd van, maar ik kan niet anders. Ik wou dat het een ander kind was.'

Ik kromp ineen toen hij zijn stem verhief, voelde iets diep binnen in me samentrekken. De Jake die ik vroeger kende zou nooit zo hebben gepraat. Maar die Jake van vroeger was verdwenen, en deze vreselijke transformatie was mijn schuld.

'Je kijkt geschokt, en terecht,' zei hij. 'De kinderen op school, kinderen van vrienden, die ik heb zien opgroeien. Ik ga naar de kerk en bid, en zelfs tijdens het bidden gaan in mijn hoofd die berekeningen door en wens ik dat het een ander kind of twintig of dertig andere kinderen waren geweest in plaats van Emma. Wat voor mens ben ik dan?'

Hij keek me een paar seconden aan, draaide zich toen naar links en sloeg de deur achter zich dicht. Het huis was stil en koud; uit de keuken kwam een vage geur van afval. Ik trok het gordijn opzij en zag hem wegrijden. Ik wachtte tot zijn auto de hoek om was en ging toen naar Emma's kamer. We speelden altijd samen een spel waarbij we in haar inloopkast gingen zitten en deden alsof het een ruimteschip was. We bedachten samen een ingewikkeld stel regels voor het schip: zodra we de deur achter ons dichttrokken, kwam de tijd tot stilstand; we hielden op met ouder worden en we hadden geen voedsel, water of lucht nodig. Door onze ogen dicht te doen konden we in de toekomst kijken. Op die manier losten we mysteries op en werden we wereldberoemd. Ik liep de kast in, deed de deur dicht en probeerde onze oude truc. Ik sloot mijn ogen en concentreerde me en stelde me een toekomst voor waarin Emma hier bij me zou zitten. In die toekomst heeft ze dezelfde leeftijd als op de dag van haar verdwijning. In die toekomst is ze niet veranderd, en Jake ook niet. In die toekomst is alles gewoon goed en zijn we een normaal gezin dat een gewoon leven leidt.

23

Dag 42. Het is laat op de avond en ik ben online om e-mails via findemma.com te beantwoorden als er iemand op mijn deur klopt. Heel even gun ik mezelf de fantasie dat het Jake kan zijn die bij me komt slapen. Maar als ik door het gaatje kijk, zie ik dat het Nell maar is.

Ik doe open. Ze heeft haar badjas aan, haar haren zijn nat. Ze ruikt naar munt. 'Ik weet dat het laat is,' zegt ze. 'Maar ik dacht dat je misschien interesse zou hebben in dit artikel over forensische hypnose, dat ik net vond. Wist je dat herinneringen die door hypnose zijn opgeroepen in sommige gevallen werden toegestaan door de rechtbank?'

'Decafé?' vraag ik.

Ze knikt. 'Graag.'

Terwijl ik de koffie inschenk – de hare zwart, die van mij met een scheutje Bailey's, een gewoonte die ik de laatste paar weken heb opgevat – slaat ze een archiefmap open en haalt er een gefotokopieerd artikel met bijbehorende foto's uit. Het mannengezicht op de eerste foto komt me bekend voor, maar ik kan het niet plaatsen. Eronder staat het gezicht van een jong meisje. Ze glimlacht en kijkt iets rechts van de camera. Ze draagt haar haar net zoals ik als klein meisje eind jaren zeventig: dik, een gelaagde pony uit het gezicht geveegd.

'Ted Bundy,' zegt Nell. 'Zijn veroordeling voor het kidnappen en vermoorden van Kimberly Leach' – ze tikt met haar nagel op de foto van het meisje – 'berustte grotendeels op de verklaring van de enige ooggetuige, een man die Clarence Anderson heette. Anderson meldde zich vijf maanden na de ontvoering, maar hij kon zich niks belangrijks herinneren. Op verzoek van de hulpofficier werd Anderson onder hypnose gebracht. Na afloop identificeerde hij zowel

Bundy als het kleine meisje. Hij beschreef zelfs hun kleding. Zijn getuigenis was het ontbrekende puzzelstukje waardoor al het indirecte bewijs samenviel.'

Ze haalt een visitekaartje tevoorschijn uit de archiefmap. 'Niks moet,' zegt ze, 'maar deze meneer is een vriend van een vriend. Zijn kantoor is in North Beach.'

Het kaartje is wit en er staat in rode blokletters de naam James Rudolph op gedrukt. Onder de naam staat een enkel gecursiveerd woord, *hypnotherapeut*, gevolgd door een telefoonnummer en een e-mailadres.

'Zo langzamerhand ben ik tot alles bereid,' zeg ik.

'Waarom bel je hem niet meteen?'

Ik pak de telefoon. 'Als je me een paar maanden geleden had gezegd dat ik een hypnotiseur zou bellen, had ik je nooit geloofd.' Ik toets het nummer in en tot mijn verbazing neemt er vrijwel meteen een vrouw op. 'Hallo?'

'O,' zeg ik, 'misschien heb ik het verkeerde nummer gebeld.'

'Wil je Jimmy soms spreken?' vraagt ze met een vet Bostons accent.

'Pardon?'

'Rudolph, Jimmy Rudolph.'

'Ja.'

'Momentje.'

Ik hoor geschuifel aan de andere kant en er komt een mannenstem aan de lijn. 'Ja?'

'Ik bel over de hypnose.'

'Prima,' zegt hij. 'Sorry voor de verwarring. Ik ben vandaag niet op kantoor en heb mijn telefoon doorgeschakeld. Wanneer wil je komen?'

'Wanneer heb je tijd?'

'Wat dacht je van morgen?' vraagt hij. 'Eén uur precies?'

'Oké.'

'Trek iets gemakkelijks aan.' De verbinding wordt verbroken.

'Nou?' vraagt Nell.

'Ik weet het niet, hoor.'

Ze haalt haar schouders op. 'Ach, het is het proberen waard. Het is bekend dat trauma's de herinneringen aan een bepaalde gebeurtenis kunnen belemmeren. Door hypnose zou je je eigen psychische verdediging kunnen omzeilen en bij verdrongen herinneringen kunnen komen.'

Ze bladert door de map en haalt een kleurenkopie van een schilderij van John William Waterhouse tevoorschijn. Twee mannen liggen naast elkaar te rusten; ze zijn bijna identiek, op de kleuren waarin ze zijn afgebeeld na. De een, bleek, met rood haar en helder verlicht, sluimert tegen de schouder van de andere man. De tweede heeft een olijfkleurige huid, zwart haar en ligt in de schaduw, gehuld in een doodskleed. Bij de een liggen fluiten, bij de ander een lier.

'Hypnos,' legt ze uit, 'de Griekse god van de slaap, is hier afgebeeld met zijn broer Thanatos, de god van de dood.'

Nell heeft nog veel meer te melden over het onderwerp hypnotisme: voorbeelden uit de praktijk en juridische precedenten, vreemde verschijnselen, de twee belangrijkste theorieën over hypnose die op dit moment in zwang zijn. 'Regressie stelt dat al je ervaringen zijn opgeslagen in een soort geheugenbank en dat je daar met behulp van hypnose bij kunt komen. Constructie daarentegen stelt dat het verleden constant herschapen wordt in het belang van het heden en dat herinneringen worden gevormd op basis van een aantal factoren.'

Ik sta weer te kijken van Nells vermogen om te leren, om een grote hoeveelheid informatie over een willekeurig onderwerp, wanneer dan ook op te nemen en te verwerken Ik vraag me toch af of haar passie voor informatie iets te maken heeft met de dood van haar zoon, of de constante consumptie van feiten haar poging is een nimmer slinkende leegte op te vullen. Ik stel me haar verdriet voor als een zwart gat, nooit verzadigd, dat in een beangstigend tempo kennis opzuigt. Het is hetzelfde immer uitdijende gat dat in deze lange weken van Emma's afwezigheid bezit heeft genomen van mijn geest en mijn hart. Terwijl Nell het hare met kennis vult, vul ik het mijne met eindeloos zoeken.

Als ik de volgende middag thuiskom, begroet ze me bij de deur.

'Nou?' vraagt ze.

'Die man was een kwakzalver. Ik moest in een leunstoel gaan zitten die eruitzag alsof hij gered was van het Leger des Heils. Het kantoor stonk naar sigarenrook. Nadat we klaar waren, probeerde hij me te strikken voor een of andere hypnosecursus die hij volgende maand geeft in Tahoe.'

'Dat is jammer,' zegt ze. 'Het leek me zo'n veelbelovend middel.'

Ik vertel Jake niets over de hypnose. Alternatieve psychologie past niet in zijn wereldbeeld en ik denk dat hij het hele gebeuren als een absurde poppenkast zou zien, een zinloos grijpen naar strohalmen. Maar het is zo dat ik nu naar alles grijp, meedoe aan elke poppenkast die ook maar de allerkleinste belofte biedt. Er is geen keus.

24

Toen we klein waren, hadden Annabel en ik een keer ons zakgeld van een maand opgespaard en het naar Everlasting Toys gestuurd. We hadden op de achterkant van het kinderblad *Highlights* een advertentie voor miniatuurzeepaardjes gezien, voor maar 4,95 dollar inclusief verzendkosten. Die zomer zaten we een paar weken lang op de veranda aan de voorkant met Kool-Aid en een pak Uno-kaarten te wachten op de vrachtwagen van UPS.

Maar de zeepaardjes kwamen niet met UPS. Ze kwamen heel gewoontjes per post, in een gewatteerde envelop. Toen we het pakje openmaakten, zag ik tot mijn teleurstelling dat er niet 'zeepaardjes' op stond, maar 'zeeaapjes' en die aapjes leefden niet eens; het waren alleen maar bleke nootjes in een zakje van cellofaan. Het aquarium zelf was een goedkoop geval van plastic, 25 centimeter lang en 15 centimeter breed. Er zat een klein pakje veelkleurige steentjes bij, die we uitstrooiden over de bodem van het aquarium. We lieten de aapjes erin vallen en wachtten of er iets zou gebeuren. Eindelijk, een paar uur later, begon een van de nootjes uit te zetten en daarna te wiebelen en te zwemmen. We gaven hem niet eens een naam, want het was wel duidelijk dat dit geen zeepaardje en niet eens een zeeaapje was; het was gewoon een of andere gemuteerde garnaal. Binnen een week waren al onze garnalen dood. Onze moeder gooide het vuile water in de wc en zei: 'Nou meisjes, dat waren dan de Duurzame Speeltjes.'

Pas een paar jaar later zag ik tijdens een tochtje naar Marine World met Ramon echte zeepaardjes. 'Hippocampus,' las hij, terwijl hij met zijn vinger over het bordje ging. 'Van het Grieks voor paard, *hippos*, en zeemonster, *campus*.' We keken hoe er twee van kleur verschoten en een ingewikkelde dans uitvoerden. Op het bordje stond dat de meeste zeepaardjessoorten monogaam zijn. Tijdens de zwangerschap voeren het mannetje en het wijfje elke dag een begroetingsdans uit. Na de dans gaan ze voor de rest van de dag uit elkaar.

'Sexy,' zei Ramon. De visjes transformeerden voor onze ogen; hun stralende kleuren veranderden terwijl ze naast elkaar sierlijke pirouettes uitvoerden.

Het bordje onthulde ook dat het mannetje en niet het wijfje de zwangerschap ondergaat, de eitjes bevrucht in een broedzak op zijn buik en ze uitbroedt. Ramon draaide me om zodat ik hem aankeek en duwde speels mijn lichaam tegen het glas. 'Dat zou ik ook voor jou doen,' zei hij, 'als je met me trouwt.'

'Vraag me nog maar eens over tien jaar.'

'Tegen die tijd is het te laat.' Hij liet me los. Ik zag dat hij verdrietig was. Hij wilde dat de relatie sneller ging, naar oorden waarvan ik wist dat ze onhaalbaar waren. Ik wist dat hij te oud voor me was en dat ik met mijn leven dingen wilde doen waar hij buiten stond. Ik had me niet kunnen voorstellen hoe weinig tijd we in werkelijkheid nog samen hadden. Ik kon niet weten dat hij binnen een jaar dood zou zijn.

Ik blader door een van Nells boeken over het geheugen als mijn oog op een tekening valt: een zeepaardje, in fel blauw en groen. De titel van het hoofdstuk luidt 'De rol van de hippocampus'. De hippocampus is een gekromd deel van de hersenen dat zich in de slaapkwab bevindt, recht boven het oor. Hij heet zo omdat de eerste anatomen vonden dat de structuur ervan aan een zeepaardje deed denken. Hoewel de functie van de hippocampus grotendeels nog altijd een mysterie is, weten neurowetenschappers wel dat hij cruciaal is voor het leren van nieuwe feiten, het onthouden van recente gebeurtenissen en het overbrengen van nieuwe informatie naar het langetermijngeheugen. Als de hippocampus wordt beschadigd, blijven de oude herinneringen intact, maar worden er geen nieuwe gevormd.

Ik heb het gevoel alsof er een onzichtbare lijn de ruimte in mijn geest afbakent en een onoverbrugbare scheiding in de tijd aanbrengt: voor Emma verdween en daarna. In een gedeelte van mijn hersenen bestaat een heel leven aan herinneringen, een complex netwerk van emotionele en intellectuele informatie – gevoelsindrukken en stemmen die ik heb onthouden en minifilmpjes van belangrijke en alledaagse gebeurtenissen – alle dingen waaruit mijn persoonlijke geschiedenis is opgebouwd. Emma is er, en Jake, en Ramon, Annabel, mijn moeder, mijn jeugd. Als ik een gelukkig moment met iemand van wie ik hou wil herbeleven, hoef ik alleen maar een van de miljarden herinneringen die daar liggen ingebed, tevoorschijn te toveren. En toch verbaas ik me erover dat mijn geheugen het zo slecht deed op de dag dat Emma verdween. Wat voor synaptische prikkel besloot welke details er bewaard en welke er weggegooid zouden worden?

25

Op een koude ochtend, eind augustus, rijden Jake en ik naar de Sutro Baths. Er lopen slechts een paar toeristen rond. Het ruikt er vagelijk naar vis en naar de cipressen die langs het klif ernaast staan. We hebben geen van beiden hardop gezegd waarom we hier zijn. Geen van beiden durven we onze angst te uiten als we over de rand van de parkeerplaats naar de grijze, in mist gehulde ruïne kijken.

Een zoekteam heeft binnen 48 uur na Emma's verdwijning dit hele gebied doorzocht en niets gevonden. Ik ben hier al een paar keer in mijn eentje geweest. We keren telkens op ons spoor terug, doorzoeken keer op keer dezelfde plaatsen.

De oude Sutro Baths liggen aan het einde van het schiereiland. Het zwembad, dat werd geopend in 1896, werd zeventig jaar later door brand verwoest. Een groen getint gebouw met een glazen dak van 8000 vierkante meter herbergde ooit 517 badhokjes, zes bassins met zo'n 7,5 miljoen liter zout water en een amfitheater en een promenade die plaats boden aan ruim 7000 mensen. Alleen de fundamenten van cement zijn er nog. Er hangt een einde-der-tijden sfeer, alsof de dag des oordeels is neergedaald op dit kleine stukje van het klif en het strand en de rest van de stad onberoerd heeft gelaten.

Als het tij opkomt, trekt de stroming alles langs de baden de baai in. Er komen dingen vast te zitten in de ruïne en die blijven daar dagen liggen voor ze weer worden teruggesleurd naar zee. Als je in de catacomben kijkt en ziet hoe de oceaan over de gehavende zeewering rolt, krijg je het gevoel dat je een andere, duisterder eeuw bent binnengegaan. Het grote, ronde bouwsel, dat ooit diende als reservoir voor zeewater dat in het zwembad werd gepompt, is nu gevuld met stilstaand regenwater en een dun, groen laagje slijm.

'Mijn vader ging hier altijd zwemmen toen ik klein was,' zegt Jake. 'Ik heb een foto van hem waarop hij op een duikplank staat in een van die gehuurde, zwartwollen badpakken die bezoekers verplicht waren te dragen.'

Ik tuur door de verrekijker naar de koude Grote Oceaan. Er vaart een schip door de woelige golven naar de baai. Op driehoog gestapelde vrachtcontainers staan gigantische Chinese karakters. Ik beweeg de verrekijker een fractie en kijk opeens niet meer naar de uitgestrektheid van de oceaan, maar naar een enkele catacombe. Er drijft daar van alles: een Coca-Colablikje, waarvan het rood verbleekt is tot roze; een of ander aan flarden gescheurd kledingstuk; een paperback, door en door nat. Mensen die de vreselijkste daden plegen moeten de sporen daarvan toch ergens verbergen; om de paar weken is er wel een melding van een lijk in een ravijn, een vuilniscontainer, een leegstand gebouw. Ik wil niet denken aan de talloos vele plaatsen waar je het lijkje van een kind kunt verstoppen, maar het is onmogelijk er niet aan te denken, onmogelijk om je niet de verschrikkelijkste mogelijkheden voor te stellen. Jake staat met zijn rug naar me toe. Hoewel hij het niet zegt, weet ik dat hij bidt. Sinds die keer dat ik met hem ben meegegaan naar de kerk, heeft hij er niet bij me op aangedrongen dat vaker te doen, maar ik weet dat hij elke week gaat en soms contact heeft met een predikant.

Het maakt me kwaad dat hij zijn hart uitstort bij een vreemde terwijl hij zo weinig aan mij toevertrouwt, terwijl hij de steungroep als een tijdverspilling ziet. Ik was vanochtend verrast toen hij opbelde en vroeg of ik met hem meeging naar de Sutro Baths. Ik was dankbaar dat hij zich voor me openstelde, op zijn eigen manier weer contact probeerde te maken.

Ik speur de ruïne voor de laatste keer af. 'Niets,' zeg ik, terwijl er opluchting opborrelt in mijn borst.

Jakes hele lichaam ontspant zich, als een vliegertouw dat slap komt te hangen.

We lopen over het steile pad langs het zwembad omlaag. Aan het eind ervan is een donkere tunnel in de rots uitgehakt. Daarbinnen is het een stuk kouder. Er is een echo, een constant gedruppel van water dat langs de rotswand loopt en onderaan in ondiepe plasjes spat. Vanaf de andere kant valt een kegel licht binnen. Jake doet iets wat hij in geen weken heeft gedaan: hij pakt mijn hand. We duiken op aan de andere kant van de tunnel. De rotsen onder onze voeten zijn glibberig; er kolkt water tussendoor. In de verte glooien de Marin Headlands richting zee; hun scherpe randen zijn verzacht door mist.

'Weet je nog dat we Emma hier mee naartoe namen?' vraagt hij.

'Ja.'

'Ze was in de zevende hemel toen we het oude fort onderzochten,' zegt hij, terwijl hij zijn sleutels laat rinkelen in zijn zak. 'Weet je nog dat ze per se terug wilde naar de auto om al haar poppen te pakken, zodat je een foto kon nemen van al die poppen boven op het kanon?'

Zijn stem hapert en hij slaat zijn armen stevig om mijn schouders. Als Emma was gestorven, als we het hadden zien gebeuren en bij de begrafenis waren geweest, zouden we het misschien kunnen verdragen om herinneringen op te halen. Misschien zouden we dan dingen die ze had gezegd, kunnen herhalen, uitgebreid kunnen praten over onze gezamenlijke uitstapjes. Als ze dood was, zouden we misschien een taal ontdekken waarin we over haar konden praten. Maar omdat we niet weten waar ze is, niet weten of ze lijdt, of ze alleen is, of ze bang is, is dat onmogelijk. Bij elke blije herinnering die onze woorden oproepen, loeren op de achtergrond andere, duistere beelden.

De wind zwiept Jakes haar rond zijn gezicht; er plakken druppels zeewater op zijn wollen trui en we staan daar een tijdje zwijgend, rillend naar het ijskoude water te kijken.

Van hieraf kunnen we de mierachtige figuurtjes van surfers op de golven zien dobberen; ze wachten. Ik heb ooit ergens gelezen dat een golf duizenden kilometers over de oceaan kan trekken voor hij aan de kust komt. Surfers zien er zo ontspannen uit als ze schrijlings op hun plank zitten, maar de waarheid is dat hun lichaam niet alleen afgestemd moet zijn op het oppervlak van het water, maar ook op wat daaronder gebeurt. Door de een of andere magische truc of dankzij instinct of visie lijken ze alert te zijn op precies het moment dat de golf, die van ver komt, op een bepaalde manier over de zeebodem trekt en breekt. Het lijkt een soort goddelijk toeval dat de golf en de surfer elkaar überhaupt treffen.

De Holga is uitgevonden in Hongkong in 1982. Zijn naam komt van de term *ho gwong*, wat 'heel helder' betekent. De camera is bijna helemaal van plastic en zijn onderdelen passen niet perfect op elkaar. Het gevolg is dat er licht door de naden lekt dat strepen en flitsen van overbelichting op de beelden veroorzaakt. Het bekijken van een Holga-foto is altijd enigszins desoriënterend, alsof je andermans droom binnenstapt.

De vierde foto op het rolletje is dubbel belicht en bestaat uit twee ongelijke beelden over elkaar heen: Emma die bij me wegloopt en de dode zeeleeuw, vanaf een paar meter afstand genomen. Daardoor lijkt het alsof Emma vlak boven de dode zeeleeuw zweeft. Tussen haar kleine voetjes en de zeeleeuw is een streepje helder licht.

Ik denk erover na hoe deze foto zou overkomen op iemand die hem jaren later vond, zonder bijschrift. De bekijker, die geen weet heeft van de dubbele belichting, kan het als feit accepteren dat deze twee figuren – het kind en de zeeleeuw – zich in die positie bevonden, op dat moment, tegelijkertijd. Misschien zou hij zich voorstellen dat ze over de zeeleeuw sprong, wat de smalle ruimte tussen haar voetjes en het gewelfde lichaam van de rob zou verklaren. Hij zou niet vermoeden dat het kind op dit moment slechts enkele seconden later haar ontvoerder zal ontmoeten.

Als we een kiekje zien – zonder context, zonder datering – bedenken we er automatisch een verhaal bij, een manier om het onderwerp te duiden. We zijn voyeurs, gaan een eenzijdige relatie aan met de persoon op de foto. Wij kijken; zij worden bekeken. Kijkers zijn per definitie in het voordeel.

22 September. Twee maanden na de dag dat Emma verdween. Dankzij een oude studievriend die bij NBC werkt, heeft Jake een plaatsje in de talkshow *Today* van Katie Couric weten te bemachtigen. Hij nam gisteravond de nachtvlucht naar New York. Op TV ziet hij er iets anders uit, al weet ik niet goed waarom. Terwijl hij Katie de gegevens rond Emma's verdwijning vertelt en haar kenmerken beschrijft – het kleine litteken op haar linker onderarm, de moedervlek net rechts van haar neus – besef ik dat hij make-up op heeft. Een beetje foundation, wat camouflagestift onder de ogen. Maar toch weer een transformatie, terwijl hij geleidelijk steeds minder herkenbaar wordt.

NBC laat een homevideo zien waarin Emma op rolschaatsen over de stoep rijdt en zwaait als ze de camera nadert. Na het filmpje schieten Katies ogen vol en start ze een reclame.

'We zijn op zoek naar Emma's moeder,' zegt Jake op een gegeven moment. Hij kijkt recht in de camera. 'Lisbeth, als je kijkt: ik moet je spreken.' Er is een vreemd soort intimiteit in de manier waarop hij praat, ondanks het feit dat zijn smeekbede wordt uitgezonden voor miljoenen kijkers. Terwijl hij het zegt, bedenk ik dat hij degene is die naar strohalmen grijpt. Als Lisbeth gevonden had willen worden, had ze zich inmiddels wel gemeld. Er flitst een foto in beeld. Het is een close-up van haar gezicht, dezelfde foto die Jake aan Sherburne gaf aan het begin van het onderzoek. 'Het is een van de weinige die ik heb bewaard,' vertelde hij me. 'Ik wilde ze allemaal weggooien, maar bedacht dat Emma misschien zou willen weten hoe haar moeder eruitzag.'

Op de foto heeft Lisbeth lang, donker haar en een mager gezicht. Ze glimlacht, maar het is geen overtuigende glimlach. De foto is afgesneden voor de televisie. Ik herinner me het origineel en weet wat buiten beeld is gelaten: Emma, die als baby in een kinderwagen ligt die naast haar moeder staat. Toen ik die foto voor het eerst zag, werd ik getroffen door het feit dat Lisbeth niet naar Emma keek of haar aanraakte. De foto was buiten genomen, op een mistige dag, een smal streepje wit licht scheidde moeder en dochter.

Ik heb Jake nooit verteld dat ik medelijden had met de vrouw op de foto. Ze heeft donkere wallen onder haar ogen, melkvlekken waar haar volle borsten tegen haar T-shirt drukken. Aan haar ogen en haar houding zie je duidelijk dat ze nog altijd last heeft van de bevalling van 23 uur en de keizersnede, een fysieke pijn die ik me onmogelijk kan voorstellen.

's Middags belt Jake me op vanaf LaGuardia om te vertellen dat hij de volgende vlucht naar huis neemt. 'Misschien is dit de doorbraak die we nodig hadden,' zegt hij, op een voorzichtig optimistische toon.

In de loop van de dag komen er honderden aanwijzingen binnen en op www.findemma.com regent het hits. De volgende dag, als we een pizza eten bij de Sausage Factory, naast de commandopost, heeft Jake het over alle dingen die we samen gaan doen als Emma thuiskomt: we gaan naar Disneyland, we gaan op een cruise naar Alaska. Ik herinner hem er maar niet aan dat hij er een paar dagen geleden nog van overtuigd was dat Emma was verdronken. Hij was altijd de gelijkmoedigste man die ik kende, had geen last van stemmingswisselingen of drastische meningsveranderingen. Nu verandert zijn perspectief met de dag en ik weet nooit in wat voor stemming ik hem zal aantreffen.

Hij laat tijdens het eten twee keer zijn vork op de grond vallen. Normaal is hij een keurige eter, maar nu knoeit hij steeds kruimels op zijn overhemd. 'Gaat het?' vraag ik.

'Ik heb niet geslapen. Al een tijd niet. Een week, misschien. Vorig weekend heb ik de garage opgeruimd. Het is toch niet te geloven? De garage, alsof die belangrijk is! Maar ik heb alles zo lang laten liggen, en ik heb alle hoeken en gaten van deze stad zo vaak afgezocht, met iedereen gepraat met wie er maar te praten viel. Ik kon niet slapen en merkte dat ik naar Emma's kamer liep, maar ik kon er niet nog eens in gaan. Ik moest iets vinden om al die nachtelijke uren mee te vullen. Dus ben ik de garage gaan opruimen.'

Ik weet wat hij bedoelt met dat uren vullen. David van Ouders van Vermiste Kinderen heeft me overgehaald om weer aan het werk te gaan. 'Je hoeft niet voluit te gaan,' zei hij. 'Zo nu en dan een klusje, om je voeten nat maken voor je er weer in duikt.' Hij zegt dat het de eerste fase is in het op orde brengen van mijn leven.

'Hoe kan ik mijn leven weer op orde brengen als er een essentieel onderdeel ontbreekt?' vroeg ik.

'Als je het niet voor jezelf kunt, doe het dan voor Jake,' zei hij. 'Door te werken zul je rustiger worden. Geloof me, na Jonathans verdwijning was mijn werk het enige dat mij heeft gered.'

Ik bedacht dat hij wel eens gelijk kon hebben. En zelfs als dat niet zo was, had ik al te veel geld van Annabel aangenomen. Dus vorige week belde ik schoorvoetend terug na een ingesproken boodschap van een mogelijke klant. Ik wilde met iets gemakkelijks, iets veiligs beginnen – geen bruiloft of een kinderfeestje, gewoon de opening van een restaurant.

Na de lunch ging ik naar mijn favoriete fotozaak, Adolph Gasser. De winkel zag er nog precies hetzelfde uit: een warboel aan belichtingsapparatuur achterin, dure apparatuur achter slot en grendel in vitrines, een paar boeken en digitale printers in het midden van de zaak. Het enige verschil was een foto van Emma in de etalage. De flyer zit nog altijd op telefoonpalen en winkelramen door de hele stad geplakt, en ik stel me voor dat de mensen die erlangs lopen hem niet meer zien; voor hen is het simpelweg een foto van een meisje dat een paar maanden geleden vermist raakte – een treurig verhaal, dat echter losstaat van hun leven.

Achter de hoge, houten toonbank staat Marly, net zoals op de dag voor Emma verdween. Ze is 29 jaar, gigantisch, zwaar getatoeëerd, studente aan het California College of Arts. In de zes jaar dat ik hier nu kom heeft hier een eindeloze reeks fotografen-in-opleiding achter de toonbank gewerkt.

Ik pak filmpjes, batterijen en fotopapier, breng ze naar de toonbank en geef Marly mijn Visacard.

'We hebben je hier gemist,' zegt ze, terwijl ze in de weer gaat met de kaart. 'Ik vind het heel erg van Emma.'

'Dank je.'

Ze stopt mijn aankopen in een papieren zak. De zak voelt vreemd aan in mijn handen, als een rekwisiet uit een toneelstuk dat niet meer loopt. Op weg naar de Muni kom ik langs een rij televisies in de etalage van een elektronicawinkel, die allemaal op dezelfde zender staan afgestemd. Emma's gezicht flitst over de schermen. Emma's zwarte haar, Emma's glimlach met de kuiltjes, Emma's scheve pony, in veelvoud. Er verschijnt een sheriff, die achter een katheder voor een grote microfoon staat met een drom persmensen en toeschouwers om hem heen. Ik voel m'n keel dichtknijpen. Er schiet een worst case-scenario door mijn hoofd: ze hebben Emma gevonden en ze is dood.

In de straat achter me komt piepend een bus tot stilstand. De menigte golft langs. Iemands arm strijkt langs mijn rug. Een meisje en haar moeder stoppen bij de etalage. Het meisje is ongeveer veertien en draagt een strakke spijkerbroek en een naveltruitje. 'Is er nieuws over het vermiste meisje?' vraagt ze.

'Ik weet het niet.'

'Het is een schande,' zegt de moeder. 'Dagelijks sterven er honderden kinderen in het Midden-Oosten, maar hier concentreren ze zich allemaal op dat ene kind. Omdat ze blank, schattig en Amerikaans is.' Ze schudt haar hoofd en pakt haar dochter bij de arm. Ze kuieren weg, bungelende boodschappentassen in de hand.

Ik ga de winkel in en draai het geluid van een van de televisies wat harder. De sheriff is in Morro Bay, ongeveer vier uur rijden zuidelijk van hier. Achter hem staat een rij mannen in pakken en politie-uniformen, die allemaal hun best doen binnen het beeld van de camera te blijven. Een rood aangelopen man met een paar plukken haar die over zijn kale hoofd zijn gekamd stapt naar voren, zogenaamd om de microfoon te verstellen, maar het is duidelijk dat hij gewoon dichter bij de camera wil komen.

'We hebben nieuwe informatie in de zaak-Emma Balfour,' verklaart de sheriff. Mijn eerste reactie is een schok, gevolgd door de oude, vertrouwde paniek – een hart dat tekeergaat, een soort tintelende zwaarte in mijn schedel – en daarna een voorzichtig gevoel van hoop, en dat alles binnen de spanne van een seconde, terwijl ik afwacht wat de sheriff te zeggen heeft. 'Afgelopen middag kwam er een vrouw op het politiebureau die beweerde Lisbeth Balfour te zijn, de moeder van het vermiste meisje. We hebben de bevestiging dat ze inderdaad is wie ze zegt te zijn. Ze gaat een paar minuten met jullie praten, waarna ik eventuele verdere vragen zal beantwoorden.'

Het duurt een paar seconden voor de informatie tot me doordringt. Ik ervaar een ogenblik van opgetogenheid, dat snel wordt gevolgd door twijfel. Waarom nu, vraag ik me af. Waarom heeft Lisbeth na al die tijd dit moment uitgekozen om zich te melden?

De sheriff schraapt opnieuw zijn keel en trekt zich terug. De mannen in pakken doen een stap opzij om een vrouw door te laten. Ze is niet zoals ik me haar had voorgesteld. Ze lijkt amper op degene op die foto van zeven jaar geleden. Afgaande op Jakes beschrijving verwachtte ik de diepliggende ogen van een heroïneverslaafde, slordig haar, blauwe plekken die haar laatste keus op vriendjesgebied had achtergelaten. Maar zo is ze helemaal niet. Ze is van gemiddelde lengte, ietwat mollig. Haar donkere haar is smaakvol gekapt en ze draagt een subtiele marineblauwe jurk.

'Ik heet Lisbeth Dalton,' zegt de vrouw langzaam. 'L-i-s-b-e-t-h.'

Ze wacht even, glimlacht. Ze heeft rode lippenstift op en draagt paarlen oorbellen en een kralenketting die niet bij haar jurk noch bij haar oorbellen past. Ze is aantrekkelijk op een doorsnee-huisvrouwachtige manier, met een kleine, rechte neus – Emma's neus – en een bruin kleurtje. Ik probeer me Jake met haar voor te stellen, maar dat is onmogelijk. Wat zag hij in haar? Wat zouden ze in godsnaam gemeen kunnen hebben gehad?

'Ik ben Emma's moeder,' zegt ze. 'Ik heb pas gisteren over deze vreselijke tragedie gehoord toen ik mijn echtgenoot – pardon, mijn ex-echtgenoot – bij *Today* zag.'

Ik weet dat ze liegt. Het is onmogelijk dat ze al die tijd in Morro Bay woonde zonder iets over Emma te horen. Het was voortdurend in het nieuws.

Lisbeth gaat met haar hand naar haar oorbel. Ik besef opeens dat ik een identiek paar heb: Jake gaf me die toen we vierden dat we elkaar zes maanden kenden. Het was een lief gebaar, maar ik draag ze zelden; het is het soort sieraad dat mijn moeder altijd droeg, een symbool van vrouwelijk fatsoen. Het komt bij me op dat Lisbeths oorbellen vermoedelijk ook een cadeautje van Jake waren en ik voel me stom als ik me afvraag welke cadeautjes hij nog meer heeft gekopieerd.

Lisbeth glimlacht, activeert haar kuiltjes; de gelijkenis tussen haar en Emma is onmiskenbaar. 'Ik wil hier nu alleen maar tegen de ontvoerder, wie je ook bent, zeggen: geef haar alsjeblieft terug. En Emma, als je me kunt horen: ik hou van je, schatje. Ik bid voor je. We willen allemaal dat je weer thuiskomt.'

Dat zegt de vrouw die vijf maanden na Emma's geboorte een maand op vakantie ging naar Cancún. De vrouw die drie jaar geleden wegliep bij Jake en Emma en zelden de moeite nam om te bellen.

'Had je contact met je dochter?' vraagt een verslaggever.

'Ja,' liegt ze.

'Als je met Jakes verloofde, Abigail Mason, kon praten, wat zou je dan zeggen?'

Ze raakt opnieuw haar oorbel aan, kijkt recht in de camera. 'Ik vind het vreselijk wat er is gebeurd. Ik ben er kapot van. Maar die vrouw moet weten dat ik haar vergeef.'

'Had u, gezien de omstandigheden, liever gezien dat u de zorg over Emma had gehad?' vraagt een andere verslaggever.

'Natuurlijk, maar dat is achteraf gepraat. Het is nu eenmaal gebeurd. Nu moeten we vanaf hier verdergaan. We moeten gewoon mijn kindje vinden.'

Als Lisbeth in de microfoon praat, spreekt daar geen wanhoop of vertwijfeling uit. Elk woord, elk gebaar lijkt ingestudeerd.

'Als ze wordt gevonden,' vraagt een andere verslaggever, 'gaat u dan proberen de zorg over haar te krijgen?'

'Dat zou heel goed kunnen. Ik ben tenslotte haar moeder. Haar vader en ik hadden in het verleden onze problemen, maar het is tijd om daar overheen te stappen en ons kleine meisje te vinden.'

Ons kleine meisje? Ik voel een golf van woede, gevoed door een bezitsdrang waarvan ik niet wist dat ik die in me had.

Ik bel Jake op mijn mobieltje, maar hij neemt niet op. Ik dring me door de menigte op Union Square en ben zo boos dat het me moeite kost me te concentreren op zoiets alledaags als thuiskomen.

Ik probeer opnieuw Jake te bellen op de commandopost. Brian neemt op. Op de achtergrond hoor ik de televisie en het gerinkel van telefoons en stemmen en nog meer stemmen die door elkaar heen praten.

'Heb je de persconferentie gezien?' vraag ik als Jake aan de lijn komt.

'Ja. Ik ben verbijsterd.'

'Waar is ze op uit, denk je?'

'Moeilijk te zeggen. Sherburne gaat haar ondervragen op het bureau. Ze heeft al toegestemd in een leugendetectortest.' Zijn stem klinkt hees, vermoeid. 'Ik bleef maar hopen...'

'Ik weet het.'

Al die tijd had Jake een vage hoop gekoesterd dat Emma bij haar moeder zou zijn, en ik stond mezelf toe hetzelfde idee erop na te houden. Dat zou tenminste betekenen dat ze relatief veilig is. Het zou tenminste betekenen dat ze leeft. Maar als Lisbeth erbij betrokken was, zou ze zeker geen persconferentie houden.

Deze nieuwe ontwikkeling voelt als een grote nederlaag. Weer iets wat doodloopt. Het zoekgebied wordt alweer groter.

'Ik kom meteen naar je toe,' zeg ik.

'Ik ga naar de KQED voor de follow-up van het interview met Couric. Kom na afloop naar mijn huis.'

Het contact wordt verbroken. Tegenwoordig gaan de meeste van onze gesprekken ongeveer op deze manier. We zeggen nooit genoeg tegen elkaar.

Ik kom om zeven uur bij Jake aan. Ik had niet op de auto op zijn oprit gerekend, een rode cabriolet. Ik probeer de voordeur maar die is op slot en ergens heb ik het gevoel dat ik maar niet mijn sleutel moet gebruiken. Dus klop ik aan. Geen reactie. Ik bel aan. Jake doet de deur open en ik weet dat er iets aan de hand is als ik niet het gebruikelijke kusje op mijn mond krijg. Ondanks alles is dat een gewoonte gebleven, iets waar ik op kan rekenen: dat hij me altijd met een vluchtige zoen begroet.

'Heb je gezelschap?'

Hij knikt en stapt opzij om me binnen te laten. 'Lisbeth is hier.'

Ik heb geen tijd om mezelf voor te bereiden, tijd om mijn schrik te verbergen. Ze zit op de bank in de woonkamer, met een kop koffie balancerend op haar knie.

'Hallo,' zegt ze glimlachend.

'Abby,' zeg ik.

'O.' Lisbeth neemt me van top tot teen op. 'De verloofde.'

Ik wil haar vragen waar ze het lef vandaan haalt hier te komen en op Jakes bank te gaan zitten alsof ze hier thuishoort, alsof de afgelopen drie jaar niet hebben plaatsgevonden. In plaats daarvan flap ik eruit: 'Ik heb je op de TV gezien.'

'O ja? Ik was zo nerveus. Ik ben een ramp voor een camera.'

Jake gebaart naar de leunstoel bij het raam. 'Ga zitten.' Hartelijk, alsof ik gewoon een buurvrouw ben die even aanwipt. 'Koffie?'

'Graag.'

'Ik zal verse zetten.' Hij verdwijnt in de keuken.

Lisbeth draagt dezelfde marineblauwe jurk die ze ook op de persconferentie droeg, maar ze heeft de bovenste twee knoopjes losgemaakt.

'Wat kom je hier doen?' vraag ik. Het lijkt op dat moment het enige logische dat ik kan zeggen tegen deze vrouw die simpelweg uit het niets is opgedoken.

Ze nipt aan haar koffie. 'Pardon?'

'Wat wil je van hem?'

'Ik snap niet wat je bedoelt.'

'Je hebt hem in de steek gelaten. Erger nog, je hebt Emma in de steek gelaten. Je hebt sindsdien nauwelijks iets laten horen. En vervolgens kruip je tegen de camera aan als de diepongelukkige moeder.'

Ze zet haar mok bij de rand van de tafel en slaat haar benen over elkaar. Haar jurk kruipt op over haar kuit en onthult een grote ovale moedervlek vlak onder haar knie. 'Dacht je dat ik geen gevoelens heb? Dacht je dat ik niet van dat meisje hou?'

Haar ogen zijn diepgroen, mooi – Emma's ogen. Ze leunt naar voren, rolt haar mouwen op en strekt haar armen, de handpalmen omhoog. Haar huid is een ruïne, een wegenkaart vol littekens en kapotte aderen. Instinctief wend ik mijn blik af.

'Geen enkele moeder met een hart zou in die toestand blijven,' zegt ze, terwijl ze haar mouwen terugrolt. 'Als je ooit verslaafd bent geweest, weet je dat. Zo kun je geen kind opvoeden.'

Een deel van me wil haar geloven, maar die impuls duurt maar heel even. Waarom kan ik voor haar niet dezelfde sympathie opbrengen die ik voel als ik in de Tenderloin een junkie zie bedelen?

Waarom voel ik die hardheid, die woede als ik naar haar kijk? Ik doe mijn best niet te gaan schreeuwen. 'Je hebt zelfs nooit gebeld om te vragen hoe het met haar was. Niet eens een verjaarskaartje gestuurd.'

'Mijn leven was een puinzooi,' zegt ze. 'Ik moest alles eerst weer op orde brengen.'

'Maar je moet hebben geweten dat ze werd vermist. Hoe kan je het niet hebben geweten?'

'Ik kijk geen TV,' zegt ze. 'Ik volg het nieuws niet. Een vriendin vertelde me over dat item in *Today*.'

'Ja, hoor.'

Jake komt terug uit de keuken en geeft me een kop koffie. Vroeger, toen we elkaar nog plaagden als een stel in een comedyserie, zou ik hem voor de grap een slechte gastheer hebben genoemd, omdat hij ons het met ons tweeën liet uitvechten. Maar nu is er niks grappigs aan en valt het feestje niet meer te redden.

'Jake vertelde me net hoe het onderzoek ervoor staat,' zegt Lisbeth koeltjes, alsof onze akelige woordenwisseling nooit heeft plaatsgevonden.

Hij gaat naast haar op de bank zitten. Ze lijken net een stel, zoals ze daar zitten, en er ontvouwt zich een geschiedenis voor mij, een gezinsportret dat ik nooit eerder heb hoeven zien. Er zijn geen foto's van Lisbeth in het huis, geen kiekjes van Jake, Lisbeth en Emma samen. Jake praat zelden over haar. Zolang ik hem ken, was het altijd Jake en Emma, gelukkig samen, maar niet helemaal compleet. Ik had altijd het gevoel dat er iets ontbrak aan dat kleine gezinnetje, maar dat leek me nooit iets wat er eerder wel was geweest. In plaats daarvan lag er een open ruimte te wachten en ik was de aangewezen persoon om die te vullen. Ik had me verheugd bij het idee hun gezinnetje binnen te stappen en het plaatje te completeren. Nu ik Jake en Lisbeth samen zie, herken ik iets natuurlijks in de combinatie, iets wat klopt. Hoewel ze elkaar in geen jaren hebben gezien, is er een vanzelfsprekendheid tussen hen – in de manier waarop hij naast haar op de bank achterover leunt, de manier waarop ze een stukje jurk lostrekt dat onder zijn been vast is komen te zitten.

Hij sluit zijn ogen. Hij ziet er doodmoe uit, alsof zijn krachten zijn uitgeput. Ik wil naar hem toegaan en hem omarmen, zijn hoofd op mijn schoot leggen en zijn haren strelen, zoals ik altijd deed als hij een rotdag op zijn werk had gehad. Ik wil dat goede terughalen dat we ooit samen hadden. Maar Lisbeth buigt zich naar hem toe en knijpt in zijn hand. En ik beeld het me niet in: Jake knijpt terug.

Later, als ze weg is, kan ik niet anders dan die voor mij voor de hand liggende vraag stellen: 'Dus Lisbeth geeft ineens om Emma?'

Ik voel hem opnieuw, die bezitsdrang die door me heen golft. Ik weet dat Emma niet mijn dochter is, maar de liefde die ik voor haar voel is niet klein en ordelijk, hij lijkt geen rekening te houden met de juiste woordkeus voor onze relatie. Er zit niets stiefmoederachtigs of stiefdochterachtigs in die liefde, niets wat zo goed hanteerbaar is dat ik het gewoon weg kan stoppen als haar biologische moeder op het toneel verschijnt. Toen Jake en ik besloten te gaan trouwen, sneed hij het onderwerp adoptie aan. 'Niet meteen,' zei hij. 'Misschien kunnen we er later eens over gaan denken.' Ik schrok even maar was toen opgetogen over de mogelijkheid en ik stond daar verbluft te zwijgen, in een poging het moment in mijn geheugen te branden. Nu weet ik niet hoe ik deze nieuwe informatie moet verwerken, dit feit van Lisbeths aanwezigheid.

'Ze is heel ongerust,' zegt Jake. 'Ze doet niet maar alsof.'

'Toe nou, Jake. Denk na. Ze moet van meet af aan over Emma hebben geweten als ze in Morro Bay woont. Waarom wachtte ze dan tot twee maanden na dato om ten tonele te verschijnen? Het is wel duidelijk, toch? Ze vertoonde zich nu omdat ze geen keus had. Haar foto was landelijk op de TV geweest. Ze wist dat iemand haar zou herkennen. Deze plotselinge verschijning heeft niets met Emma te maken; het gaat om háár, Lisbeth. Je hebt me zelf verteld dat ze alleen maar aan zichzelf denkt.'

'Ik wil haar gedrag niet goedpraten, Abby. Ik heb nooit beweerd dat ik begrijp waarom Lisbeth de dingen doet die ze doet. Eerlijk gezegd denk ik dat ze van een andere planeet komt. Ze...' Hij maakt zijn zin niet af, kijkt opzij.

'Wat?'

'Ze had het lef te vragen of wij nog een kans hadden.'

'Wat voor kans? Wat bedoel je?'

'Zij en ik, als – wanneer – Emma terugkomt. Ze wilde weten of we het nog eens konden proberen, een gezin vormen.'

Ik probeer niet te bezwijken onder het gevoel dat de grond onder mijn voeten wegglijdt. Het is een fysieke sensatie, zoals de trillingen na een aardbeving, dat gevoel van wankelheid, dat gevoel dat je geheel bent overgeleverd aan krachten die je niet kunt beheersen. 'Dat is krankzinnig,' zeg ik.

Hij bijt op zijn onderlip, een gebaar dat me doet denken aan de eerste keer dat ik hem zag, in de aula van zijn school. 'Inderdaad.'

Maar ik kan zien dat een deel van hem, een minuscuul deeltje, het helemaal niet zo'n idioot idee vindt. Dat is Jakes handicap: hij is te vergevensgezind. Hij heeft zelfs geprobeerd, en ik weet dat het zo is, mij te vergeven.

28

De volgende dag, als ik op weg ben naar de fotosessie in het restaurant, ben ik bang dat ik het niet aankan. Vooral nu niet, met het beeld van Lisbeth verankerd in mijn hersenen, haar woorden die in een continue lus door mijn hoofd lopen: 'Ik ben tenslotte haar moeder.'

Als ik bij het restaurant aankom, is het er al bomvol. Ik sta er bij een klus vaak van te kijken hoeveel van San Francisco blijkt te bestaan uit jonge en mooie, rijke en zorgeloze, perfect gekapte en smaakvol geklede mensen. Toen ik hier begin jaren negentig kwam wonen, was de stad nog een beetje smerig, een beetje rafelig aan de randen. Hij had in bepaalde opzichten nog de sfeer van een westelijke buitenpost, waar kunstenaars en schrijvers sjofele appartementjes huurden, met zijn tweeën op een kamer, en die aan hun sociale trekken kwamen in clandestiene kroegen in de Mission en de Lower Haight. Eerlijk gezegd vond ik het toen leuker, vóór elke bar een wijnkaart en elke twintiger aandelen had.

Terwijl ik me een weg baan door de menigte, herinner ik me de grootse ideeën waarmee ik begon. Ik wilde rauwe, eerlijke foto's maken van illegale immigranten en de armen van de stad, van ouder wordende prostituees, alleenstaande moeders die van een minimumloon moesten rondkomen. Nadat ik was afgestudeerd in de documentaire fotografie aan de University of Tennessee, verhuisde ik naar San Francisco en huurde ik een appartement met slecht sanitair en afbladderende verf in het hart van de Mission. Ik maakt van mijn badkamer een doka, nam een baantje als serveerster in een tapasbar en zwierf in mijn vrije tijd met mijn camera over straat. Ik dacht dat mijn foto's een verschil zouden maken, mensen zouden aanzetten elkaar te zíén. Als iemand me destijds had verteld dat ik uiteindelijk chique restaurants en kerstfeestjes van bedrijven zou fotograferen, had ik hem uitgelachen. Maar ik had al snel door dat het soort foto's dat ik wilde maken geen geld in het laatje bracht.

De eerste paar foto's zijn bijna onmogelijk, maar geleidelijk aan kom ik in een ritme. Ik ben amper meer dan een machine, die de juiste taferelen kiest, het kader bepaalt, het licht controleert, scherp stelt en op de ontsluiter drukt. Als ik na afloop naar huis rijd door snel bewegende mistvelden, vraag ik me af of Emma me dit zou kunnen vergeven: dat ik zoiets alledaags deed als werken, foto's nemen op een feestje, terwijl zij nog steeds daar ergens is en wacht.

29

Dag zeventig. Stralende zon en woeste, beukende golven. De weg is afgesloten voor erosiecontrole. Er ligt zand verspreid over de vier rijbanen en de verkeerslichten knipperen op rood. Jake heeft me ooit verteld dat de Great Highway in zijn jeugd een lange strook gladde zeeweg was waar tieners dragraces hielden. Maar nu het zand in dunne lagen over het gepokte oppervlak schuift, ziet hij er troosteloos uit. Een grote Amerikaanse stad op een vrijdagmiddag, en langs de westrand ligt deze verlaten weg, dit niemandsland.

Ik stop naast Sutro Heights Park en klim naar de rand van de balustrade, het enige wat over is van het statige, oude Sutro House. Van hieraf heb ik een perfect uitzicht over Ocean Beach. Het is totaal anders dan de dag waarop Emma verdween. Toen zag de mist er wit en schoon uit en was hij zo dicht dat je niks zag. Vandaag kan ik het hele strand af kijken, dat zich vijf kilometer naar Daly City uitstrekt. Terwijl bijna het hele land zich klaarmaakt voor de herfst, warmt San Francisco op. Dit is onze echte zomer, september tot oktober. Veelzeggende zwarte vlekjes dobberen op en neer in de branding langs de kust – wetsuits. Toen ik net in San Francisco woonde, ontmoette ik een man die surfte. Soms ging ik met hem mee op het ritje naar Pacifica of Bolinas, waar de golven kalmer waren en een beginneling het ook eens kon proberen; of we haalden sandwiches bij Joe's Deli en namen die mee naar Ocean Beach, waar we op een deken gingen zitten en naar de moediger surfers keken die de strijd aangingen met de woeste brekers bij Kelly's Cove. Mijn vriend kon zijn ontzag niet verbloemen.

'Ongelooflijk,' zei hij dan, als hij een of andere veteraan sierlijk een hoge golf zag pakken. 'Ik zou er alles voor over hebben om dat te kunnen.' Als er een surffilm draaide in de Red Vic, zorgde hij altijd dat hij kaartjes voor de eerste vertoning had en hij had banden van *September Sessions* en *Step into Liquid* die helemaal wazig en dof waren geworden omdat ze zo vaak waren afgespeeld. Ongeveer een jaar nadat ik hem had ontmoet, ging hij terug naar de oostkust, maar niet dan nadat ik iets van zijn bewondering voor het surfleven had overgenomen. Ik had nooit genoeg lef om de sport zelf te proberen; het had iets te maken met de snelheid, de haaien en de ijskoude Grote Oceaan. Ik vond de oceaan in dat deel van het land altijd mooi maar afschrikwekkend.

Ik ga te voet naar Louis's Diner en het Beach House en blijf een minuutje voor de lege winkelpui staan waarachter Musée Mécanique eerst was. De speelhal herbergde ingewikkelde mechanische spelletjes die op muntjes werkten en uit de jaren 1880 stamden. Ik ben hier een keer met Emma geweest. Ze was dol op de kleine kermis, met de attracties die oplichtten en gingen bewegen als je je kwartjes erin gooide. En de Mighty Wurlitzer, met zijn pianola en mandolines, grote trom en fluiten. Maar favoriet was Laughing Sal, een levensgrote roodharige vrouw, veilig weggestopt achter glas. Emma deed haar muntjes in de gleuf en keek met open mond toe hoe Sal met haar ogen rolde, met haar hoofd knikte en haar vingers over een reeks kleurige kaarten liet gaan voor er een gedrukte voorspelling uit een kleine gleuf tevoorschijn kwam. Emma bewaarde die kaartjes op een prikbord in haar kamer. Ze hangen er nog steeds: 'Je zult naar verre landen reizen.' 'Een knappe vreemdeling zal verrassend nieuws brengen.'

Vanaf Louis's komt de geur van hamburgers de helling af waaien en ik besef dat ik sinds gisteren niets heb gegeten. Ik loop de steile helling naar Kelly's Cove af en ga zuidwaarts, opnieuw verbaasd door de voortdurende beweging van deze strook zand waar ik sinds Emma's verdwijning honderden keren heb gelopen. Het strand is vandaag bezaaid met dode vissen, een kletsnatte herensok, een lege tube tandpasta, kluiten zeewier, een kapot tennisracket en rottend wrakhout. Om de honderd meter is er een verlaten kampvuur, waarvan de as nog nagloeit. Er bestaat hier een nachtelijk ritueel: de kampvuren waaromheen jongeren bier drinken en surfmeisjes dansen en daklozen hun blikjes voedsel opwarmen. Waar het stadsdeel Richmond de Russen bedient, de Mission de Mexicanen, Pacific Heights de liederlijk rijken en Bernal Heights de alternatievelingen, trotseert Ocean Beach de grenzen van San Francisco's wijken. Iedereen komt hier en verbroedert in de wind en de mist.

Vandaag is er niet één zanddollar te vinden tussen het natuurlijke en door mensen gemaakte vuil. Kleverige zwarte plakken bespikkelen het zand en de lucht ruikt naar teer.

Als ik zo'n vijfhonderd meter heb gelopen, kom ik twee meisjes tegen, zusjes, van ongeveer tien en elf jaar oud, die schelpen verzamelen bij de rand van het water. Ze zijn blootsvoets, lachen; hun spijkerbroeken zijn tot boven hun enkels opgerold.

'Waar zijn jullie ouders?' vraag ik. 'Jullie zijn hier toch niet alleen?'

Het grootste meisje pakt de hand van haar zusje. Ze houden op met lachen en lopen weg, mij wantrouwig nakijkend. Ik kijk om me heen maar zie geen volwassenen. Wie zou ze hier nu alleen laten?

Bij de kruising van Judah en de Great Highway steek ik de tweebaansweg over naar de openbare toiletten, dezelfde waar ik die dag als een bezetene heb gezocht kort nadat ik in de gaten had dat Emma was verdwenen. Een dakloze vrouw is zich aan het wassen bij de gootsteen. Op de grond naast haar ligt een geïmproviseerde toilettafel: plastic kam, stukje zeep, nieuwe lippenstift en een klein plastic doosje rouge. Door de macht der gewoonte haal ik een flyer uit mijn zak.

'Ik zoek een klein meisje,' zeg ik.

Ze werpt er een snelle blik op en geeft me de flyer terug. 'Ik bedoel het niet kwaad,' zegt ze, 'maar wie doet dat niet?'

Ik steek Laplaya over, navigeer over het cirkelvormige gedeelte van de weg, waar de elektrische bussen van de N-Judah een rij vormen als een gigantische duizendpoot en omkeren voor hun retourreizen landinwaarts. De wind blaast vanaf de oceaan zand op de blote huid van mijn hals. Ik hoor het gerommel van de golven, ruik de zoete ziltheid van de oceaan voor een regenbui. Doosachtige huizen in vergane pasteltinten keren hun verwilderde gezichten naar de wind. De terrastafeltjes bij Java Beach zijn leeg, op een wat oudere man met een dikke grijze baard na die een beduimeld pocketexemplaar van *Het internaat* leest. De rechterkant van zijn gezicht wordt ontsierd door een donker gezwel zo groot als een dollarstuk. Binnen bestel ik een espresso bij een reusachtige jongen die Darwin heet en een kaal hoofd heeft en een geel draadje om zijn pols geknoopt heeft. 'Voor mijn broer in Irak,' legde hij me ooit eens uit. Darwin heeft zo vaak mijn bestelling opgenomen dat ik vermoed dat hij bij Java Beach woont.

'Is er al goed nieuws?' vraagt hij, terwijl hij mijn espresso aanslaat.

Ik schud mijn hoofd. 'Ik heb nog meer flyers,' zeg ik, terwijl ik ze op de toonbank zet. Het is de negende stapel flyers die ik naar Java Beach breng: één per week in de afgelopen tweeënhalve maand.

Ik volg 48th Avenue langs de gealfabetiseerde straten: Kirkham, Lawton, Moraga, Noriega, Ortega, Pacheco, Quintara, Rivera, Santiago. Ik heb altijd van de straten van de wijk Sunset gehouden, van die elegante reeks namen die zo gemakkelijk uit je mond rolt. Ik ga linksaf Taraval in en loop over de brede straten naar Dean's Foggy Surf Shop, terwijl ik de bruine envelop in mijn binnenzak bevoel. Ik kwam hier vroeger met mijn surfende vriend, wat nu eeuwen geleden lijkt; hij kwam niet zozeer om iets te kopen als wel om een praatje te maken, met zijn handen over surfplanken te aaien, de oude rotten te zien en te luisteren naar hun verhalen over surfen in niet meer dan een zwembroek in de jaren vijftig en zestig. Er gaat een vage dreiging uit van de jongens die altijd voor de winkel hangen, met hun spijkerbroeken en slippers. Ze spreken hun eigen taal, ze ontwijken je blik, ze lijken niet thuis te horen op het land. Zelfs in deze mistige uithoek weten ze slank en bruin te blijven, hun haar stug door het zoute water met een soort Jon Bon Jovi-flair. Een kwart van hen ziet eruit als modellen die vrij hebben en 97 procent van hen ziet eruit alsof ze regelmatig ruige seks hebben.

Binnen staat achter de toonbank een tenger meisje met lang bruin haar in een paardenstaart. Ze draagt een *Chicks Who Rip*-t-shirt met een brede hals. Haar neus is gepiercet met een klein blauw knopje. Ze zet haar handen in haar zij en glimlacht naar me als ik naar haar toe loop. 'Hallo.'

Ik vraag me af hoe oud ze is. Achttien? Negentien? Ik kan leeftijd nooit zo goed schatten en zit er altijd naast; misschien kijk ik meer naar lengte dan naar jaren. Dit meisje is punky en compact.

'Hoi.'

Ik haal de envelop uit mijn jack, schuif de twee schetsen eruit en leg ze naast elkaar op de toonbank. 'Ik vroeg me af of je deze mensen misschien hebt gezien.'

'Wow,' zegt ze. 'Ben je een soort rechercheur?'

'Niet echt. Komen ze je bekend voor?'

Ze kijkt een paar tellen naar de schetsen. 'Nee. Wie zijn het?'

'De jongen is een surfer, hij was ruim twee maanden geleden bij Ocean Beach. Hij trekt op met deze vrouw. Ik hoopte dat je deze misschien wilde ophangen in de winkel, en zo links en rechts eens informeert.'

'Dat doe ik graag voor je,' zegt ze. Ze is geen 18, besef ik. Ze zal eerder 23 of 24 zijn. Als ze glimlacht, zie je het prilste begin van kraaienpootjes. Ze heeft een moedervlekje op het topje van haar ringvinger, net boven de nagel.

'Ik ben trouwens Tina,' zegt ze. 'Maar iedereen noemt me Goofy.'

Ik glimlach alsof ik het begrijp, maar ze kan zien dat dat niet zo is.

'Omdat ik *goofy foot* surf,' zegt ze.

Ik knik en ze lacht. 'Je snapt er niks van, hè?' Ze spreidt haar armen alsof ze surft en zakt een eindje door haar knieën, met de rechtervoet voor. 'Je weet wel, de rechtervoet voorop, net zoals Frieda Zamba, mijn idool.'

'O.'

Goofy is knap op een verontrustende manier, met een voortand die een beetje scheef is en in een vreemde hoek ten opzichte van de andere staat.

'Hoe zit het met dat detectivegedoe?' vraagt ze.

'Ik zoek een klein meisje.'

Ik vertel haar over Emma. Ik vertel haar over die dag op het strand, hoe ik even afgeleid was en weg blikte; niet lang, maar lang genoeg.

'Mijn god,' zegt Goofy. 'Dat is verschrikkelijk.' Ze zwijgt even en zegt dan: 'Ik herinner me die dag.'

'Wat zeg je?'

'Die dag. Ik weet het nog. Ik zag die avond het journaal en ik weet nog dat ik dacht hoe raar het was dat ze zeiden dat het meisje vermoedelijk was verdronken.'

'Hoezo, raar?'

'Omdat het water kalm was, alleen kleine, zachte golfjes. Nauwelijks een onderstroom. Dat gebeurt nooit bij Ocean Beach.'

'Wat wil je daarmee zeggen?'

'Gewoon, dat het vreemd leek dat een kind op die dag zou verdrinken. Die ochtend was ik met Tina D. van de winkel naar het strand gegaan,' zegt Goofy. 'We noemen haar Tina D. omdat ik ook Tina heet, ook al noemt iedereen me Goofy. Tja. Tina D. en ik gingen het water in en we zaten daar gewoon een tijd op onze planken te wachten op een golf die nooit zou komen. We zullen er een paar uur hebben gezeten. De zomer is in deze contreien niet de beste tijd om te surfen. Zo nu en dan ga je de zee op en je weet dat de kans op een golf minimaal is. Het rare is dat dat voortdurend gebeurt bij plaatsen zoals Rockaway en Ano Nuevo, maar niet bij Ocean Beach. We zitten daar dus, in stilte, en laten ons op en neer wiegen door de deining, en het was zo'n rare, kalme dag, en ik dacht aan het water in mijn appartement dat onlangs was afgesloten omdat ik de rekening niet had betaald, en ik wilde net aan Tina D. vragen of ik straks bij haar mocht douchen.

Opeens hoorde ik sirenes en ik keek om naar het strand en zag zwaailichten van patrouillewagens in de mist. Het was vreemd. Ik dacht dat het misschien om een drugsarrestatie of zoiets ging, gewoon een paar jongens die met weed op zak waren opgepakt op de parkeerplaats. Maar al snel verscheen de boot van de kustwacht en op dat moment peddelden Tina D. en ik terug naar het strand. Een agent vroeg of we iets hadden gezien en we vertelden dat dat niet zo was en toen vroeg hij Tina D. mee uit, wat welbeschouwd behoorlijk smakeloos was.' Goofy trekt haar paardenstaart los, maakt hem dan weer vast en zegt: 'Ik ben natuurlijk geen expert.'

'Maar je kent het water.'

Ze kijkt omlaag naar mijn handen. Ik besef dat ik aan mijn nagelriemen heb staan plukken en nu bloedt mijn duim. Ze pakt een tissue uit een doos achter de toonbank, buigt zich voorover en drukt hem tegen mijn duim. 'Je doet jezelf pijn.'

'Nerveus trekje.'

'Je hebt gelijk,' zegt ze. 'Ik ken het water. En voor wat het waard is: ik denk niet dat dit het meest waarschijnlijke scenario is. Ik bedoel, oké, Ocean Beach is altijd riskant, maar als je over een verdrinking hoort, stond er meestal een gemene getijdenstroom. Meestal lijkt het wel logisch. Ik weet nog dat ik die dag bij Tina D. op de bank zat en dacht dat het nu niet klopte.'

'Dat is het beste nieuws dat ik in tijden heb gehoord,' zeg ik. 'Ik heb nooit geloofd dat ze is verdronken, maar ik lijk niemand ervan te kunnen overtuigen dat ik gelijk heb. Misschien helpt dit.'

'Ik hoop dat je haar vindt,' zegt ze. Ze glimlacht, waarbij ze die scheve tand ontbloot. 'Zeg, waar ga je nu naartoe?'

'Naar het park.'

'Ik loop met je mee. Mijn lunchpauze is vijf minuten geleden begonnen en ik ga naar de Bashfull Bull 2. Ben je daar ooit geweest?'

'Ik geloof van niet.'

'Dan zou je het nog wel weten. Ik pak even mijn jas en zie je zo meteen buiten.'

Het voelt fijn om niet alleen te zijn, om gewoon iemand naast me te hebben bij het lopen. Ik doe tegenwoordig alles alleen en ik vraag me af of ik langzaamaan het vermogen begin te verliezen normale gesprekken te voeren. Door mijn tunnelvisie ben ik zo'n mens geworden bij wie ik niet graag in de buurt ben. 'Hoe lang surf je al?' vraag ik, en het voelt goed om dat te vragen, om dingen uit te wisselen met iemand zoals Goofy, die me totaal niet beoordeelt, die niet naar me kijkt en automatisch iemand ziet die een fatale, onvergeeflijke fout heeft gemaakt.

'Sinds mijn achtste,' zegt ze. 'Mijn vader heeft het me geleerd voor hij ervandoor ging.'

Ze bekijkt me van top tot teen. 'Laat mij het je leren. Ik denk dat je het vast wel kunt. Je hebt een goed surferslichaam: sterke benen, van boven tenger. Je kunt er beter niet te lang mee wachten. Dit aanbod verjaart op een gegeven moment. Ik ga studeren.'

'Wanneer?'

'O, ik ben nergens ingeschreven of zo. Maar het moet wel binnenkort zijn.' Ze beweegt met een klein dansje in haar pas, alsof er een liedje in haar hoofd speelt dat zij alleen kan horen. 'Ik werd een paar weken geleden wakker en besefte dat ik al bijna 25 ben.'

'Wat wil je gaan studeren?'

'Mariene biologie. Ik zou graag naar de universiteit van Hawaï gaan. Ik denk dat ik mijn studie wel kan betalen door toeristen surf-les te geven.' Daarna komen we op Noriega en ze klopt me op mijn schouder en zegt: 'Hier moet ik zijn. Lunch je met me mee?'

'Bedankt, maar ik heb iets te doen. Bel je me als je iets hoort?'

'Reken maar. En kom nog eens langs. Kom de volgende keer voor de middag. De Bashful Bull 2 heeft een speciaal ontbijt. Eieren, bacon, gebakken aardappeltjes en koffie voor drieënhalve dollar.'

'Afgesproken.'

In het park volg ik het slingerpaadje langs het meer waar Emma en ik altijd de eendjes gingen voeren, langs de visvijvers en de bisonweide en de golfbaan, langs een tweede meertje waar de bemoste bomen behangen zijn met muggenvallen om het West-Nijlvirus op te sporen. Tegen de tijd dat ik weer tevoorschijn kom op Fulton, is de hemel donker geworden. De jonge bestuurder van een zwarte Mercedes vangt mijn blik voor hij door het oranje licht scheurt. Aan de overkant leunt een oude man op een stok terwijl hij kijkt hoe het licht van rood naar groen en weer naar rood verspringt. Ik ga links-af Balboa op, richting strand. Ik ben al jaren van plan mijn camera hier mee naartoe te nemen om de grappige winkeltjes te fotograferen die gevestigd zijn in Richmond: de Archery Store, Scissor Man, de reparatiewerkplaats voor schrijfmachines en stofzuigers, Hockey Haven, Gus's Bait & Tackle. Het lijkt hier wel een andere stad, geen hippe nachtclubs of boekhandels, geen modeboetiekjes of trendy restaurants.

Het is al na zevenen als ik bij mijn auto kom. Er is bijna niemand op de weg langs het park, alleen een jong stel dat ligt te vrijen in een Honda Accord en een man alleen in een Jeep Cherokee die een boterham eet en naar Johnny Cash luistert. Hij zingt *Sunday Morning Coming Down*, de Kris Kristofferson-song over de intens eenzame sfeer van de slapende stoepen van de stad.

Als ik naar huis rijd, bel ik Jake en vertel ik hem wat Goofy zei over de getijdenstroom.

'Je kent Ocean Beach niet,' zegt hij. 'Dat probeer ik je steeds duidelijk te maken. Ocean Beach is zelfs op de kalmste dag een monster. Toen mijn vader voor de 49ers speelde, liep een van de verdedigers iets te ver de zee in en werd meegesleurd. Ik heb het nu over een reusachtige, sterke kerel. De enige reden dat hij het overleefde, was dat hij vijf kilometer met de stroming mee zwom tot een vissersboot hem oppikte.'

'Snap je niet dat dit goed nieuws is?' vraag ik.

'Ik probeer alleen maar realistisch te zijn.'

Ik bel rechercheur Sherburne en zijn reactie is nog minder enthousiast dan die van Jake. 'Laten we niet te snel conclusies trekken,' zegt hij. 'We weten hoe de golven die dag waren. Dat hoofdstuk hebben we al in het begin met de kustwacht doorgenomen.'

'Waarom heb je me dat niet verteld?'

'Het is een dood spoor, Abby. Je moet naar de feiten kijken. We hebben nog steeds geen enkel hard bewijs dat op een ontvoering wijst.'

Hij is er zo van overtuigd dat Emma is verdronken, zo zeker dat zijn theorie klopt. Voeg daaraan toe dat Lisbeth de leugendetectortest goed heeft doorstaan en dat haar hele verhaal bleek te kloppen. 'De meeste ontvoeringen worden door familieleden gepleegd en een groot percentage daarvan bestaat uit moeders wie de zorg is ontnomen,' zei hij me nog eens nadat de uitslag van de leugendetector was binnengekomen. 'Lisbeth was onze grote hoop.'

Sherburne zou het nooit toegeven, en Jake ook niet, maar ik weet dat ze beiden op het punt van opgeven staan.

30

Een paar dagen later komt Nell langs met een nieuwe stapel boeken. Ze staat in de deuropening, gluurt over mijn schouder en ik weet dat ze naar de cello op zijn standaard in het midden van de kamer kijkt; op het donkere mahonie heb ik een rosse glans geboend.

'Emma heeft maar vier lessen gehad,' zeg ik.

'O, schat,' zegt Nell, terwijl ze haar blik over me heen laat gaan. Mijn met lovertjes bedekte japon, mijn opgestoken haar en mijn namaakjuwelen zullen haar verwonderen. Het is tien uur op een maandagavond; ze zal wel denken dat ik gek aan het worden ben. En misschien heeft ze gelijk. Ik slaap zelden. Ik eet net genoeg om op de been te blijven. Ik ben urenlang alleen, dag en nacht, week in week uit, loop over straat als een zwerver, neem de tram, val vreemden lastig met mijn pak flyers. Ik merk vaak dat ik in mijn eentje hardop aan het praten ben en alle mogelijkheden doorneem.

Voor dit alles gebeurde, dacht ik dat ik goed was voorbereid op traumatische situaties. Ik dacht dat ik een soort innerlijke kracht had, een diepe bron vol gezond verstand waar ik uit kon putten. Als er iets misging in mijn privéleven, had ik altijd mijn werk nog. Maar ik kan mij niet concentreren op mijn werk. Hoewel ik eindelijk een paar klusjes heb aangenomen, is mijn bedrijfje aan het instorten en Annabel betaalt nog steeds de huur.

'Emma was van plan dat weekend een concert voor mij te geven,' zeg ik. 'Ze wilde per se haar zwarte fluwelen kerstjurkje en leren schoentjes meenemen, en ze wilde dat ik deze oude jurk zou aantrekken; ik heb hem jaren geleden bij Mardi Gras in Mobile gekocht.'

Nell stapt naar binnen, legt de boeken op een tafel en spreidt haar armen zou wijd en zo moederlijk uit, dat ik tegen haar aan zijg en in tranen uitbarst.

'Je redt het wel,' zegt ze, terwijl ze mijn rug streelt. Daarna verlegt ze de bandjes van mijn belachelijke jurk, alsof ik die met reden draag. 'Hij zit heel mooi.' Ze tikt met een roze nagel op de stapel boeken. 'Lees ze, schat. Je weet nooit wat er boven komt drijven.'

'Dank je, Nell.'

'Je kunt altijd bij me aankloppen, dag en nacht, begrepen?'

'Ik zal het doen.'

Daarna is ze weg en ben ik alleen met de verpletterende ruimte van mijn zolder, die ooit ruim en open leek en nu als een tochtige grot aanvoelt. En daar, in het midden, badend in het lamplicht en dwarrelende stofjes, Emma's cello. De afwezigheid van geluid, die krakende, lieve tonen die Emma zo ernstig ontfutselde aan het instrument, dat haar bijna geheel aan het zicht onttrok als ze erachter zat. Van alle instrumenten die ze had kunnen kiezen, koos ze de cello.

Jake en ik namen haar de afgelopen lente mee naar een concert van het San Francisco Symphony in Stern Grove. We zaten op een groot geel laken in het gras en terwijl het orkest speelde dronk zij een goed uur cola en knabbelde ze aan zoutstengels. Toen we na afloop naar de auto liepen vroeg ze: 'Hoe noem je die heel grote gitaar?'

'Bedoel je de cello?'

'Die waar je met een stok op speelt.'

'Ja, dat is de cello.'

'Die wil ik ook gaan spelen.'

De week daarop vond Jake in de muziekwinkel in The Haight een kleine versie van het instrument, een kwart van de maat van een normale cello, en schreef hij Emma in voor lessen in Noe Valley. Hij nam de cello mee naar huis en legde de koffer op haar bed, een verrassing. Toen ze binnenkwam en hem zag, plaste ze van blijdschap in haar broek.

'Dat is zo mooi van kinderen,' zei hij, toen hij me het verhaal door de telefoon vertelde. 'Wanneer was jij nou voor het laatst ergens zo blij mee dat je het in je broek deed?'

Dat is een van de dingen die me aantrokken in Jake: hij genoot zo van het vaderschap. Hij kreeg bijna iets onschuldigs door zijn vermogen de wereld door kinderogen te zien, wat maar weinig mannen kunnen. Toen ik Annabel vertelde hoe goed hij met Emma was, zei ze: 'Zorg dat je hem houdt. Een gelukkig kind is als een groot stempel van goedkeuring op het voorhoofd van een man.'

Ik voelde me ook gevleid door het feit dat hij bereid was haar met me te delen; daardoor leek zijn liefde op een of andere manier groter, zijn toewijding intenser. Hij vertelde me op een keer dat hij zich ooit, nadat Lisbeth haar biezen had gepakt, zorgen had gemaakt dat hij nooit meer iemand zou kunnen vinden die goed was voor zowel hem als Emma. 'En toen kwam jij,' zei hij. 'Ik werd om een tiental redenen verliefd op je, en maar een daarvan is dat je zo goed bent met Emma.'

'En die andere negen?' vroeg ik.

'Nummer één is dat trucje dat je met je tong doet,' plaagde hij. 'Nummer twee moet toch je gebraden kip Alabama-stijl zijn. En naar die andere zeven zul je moeten blijven raden.'

Wat ik het meeste mis, meer dan Jakes handen en zijn borst en zijn smaak, meer dan zijn gulheid tegenover serveersters en zijn stelregel om in de tram altijd op te staan voor een ander als er geen plaats meer is, meer nog dan zijn hartstocht voor de Giants en limoen-roomtaart, is de lol die we samen hadden. Zoals hij naar me toe kwam in de slaapkamer, me optilde en op het bed gooide, en net zo lang flauwe moppen vertelde tot ik zo hard lachte dat ik er pijn van in mijn buik kreeg. Zijn perfecte imitaties van Dwight Yoakam en Richard Nixon. Nu is dat allemaal verdwenen en ik vind het een vreselijk besef dat ik verantwoordelijk ben voor die verandering.

Het is bijna middernacht en ik heb nog steeds mijn lovertjesjurk aan. Ik heb door Emma's *Mijn eerste celloboek* gebladerd. In het boek staan toonladders, potloodtekeningen van kinderen die cello's vasthouden, schema's waarin je ziet waar je je vingers moet zetten. Ik heb mijn jurk opgetrokken tot boven mijn knieën en de cello tussen mijn dijen geklemd en ik probeer C-groot. Er staat een fles Maker's Mark-bourbon op de salontafel. Ik had de fles opengemaakt nadat Nell was vertrokken en ik ben halverwege het label. Mijn vingers doen het niet op de snaren. Ik weet niet hoe ik de strijkstok moet vasthouden. Ik probeer muziek te maken, maar ik produceer alleen maar geluid als van een piepende zeehond, een stervende walvis. De telefoon gaat.

'Abby?' zegt Jake.

'Hi.'

'Je klinkt vreemd. Heb je gedronken?'

'Nee.' Mijn antwoord is te nadrukkelijk, als van een starnakel stripfiguur met een ballonnetje boven haar hoofd met een vet NEE erin.

'Je bent dronken.'

'Ik heb maar een beetje gedronken.'

Ik geneer me dat hij me zo hoort. Ik weet dat dit niet de oplossing is, dat het alweer een proef is waar ik voor zak.

'Je moet ermee ophouden,' zegt hij. 'Het helpt niet.'

'Het helpt een beetje.'

Lange stilte. Het is geen prettig zwijgen, niet zoals vroeger, toen we aan de telefoon zomaar een minuut of twee voorbij konden laten gaan zonder iets te zeggen en ik er genoeg aan had te weten dat hij er was, daar aan de andere kant van de lijn. 'Het spijt me,' zeg ik na een tijdje, in het besef dat die woorden tekortschieten, dat dit weer een bewijs is dat ik niet de vrouw ben die hij dacht dat ik was toen hij me ten huwelijk vroeg. Wat doet het ertoe dat ik privécelloconcerten kon geven en handpoppen kon maken als ik na een paar minuten op het strand Emma kon verliezen? Moederschap vereist zo veel meer dan toewijding, zo veel meer dan liefde alleen.

31

N. was de man zonder geheugen.

In december 1960, toen hij op een luchtmachtbasis woonde, stak zijn kamergenoot N. tijdens een partijtje schermen met een minifloret per ongeluk door zijn rechterneusgat; de punt van de floret bleef achter in de linkerhersenhelft. In de jaren erna kon N. zich alleen dingen uit zijn leven voor het ongeluk herinneren. Hij herinnerde zich bijvoorbeeld een toer door de vs in een oude Cadillac, een reis die hij twee jaar voor het ongeluk maakte. Maar hij kon nooit meer met plezier naar een film kijken omdat hij zich halverwege al niet meer de beginscènes herinnerde.

Stel dat je in die amnestische toestand zoiets simpels probeert te doen als een maaltijd klaarmaken. Omdat je kortetermijngeheugen een paar minuten intact blijft, kun je een pan water op het vuur zetten, de tomaten wassen, een knoflookteentje fijnsnijden en de tafel dekken. Maar tegen de tijd dat het water kookt, weet je niet meer wat je wilde gaan maken of voor wie je het maakte. Alleen door de details – de schone borden, het lege gevoel in je maag – weet je dat je nog niet hebt gegeten. Pas als er wordt aangebeld en je ziet bij het opendoen je zusje op de stoep staan, weet je dat zij je gast is. Je bent net een computer met een volle harde schijf; alles wat je op het scherm tikt, gaat verloren op het moment dat het document wordt gesloten; je kunt het onmogelijk bewaren voor latere inzage. Je bent in feite een mens met een verleden maar zonder toekomst. Je zult nooit meer een band met iemand krijgen omdat je je niet zult kunnen herinneren wat je leuk vond aan iemand die je voor het eerst ontmoet. En een paar minuten na het beste orgasme van je leven, weet je al niet meer dat je bent klaargekomen.

Je bestaat elk moment alsof je ontwaakt uit een droom, zonder enig besef van waar je bent of hoe je daar bent beland, zonder te weten wie of wat je in de volgende kamer te wachten staat. Alles wat je waarneemt heeft niet meer betekenis dan een willekeurig kiekje in het fotoalbum van een vreemde. Een leven zonder geheugen is een leven zonder zin.

32

David van Ouders van Vermiste Kinderen belt me. Soms één keer per dag, soms twee keer, soms vaker. Zijn telefoontjes zijn reddingsvesten die mijn hoofd boven water houden. Hij komt niet aanzetten met God noch roemt hij de helende krachten van meditatie. Hij begrijpt dat opstaan, douchen, het ontbijt klaarzetten – de meest alledaagse dingen – niet langer routine zijn, de kleinste taken vergen een onmogelijke concentratie. Je kleren moeten worden gewassen, je haar moet gekamd, je afwas moet worden gedaan. De auto moet worden volgetankt, de rekeningen betaald, het vuilnis buitengezet, de post uit de brievenbus gehaald.

Op sommige dagen kost zelfs aankleden moeite: de knopen, de ritsen, de veters. Het ronde schijfje door het gaatje duwen, het remmetje in het lipje van de rits vastzetten, de lus maken en hem stevig vastknopen. Het is onmogelijk om die vanzelfsprekende dingen te doen; soms eindig ik 's ochtends op de rand van mijn bed, starend naar mijn open bloes en niet in staat de rij blinkende knopen te verhapstukken.

Als ik het gevoel heb dat ik het die dag niet zal redden, bel ik niet Jake, maar David.

'Wat is er?' vraagt hij.

'Ik weet niet wat ik moet doen, waar ik moet beginnen.'

'Ga naar de keuken,' instrueert hij. 'Vul de koffiepot met water. Haal de koffie uit de koelkast. Doe drie schepjes in de filter.'

Terwijl de koffie doorloopt, zegt hij dat ik potlood en papier moet pakken om een lijstje te maken. Hij begint met de eenvoudige dingen – gasrekening betalen, groenbak buitenzetten – en gaat dan verder met de meer ingewikkelde zaken, zoals rechercheur Sherburne bellen, m'n dagelijkse tochtje naar het strand maken, enveloppen vullen, de commandopost bezoeken, geld inzamelen om aan de groeiende beloning toe te voegen: 300.000 dollar, en het wordt steeds meer. Hij brengt me taak voor taak weer tot leven tot ik zover ben dat ik kan ophangen en zelfstandig de dag in kan gaan.

'Maar de zinloosheid,' zeg ik op een avond. 'Hoe ga je daarmee om?'

Het is na middernacht, dag 84. Op straat flitsen de lichten van een surveillancewagen. Er gaat een autoalarm af. Ik slaap tegenwoordig nooit bij Jake. Onze lichamen lijken niet meer te passen.

'Ga terug in je gedachten,' zegt hij. 'Wat deed je voor dit gebeurde, als je het gevoel had dat je wereld instortte? Wat deed je ter ontspanning?'

'Ik ging werken in de donkere kamer.'

'Doe dat dan.'

'Hoe kan ik tijd verprutsen in de doka terwijl Emma ergens buiten is?'

'Dwing jezelf. Je zult het op een gegeven moment toch moeten doen.'

De donkere kamer. Die kleine ruimte waarin ik ooit elke dag urenlang vertoefde en geheel opging in mijn werk op de manier waarop sommige mensen opgaan in boeken of films. De kamer waarin ik alleen kon zijn, alleen ik en de rode gloed van het licht, de glibberigheid van het papier als het uit de vloeistof komt. De solide massa van het vergrotingsapparaat, het gewicht van de arm als hij op zijn plaats valt. De methodische precisie waarmee je het negatief op de plaat vastmaakt. Ik ben nauwelijks in de donkere kamer geweest sinds die ene nacht in juli, de tweede nacht na haar verdwijning, toen ik het filmrolletje uit de Holga ontwikkelde. De klanten voor de reportage in het restaurant wilden alleen kleurenfoto's, dus heb ik het filmpje naar een fotoservice gebracht in plaats van het zelf te ontwikkelen.

'Nu?' vraag ik.

'Ja, nu.'

Ik hang op, loop de trap op naar de doka en doe de deur dicht. Ik neem de schort van de haak, doe hem over mijn hoofd en bind de bandjes rond mijn middel. Een paar minuten sta ik daar maar, niet wetend hoe te beginnen. Uiteindelijk keert het oude vertrouwde ritme terug. Eerst maak ik de chemicaliën klaar, het bad met koud water. Daarna haal ik wat negatieven van de lijn die ik een paar dagen voor haar verdwijning te drogen had gehangen, ik knip ze in stroken, leg ze op de lichtbak om een keuze te maken. Een voor een stel ik de negatieven bloot aan het licht en haal daarna het fotopapier door de chemicaliën. Na een uur ligt het waterbad vol met over elkaar heen drijvende afdrukken.

Ik heb de foto's maanden geleden op een bruiloft gemaakt. Dit zijn de afdrukken die ik niet voor het fotoalbum van het gelukkige stel heb gemaakt, de foto's die de klanten niet zouden willen zien. Ik heb deze stiekeme huwelijkskiekjes in de loop der jaren verzameld in de hoop ze ooit in een betekenisvolle volgorde samen te voegen. Ik stel me een eenmansexpositie voor die de harde werkelijkheid over bruiloften vertelt, het soort expositie dat het publiek ongemakkelijk doet lachen.

Dit rolletje is van laat op de avond, toen iedereen al laveloos was. De jurk van de bruid zit scheef, het papieren feesthoedje van de bruidegom heeft zijn beste tijd gehad. Rond tien uur zei de moeder van de bruid me dat ik naar huis mocht. 'Ik heb liever niet dat dit deel van de avond voor het nageslacht wordt vastgelegd,' zei ze, terwijl ze aan de parels rond haar hals frunnikte.

'Onzin,' zei de beschonken bruid tegen me. 'Je blijft.'

Dus dat deed ik. Je ziet de bruid naar haar man toosten met haar mond wijd open, haar zorgvuldig opgebouwde kapsel hangt scheef. En daar heb je de getuige, een tienermeisje in een minirok, dat iets te intiem met de vader van de bruidegom danst. Iemands oudtante demonstreert met een martini in de hand pikante kunstgrepen voor tijdens de huwelijksreis.

De foto's hebben een korrelig, documentair karakter. Dat is mijn ding, daarvoor word ik ingehuurd. Stellen komen naar mij als ze ongeposeerde foto's willen en geen zorgvuldig opgestelde formatie van bruiloftsgasten op het gazon en het elegante stilleven van de bruidstaart.

Ik vermoed dat deze mensen geen idee hebben van waar ze aan beginnen en daarom laat ik mijn klanten zelden alle contactafdrukken zien. Zou de bruidegom bijvoorbeeld willen zien hoe de vlezige hand van zijn vader tijdens het dansen de getuige grijpt? Zou de bruid niet liever vergeten dat ze tekeerging tegen de bloemist? Bruiloften brengen het ergste in mensen naar boven. Misschien wekt de sfeer van nieuwe, hoopvolle liefde cynisme op en zet hij fatsoenlijke burgers aan tot losbandigheid. Misschien zijn dronkenschap en slecht gedrag in het algemeen onze manier om een lange neus te maken naar het idee van een perfecte toekomst, een manier om te zeggen dat 'tot de dood ons scheidt' eigenlijk een grote vergissing is.

Je zou denken dat ik door het bijwonen van al die huwelijken als de onpartijdige waarnemer er zelf geen zin meer in zou hebben. Maar ik wil het er juist alleen maar meer door. Een bruiloft is, ondanks alle tekortkomingen, nog altijd een demonstratie van optimisme, de schallende verklaring van een stel dat het zal slagen. Aan elk huwelijk ligt de vermetele veronderstelling ten grondslag dat de echtscheidingsstatistieken niet gelden, dat het dit paar nu eens wél zal lukken.

De dag van ons huwelijk ging geruisloos voorbij. Het had afgelopen zaterdag moeten zijn, in een kleine kapel in Yosemite. De receptie zou in het Wawona zijn, een rustiek hotel aan de rand van het park. Toen Jake en ik elkaar die dag op de commandopost zagen, begonnen we er geen van tweeën over. Het huwelijk lijkt nu een openstaande vraag, een frivoliteit die nergens op slaat in de context van ons ingrijpend veranderde leven.

De laatste foto op dit rolletje is van de bruid en bruidegom die op straat staan te wachten tot de bediende hun auto brengt. Zijn das hangt losjes rond zijn hals en zij heeft haar schoenen in een hand. Ze staat voor hem en hij houdt zijn beide armen rond haar middel. Haar mascara is uitgelopen, haar lipstick is verdwenen en de opvulling van haar beha piept boven het lage decolleté van haar jurk uit. Zijn hoofd is gebogen en hij fluistert iets in haar oor. De uitdrukking op haar gezicht is onmogelijk te duiden.

Ik hang de afdrukken een voor een te drogen. Het voelt goed om terug te zijn in deze kamer, onder de rode gloed van de lamp. De chemische geuren doen me terugkeren naar die kleine doka in Alabama, doen me onverwacht terugkeren naar Ramon. Het peertje wierp een vreemde rode gloed over zijn handen terwijl hij de foto's door de bakken loodste. In zijn ene hand hield hij de tang waarmee hij het glanzende papier heen en weer bewoog door de ontwikke-laar. Zijn andere hield hij gebogen tussen mijn benen en hij zei dat ik moest komen.

Waar? dacht ik. Hij zei het nog eens, nu wat dwingender. Ik wist niet precies wat hij bedoelde; ik had er wel een notie van, maar *komen* leek zo'n raar woord, zo totaal niet passend bij wat we deden. Ik wilde dat hij het me zou uitleggen, maar het leek een slecht moment om dat te vragen en ik wilde niet dat hij zou weten hoe onervaren ik was.

Ik was 16 jaar oud. Hij was 27. Ik plantte mijn nagels in het zachte leer van zijn riem. Er begonnen vormen te verschijnen op het foto-papier: het silhouet van mijn slapende gezicht, de welving van mijn blote kuit, de klokvormige glooiing van een lampenkap. Hij duwde zijn vinger in me, fluisterde in mijn oor, en ik dacht aan het beschutte strand bij de Fairhope-pier, waar hij me voor het eerst had geno-men. Ik wist dat Ramon niet met een meisje van mijn leeftijd hoorde uit te gaan.

De vloeistof klotste over het papier en het beeld werd duidelijker – de strepen van het t-shirt van de man dat net tot boven aan mijn dijen kwam, het sterretje dat aan mijn bedelketting bungelde, een grote hand die het kader van de foto doorsneed en op mijn enkel rustte.

Hij haalde de foto uit de ontwikkelaar en legde hem in het stop-bad. Daarna knielde hij voor me, hield mijn spijkerrok omhoog rond mijn middel en stak zijn tong naar binnen. Ik dacht niet dat ik van hem hield, of dat ik lang bij hem zou blijven. Ik beschouwde hem als een soort instructeur – interessanter en bedrevener dan jongens van mijn eigen leeftijd, wie het aan handigheid en stijl ontbrak. Ondanks mijn jeugd en onervarenheid merkte ik toch aan zijn stembuiging als hij mijn naam uitsprak en aan de manier waarop zijn houding veran-derde en zachter werd als ik de kamer binnenkwam, dat de dingen voor hem niet zo simpel of tijdelijk waren.

We hadden elkaar ontmoet in februari van het jaar dat ik in de derde zat. Achttien maanden later verliet ik Mobile voor een mid-delbare school in Knoxville, Tennessee. Ik wilde niet dat hij me ach-terna kwam. Halverwege september kreeg ik een telefoontje van Annabel. Ze was niet haar gebruikelijke nonchalante zelf toen ik de telefoon opnam. Het sarcasme was verdwenen uit haar stem en ik wist meteen dat er iets mis was. 'Het is Ramon,' zei ze.

'Wat?'

'Hij heeft een ongeluk gehad.'

Ik stond in de keuken van mijn appartement in Sunsphere Suites. Ik leunde tegen het aanrecht. Ik had net een verse pot koffie gezet en de geur was plotseling te sterk.

'En?'

'Op zijn motor. Hij heeft het niet...'

Ze kon het niet zeggen, maar ik wist wat ze bedoelde. Ze bedoelde dat hij het niet had overleefd. Ze bedoelde dat hij dood was. Het bleek dat hij had gedronken. Hij had me die ochtend vroeg gebeld en ik had het antwoordapparaat laten opnemen. 'Ik weet dat je er bent,' was zijn boodschap. 'Je moet met me praten.'

Het was misschien deels een eerbetoon aan Ramon dat ik fotograaf werd. Ik wilde altijd journalist worden, voor kranten schrijven, en de fotografie er alleen als hobby bij doen. Maar een paar semesters later verklaarde ik dat fotografie mijn hoofdvak was.

Later besefte ik met spijt dat ik niet één enkele foto van Ramon had. Hij was altijd degene achter de camera, een eeuwige waarnemer – altijd kijkend, nooit gezien. Ik probeerde me voor te stellen dat hij na de dood zijn zicht had behouden, dat hij altijd een scherp oog zou houden, met overzicht observerend. Maar zelfs met mijn achtergrond als Southern Baptist kon ik maar niet geloven dat er iets van hem had voortbestaan na zijn fysieke dood. Diep vanbinnen wist ik dat hij er simpelweg niet meer was.

33

Om halfvier 's middags, op de 28ste dag van oktober, komt rechercheur Sherburne bij me op bezoek. Meteen nadat ik open heb gedaan, duwt hij een witte taartdoos in mijn handen. Hij moet de schrik op mijn gezicht hebben gezien, want hij zegt snel: 'Er is niets gebeurd. Ik was gewoon in de buurt, dus wip ik even langs om te zien hoe het met je gaat.'

'Het gaat goed,' lieg ik.

'Het is een chocoladetaart,' zegt hij, en wijst naar de doos. 'Arizmendi Bakery, mijn favoriet. Ik ging erheen om koekjes te kopen en zag die taart. Hij leek voor jou gemaakt te zijn.'

'Dank je. Ik zeg nooit nee tegen chocola.' De woorden klinken nietszeggend, belachelijk. Alles klinkt belachelijk. Alle gewone dingen zijn zinloos geworden. Het is drie maanden en zes dagen geleden. Drie maanden en zes dagen zonder een teken van leven van haar.

'Ik heb net koffiegezet,' zeg ik. 'Suiker en melk?'

'Graag.'

'Ga zitten.'

Hij lijkt hier niet op zijn plaats in zijn donkere pak en kleurige das, zijn perfect gekamde haar, zijn betrouwbare uitstraling. 'Je woont hier leuk,' zegt hij, zittend op de rand van de bank, met zijn ellebogen op zijn knieën.

'Ik hield het vroeger schoner. Voor...'

Ik breng hem een kop koffie en ga schuin tegenover hem zitten in de kleine leren stoel waar Emma zo dol op was. Ze nestelde zich erin om naar Walt Disney-films te kijken met een kop warme chocolademelk en een deken over haar schoot. Op de linkerleuning zit een plek waar ze een paar maanden geleden met een schaar in het leer knipte. Ze wilde een cheerleaderfilm voor kinderen vanaf dertien jaar zien en dat mocht niet van mij. Toen ik een paar minuten later uit de keuken kwam, zag ik een streep van zo'n drie centimeter waar de vulling doorheen stak. Ik sprak haar erop aan en ze ontkende dat zij het had gedaan, ondanks het feit dat de schaar voor haar op tafel lag. Ik deed alsof ik haar geloofde omdat ik niets anders wist te bedenken. Ik weet nog dat ik op dat moment dacht dat straffen niets voor mij was.

'Ik wilde je alleen maar zeggen hoe erg ik het vind,' zegt Sherburne, terwijl hij in zijn koffie tuurt. 'Ik blijf maar denken dat er misschien iets is wat we anders hadden moeten doen; ik weet niet wat.'

'Je hebt gedaan wat je kon.'

Hij leunt achterover en kijkt me recht aan. 'Ik weet niet hoe ik je dit moet zeggen, Abby.'

'Toe maar.'

'Drie maanden. Je moet jezelf voorbereiden. Je moet erover gaan denken dat ze misschien niet terugkomt. Ik vind het vreselijk om het te moeten zeggen, maar als er zo veel tijd verstrijkt...'

Hij neemt nerveus een slokje van zijn koffie en ik denk aan zijn kinderen thuis, die bezig zijn met dingen die kinderen doen: tekenfilms kijken, huiswerk maken, vlak voor het eten snoepjes uit de keuken jatten.

'Ze is niet dood, dat weet ik zeker. Hoe kunnen we haar vinden als je niet gelooft dat er een reden is om haar te zoeken?'

'Dat zei ik niet. Ik wil alleen dat je erop bent voorbereid.'

Ik buig me in mijn stoel naar voren. 'Zou je erop zijn voorbereid als het een van jouw kinderen was?'

Hij verplaatst zijn benen, kijkt opzij.

'Nou?'

'Ik wil geen ruzie met je maken.'

'Dit is geen ruzie. Je moet alleen weten dat je me er nooit van zal kunnen overtuigen dat ik moet stoppen met zoeken.'

Sherburne staat op. 'Ik begrijp het, heus.' Ik vraag me af hoe vaak hij dit heeft gedaan, hoe vaak hij bij iemand is langsgegaan om het nieuws te brengen dat ze de hoop moeten opgeven. Waar gaat hij nu naartoe? Ik stel me voor dat hij bij een ander huis langsgaat, om een sombere toespraak voor de familie van een ander slachtoffer te houden.

Ik loop met hem mee naar de deur. 'Je moet niet denken dat ik je niet dankbaar ben. Je bent de hele tijd geweldig voor ons geweest. Maar je mag Emma nog niet opgeven. Dat mag gewoon niet.'

Hij steekt zijn handen in zijn zakken en kijkt naar de grond. 'Ik heb met Jake gepraat. Ik weet dat je niet slaapt. Ik zie aan je dat je niet eet. Het leven gaat verder, dat moet. Je kunt voorgoed in dit krankzinnige tempo blijven zoeken. Op een gegeven moment moet je de dagelijkse gang van zaken weer oppakken. Als je dat niet doet, ben jij ook verloren.'

Hij klopt me op mijn schouder en doet de deur achter zich dicht. Ik hoor de nagalm van zijn schoenen op de trap. En ik denk dat hij zich vergist. Ondanks al zijn ervaring zit hij er simpelweg naast. Het leven gaat niet door. Alles houdt op en het is onmogelijk om het weer op gang te krijgen.

34

De volgende ochtend rijd ik naar de Stonestown Mall. Dit is niet de eerste keer dat ik in Stonestown zoek en het zal ook niet de laatste zijn. Het lukt me niet om niets te doen, het lukt me niet om zoals Sherburne doet te geloven dat het tijd is haar op te geven. Op het plein bij de eetwarenwinkels zoek ik tussen de tafeltjes naar een kind van ongeveer Emma's lengte en gewicht; ze kan blond zijn, zeg ik mezelf, en ze kan jongenskleren aan hebben, ze kan nauwelijks herkenbaar zijn. Ik zoek in elke winkel, kijk achter rekken, in pashokjes.

In de toiletten ga ik alle hokjes af, open ik alle deuren. Daarna ga ik bij de wastafel staan wachten tot de bezette toiletten vrij komen. Er hangt een geur van luiers en lysol. Er drupt parelachtige roze zeep uit houders die als infuuszakken aan de muur zijn opgehangen. Uit onzichtbare luidsprekers komt muzak. Hoop achter elke gesloten deur. Mijn zoektocht naar Emma is dus gereduceerd tot een toiletenversie van *Let's Make a Deal*: kies deur A en je krijgt het meisje, kies deur B en je komt met lege handen thuis. Telkens als er een toilet wordt doorgetrokken, telkens als er een slot opengaat, houd ik mijn adem in en wacht ik tot de deur openzwaait, tot Emma verschijnt. Ze zal het felle licht van de toiletruimte binnen stappen, naar de wasbak lopen om haar handen te wassen; daarna zal ze opkijken en mij zien. Heel even: verwarring; daarna dringt mijn aanwezigheid tot haar door. Ze zal me in de armen springen. Ik haast me met haar de toiletruimte uit, de lichte chaos van de mall in. We zullen hand in hand ontsnappen. Ik zal haar kidnappen van haar kidnapper.

De hokjes komen een voor een vrij, tot ik alleen in de toiletruimte naar een rij open deuren sta te kijken, negen identieke toiletten; dun wit papier hangt vanaf zilverkleurige houders op de grond.

Als ik over de 280 zuidwaarts naar Tanforan rijd, denk ik na over wat het logische van het irrationele scheidt, de mensen met een gezond verstand van hen die geestelijk in de war zijn. Een logisch denkend mens baseert haar hoop en daden op feiten, statistieken, weloverwogen waarschijnlijkheden. Voor de irrationele geest is een mogelijkheid al genoeg. Ik zeg mezelf dat ik niet gek aan het worden ben omdat iemand die echt krankzinnig is zich niet bewust is van haar neerwaartse spiraal. Ik zeg mezelf dat ik nog altijd bij mijn volle verstand ben zolang ik kritisch ben ten aanzien van mijn eigen logica en de vinger kan leggen op de klikjes in mijn denkproces.

Tanforan kost twee uur. Daarna doe ik Stanford Mall en Hillsdale en Serramonte.[6]

Als ik thuiskom, is het bijna middernacht. Ik bel Jake en vraag of ik bij hem kan slapen, ook al weet ik wat het antwoord zal zijn. 'Je moet niet zo veel alleen zijn,' zeg ik en voel me daarbij een beetje oneerlijk. Ik ben degene die niet alleen wil zijn, ik ben degene die mijn lege zolder niet kan verdragen.

'Sorry,' zegt hij. 'Vannacht niet.'

Ik kan niet slapen en nestel me voor de televisie. USA zendt *Total Recall* uit, waarin Arnold Schwarzenegger een bouwvakker speelt die geplaagd wordt door dromen over Mars, een planeet waarop hij nog nooit is geweest. Het uitgangspunt van de film is dat Schwarzenegger zonder het zelf te weten ooit een geheim agent is geweest op Mars. Dus zijn dromen zijn eigenlijk helemaal geen dromen, maar herinneringen. Ik kom erin op het moment waarop een in speeksel gedrenkte psychische mutant aan Schwarzenegger vraagt wat hij wil.

'Hetzelfde als jij,' zegt de held. 'Herinneren.'

'Maar waarom?' vraagt de mutant.

'Om weer mezelf te zijn.'

35

Ik heb weer een opdracht aangenomen, dit keer in Marin. Het is een tuinfeest voor de gouden bruiloft van een echtpaar. Ze hebben vijf volwassen kinderen, die er allemaal zijn, met hun eigen kinderen. Alles is perfect: de calla's langs de patio, de geruisloze, in zwart en wit gestoken bedienden, de violisten die tussen de gasten door wandelen en iets onopvallends maar aangenaams spelen. Met mijn onhandige cameratas, vrijetijdsschoenen en warrige haar ben ik degene die afwijkt. Het aansnijden van de taart haal ik maar nauwelijks, daarna duik ik het huis in en vind ik boven een toilet, waar ik mezelf probeer te vermannen. Mijn handen trillen, ik kan me niet concentreren. Vanuit het badkamerraam kan ik het gezelschap beneden zien, dat rondloopt in het wegebbende zonlicht. De kinderen hebben een potje verstoppertje georganiseerd. Ik doe het raam open en begin de ontspanner in te drukken want ook al kost het me moeite mijn handen stil te houden, ik weet dat de klanten dit soort foto's prachtig zullen vinden: het meisje op blote voeten dat vanachter de boom gluurt terwijl haar broertje haar van achteren besluipt; het kleine jongetje dat zich achter een rozenstruik heeft verscholen; het kleine meisje dat 'hem' is, in een geruïneerde linnen jurk en op afgetrapte schoentjes; ze staat met haar handen op haar heupen in het midden van de tuin en speurt de mogelijkheden af.

Ik weet dat de klanten over een paar weken bij me zullen komen om hun favoriete foto's uit te kiezen. Die foto's komen op de schoorsteenmantel, worden aan vrienden gegeven, gekopieerd en als kerstkaart verstuurd. En de klanten zullen tevreden zijn in de veronderstelling dat hun huwelijksfeest voor het nageslacht behouden blijft, dat dit moment eeuwig zal duren; de zekerheid van mijn beroep berust op die onjuiste opvatting.

Een schilderij kan eeuwen, zelfs millennia meegaan. De Sixtijnse

Kapel, de Mona Lisa en rotsschilderingen van de Maya zijn daar het bewijs van. Maar een foto is naar zijn aard een vergankelijk kunstwerk. Zodra je een foto op papier overbrengt, begint het trage uitwissingsproces. Het doel van de fotografie is het stilzetten van de tijd, maar tijd erodeert hoe dan ook. Foto's hebben niet alleen veel te lijden van hitte, vocht en aanraking, elke foto is lichtgevoelig, zijn broze chemische balans verandert voortdurend door blootstelling aan licht.

Kleurenfoto's die worden afgedrukt op Kodakpapier, dat volgens de advertentie 'een leven lang meegaat', beginnen al na tien jaar te vervagen. Zelfs de meest veerkrachtige afdrukken, grayscale-foto's op papier van archiefkwaliteit, overleven niet langer dan een paar honderd jaar.

Foto's staan symbool voor onze eindeloze strijd tegen de tijd, voor onze vastbeslotenheid om een moment te behouden: het lieve kleine meisje voor ze een moeilijke puber wordt; de knappe jonge man voor zijn lichaam in de greep is van kaalheid en vet; de huwelijksreis naar Hawaï voor het gelukkige stel verandert in twee vreemden die vol woede onder hetzelfde dak leven. Ik heb een vermoeden dat onze obsessie voor fotografie voortkomt uit een onuitgesproken pessimisme: het ligt in onze aard om te geloven dat de goede dingen niet blijvend zijn.

We stellen veel vertrouwen in dit kwetsbare geheugensteuntje, een moment dat in licht is vastgelegd. Maar foto's geven een vals gevoel van veiligheid. Ze zullen geheid gaan vervagen, net zoals ons eigen feilbare geheugen. In de loop der tijd verdwijnen de contrasten binnen een foto, de contouren worden zachter en de details vervagen. We nemen foto's ter herinnering, maar het ligt in de aard van een foto om te vergeten.

36

Ocean Beach, dag 105, 10.43 uur. Er zit een postbode op een betonnen muur naar de zee te kijken, terwijl hij een minihamburger eet. Op de muur naast hem een bekertje van McDonald's. Misschien komt het door de manier waarop hij met twee vingers de kruimels van zijn broek schiet – elegant, zorgvuldig – of misschien komt het door hoe zijn lichaam overhelt terwijl hij naar de zee kijkt. Misschien komt het door de manier waarop hij zijn ene enkel over de andere gekruist houdt, zijn sokken hebben beide een iets andere tint wit. Zijn voeten komen niet bij de grond. Ik kan die precieze maniertjes niet helemaal thuisbrengen, maar ergens komt hij me bekend voor. Hij is een Chinese Amerikaan, net zoals de bestuurder van de postvrachtwagen die ik op de parkeerplaats zag op de dag dat Emma verdween. Zou het dezelfde man zijn?

Ik blijf een tijdje in mijn auto naar hem zitten kijken, in dubio. Na mijn vele bezoeken aan het strand ben ik even bang om gelijk te hebben als om te worden teleurgesteld. Na een halfuur vouwt hij het servetje op tot kleine vierkantjes, stopt het in het bekertje, komt van de muur af en doet het afval in een vuilnisbak. Daarna gaat hij in zijn postauto naar de muziek op zijn iPod zitten luisteren.

Ik loop op zijn auto af en glimlach naar hem.

'Kan ik u helpen?' vraagt hij, terwijl hij z'n koptelefoontje afzet.

'Heb je iets over haar gehoord?' vraag ik, terwijl ik hem een flyer met Emma's foto geef.

'Dat is dat kleine meisje dat hier een tijdje terug is verdwenen.'

'Ik vroeg me af of je die dag misschien iets hebt gezien.'

'Pardon?'

'Je was hier de 22ste, de dag dat ze verdween. Ik weet nog dat ik je vrachtwagen op de parkeerplaats zag staan.'

'Sorry, dat was ik niet. Ik ben pas in december deze route gaan doen.'

'Weet je wie hem voor jou deed?'

'Ene Smith, heel aardige vent, huisvader. Ligt in het ziekenhuis. Longkanker.'

'En zij?' vraag ik, terwijl ik hem de schetsen van het stel in het gele bestelbusje geef. 'Komen zij je bekend voor?'

Hij kijkt een paar tellen naar de schetsen, krabt op zijn hoofd en geeft ze dan terug. 'Ik wou dat ik u kon helpen, Miss, maar ik heb ze nooit eerder gezien.'

Ik blijf nog anderhalf uur in mijn auto zitten, op de uitkijk, en rijd dan naar huis. Het is gaan regenen. Op de stoep voor mijn gebouw heeft iemand met blauw krijt een hinkelbaan getekend; je ziet alleen nog de vage contouren ervan. Er ligt een nat zakje met bonen in het hoogste vak.

's Avonds bel ik rechercheur Sherburne. Zijn vrouw neemt op en ik hoef zelfs niet te zeggen wie ik ben. 'Abby Mason is aan de telefoon,' zegt ze.

'Hallo,' zegt hij een paar seconden later.

'Sorry dat ik je weer thuis stoor. Ik vroeg me alleen maar af of er nieuws was.'

'Het spijt me,' zegt hij. 'Niets.' Op de achtergrond huilt een baby.

'Hoe is met de kleine Sam?' vraag ik.

'Je hebt er je handen vol aan, maar hij is het waard.'

'Het eten is klaar,' roept zijn vrouw. 'Heb je de tafel al gedekt?'

'Bijna,' zegt hij. Dan, tegen mij: 'Red je het een beetje?'

'Een beetje.'

Er valt een stilte en ik hoor gerommel aan de andere kant van de lijn: bestek, borden, hollende kinderen. 'Luister, Abby, je weet dat ik je bel als we iets ontdekken.'

'Oké. Sorry voor het storen.'

Ik hang op, voel me dom, en denk weer aan de gezinsfoto: Sherburne, zijn vrouw, hun dochtertje en de nieuwe baby, samen aan tafel. Het allersimpelste tableau, dat in duizenden huizen in heel de stad wordt herhaald. En dan te bedenken dat wij misschien eenzelfde beeld hadden kunnen vormen – Jake en Emma en ik – als ik niet de andere kant op had gekeken. In een parallelle versie van de gebeurtenissen, een alternatief universum waarin die paar seconden van een paar maanden geleden totaal anders uitpakten, gebeurt dit allemaal niet. In die alternatieve wereld zijn we gewoon een gezin dat aan tafel zit. Emma is veilig en Jake en ik zijn getrouwd en morgenochtend staan we op en gaan we samen ontbijten voor ik haar naar school breng.

Ik bel Jake. De telefoon gaat vier keer over, het antwoordapparaat neemt op, zijn stem kraakt als een slechte plaat. 'Ik blijf vanavond verder thuis,' zeg ik. 'Bel me.'

Ik zet een ingevroren minipizza in de oven om er vervolgens voor de televisie wat in te prikken, alleen maar om de troost van wat stemmen te horen in mijn lege zolder. Op A&E is een van mijn favoriete films, *Wall Street*. Charlie Sheen, die er verwaarloosd en verdwaasd uitziet in zijn verkreukelde pak en losse das, maakt in Central Park ruzie met Michael Douglas. De camera cirkelt boven hen en zweeft als een vogel op hen af en bij hen vandaan, terwijl de corrupte jongen en de corrumperende man een verbaal tweegevecht opvoeren in de schaduwen van hartje Manhattan. Intussen bereid ik in mijn hoofd dialogen voor en oefen ik de dingen die ik tegen Emma zal zeggen wanneer ze bij ons is teruggebracht. Ik zal haar eerst zeggen dat ik van haar houd, haar vervolgens om vergiffenis vragen en haar ten slotte vertellen dat ik niets liever wil dan haar moeder worden.

Terwijl in het donker de aftiteling over het scherm rolt en de koplampen van auto's op de natte stoep onder mijn raam schijnen, begin ik bijna in mijn eigen verhaal te geloven. Ik geloof bijna dat er een dag zal komen waarop rechercheur Sherburne bij me voor de deur staat, hand in hand met Emma. 'Ze is thuis,' zal hij zeggen, en Emma zal over de drempel stappen, in mijn gespreide armen.

37

'De voorhoofdskwab zit hier,' legt Nell uit, terwijl ze met haar vingertop een plek op mijn voorhoofd aanwijst. 'De voorhoofdskwab reguleert de uitvoerende functies van de hersenen; hij controleert ons bewustzijn van ons eigen gedrag.'

Nell klopt nog steeds één of twee keer per week bij mij aan met een zelfgemaakte maaltijd in haar handen. Ik dwing mezelf onder haar toeziend oog wat te eten terwijl zij vertelt over een interessant nieuw feitje dat ze bij haar onderzoek heeft ontdekt. Vanavond staat er troost-eten op het menu: limabonen, aardappelpuree en gehaktbrood.

'In je hersenen zit een klein bloedvat dat de *arteria communicans anterior* wordt genoemd. 'Als die ader scheurt, snijdt hij de normale stroom zuurstofrijk bloed naar de voorhoofdskwab af. Het gevolg daarvan noemen we confabulatie.'

Ik roer de bonen door de puree in de hoop dat ze niet merkt dat ik niet eet.

'Ik las iets over een patiënt, J.D., die maandenlang niet buiten het ziekenhuis was geweest. Toen zijn arts hem vroeg wat hij het afgelopen weekend had gedaan, vertelde J.D. dat hij naar de film was geweest met zijn vriendin, Anna, en dat hij het gazon had gemaaid. De herinnering was ongelooflijk levendig, tot en met de titel van de film, de straat waar de bioscoop was en de jurk die zijn vriendin droeg aan toe. Hij had inderdaad een vriendin die Anna heette, die hem in het ziekenhuis had bezocht, maar hij had natuurlijk niet naar de film gekund of het gazon kunnen maaien, omdat hij de hele tijd in het ziekenhuis had gelegen.'

'Dus hij loog?'

'Het was geen liegen. J.D. dacht dat hij de gebeurtenissen van dat weekend correct weergaf. Confabulatie is in wezen de ongewilde creatie van valse herinneringen. Je hoort vaak de misvatting dat het geheugen een soort computer is die informatie opslaat en terughaalt. De waarheid is dat herinneren een actieve reconstructie is. Telkens als we ons een gebeurtenis herinneren, zetten we ruwe schetsen van die gebeurtenis bij elkaar, op basis van een leven aan ervaringen. Iemand bij wie de voorhoofdskwab normaal functioneert, zou weten dat hij niet weg was geweest uit het ziekenhuis en dat hij daarom ook niet naar de film had kunnen gaan. Maar iemand die confabuleert, heeft geen mechanisme waarmee hij de verzinsels eruit kan filteren.'

'Doen we dat niet allemaal in zekere mate?'

'Natuurlijk. Mark Twain zei het zo: "Het aantal dingen dat ik me kan herinneren is minder verbazingwekkend dan het aantal dingen dat ik me kan herinneren die niet zo zijn."'

Die avond, nadat Nell is vertrokken, denk ik na over hoe ik details toevoegde aan het verzonnen verhaal van mijn moeder over het reisje naar Gatlinburg. Hoe ik zo ontzettend graag in dat beeld van gezinsharmonie wilde geloven dat ik een herinnering in het leven riep aan een slederit met mijn vader en aan een avond waarop ik samen met Annabel in het motel televisie had gekeken terwijl mijn ouders uit eten waren.

Toen ik Annabel naar de scène in de motelkamer vroeg, zette ze de zaak uiteen. We waren inderdaad op een avond laat opgebleven om naar *Eight Is Enough* op een klein teeveetje in een kamer met verende bedden te kijken. Maar dat was in Chicago, niet in Gatlinburg, en we waren daar niet op vakantie. We waren er voor de begrafenis van een van mijn vaders studievrienden. Mijn moeder had volgens Annabel later toegegeven dat de reden dat ons hele gezin meeging was dat ze dacht dat mijn vader vreemdging en dat ze hem niet alleen naar Chicago durfde te laten gaan uit angst voor wat er kon gebeuren.

Het geheugen lijkt ergens wel op een foto die meermalen is belicht. De ene gebeurtenis ligt op de andere, zodat het onmogelijk wordt de details van die twee te onderscheiden. Hoe ouder we worden, hoe meer veelvoudig belichte herinneringen we hebben. Tijdelijke relaties worden elastisch. Naarmate de jaren vorderen en we meer ervaren, raken de miniverhalen die ons leven vormen, verdraaid en vervalst, zodat iedereen uiteindelijk een vals verleden heeft, een zelfgeschapen verzinsel over het leven dat we hebben geleid.

38

Dit is de waarheid, dit is wat ik weet: ik liep op het strand, met Emma aan mijn hand. Ik keek opzij, naar een dode zeeleeuw. Er verstreken seconden. Er verstreken drie maanden, achtentwintig dagen en twaalfenhalf uur.

Een andere avond; Jake en ik zitten alleen bij hem thuis. De plaats op de vloer voor de televisie waar Emma altijd zat, is opvallend kaal. Het is rond elven en we hebben urenlang enveloppen gevuld. We nemen een pauze van een halfuur om naar *The Office* te kijken en eten voor de televisie: een afhaalmaaltijd van Pasquale's op Sloat. Het is het enige overblijfsel van voor Emma's verdwijning, het enige wat we nog samen doen dat naar een normaal leven riekt.

'Hoe gaan je lessen?' vraag ik, in een poging tot een gesprek. Jake haalt alleen maar zijn schouders op en zegt: 'Niks nieuws.' Hij is begin oktober weer parttime gaan werken om zijn ziektekostenverzekering niet kwijt te raken, zegt hij, maar ik vermoed dat het ook een manier is om niet gek te worden.

Wanneer het programma is afgelopen, sta ik op om weg te gaan, volgens een patroon dat de norm is geworden. Voor ons is het afgelopen met het samen slapen, met het terloopse naar bed gaan nadat de TV is uitgezet. Ik pak mijn tasje en mijn sleutels van het bijzettafeltje en als ik me naar Jake buig om hem gedag te kussen, grijpt hij mijn hand. 'Ga niet weg.'

'Wat?'

Ik moet het checken om me ervan te verzekeren dat ik het goed heb gehoord. Hij trekt me naast zich op de bank. 'Blijf.'

Ik ga zitten. Hij neemt mijn beide handen in de zijne en kijkt omlaag naar mijn schoot. Ik zie dat hij mij iets wil zeggen. Het hengsel van mijn tas hangt nog om mijn schouder en ik weet niet hoe ik me er elegant van kan ontdoen. Ik houd me gereed om te vluchten. Ik probeer oogcontact met hem te krijgen, maar hij houdt zijn hoofd gebogen. Ik zie een paar grijze haren tussen de zwarte.

Jake pakt mijn hand nog steviger vast en door een kleine beweging van zijn hoofd, een vreemd op en neer gaan van de schouders, weet ik dat hij huilt.

'Wat is er?'

'Vandaag op school.'

Ik wrijf over zijn rug en voel me een soort bedrieger. Wat kan intimiteit verbijsterend snel verdwijnen, wat kost het twee mensen maar weinig tijd om weer vreemden voor elkaar te worden. 'Wat is er gebeurd?'

'Het was het vijfde uur. Ik gaf een les over Karel de Grote. De kinderen waren zo beleefd. Niemand was aan het klieren of briefjes aan het doorgeven of zelfs maar aan het praten. En ik besefte dat ze medelijden met me hadden. Ze zaten daar stuk voor stuk op hun stoel medelijden te hebben met die leraar die zijn dochter had verloren.'

'Geef hun de tijd. Ze zijn gewoon zenuwachtig, ze weten niet wat ze moeten zeggen.'

'Er werd op de deur geklopt. Het was Silas Smith, ik had hem vorig jaar bij Amerikaanse Geschiedenis. Slimme jongen, heel stil, draagt van die leren riemen met ijzeren gespen die hij zelf heeft gemaakt in de werkplaats. "Er is telefoon voor u in het kantoor," zei hij. Ik vroeg wie het was, maar hij zei dat hij dat niet wist. Hij zei het op een verontschuldigende manier, en ik wist dat het niets goeds kon zijn. Ik gaf de kinderen een vrije schrijfopdracht en ging naar het kantoor. Toen ik aankwam, zat June Fontayne daar op me te wachten.'

'Wie?'

'June Fontayne. Ze is de nieuwe schooldecaan. Zo'n ex-hippie. Een echte charlatan. Lange, wapperende rok en allerlei armbanden en kralenkettingen. Haar bureau staat vol kristallen en boven haar deur hangt een dromenvanger; op de plank waar haar boeken horen te staan, is een Boeddha-altaartje. Ik weet dat er slecht nieuws is, en ik wil helemaal niet horen wat ze te zeggen heeft. Ze vertelt dat de politie heeft gebeld, maar toen ze hoorde om wie het ging, besloot ze het telefoontje zelf af te handelen. Ze dacht dat het beter voor me zou zijn als ik het van haar hoorde. Alsof zij het recht heeft de bood-schapper te zijn.'

O god, denk ik. Wat moest je horen?

'De politie heeft het lichaam van een jong meisje gevonden en ze wilden dat ik haar kwam identificeren.'

'Nee.'

Jakes horloge piept onder de manchet van zijn overhemd uit. De secondewijzer beweegt met pijnlijke precisie. Tijd dijt uit. Nog nooit hebben een paar seconden zo lang geduurd. Ik weet nog hoe Anna-bel en ik vroeger telden voor verstoppertje: 'Eénentwintig, twéé-en-twintig, dríé-entwintig...

'June bood aan me erheen te brengen, maar ik wilde alleen gaan. Ik ging over Portola, hoewel de 280 sneller zou zijn geweest. Ik denk dat ik hoopte dat het mortuarium al dicht zou zijn tegen de tijd dat ik aankwam.'

Jake staat op en begint door de kamer te ijsberen, zijn handen in zijn zakken. Ik wil alleen maar dat hij het eind van het verhaal ver-telt, dat hij vertelt dat zij het niet was.

'Ik reed zo langzaam mogelijk maar ik kwam toch aan. Natuur-lijk kwam ik er aan en natuurlijk was het open. En ik zit daar op die parkeerplaats van het mortuarium te bedenken dat ik dit echt niet kan doen. Ik kan onmogelijk dat gebouw in lopen om naar het lijk te kijken van een meisje dat misschien Emma is. Maar ik ging toch. Ik schakelde mijn hersens uit en ging gewoon. Ik had toch eigen-lijk geen keus? Vanbuiten is het gewoon een simpel wit gebouw, dat er zelfs aardig uitziet met bougainville tegen de muren en bankjes langs het pad naar de ingang, maar vanbinnen ziet het eruit als een ziekenhuis, helemaal wit en steriel. Het rook er nog erger dan het eruitzag. Een mengsel van ammoniak en een weeïge, zoete mense-lijke geur; geen lichaamsgeur of iets anders, maar iets ergers. Pas la-ter, toen ik naar huis reed, besefte ik dat ik de dood had geroken, de dood heeft echt een geur.'

Jake blijft maar ijsberen en is gaan zweten. 'Het is stikheet,' zegt hij, 'heb jij het niet warm?' Zonder mijn antwoord af te wachten loopt hij naar het raam en zet het open. Hij leunt naar buiten en ademt de avondlucht in. Er drijft een zweempje zeelucht binnen, vermengd met diesel. Een auto rijdt langzaam door de straat en heel even is Jake verlicht; zijn lichaam werpt een schaduw op de bank, de muur en het vloerkleed.

Hij kijkt naar me. 'Hoe denk je dat ze zich gedragen in een mortuarium?'

'Hoe bedoel je?'

'Je zou denken dat ze met je meevoelden, hè? Je zou denken dat ze begrip voor de delicate situatie zouden hebben.' Hij lacht; een vreemde, verontrustende lach. 'Maar het lijkt er niet eens op. Ze doen gewoon hun werk. Ze zouden net zo goed in het winkelcentrum kunnen werken. Het is alsof ze volstrekt immuun voor het hele gedoe zijn.'

Hij komt naar me toe en gaat weer zitten. 'Ik liep naar de balie en noemde het meisje mijn naam. Ze zei: "Komt u een lijk identificeren?" Zo plompverloren. Ze boog zich naar een kleine microfoon en riep Mr. Brewer op. Een paar seconden later ging er een grote witte deur open en kwam er een man op me af. Hij was in de vijftig, droeg een witte laboratoriumjas en glimlachte en gaf me een hand. Hij zei dat hij Roger heette en gebaarde dat ik hem moest volgen.

'We liepen door een eindeloze doolhof van gangen en hij vertelde me dat dit zijn eerste week hier was. Daarna begon hij te vertellen over die serie *The Love Squad*, over hoe gisteravond die mooie jonge vrouw uit Manhattan was gekoppeld aan een nachtclubeigenaar uit Miami. Roger vroeg of ik het had gezien en voor ik kon antwoorden begon hij zich uitgebreid te verontschuldigen. Hij zei dat hij altijd gaat praten als hij nerveus is.

'Ik was hem eerlijk gezegd dankbaar voor zijn geklets,' vervolgt Jake. 'Stilte had ik niet kunnen verdragen, denk ik. Hij kwam niet met zo'n toespraak zoals ze in films doen. Hij zei niet dat ik me schrap moest zetten. Hij liep en hij kletste, en aan het eind van een van die gangen deed hij een deur open en toen waren we in een kleine, lichte ruimte met drie metalen tafels naast elkaar in het midden. De tafels waren bekrast en glommen; ze deden me denken aan de kantine op school. Maar ze waren leeg, er lag niemand op, alleen maar tafels. Ik was zo opgelucht. Misschien was de hele zaak een vergissing geweest, dacht ik. Misschien had een ander het lichaam al geïdentificeerd, een andere vader had die vreselijke bedevaart gemaakt en zijn dochter hier gevonden, het lichaam was al weggehaald, de tafel was afgespoeld en nu reed die vader naar huis. Ik had medelijden met die man, maar ik was blij dat ik het niet was. Ik draaide me al om om terug te lopen toen Roger zei: "Hier is het."

En toen deed hij de koelkast open. Want dat was het, een enorme stalen koelkast met laden. Hij trok een van de laden open en ik had geen tijd om erover na te denken, geen tijd om mijn ogen te bedekken of vragen te stellen of een peptalk te houden voor mezelf. Hij trok gewoon die lade naar voren en daar lag dat lichaam, een verminkt jong meisje. Geen laken, geen kleren, alleen het lichaam, koude witte huid en haar kleine handjes en die kleine, blauwige voetjes.'

Jake zit te snikken. Hij is geen huilerig type, hij heeft het sinds Emma's verdwijning maar een paar keer gedaan en het feit dat hij nu huilt, maakt me doodsbang.

'Ik keek naar haar haar,' zegt hij. 'Dat is het eerste wat ik zag, het haar. Ze was blond, dit arme meisje was blond.'

Mijn hart valt terug op zijn plaats. De tijd hervat zijn natuurlijke beweging en hij slaat zijn armen om me heen en houdt me zo stevig vast dat het voelt alsof mijn ribben kunnen breken. Ik huil inmiddels ook, uit opluchting en ook uit schuldgevoel, omdat ik weet wat Jake heeft moeten doorstaan vanwege mij, weet hoeveel pijn ik hem heb aangedaan, hoeveel verdriet en verschrikking ik in zijn voorheen zo gelukkige leven heb gestort.

Na een paar minuten houdt hij op. Hij gaat rechtop zitten, veegt over zijn ogen en legt zijn handen op zijn knieën. 'Daarna was ik in staat om naar haar gezicht te kijken. Haar ogen waren gesloten. Ze had piepkleine oortjes en kleine speldenprikjes waar haar oorbellen hadden gezeten. Ze moet van Emma's leeftijd zijn geweest. Ze had blauwe plekken op haar hals, alsof ze was gewurgd, en overal schrammen. Roger moet hebben gedacht dat ik haar had geïdentificeerd, want hij legde zijn hand op mijn rug en staarde naar de vloer, en ik wist dat hij naar woorden zocht. Hij leek erg opgelucht toen ik zei dat het Emma niet was.'

Jake strekt zijn arm naar me uit, legt zijn hand in mijn nek, trekt me naar zich toe en kust me. Het is een agressieve, hongerige kus. Er zit niets verontschuldigends in deze kus, niets terughoudends; hij kust me alsof hij me moet hebben, alsof loslaten op dit moment geen optie is. En er roert zich ook iets in mij, een verlangen dat ik in geen maanden heb gevoeld, niet heb willen voelen omdat het on-eerlijk tegenover Emma leek. Hij laat zijn hand onder mijn truitje glijden en even later zijn we in de slaapkamer, uitgekleed en wanhopig, onhandig als vijftienjarigen. 'Wacht,' zeg ik, terwijl ik van hem af rol.

'We doen het langzaam.'

We liggen daar een tijdje, terwijl we alleen maar strelen en zachtjes praten. Ik laat mijn vingers over zijn lichaam gaan, voel het harde knobbeltje onder de huid van de bovenkant van zijn rechterdij, die kleine afwijking waar ik zo van ben gaan houden. Hij raakt het bre-de litteken onder mijn navel aan, een restant van een rolschaatson-geluk toen ik tien was. Zo maken we opnieuw kennis met elkaar. En als hij in me komt, moet ik denken aan onze eerste keer, in een bed-and-breakfast in Bodega Bay, terwijl de oceaan vlak onder het raam tekeerging en een groepje tieners met veel lawaai een potje Hacky Sack[7] speelde. Na afloop zaten we bij elkaar in badjassen van het huis; we dronken water met bubbels en maakten plannen. Terwijl ik zo naar de tieners keek, kreeg ik een prettig gevoel over de toe-komst, waarin we Emma zouden meenemen naar oorden zoals dit, waar we haar goed, maar niet benauwend in de gaten zouden hou-den. Ik beloofde plechtig dat ze een gelukkige kindertijd en een nog gelukkigere puberteit zou hebben. Ik dacht aan de misrekeningen van mijn ouders bij het opvoeden en zwoer dat ik die zelf nooit zou maken. Er zeilde een zakje bonen over de rand van het balkon. Een van de Hacky Sack-spelers, een meisje met stralende ogen in een groen zwempak, zwaaide naar ons. 'Goeie worp,' zei ze, nadat Jake het bonenzakje in haar wachtende handen had gegooid.

Rond twee uur 's nachts maken we ons los van elkaar; we trekken ons allebei terug op onze eigen helft van het bed, zoals we dat altijd hebben gedaan. Jake snurkt zachtjes en ik lig wakker en denk aan het blonde meisje, de stalen koelkast waarin ze ligt, wachtend op een identificatie. Ik denk aan haar kleine oortjes, de blauwe plekken op haar hals. Ze is verankerd in mijn brein, een beeld dat ik niet kan af-schudden, een gruwel die me uit mijn slaap houdt. Om drie uur sta ik op en loop door de gang naar Emma's kamer. De deur is dicht. Ik druk op de klink. De vloer is scheef, de kamer helt een beetje na zeventig jaar regelmatige trillingen. Ik heb ze vaak gevoeld; het huis rammelt en slingert een beetje, maar blijft altijd overeind, altijd intact. Als het slot open is, zwaait de deur langzaam open. Ik ga op Emma's bed zitten. In deze kamer hangt nog altijd vaag haar geur, die zoetige, modderige geur die ze altijd het huis mee in nam nadat ze de middag buiten had gespeeld, gemengd met de melkachtig-zilte geur van gluton en de muffe geur van knutselpapier.

De tijd verstrijkt. Ik kijk op en zie Jake met zijn handen in zijn zij en tranen in zijn ogen in de deuropening naar me staan kijken.

Ik word om vijf uur 's ochtends wakker, zet koffie, ga in de keuken zitten en probeer de krant van gisteren te lezen. De kleine woordjes vervagen. De koppen lopen door elkaar en vormen onzinnige zinnen. De spaties tussen de woorden lijken grote, onoverbrugbare afstanden. De telefoon ligt op tafel, vlak bij mijn hand. Ik overweeg Jake te bellen. In de verte huilt de sirene van een brandweerauto.

Het is 17 november. Dag 118.

Vandaag wordt Emma zeven.

Rond het middaguur bel ik Jake. Ik krijg het antwoordapparaat, met dezelfde vriendelijke boodschap die je hoorde voor Emma verdween. Een uur later bel ik nog eens. Geen antwoord. Terwijl ik over Eighteenth Street door Eureka Valley rijd, probeer ik ons gesprek voor te bereiden en alles wat gezegd moet worden te bedenken.

Zijn auto staat op de oprit. Lisbeths cabriolet staat ernaast.

Ik parkeer aan de overkant van de straat en blijf een paar minuten zitten; ik wil dat hij me ziet, wil dat hij de deur opendoet en me vraagt of ik binnenkom. Er gaat een heel lang uur voorbij voor de deur opengaat en Lisbeth naar buiten komt, in haar auto stapt en wegrijdt. Zodra ze weg is, loop ik naar de deur en blijf daar een paar minuten staan terwijl ik moed verzamel om aan te kloppen. Op straat geeft een motorrijder een dot gas. Er lopen een man en twee kinderen voorbij op de stoep. De man draagt een boodschappentas, de kinderen houden ijshoorntjes vast en kwebbelen luidruchtig over een tam konijn dat ze op school hebben.

Ik bel aan en er gebeurt niets. Ik bel nog eens, wacht een paar minuten en steek dan mijn sleutel in het slot. Binnen zijn de gordijnen dicht en er is geen licht aan. Het duurt even voor mijn ogen aan het duister gewend zijn. Jake zit op de bank in de woonkamer, met zijn ellebogen op zijn knieën en zijn hoofd in zijn handen. De vloer rondom hem is bezaaid met cadeautjes die verpakt zijn in kleurig papier, met ingewikkelde strikken erop. Op de schoorsteenmantel liggen een schaar en plakband.

'Jake?'

Hij kijkt niet op.

'Ik zag Lisbeth net vertrekken,' zeg ik.

Nog steeds geen reactie. Ik vraag me toch af wat ze kwam doen, wat van hem wilde. Het lukt me niet haar te vertrouwen, het lukt me niet te geloven dat ze Emma's bestwil voor ogen heeft.

Ik baan me een weg tussen de cadeaus door en ga naast hem op de bank zitten. Ik wil hem aanraken maar weet niet hoe. Ik zit daar maar en wacht tot hij iets tegen me zegt terwijl ik probeer niet naar de vloed aan pakjes te kijken. Een tijdje later hoor ik buiten voetstappen, een tikkend geluid, het gedempte geschuif van papier tegen metaal, een zachte plof als de post op de vloer valt. Binnen is alles stil. We blijven heel lang zo zitten. Op een gegeven moment bespeur ik het wijken van licht, de koele nadering van de nacht.

Onderweg naar huis komt het rood van de verkeerslichten me schel voor, het lawaai van de autoradio's klinkt om een of andere reden obsceen. Zoals altijd rijd ik langzaam, met de raampjes open, en speur ik de straat af. Op elk kruispunt, bij elke deuropening, elke glinsterende etalage word ik opnieuw getroffen door het feit dat ze er niet is, dat permanente, onoverkomelijke ding. Ik merk dat ik door de Mission kronkel en keer dan terug door Guerrero. Daarna ben ik in Dolores Park, te voet. Er zijn twee soorten mensen die nog zo laat in Dolores Park rondhangen: zij die drugs verkopen en zij die deze kopen. Terwijl ik door het park loop, melden zachte stemmen wat het aanbod van die avond is: weed, coke, speed. Ik schud mijn hoofd, duw vreemden flyers in de hand.

'Wat is dit, verdomme?' zegt iemand, die mijn arm grijpt als ik hem de flyer geef. Hij draagt een roze wollen muts en die muts komt raar kinderlijk op me over. Dan besef ik dat hij nog een kind is, pezig en bleek, niet ouder dan vijftien.

Ik haal diep adem, probeer mijn angst te verbergen en herhaal dan mijn mantra, het zinnetje dat zoals ademen een tweede natuur voor me is geworden: 'Ik ben mijn meisje kwijt.'

'Je bent op de verkeerde plaats,' zegt de jongen terwijl hij me pijnlijk in mijn arm knijpt voor hij loslaat. Een paar minuten later ben ik terug in mijn auto, mijn handen trillend op het stuur. Jake weet niet dat ik dit doe. Hij weet niet dat ik 's nachts naar Ocean Beach en Golden Gate Park en de Tenderloin ga, weet niets van al die onverstandige plaatsen waar ik op onverstandige tijden heen ga. Hij heeft zijn eigen manier van zoeken – de commandopost, de radio, de georganiseerde lijsten en kaarten – en ik heb de mijne.

Thuis bel ik Annabel. 'Ze wordt vandaag zeven,' zeg ik.

'Ik weet het. Ik heb je een paar keer gebeld. Alex wilde haar een pakje sturen. Ik geloof niet dat hij het echt begrijpt.'

Annabel is iets aan het eten. Wat dat betreft is ze net onze moeder: een eetlust van jewelste en een gezegende spijsvertering.

'Heb ik je ooit verteld dat Mrs. Callahan mij een kaartje stuurde toen ik mijn eindexamen had gehaald?' zegt ze na een tijdje. 'Het was raar, gewoon zo'n felicitatiekaartje en een cadeaubon voor de Gap. Maar er zat ook een brief in de envelop, geschreven op papier uit een notitieboekje. Hij zat vol kreukels, alsof hij was verfrommeld en weer gladgestreken. Het was een lange, wijdlopige brief over hoe zij en Mr. Callahan een paar jaar geleden waren gescheiden en dat hij nu in Dallas woonde, en dat zij dirigent was van een kinderkoor en een kerk in Satsuma, in Alabama.'

'Ik heb nagedacht over wat je zei, hoe die vent Sarah zeven weken in leven hield. Waar had bij haar verborgen?'

'In zijn huis, maar een paar kilometer van waar haar ouders woonden. Hij nam haar drie weken na de ontvoering zelfs mee naar het winkelcentrum om een nieuwe jurk voor haar te kopen. Ze moest van hem een pruik dragen en veel make-up op doen, zodat niemand haar zou herkennen.'

Ik denk aan Sarah in dat winkelcentrum, de grote hand van de kidnapper vermorzelt haar vingertjes. 'Waarom vluchtte ze niet?'

'Hij had haar gezegd dat hij haar ouders zou vermoorden als ze vluchtte.'

'Ik wens degene die dit gedaan heeft dood, besefte ik een paar dagen geleden. Een langzame, trage dood.'

'Abby, zo ken ik je niet. En dat uit de mond van een vrouw die op de middelbare school de grote demonstratie tegen de doodstraf organiseerde.'

'Ik voel me niet mezelf. Ik denk niet dat ik me ooit nog mezelf zal voelen.' Ik aarzel even. 'Ik heb lijstjes gemaakt.'

'Wat voor lijstjes?'

'Van verdwenen kinderen. Het zijn er duizenden, tot tientallen jaren terug.'

'Waarom doe je jezelf dat aan, Abby?'

'Het is alsof ze allemaal in de mist zijn verdwenen.'

Ik denk aan het gezinsreisje dat we als tieners naar San Francisco maakten. Het was juli en zoals zoveel toeristen hadden we zomerse kleren meegenomen. Annabel en ik gingen gekleed in korte broek en een dunne trui op pad om de Golden Gate Bridge over te steken. Binnen een paar seconden stonden we te rillen. De brug was die dag in zo'n dikke mist gehuld dat we niet eens de beroemde oranje torens konden zien. De grote witte massa schoof over de baai en onttrok de skyline van de stad aan het oog. Annabel en ik poseerden voor foto's. Toen we jaren later thuis waren om de spullen van onze moeder te verdelen, vonden we een schoenendoos waar 'plakboek San Francisco' op stond. Onze moeder was er nooit aan toe gekomen dat plakboek te maken, maar ze had de kaartjes van de veerboot, een sleutelhanger van Alcatraz en de foto's bewaard. Je kunt op de foto's onmogelijk zien waar we zijn, of zelfs wie we zijn. Het enige dat je ziet zijn onze spookachtige silhouetten, zwevend in een lichte, witte nevel.

40

Dag 138. Drie uur 's nachts, slapeloosheid, naast mijn elleboog een fles Johnnie Walker Blue die ik vorig jaar van een dankbare klant heb gekregen. Buiten stormt het, de wind laat de ruiten klapperen. Binnen geeft het computerscherm een melkachtig wit schijnsel. Ik heb urenlang chatrooms afgezocht, heb steeds Emma's verhaal verteld en het webadres achtergelaten als een visitekaartje: www.findemma.com. Het regent hits bij Emma's site, het elektronische gastenboek puilt uit van de boodschappen, het loopt over van medeleven, maar niemand heeft een aanwijzing. Misschien is er geen beter bewijs voor de wanhopige eenzaamheid van de wereld dan een ritje door cyberspace diep in de nacht.

Sasha67 schrijft *Ze lijkt op mijn nichtje dat zes jaar geleden stierf aan leukemie.*

Snowboard4ever zegt *Het is 4 uur 's nachts in Missoula. Bel me.* Hij geeft zijn telefoonnummer en om onverklaarbare redenen zijn geboortedatum; hij is jong, vermoedelijk een student.

Bored2tears zegt dat het sneeuwt in Vancouver en geeft dan een lijst van alle meisjes die hem in de afgelopen vijftien jaar hebben verlaten, met een uitgebreid verslag van hun beweegredenen.

Het is een wonder dat het immense circuit van het internet van minuut tot minuut, van uur tot uur intact blijft terwijl de zonden en het verdriet van miljoenen websurfers er als een monstrueuze golf over worden uitgestort. Het heeft iets geruststellends dat de technologie van het web ongevoelig is voor menselijk verdriet, dat de draden en chips al die wanhopige bekentenissen verwerken als even zovele nummers. Dood en verderf, gebroken harten en boze dreigementen, vermiste meisjes en moeders in paniek: het komt neer op een aantal data die verstuurd en opgeslagen en vergeten kunnen worden.

Op mijn scherm springt een bericht naar mijn persoonlijke

e-mailadres in beeld. *Hoi. Net terug uit Finland. Wanneer kan ik de fo-to's komen halen? Nick Eliot.*

Ik was hem totaal vergeten, Nick Eliot met zijn stekeltjeshaar en een indrukwekkende familiegeschiedenis van lange levens, Nick Eliot, wiens grootmoeder Eliza onlangs 99 is geworden. Hij groeide op in Oxford, in Engeland, maar woonde nu al een paar jaar in het Bay Area. In de week voor Emma's verdwijning kwam hij bij me met een klein stapeltje foto's die hij wilde laten restaureren. 'Ik heb je via je website gevonden,' zei hij, terwijl hij me de envelop voorzichtig overhandigde. 'Je foto beviel me. Je hebt een betrouwbaar gezicht.' Hij liet zijn vingers een seconde of twee langer rusten dan nodig was.

Ik moet toegeven dat ik iets voelde, een soort kort schokje dat van zijn vingers via de envelop naar mijn hand schoot. Hij had een ver-trouwde geur, zoals roombotercake. Hij droeg een donkerblauw pak met een blauw overhemd eronder. Ik dacht aan Jake en trok mijn hand terug.

'Eens zien wat we hier hebben,' zei ik, terwijl ik de envelop open-maakte.

Een zeventienjarige Eliza met een breedgerande hoed en pof-mouwtjes, zwaaiend vanachter een raampje van een treinwagon. En Eliza met toegeknepen ogen en schoenen met gespen, zittend op de trap van een provinciehuis met haar nieuwe echtgenoot. Eliza een paar jaar later, met een hand op het hoofdje van een klein kind, de andere op haar opbollende buik. Nicks grootmoeder was op elke foto vervaagd, haar huid was spookachtig wit, alsof ze te lang in het donker was geweest.

'Kun je ze opknappen, denk je?' vroeg hij.

'Ik zal kijken wat ik kan doen.'

Hij gaf me zijn visitekaartje; onder zijn naam stond in kleine, keu-rige lettertjes de vage functieaanduiding 'consultant' gedrukt. Bij zijn vertrek draaide hij zich om, krabde op zijn hoofd, grijnsde op een ietwat verlegen manier en zei: 'Ik doe dit normaal gesproken nooit, maar als ik de foto's kom ophalen, mag ik je dan mee uit eten nemen?'

Ik hield mijn linkerhand omhoog en draaide aan mijn verlovings-ring. Maar zelfs terwijl ik het deed, vroeg ik me toch af hoe het zou zijn om tegenover Nick aan een tafeltje te zitten en over reizen en boeken te praten en iets over zijn voorkeuren en familiegeschiedenis te horen. Sinds ik Jake had ontmoet, was dit de eerste keer dat ik geconfronteerd werd met iemand die me deed beseffen wat ik opgaf: de bedwelming van een eerste kus met een nieuw iemand, het enerverende moment van aanraking, de vrijheid om te handelen naar die aanraking, om hem door te zetten tot een mogelijk verrassend einde. Ik hield van Jake, ik hield van Emma, ik was gelukkig dat ik met hen op het toppunt van dit nieuwe leven stond; en toch kon ik het niet laten na te denken over wat ik allemaal zou opgeven op het moment dat ik in het huwelijksbootje stapte.

'O,' zei hij glimlachend. 'Laat dan maar. Gefeliciteerd.'

Twee dagen voor Emma verdween belde ik Nick om te zeggen dat de foto's klaar waren, maar ik had niets meer van hem gehoord. Een paar dagen geleden liet hij op mijn antwoordapparaat de boodschap achter dat hij het heel druk had met werk, maar ik heb hem nog niet teruggebeld.

Nu tik ik terug *De foto's zijn heel mooi geworden* en klik op Verzenden, terwijl ik me voorstel hoe hij aan de andere kant van de stad in een chic appartement achter de computer zit in een flanellen pyjama en met leren pantoffels aan.

Wanneer kan ik ze komen ophalen? Morgen?

Wanneer? Een simpele vraag, maar vol onmogelijkheid. Morgenochtend heb ik om acht uur in Marin een ontbijt met de Moeders voor Veilige Buurten om geld in te zamelen, waarbij enkele tientallen welwillende en welgestelde moeders hun steun zullen aanbieden bij een bordje vers fruit en flinterdunne flensjes. Van tien tot elf mijn dagelijkse wake op Ocean Beach. De volgende halte is de commandopost, waar Brian met een roze markeerstift mijn folderzone zal afbakenen op een gekopieerde kaart van het Bay Area en mij een stapel flyers zal geven die hij met veel zorg heeft ontworpen. De flyer is elke dag een beetje anders, met een pakkend nieuw lettertje of een versierde rand, of Emma's gezicht is net iets anders in het vlak geplaatst. Het aantal vrijwilligers is teruggelopen van 257 naar 19, maar Brian is er nog steeds drie keer per week, na schooltijd.

's Middags ga ik terug naar Ocean Beach. Dit is altijd het moeilijkste deel van de dag, die lange uren van nietsdoen die me niet dichter bij Emma brengen, die lange uren waarin ik heen en weer loop langs het koude strand, voorbij de joggers en de hondenuitlaters, de hand in hand lopende stelletjes, de armzalige vuurtjes die door de daklozen zijn gestookt. Voorbij de surfers die bij elkaar in het grijze water liggen, wachtend op de volgende golf.

's Avonds laat ga ik naar Jakes huis, waar ik een simpele maaltijd zal bereiden terwijl hij bij de telefoon zit en kranten en radiozenders belt om Emma's naam maar weer in het nieuws te krijgen. Nu er bijna vier maanden zijn verstreken is de media-aandacht verflauwd tot bijna niets. Intussen zijn er andere kinderen uit andere staten verdwenen. Er waren willekeurige schietpartijen in Montana, een bom in een middelbare school in New York, een vermoorde zwangere vrouw in Monterey, een aardbeving bij Eureka. Het wordt met de dag moeilijker om aandacht te krijgen voor Emma's zaak.

Jake en ik spreken nog nauwelijks met elkaar als ik bij hem ben, maar we lijken geen van beiden te weten hoe we de avond anders moeten doorbrengen. Afgezien van de nacht nadat Jake in het mortuarium was geweest, hebben we sinds Emma's verdwijning niet meer gevreeën.

We wasten vroeger altijd samen af, waarna ik achter Jake aan naar boven liep, behoedzaam, om Emma niet te wekken. We praatten terwijl we ons uitkleedden en in bed kropen. Soms vreeën we, maar veel vaker lagen we daar gewoon wat te praten tot een van ons in slaap viel. Het voelde alsof het ritme van ons huwelijk al was ingesteld, alsof we de koers van ons samenleven al hadden bepaald. Ik stelde me voor dat onze nachten zich jaar in jaar uit ongeveer op deze manier zouden voltrekken. De gedachte stemde me zowel angstig als tevreden.

Er verschijnen woorden in mijn gespreksvenster. *Ben je er nog?*
Sorry, ik keek in mijn agenda. Morgen komt het niet goed uit.

Mijn vingers rusten op de rand van de toetsen en ik probeer te bedenken wat ik zal schrijven, probeer een list te bedenken om hem weg te houden zonder te vertellen dat mijn leven op z'n kop staat, dat ik niet in staat ben tot sociaal contact of zelfs maar de meest alledaagse taken, dat Emma is verdwenen en dat ik ten einde raad ben en de foto's liever gewoon per post opstuur, wanneer er een nieuwe boodschap in beeld springt: *Wat dacht je van nu?*

Het is middernacht.

Technisch gesproken is het ochtend, antwoordt hij. *Jij bent wakker. Ik ben wakker. Ik heb er net een vliegreis van achttien uur vanuit Helsinki op zitten en ik heb over zeven uur een vergadering en als ik nu naar bed ga word ik nooit op tijd wakker.* Ik stel me voor dat hij dit glimlachend schrijft. Hij heeft misschien zelfs zichzelf verrast met deze doortastendheid, of misschien is dit gewoon zijn natuurlijke aanpak, de overtuigende tactiek van een man die gewend is dat hij krijgt wat hij wil.

Het onweert.

Ik waag het erop.

Hoe kan ik nee zeggen? Annabel kan mijn huur niet eeuwig blijven betalen. Nick is een klant en ik heb nu klanten nodig. Hij zal komen met een chequeboek en een pen, ik zal hem de foto's geven: een simpele transactie, een betaling voor verleende diensten.

Ik zal koffie zetten, tik ik.

Ik ben er over twintig minuten.

Ik verruil mijn pyjama voor een spijkerbroek en een trui. Ik zet koffie, poets mijn tanden, verstop de vuile was in de kast. Ik maak de wasbak schoon met een spons – hoe lang is dat al niet geleden? Ik trek net een andere trui aan – ik ruil de rode waarin ik eruitzie als een geest om voor een blauwe, die hopelijk mijn bleke gelaatskleur enigszins flatteert – als de bel gaat.

Terwijl Nicks voetstappen op de trap klinken, doe ik een dun laagje lippenstift op, waarbij ik me schuldig voel. Dit is het dilemma, dit is wat ik weet. Om kwart voor vier 's ochtends gelden andere regels. Om kwart voor vier 's ochtends, midden in een onweer, als de straten leeg zijn en de winkels gesloten en de hele stad slaapt, is het zo gemakkelijk je beloften te vergeten, zo'n opluchting je zorgen te vergeten. Vooral wanneer je al maandenlang amper hebt geslapen en je drie glazen whisky op hebt en de man voor je deur glimlacht, naar voren stapt, je lichtjes op je wang kust alsof hij voor een afspraakje in plaats van zaken komt en zijn haar vochtig is van de regen en zijn paraplu druipend naast hem staat en hij een verkreukeld maar heel duur pak aan heeft en nog altijd, ondanks een vliegreis van achttien uur vanuit Finland, vaag naar roombotercake ruikt. Hij houdt iets vast, een klein rood tasje met een gouden lint, en hij zegt:

'Dit is voor jou. Het is niet veel, gewoon iets wat ik heb meegenomen van de overkant van de grote plas.'

Er zit keukengerei in het rode tasje, een rubberen flessenlikker en klopper.

'Een vreemde keus, ik weet het,' zegt Nick, terwijl ik het vloeipapier eraf haal. 'Hou je van koken? Dat weet ik niet eens.'

'Jazeker. En ze zijn heel mooi. Dankjewel.'

'In Helsinki is alles stijlvol,' legt hij uit. 'Zelfs het keukengerei.'

Dat is waar. De flessenlikker en de klopper hebben groene rubberen handvaten met een dun randje van glanzend aluminium, zoals je op een foto van een keuken van een beroemdheid kunt tegenkomen. 'Je zult me wel maf vinden,' zegt hij.

'Niet maf. Attent.'

'Dan krijg ik hier beslist punten voor.' Hij maakt zijn jasje open en haalt nog een tas tevoorschijn. Daarin zit een muts van dikke blauwe wol, met oorflappen en een rood kwastje bovenop. 'Deze zijn helemaal in bij de Finnen. Ik zag hem en moest aan jou denken.'

Ik lach, een oprechte lach, waarvan ik het genoegen al lang niet meer heb mogen smaken. 'Dankjewel. Je bent doorweekt. We doen snel dat jasje uit. Ik heb net koffie gezet.'

En zo komt Nick aan mijn keukentafel terecht; op zijn lichtgrijze broek zitten donkergrijze spetters van de regen. Als ik de koffiekoppen neerzet, ziet hij de fles Johnnie Walker Blue op het aanrecht staan en zegt: 'Eerlijk gezegd zou ik daar wel wat van kunnen gebruiken.'

'Mooi zo. Ik haat het om in mijn eentje te drinken. Hoe wil je hem?'

'Puur, graag.'

Iets in de manier waarop hij 'puur' zegt, met een vreemd accentje dat ik niet kan plaatsen – niet Brits, maar ook niet Amerikaans – maakt dat ik hem nog leuker vind.

Ik schenk ons beiden in en ga daarna tegenover hem aan de kleine tafel zitten. Hij glimlacht en heft zijn glas. 'Op onverstandige nachtelijke rendez-vous,' zegt hij.

'Proost. Maar dit is gewoon iets zakelijks. Daar is niks onverstandigs aan.'

Hij knikt. 'Ja, gewoon iets zakelijks.'

De whisky is warm in mijn mond en keel. Na elk slokje voel ik me weer iets meer tintelend, mijn vingertoppen zijn aangenaam gevoelloos. Een minuut of langer zeggen we geen van beiden iets, en ik weet dat ik hem over Emma moet vertellen, weet dat hij het verhaal waarschijnlijk niet kent, aangezien hij in het buitenland is geweest. Ik probeer de woorden te formuleren, probeer te bedenken hoe ik kan uitleggen wat er is gebeurd, als Nick naar voren reikt en een lok haar uit mijn gezicht veegt. Het is een voor de hand liggende zet, en toch ben ik er sprakeloos door, dit moment van tederheid die niets met medelijden te maken heeft.

'Je zult me wel voor gek verklaren, maar ik heb veel aan je gedacht,' zegt hij.

'O ja?'

'Sorry, ik zou dit niet moeten zeggen. Ik ken je nauwelijks, en dan is er natuurlijk ook nog je verloofde.'

Ik zou hem nu over Emma moeten vertellen, voor hij verdergaat maar het is te goed om te horen wat hij zegt, en ik wil het horen, wil dit moment van normaliteit voelen.

'Je doet me denken aan een meisje dat ik op de middelbare school kende. Ze heette Simone. Zelfde ogen, en iets wat je met je mond doet als je glimlacht.'

'Die Simone...' zeg ik met een schuldgevoel, maar ik wil zo ontzettend graag praten met een aardige, aantrekkelijke man die, anders dan Jake, geen enkele reden heeft om me te haten. 'Waar is ze nu?'

'Wie zal het zeggen? We zijn drie keer uitgegaan, ik was hopeloos verliefd en toen verhuisde haar familie naar Utah.'

'Wedden dat ze nu in een groot huis in Salt Lake City woont en een hele rits kinderen heeft.'

'Dat zal best.'

'En jij?'

'Een broer, twee zusjes. En jij?'

'Wij zijn maar met z'n tweeën. Mijn zusje is twee jaar jonger dan ik.'

'Waar woont ze?'

'North Carolina.'

Nick houdt zijn glas scheef om de laatste druppel whisky op te drinken, zet het dan neer en laat zijn vingers over de rand glijden. Zijn nagels zijn perfect verzorgd, met een lichte ronding en een gezonde glans. Hij is zo'n type dat zich volstrekt op zijn gemak zou voelen in een chique salon, waar hij de *Wall Street Journal* leest terwijl een jonge vrouw met rode lippenstift op aan zijn hand friemelt, vijlt en wrijft.

'Dus je woont en werkt op deze zolder? zegt hij, terwijl hij rondkijkt.

'Ja. Ik had het geluk dat ik het contract voor de internethausse tekende. Huurbescherming. De doka is boven.'

'Mag ik hem zien?'

'Tuurlijk.'

Boven aan de trap word ik overvallen door hoogtevrees. 'Gaat het?' vraagt Nick, die me wil ondersteunen.

'Het is de whisky. Beweegt de vloer of ben ik het zelf?'

'Misschien moet je even gaan zitten.'

Het bed is boven aan de trap en daarachter is de deur naar de doka. We staan aan het voeteneinde van het bed. Mijn rug is naar het matras gekeerd en Nick kijkt me aan en houdt me bij mijn schouders vast, maar op een beleefde, broederlijke afstand. Bed of doka? Bed of doka? Ik hoef niet te kiezen, het gebeurt gewoon; mijn lichaam lijkt uit eigen beweging op het bed te vallen. Nick blijft staan, zijn handen in de zij.

'Kan ik iets voor je halen? Een aspirientje?'

'Nee, dank je. Even liggen. Het is zo weer over.'

Hij kijkt rond, vermoedelijk op zoek naar een stoel, maar die is er niet. 'Hier,' zeg ik, en klop naast me op het bed. 'Ga zitten.'

De matras deukt iets in onder zijn gewicht. De klok geeft vijf voor halfvijf aan. Het is dat nachtelijke uur waarop geen verstandig mens nog wakker is. Om kwart over drie gaan de meest onvermoeibare feestgangers zoetjes aan naar huis. Om vijf uur draaien de ijverigste werknemers zich om om de wekker uit te zetten. Maar om vijf voor halfvijf ligt zo ongeveer iedereen in bed. Dit moet het spookuur zijn, waarin vreemde en onvoorspelbare dingen gebeuren. Dingen die in dit uur gebeuren, kunnen zeker vergeven en op zijn minst vergeten worden.

Ik draai me niet weg als Nicks hand over mijn dij streelt of als hij zich naar me toe buigt om me te kussen. Zijn kus is zacht, lang, niet te opdringerig. Misschien is dit wel wat ik nodig heb. Misschien is dit wat me kan helpen uit die vreemde, verdoofde toestand te breken waarin ik verkeer sinds Emma verdween. Zou seks met deze man mijn cirkel van verlamming kunnen doorbreken? Zou ik door met hem te vrijen ontwaken en de verloren draad van mijn gezonde verstand weer kunnen oppikken? Zou één simpele daad mijn geheugen kunnen herschikken, orde op zaken kunnen stellen?

Er dreunen drie woorden door mijn hoofd terwijl hij me kust: Situatie, Participatie, Terugtrekking. Drie woorden die regelrecht uit de mond komen van Sam Bungo, leider van de seksverslavingssessies waartoe mijn ouders mij op mijn zeventiende dwongen. Sam was geen psychiater; hij was zelfs geen bevoegd therapeut. Hij was gewoon een christelijke adviseur met een kleine A, maar meer konden mijn ouders zich niet veroorloven. Hij was ooit jeugdpredikant in een kleine baptistenkerk in Montgomery geweest, maar had de kerk onder mysterieuze omstandigheden verlaten. Tegen de tijd dat ik hem ontmoette, leidde hij al drie jaar de seksverslavingscursus en had hij het antwoord op verleiding tot een formule weten terug te brengen. Hij liet ons een aantal keren per sessie die woorden zingen.

De situatie opende de deur naar het kwaad, zei Sam. De eerste verdediging tegen seks was het vermijden van compromitterende situaties, die omstandigheden waarin je het kwetsbaarst zou zijn.

Participatie was de vijand, beweerde hij. Christenen moeten uit de buurt van zondaren blijven en op die manier worden ze beschermd tegen zonden. 'Je moet gelijkwaardig in het juk zitten,' zei hij.

Tot slot had je terugtrekking. Stel dat je een misstap maakte en in een situatie terechtkwam, en dat het duidelijk was dat je recht op Participatie af koerste. Terugtrekking was dan je enige optie: maak je beha vast, rits je broek dicht en maak je zo snel als je kunt uit de voeten. 'Kijk niet om,' zei Sam altijd. 'Het is geen toeval dat Lots vrouw in een zoutpilaar veranderde.'

Sam was niet slim, maar het komt nu bij me op dat hij misschien wel gelijk had. Misschien was het als gekte vermomde goddelijke inspiratie. Ik had de eerste regel, Situatie, overtreden door Nick te laten komen. Het kussen zou zeker als Participatie worden aange-merkt. Maar het is nog niet te laat voor Terugtrekking.

'We kunnen dit beter niet doen,' zeg ik.

'Oké, sorry.' Hij leunt op zijn ellebogen naar achteren, zucht, laat een treurig glimlachje zien. 'Hoe heet hij? De verloofde?'

'Jake.'

'Aardige vent?'

'Reken maar.'

Ik sta op, doe de deur naar de doka open en knip het licht aan. 'Kom hier,' zeg ik. Hij volgt me en denkt misschien dat ik van ge-dachten ben veranderd en ons romantisch intermezzo wil voortzet-ten tussen de chemicaliën en drooglijnen. Maar één blik rond de do-ka, en zijn gezichtsuitdrukking verandert.

'Wat is dit?' vraagt hij, terwijl hij de foto's van Emma in zich op-neemt, die tientallen foto's waar de muren mee bedekt zijn. Em-ma in de dierentuin, Emma op het strand, Emma in Jakes achter-tuin op de glijstrook. Emma voor haar school, hand in hand met Ingmar, een jongetje waar ze kortstondig verliefd op was op de kleu-terschool. Emma en Jake in het zonlicht in Tsunami Town in Cres-cent City.

Ik vertel hem over Emma. Ik vertel hem hoe ik haar ben kwijtge-raakt. Ik vertel hem dat ik misschien wel gek aan het worden ben, en hij komt naar me toe en neemt me in zijn armen. Er is dit keer niets seksueels in zijn aanraking, geen vleugje verlangen; hij doet gewoon het enige dat hij kan bedenken om te doen. Ten slotte legt hij mij in bed, met mijn kleren aan. 'Als je het niet erg vindt, ga ik nu naar be-neden en ga ik even achter mijn laptop zitten om mijn vergadering voor te bereiden,' zegt hij.

'Blijf zolang je wilt.' Ergens hoop ik dat hij over een uurtje bij mij in bed zal kruipen en me van top tot teen zal beminnen. Mijn rati-onelere zelf hoopt dat hij weg is voor ik de kans heb iets doms te doen. Ik val in slaap bij het klikkende geluid van zijn vingers op het toetsenbord van de laptop.

Als ik 's ochtends wakker word, hoor ik hem in de keuken schar-relen. Ik trek snel schone kleren aan, poets mijn tanden, was mijn gezicht en ga naar beneden. Hij zit aan tafel koffie te drinken, ge-heel aangekleed, zijn haren gekamd. Ik schenk mezelf ook in en ga bij hem zitten. 'Die baard van twee dagen staat je goed,' zeg ik.

'Dank je.' Er valt een ongemakkelijke stilte; we turen beiden in onze kopjes. 'Sorry van vannacht,' zegt hij.

'Je hoeft je nergens voor te verontschuldigen.' Ik schuif de envelop met de foto's van zijn grootmoeder over de tafel. 'Dit is waar je voor kwam.'

Hij legt zijn gemanicuurde vingers op de envelop. 'Aardig van je om te doen alsof dit de enige reden is waarom ik midden in de nacht bij je voor de deur stond.'

'Aardig van je om zo'n gentleman te zijn. Ik vrees dat mijn wilskracht het onder druk niet had gehouden.'

'Ik wou dat ik je onder andere omstandigheden had ontmoet,' zegt hij. Hij loopt naar het aanrecht en spoelt zijn kopje af, zet het op het droogrek, droogt zijn handen af en trekt een chequeboek uit zijn jaszak. 'Wat is de schade?'

'Tweehonderdzeventien.'

'Een koopje,' zegt hij, terwijl hij het bedrag met zijn Mont Blancpen op een cheque schrijft.

'Ik heb je de overnachtingskorting gegeven. Wil je de foto's niet bekijken?'

'Ik vertrouw je,' zegt hij en geeft me de cheque.

En dan is hij verdwenen en ben ik alleen, en het zonlicht dat door de grote zolderramen valt is te schel, te intens, zoals de zon op het strand van Alabama in de zomer, waar iedereen en elk object een wazig gouden randje had en het onmogelijk was iets scherp of in diepte te zien omdat het licht alles deed trillen; het maakte alles onwaar.

41

'Je meent het,' zei Jake toen ik hem voor het eerst over de seksver-slavingssessies van Sam Bungo vertelde.

Het was een warme dag, Emma was op dierentuinkamp en Jake en ik waren op Java Beach. Hij doopte een amandelkoekje in zijn koffie en zei: 'Ik had je nooit voor een seksverslaafde gehouden.' Een man aan het tafeltje naast ons keek op van zijn *Bay Guardian* en liet zijn blik snel over mij heen gaan.

'Dat was ik ook niet. Mijn ouders hadden dat nu eenmaal in hun hoofd gehaald en ik kon ze niet op andere gedachten brengen.'

'Ik ken je nu wel lang genoeg om deze vraag te kunnen stellen,' zei hij. Hij droeg een Giants-petje en een strak zwart T-shirt. Hij zag er goed uit, heel goed zelfs, en ik wilde met hem naar bed. Dat had-den we nog niet gedaan. We waren er heel dichtbij en ik wist dat het binnenkort zou gebeuren, maar we wachtten op het juiste moment.

'Welke vraag?'

'De oude vertrouwde hoeveel-partners-heb-je-gehad-vraag.'

'Niet doen,' zei ik.

'Er schuilt toch geen kwaad in?'

'Oké. Jij eerst.'

Het tafeltje lag vol kruimels van hem en mij. Jake schraapte met een plastic mes de kruimels tot een hoopje. 'Er was Betsy Paducah toen ik vijftien was; haar vader bezat paarden in West-Virginia en zij was in San Francisco voor een zomercursus kunst. Daarna kwam Amanda Chung, toen ik zeventien was, en Deb Hipps tijdens mijn eerste jaar als student. Janey, haar achternaam ben ik vergeten, in datzelfde jaar, en daarna een serieuze vriendin vanaf mijn tweede studiejaar tot aan mijn afstuderen, Elaine Wayne.' Hij ging nog een paar minuten door en beëindigde de lijst met Rebecca Walker van een paar maanden geleden.

'Waar heb je Rebecca ontmoet?'

'Op mijn school.'

'Was het een relatie of gewoon een flirt?'

'Drie maanden, als je dat een relatie kunt noemen. Ze is de enige vrouw met wie ik sinds de scheiding ben uit geweest. Als alleenstaande ouder heb je niet veel tijd voor sociale contacten.' Hij klonk mijn koffiemok tegen de zijne, een toost. 'Tot jij kwam, natuurlijk.'

'Wie heeft het uitgemaakt?'

'Ik dacht destijds dat het van twee kanten kwam, maar Rebecca legde nog tot een paar weken daarna bittere briefjes in mijn postvak op school, dus ik vermoed dat ik uiteindelijk de kwaaie pier ben.'

'Geeft ze nog les daar?'

Hij knikte. 'Engelse literatuur, Franse conversatie.'

Ik stelde me Jake voor tegenover Rebecca Walker in de lerarenkamer, terwijl hij zich probeerde te concentreren op zijn sandwich – kalkoen-bacon-emmentaler – en zij onder tafel een in een mocassin gestoken voet naar hem toe schoof onder het fluisteren van pikante Franse woordjes.

'Twaalf,' zei ik. 'Een redelijk aantal.'

'Heb je geteld?'

'Ik dacht dat het daar om ging.'

'Nu ben jij aan de beurt. Van de eerste tot de laatste.'

Dus ik begon met Ramon. Ramon, die me over orale seks en f-stops, gelijktijdige orgasmen en filmsnelheid leerde. Ramon, die foto's van me nam, honderden, die mijn ouders in handen kregen nadat hij was omgekomen bij een motorongeluk. 'Hij had een zusje dat na zijn dood de foto's en mijn adres vond,' legde ik uit. 'Ze voelde zich geroepen die naar mijn ouders te sturen.'

'Wat een leeftijdverschil,' zegt Jake.

'Ik weet het, maar het was niet zoals het lijkt. Hij wilde met me trouwen.'

Ik vertelde Jake hoe Ramon tijdens de laatste maand van zijn leven in dat telefoongesprek tussen Mobile en Knoxville had gezegd: 'Ik kan niet leven zonder jou.' En ik had geantwoord: 'Natuurlijk wel. Ik studeer, ik kan dit nu niet doen.' Het was het laatste gesprek dat ik met hem had.

'Wat voor soort foto's?' vroeg Jake.

'Dat kun je wel raden.'

'Ranzig.'

'Zo was het niet. Ik bedoel, hij was inderdaad te oud voor me, maar hij was echt een heel aardige jongen.'

'Als Emma zich ooit met zo'n kerel inlaat, zal ik hem met een jachtgeweer wegjagen,' zei Jake.

Ik vertelde Jake niet hoe Ramon mij liet poseren. Hoe hij me uitkleedde, kledingstuk voor kledingstuk, in zijn appartement, waar helder licht door de hoge vensters viel. Hoe ik dan naakt in het midden van de kamer stond en de warme vloerplanken na een tijdje onder me leken te gaan schuiven en ik me duizelig, wankel voelde, terwijl Ramons camera klikte. Er waren de close-ups: een elleboog, een knie, de witte huid van de binnenkant van mijn dij, de welving van mijn voet, mijn oren met de twee robijntjes, een cadeau van hem. Mijn moeder legde die foto's een hele tijd later op de glazen salontafel en zei: 'Kun je me ook vertellen wat dit mag wezen?'

Ik had haar nog nooit zo kwaad gezien. Ze huilde. Ze dacht echt dat ik verloren was. Mijn vader kon me niet aankijken. Hij zat in de schommelstoel in de hoek van de kamer en staarde naar de piano omdat er niets anders was waar hij zijn blik op kon laten rusten. Erbovenop stond een beeldje van een vogeltje met een klein gouden slingertje waarmee je hem kon laten zingen, een rijtje matroesjka's en foto's van Annabel en mij van toen we veel jonger waren, gekleed in bij elkaar passende gestreepte jurkjes die mijn moeder zelf had gemaakt. En op de salontafel lagen die andere foto's, mijn naakte lichaam, mijn genot zo duidelijk en vernederend.

'Het is niet natuurlijk,' zei mijn vader.

'Seks is een geheiligde daad tussen een man en een vrouw die door God bijeen zijn gebracht in het huwelijk,' zei mijn moeder, alsof ze uit een religieus leerboek citeerde.

Mijn vader knikte, bleef maar schommelen, keek niet naar mij. Het was dezelfde stoel waarin hij me in slaap wiegde toen ik klein was.

'Als je dat met iemand doet, geef je hem je ziel,' zei mijn moeder. 'Die walgelijke man zal voorgoed een stukje van jou bezitten.'

Ik dacht aan de motor, vroeg me af hoeveel Ramon voelde toen hij over het natte wegdek schoof, of er veel pijn was of alleen maar een plotselinge leegte. Bij de begrafenis in september was zijn kist open geweest. Ik stond daar met zijn zusje, dat ik net voor het eerst had ontmoet. Ze leek op hem, met haar olijfkleurige huid, groene ogen en wilde jarentachtighaar. 'Te veel rouge,' zei ze, en trok een papieren zakdoekje uit haar tas om zijn wangen af te vegen. Het zakdoekje werd roze. Ik dacht maar steeds hoe erg hij het zou hebben gevonden make-up op te hebben.

Terwijl mijn ouders mij de les lazen, stond de televisie op CNN, met het geluid zacht gedraaid. Christiane Amanpour deed verslag over de situatie in Syrië. Ik wilde zoals Christiane zijn, aan de andere kant van de wereld, en bezig met iets belangrijks. Ik vertelde Jake niet hoe het schuldgevoel als een golf over mij heen was gespoeld, hoe ik me op een of andere manier verantwoordelijk had gevoeld voor wat Ramon was overkomen. In plaats daarvan zei ik: 'Ze haalden me voor een heel semester van school. Ik moest drie keer per week naar groepstherapie met die rare kerel Sam Bungo, die verzot was op slogans.'

'Best pittig voor een kind van zeventien,' zei hij, en ik was hem dankbaar dat hij niets onaardigs over Ramon zei. Dankbaar dat ik het spelletje niet hoefde af te maken, dat ik nadat hij zijn partners had opgesomd, niet de mijne hoefde te noemen.

Jake zag er zo goed uit met zijn honkbalpetje op, zo bereidwillig om mij te vertrouwen. 'Nou,' zei ik, 'vind je mijn verleden misschien net iets te woelig? Je kunt er nog altijd van afzien.'

'Dat gedoe maakt je interessanter. Bovendien zal misschien blijken dat je ouders gelijk hadden en dat je echt seksverslaafd bent, bof ik even. Wat is er van Sam Bungo geworden?'

'Vreemd verhaal. Ongeveer tien jaar geleden kwam ik zijn zusje toevallig tegen. Een FBI-agente, Sandy Bungo genaamd, kwam spreken bij mijn college politicologie aan de universiteit van Tennessee. Die achternaam komt niet veel voor en ze leek beslist op hem, dus ging ik na het college naar haar toe en vroeg of ze familie was van ene Sam Bungo. Ze vroeg hoe ik hem kende, en ik flapte eruit: "Ik volgde ooit die lessen van hem." Ze kreeg een eigenaardige uitdrukking op haar gezicht en zei toen: 'Jesses.' Ik vroeg hoe het met Sam ging. Hij bleek 56 maanden te moeten zitten voor een misdaad die ze niet nader omschreef. Ik stond daar, enigszins verbijsterd, en vroeg haar toen of ze hem de groeten van mij wilde doen.'

Dat was de eerste en laatste keer dat Jake en ik over Ramon spraken, of over anderen met wie we iets hadden gehad. Zelfs het onderwerp Lisbeth kwam zelden ter sprake. Een van de dingen die ik zo leuk vond aan Jake was dat hij het verleden kon laten rusten; bij hem voelde alles als een voorwaartse beweging.

42

Op de laatste zondag van november zie ik de oranje Chevelle bij Ocean Beach. De auto staat er als ik om tien uur arriveer voor mijn dagelijkse wake. Het is een zeldzaam zonnige dag en de mist is al vervlogen. Een zeilboot glijdt traag langs de horizon.

Ik krabbel het kenteken neer en parkeer dan naast de Chevelle, met twee lege plaatsen ertussen. Mijn handen trillen, mijn hartslag vliegt omhoog en mijn hele lichaam verstijft. De bestuurder is dezelfde man die ik die dag zag, met grijzend haar en het begin van een baard. Hij leest een krant en drinkt koffie. Zijn gezicht is wat grover dan ik me herinnerde en er zit geen gele streep langs de zijkant van de auto, maar afgezien daarvan kloppen alle details. Een hoelameisje op het dashboard, een bungelende Heilige Maagd aan de achteruitkijkspiegel.

Ik bel rechercheur Sherburne en krijg zijn voicemail. 'Hij is hier,' zeg ik. 'Bij het strand. De man in de oranje Chevelle.' Ik noem het kenteken en bel vervolgens ook Sherburnes pieper en zijn privénummer.

Ik observeer de man een halfuur lang. Hij kijkt de krant niet vluchtig in maar leest hem echt en doet heel lang over elke pagina. Hij stapt ten slotte uit zijn auto, loopt naar de zeewering en blijft daar naar de oceaan staan kijken. Ik pak mijn bekertje koffie, loop naar de afvalbak en gooi het erin, en blijf dan vlak bij de man dralen. Hij draagt heel mooie schoenen, te mooi voor het strand.

'Mooi weer vandaag,' zegt hij.

'Het werd tijd.'

'Dit is mijn eerste jaar in San Francisco,' zegt hij. 'Niet echt wat ik me ervan had voorgesteld toen ik besloot naar Californië te verhuizen. Het was deze zomer zo koud dat ik bijna mijn koffers had gepakt en terug naar huis was gegaan.'

'Waar is dat?'

'Nevada. En jij?'

'Alabama.'

'Ik had er vroeger zo een,' zegt hij, terwijl hij naar een jongetje knikt dat zijn hond uitlaat op het strand.

'Een zoontje?'

'Nee, een hond. Een bruine labrador.'

'O.'

'Frank. De domste, liefste hond die ik ooit heb gekend.'

'Waar is hij nu?'

'Wist ik het maar.'

De man heeft iets eenzaams over zich, alsof hij al heel lang alleen is. Ik probeer de juiste vraag, de goede aanpak te bedenken. 'Wat heeft je naar San Francisco gebracht?'

'Dat kan een lang verhaal worden.'

'Ik heb de tijd.'

Hij slaat zijn armen over elkaar. 'Weet je wat. Je krijgt de tienminutenversie bij een kop koffie in Louis's.'

Ik dwing mezelf kalm te blijven, natuurlijk te klinken. 'Akkoord.'

We doen onze auto's op slot en lopen dan het betegelde pad naar het restaurant op. We kiezen een tafeltje bij het raam, met uitzicht op de oceaan. Een jong stelletje baant zich een weg over de betonnen ruïne van de Sutro Baths.

'Ik weet nog niet hoe je heet,' zegt hij, terwijl hij room door zijn koffie roert.

'Dana.' De leugen rolt gemakkelijk van mijn tong. 'En jij?'

'Carl Renfroe.'

Het stelletje heeft beneden een ruimte gevonden die vanaf de paden eromheen niet te zien is. Daar, aan de zee die op de ruïne beukt, denk je algauw dat je alleen bent. Net als ik een manier probeer te bedenken om informatie uit Carl te trekken zonder dat hij merkt waarom, tilt het meisje haar rok op en doet een plas.

'Op de eerste rang,' zegt Carl.

Het meisje is nietsvermoedend en neemt de tijd. De jongen houdt zijn hand boven zijn ogen en kijkt in de richting van het restaurant. Hij zegt iets tegen het meisje, dat snel haar onderbroek optrekt, haar rok over haar dijen gladstrijkt en opstaat.

'Dit gebeurt ongeveer een keer per week,' zegt onze serveerster. 'Mensen hebben geen idee dat wij hier zijn.'

Er komt een familie binnen die in het hokje achter Carl gaat zitten, zachtjes pratend. De ouders lijken niet oud genoeg om zo'n groot gezin te hebben: een tienerzoon, een peuter en een baby met een vreemd gevormd hoofd. De vader, die een wit honkbalpetje laag over zijn voorhoofd heeft getrokken, ploft neer op zijn stoel en zegt tegen zijn kinderen dat ze zich koest moeten houden. 'Ze kunnen jullie helemaal tot in Iowa horen,' zegt hij tegen zijn vrouw, die zich verbaast over de prijzen op de menukaart.

'Je ging me vertellen hoe je hier terecht bent gekomen,' zeg ik tegen Carl.

'Mijn vrouw is twee jaar geleden gestorven. Busongeluk in Guatemala.'

'Wat erg voor je.'

'Ze was pas 43 jaar. Ze werkte er aan een documentaire. Een paar maanden later ging mijn zoon het huis uit om te studeren.' Hij maakt een pakje zoetstof open en strooit die in zijn koffie. 'Niets bond me nog aan Nevada.'

Ik overweeg heel even de mogelijkheid dat hij precies weet wie ik ben. Misschien herinnert hij zich mijn gezicht nog levendig van die dag op het strand. Misschien gaat hij nu terug naar de plaats van het misdrijf. Maar ik weet dat dit allemaal niet waar is. Weer een dood spoor, weer een mogelijkheid die op de slinkende lijst kan worden doorgestreept. Deze man is geen kidnapper, kindermisbruiker of moordenaar. Ik weet niet precies hoe ik dat weet, maar ik weet het gewoon. Met sommige mensen kun je jarenlang leven zonder ooit hun ware aard te ontdekken; anderen zijn een open boek waarin alle belangrijke passages onderstreept lijken te zijn.

Ons eten wordt geserveerd. Carl strooit zout en peper op zijn omelet. 'Alabama. Je bent ver van huis. Maar San Francisco lijkt me een stad waar je gemakkelijk van kunt gaan houden.'

'Vroeger wel.'

'Dat klinkt mysterieus.'

'Ik ben naar iemand op zoek.'

'O ja?'

'Een klein meisje. Ze is in juli van dit strand verdwenen.'

Zijn gezicht verandert: herkenning, medelijden. 'Ik heb erover gehoord, het was een paar weken volop in het nieuws.' Hij fronst. 'Heette ze niet Emily?'

'Emma. Ze *heet* Emma.'

'Sorry. Het moet verschrikkelijk zijn. Ik kan me het niet eens voorstellen.'

'Jij was er ook.'

'Pardon?'

'Op de dag dat ze verdween. Jij was er ook, op de parkeerplaats. Ik herinner me je auto. Je koplampen waren aan. Ik heb overwogen je te zeggen dat je ze uit moest doen, maar deed het toch niet. Je leek in je krant verdiept.'

Hij zet zijn koffie neer, staart me aan en opeens begrijpt hij het. 'Je dacht...'

Ik ga verzitten. 'Je was alleen. We liepen vlak langs je.'

'Heb je gewacht tot ik terugkwam?'

'Ja.'

'En?'

'Je bent het niet. Ik moest het zeker weten.'

'Herinner je je iets?' vraag ik. 'Heb je iets – of iemand – gezien dat verdacht leek?'

'Ik kan het me niet herinneren. Het was een zwaar jaar, alles loopt door elkaar.'

'Denk na. Wat dan ook. Het was zaterdag, 22 juli. Halfelf 's ochtends. Een koude dag, veel mist.

Hij concentreert zich, schudt zijn hoofd. 'Het spijt me.'

'Alsjeblieft.' Mijn stem is te hard, te wanhopig. De vader uit Georgia kijkt naar me. Zijn tienerzoon smeert boter op de toast van de peuter, terwijl de moeder zakjes suiker en koffiecreamer in haar tas propt. Ik demp mijn stem. 'Iets. Je moet je toch iets herinneren.'

'Het is maanden geleden. Ik had veel aan mijn hoofd.'

We lopen niet over het betegelde pad terug naar de parkeerplaats, maar doen onze schoenen uit en lopen het strand op. Het water kolkt rond onze enkels, ijskoud. Op Seal Rock blaffen de zeeleeuwen. 'Ik heb een appartement aan Stockton,' zegt Carl. 'Eentje met één slaapkamer met uitzicht op de baai. De eerste avond dat ik er was, hoorde ik een enorm lawaai van de pier komen, maar kon onmogelijk achterhalen wat het was. Het klonk als een stel honden. Uiteindelijk bedacht ik dat het de zeeleeuwen waren. Ik kon wekenlang niet slapen, dacht dat het een vergissing was geweest om hierheen te verhuizen. Maar na een tijdje hoorde ik het niet meer. Als ik nu mijn zoon op school bezoek, doe ik geen oog dicht; ik word stapelgek van de stilte.'

'Volgens mij kun je op den duur overal aan wennen,' zeg ik.

Er zit een Russische vrouw op een deken bij het water, pratend in haar mobieltje. Ze kijkt toe hoe haar man een blote, lachende baby telkens even in het water houdt.

'Zie je Emma's gezicht nog voor je?' vraagt Carl. 'Is het scherp?' 'Ja.'

'Dat van mijn vrouw begint te vervagen. Als ik mijn ogen dichtdoe, zie ik haar kapsel, de kleur van haar ogen, haar oorbellen. Maar ik kan me de vorm van haar gezicht niet meer herinneren. Dan ren ik naar het dressoir en pak ik haar foto, en dan komt het allemaal terug, maar de volgende dag begint ze weer te vervagen. En haar stem – ik hoor het allemaal niet meer.'

'Misschien is vergeten een onbewuste vorm van zelfbescherming,' zeg ik. 'Als we hen niet meer duidelijk kunnen zien of horen, wordt hun afwezigheid in de loop der tijd misschien minder pijnlijk.'

'Er is een regel uit een liedje van Tom Petty,' zegt Carl, terwijl hij een gebroken zanddollar in de branding schopt. Hij schraapt zijn keel en zingt: 'I remember the good times were just a little bit more in focus.'[8]

Ik herken het liedje 'Here Comes My Girl'. Hoewel ik me alleen de tekst en niet de melodie zelf herinner, ben ik me er op een of andere manier toch van bewust dat hij ietwat vals zingt.

43

Nells boeken liggen hoog opgestapeld op mijn nachtkastje. Omdat ik niet kan slapen, verdiep ik me er 's nachts in en maak aantekeningen, op zoek naar een manier om mijn geheugen op te frissen.

De Griekse dichter Simonides stond in 477 voor Christus aan de wieg van de geheugenkunst. Hij ontdekte zijn roeping bij toeval toen hij door de rijke edelman Scopas was uitgenodigd voor een banket. Bij dat banket citeerde Simonides een lang lyrisch gedicht, dat voor een deel Scopas bezong en voor een deel was gewijd aan de goden Castor en Pollux. De edelman was vervolgens kwaad dat hij de eer met de goden moest delen en weigerde Simonides zijn volle gage te betalen.

De dichter werd even later door twee jonge mannen weggeroepen van het banket. Simonides zou er uiteindelijk achter komen dat de twee jonge mannen Castor en Pollux zelf waren, die hem hadden weggeroepen om zijn leven te redden. Terwijl Simonides buiten stond, stortte het dak van de eetzaal in. Het bloedbad was zo groot dat de nabestaanden van Scopas en zijn gasten de lichamen niet meer konden identificeren om ze te begraven. Maar Simonides herinnerde zich nog precies waar elke gast aan tafel had aangelegen en kon zo de lichamen identificeren. Op grond van deze gebeurtenis formuleerde Simonides de methode van de loci.

De methode is simpel: stel je een echte of denkbeeldige plaats voor – bijvoorbeeld een huis of een kerk, inclusief meubels en de verscheidene kamers – en plaats in gedachten de dingen die je je wilt herinneren achter elkaar in die ruimte. Loop vervolgens door die ruimte en pik onderweg de objecten op.

Giulio Camillo uit Bologna breidde dit tijdens de renaissance verder uit door van hout een geheugentheater te bouwen als geschenk voor de koning van Frankrijk. Het theater bevatte markeringen, doosjes, ornamenten en beeldjes. Als je door dit theater liep en onderweg beelden en woorden plakte op de fysieke objecten die daar waren weggestopt, zou je alles kunnen onthouden wat je maar wilde, dacht Camillo. Iemand die twee uur in zijn geheugentheater verbleef, zou eruit tevoorschijn komen met het vermogen overal over te kunnen praten met de kennis van Cicero.

S., de man die niet kon vergeten, had nog nooit van Simonides of de methode van de loci gehoord. Maar als zijn arts hem een lijst met dingen of passages gaf om te onthouden, maakte S. een geestelijk wandelingetje over de Gorki-straat in Moskou. Tijdens het lopen plaatste hij in gedachten woorden en beelden bij bepaalde plaatsen in de straat: in etalages, bij monumenten, voor poorten. Om de onthouden passages op te kunnen roepen, hoefde hij zich alleen maar de geestelijke wandeling voor te stellen en op elk plekje zinnetjes op te rapen. Maar helaas wilde S. zich maar één ding herinneren en dat was hoe hij simpelweg kon vergeten.

De nacht nadat ik het stukje over Camillo's geheugentheater had gelezen, droom ik dat ik 's nachts op een groot gebouw in een leeg veld afloop. Het gebouw is wit en heeft geen ramen, en in het midden is een grote gewelfde deuropening. Als ik er binnenga, kom ik in een ingewikkelde doolhof van kamers, die allemaal vol decoraties staan: vazen en aardewerken beeldjes, zware gordijnen, doosjes van hout en zilver en jade in verschillende maten.

Ik loop langzaam door de kamers, pak potten op en draai die om. Er valt van alles in mijn handen: knikkers en plastic kralen, alfabetletters, verkreukelde velletjes blanco papier, paperclips en punaises, gebroken schelpen en stukjes hout. Er is een gouden kikker die wegspringt op het moment dat ik hem aanraak, en een stukje hard rood snoep, half opgegeten. Ik maak de doosjes open, kijk erin, maar vind alleen nutteloze dingen. Alle voorwerpen zijn zo klein dat ze in mijn hand passen, maar geen ervan heeft ook maar iets met Emma te maken, niet één ervan is de aanwijzing waarop ik hoop. Ik wandel door alle kamers, onderzoek uitgebreid elke mogelijkheid.

Als ik weer uit het gebouw kom, is het geen nacht meer. Een verblindende zon verlicht de buitenkant en het is niet langer een veld maar een plein, vol met handel en mensen: fietsen en verkopers en krantenstalletjes en kinderen die touwtjespringen, mannen in pak-

ken en vrouwen in zomerjurken. Terwijl ik me door de menigte
wurm weet ik dat ik ergens naartoe moet, maar ik kan me de plaats
noch de reden herinneren, noch wie daar op me zou kunnen wachten.

44

Dag 147.

'Hoe zou je je relatie met Emma omschrijven?' vraagt Deborah Haze. Deborah is de gastvrouw van een plaatselijke ontbijtshow. Haar wenkbrauwen zijn tot hoge, omgekeerde V's gebogen, zoals een kindertekening van een vogel. Deborah staat bekend om haar grote kanten kragen die doen denken aan kostuumdrama's, de donkere foundation die zij onder roestkleurig rouge draagt. Haar stijve blonde haar voegt een goede zeven centimeter toe aan haar kruin. Ik doe mijn best er niet naar te staren.

Deborah houdt in de weken voor Kerstmis een retrospectief van alle verhalen die de mensen het afgelopen jaar hebben geraakt. Emma's verhaal is nummer vier in de reeks. Ik heb Deborah Haze nooit gemogen, maar ik doe alles om Emma's gezicht weer op de televisie te krijgen.

'Zou je zeggen dat je meer een moeder of meer een vriendin voor Emma was,' vraagt Deborah.

'Ik probeerde een beetje van allebei te zijn.'

De aflevering wordt achter in een groot warenhuis opgenomen op een klein platform dat iedereen maar 'de huiskamer' blijft noemen. Op TV zien de banken er weelderig en uitnodigend uit, maar ze zitten in feite heel ongemakkelijk, met uitstekende veren op de meest gênante plaatsen.

'Je bent dus haar moeder en haar vriendin,' zegt Deborah, terwijl ze knikt en haar lippen stijf op elkaar perst alsof ik zojuist iets onthullends heb gezegd. 'Hoe vind je de balans?'

De lampen schijnen warm in mijn gezicht, het microfoontje trekt aan mijn revers. Deborah leunt naar voren, wachtend op een antwoord. Ik herinner mezelf eraan dat bij elke blik in een camera, bij alles wat ik in een microfoon zeg, mijn motieven worden beoordeeld

en de interesse in Emma's zaak staat en valt met hoe aardig ik over-
kom. Ik stel me een grafiekje voor dat de sympathie van de kijkers
weergeeft, waarvan de lijn na elke uitspraak van me daalt of stijgt.

'Nou, het is niet zo dat je zomaar, hup, van de ene op de andere
dag moeder bent,' zeg ik. 'Het kost tijd om een relatie op te bouwen,
de juiste balans te vinden.'

'Heb je ooit gedacht dat je er misschien niet klaar voor was? Heb
je je ooit afgevraagd of je haar moeder wel kon vervangen?'

'Ik vond het natuurlijk best eng. Ik ken niemand die totaal is voorbereid op kinderen. Maar ik probeerde niet haar moeder te vervangen. Ik zou haar stiefmoeder worden; daar zit verschil tussen.'

Ik had nog niet ontdekt wat dat verschil was. Als alles volgens
plan was verlopen, zou Emma mij dan ooit als moeder zijn gaan accepteren of zou ik er altijd net buiten blijven, een stap verwijderd
van familie? Een paar weken na de verloving vroeg Jake me toen
we samen het eten aan het klaarmaken waren: 'Hoe wil je genoemd
worden?' Ik stond met mijn rug naar hem toe champignons en knoflook te bakken op het fornuis.

'Mammie?' zei hij. 'Of mam?'

Ik draaide me om om hem aan te kijken. Jake moest de salade maken en hij had de klopper in zijn handen waarmee hij de dressing
had gemengd. Ik likte de klopper af. Het was een zurige, romige
dressing, die net zoet genoeg was. 'Vertel,' zei ik, om de vraag heen
pratend. 'Wat is het geheime ingrediënt?'

'Kan niet. Het is een familiegeheim van de Balfours.' Hij veegde
een druppel dressing van mijn kin. 'Of zou je iets zuidelijkers willen? Ik zie je wel als een mama.'

De knoflook pruttelde op het fornuis, de boter siste. Emma had
me altijd bij mijn voornaam genoemd; ik vertelde Jake niet dat ik me
niet kon voorstellen naar iets anders te luisteren. 'Mag ik je iets vragen?' vroeg ik.

'Wat je maar wilt.'

'Als Emma er niet was, zou je me dan ten huwelijk hebben gevraagd?'

Hij deed een stap achteruit. 'Wat?'

'Zou je met me willen trouwen als je geen kind had dat een moeder nodig heeft?'

'Kijk me aan,' zei Jake en hij plantte zijn handen stevig op mijn schouders. 'Als je niet bij me bent, denk ik aan je. Als we samen in bed liggen, voel ik me alsof ik weer negentien ben. Als ik iets interessants lees, ben jij de eerste aan wie ik dat wil vertellen en als ik een goede nieuwe plaat koop, ben jij de eerste voor wie ik die opzet. Ik hou van je om hoe je met Emma omgaat, maar ik hou ook gewoon van jóú. Begrepen?'

Ik knikte, glimlachte. 'Begrepen.'

Deborah leunt achterover in haar stoel, neemt een slokje uit een rode koffiemok, zet de mok precies op de mokvormige markering op de geboende tafel. Ik stel me de aantekeningen voor die ze in haar script heeft gekrabbeld: *hier een veelzeggende pauze*. 'Wat heeft dit voor invloed op jou en Jake, als ik zo vrij mag zijn? Ik heb begrepen dat jullie de bruiloft hebben afgezegd?'

Het interview ontspoort. Deborah doet uitspraken waarop geen redelijk antwoord te geven is en probeert me klem te zetten. Ik vraag me af wat er met de kijkcijfers van de zender zou gebeuren als ik nu bekende dat Jake en ik steeds minder praten, dat zijn genegenheid jegens mij is omgeslagen in wrok. Ik zou graag in huilen uitbarsten als ik zou denken dat we er Emma sneller door zouden kunnen vinden. Maar intussen houd ik mijn tranen in en probeer ik de vraag te omzeilen. Het gaat niet om Jake en mij. Het gaat om Emma.

'Niet afgezegd, alleen uitgesteld. Als we haar gevonden hebben, gaan we weer over trouwen denken.'

'Denk je nog dat dat mogelijk is?'

'Jazeker.'

Deborah tikt met haar nagels op haar notitieblok en gooit het over een andere boeg.

'Kon je goed opschieten met Emma?'

'Heel goed. Het is een lief kind.'

'Jullie mochten elkaar wel?'

'Nou en of.'

Deborah knippert met haar ogen; haar met mascara bedekte wimpers hebben iets spinachtigs.

'Ze had zoals elk kind opstandige momenten,' zeg ik. Ik hoor mezelf praten, vertel te veel, probeer de lege lucht te vullen. 'Natuurlijk probeerde ze me wel eens op de kast te jagen, maar dat is normaal.'

'Juist, ja,' zegt Deborah. Ik stel me voor hoe de lijn op de kijkerssympathiegrafiek een diepe val maakt. Deborah neigt haar hoofd opzij en glimlacht. Op haar tanden zit een glad laagje vaseline. 'Dus je leeft van dag tot dag?' Deze vraag stelt ze iedereen die ze interviewt. Het is haar afsluitende vraag, haar handelsmerk.

'Ja.'

'Meer kan een mens niet doen, denk ik. Bedankt dat je hier wilde komen.'

'Dankjewel.'

Deborah wendt zich naar de camera. 'Later in dit programma bekijken we dit verhaal vanuit een ander perspectief.'

Ze blijft nog ongeveer twee seconden glimlachen. Een man die onder aan het platform staat met een klembord in z'n handen, zegt: 'Stoppen maar' en prompt verdwijnt Deborahs glimlach. Ze haalt het microfoontje van haar kraag en staat op.

'Wat bedoel je met een ander perspectief?' vraag ik.

'Ik hoor altijd graag meer dan één kant van een verhaal.'

Ze geeft me een hand; ze zou pecannoten kunnen kraken met die greep. 'Veel succes,' zegt ze, terwijl ze zich weghaast van de set. Een magere jongen in een flanellen houthakkershemd vliegt achter haar aan met een mobieltje en een bekertje koffie.

Er komt iemand de microfoon van mijn revers losmaken. Zijn hand strijkt over mijn borst. 'Sorry,' zegt hij, maar ik zie dat hij het niet meent.

Op weg naar buiten zie ik in de lobby Deborahs volgende gast, gekleed in een zwarte trui, zwarte broek en parelketting. Het is Lisbeth. Ze is afgevallen, heeft highlights in haar haar laten maken.

'Hallo,' zegt ze, en werpt een onlangs gebleekte glimlach mijn kant op.

Ik probeer de schrik op mijn gezicht te verhullen. Ik mag die vrouw die ik aan het worden ben niet, hou er niet van dat Lisbeth mij louter door haar aanwezigheid zo kwaad, zelfs jaloers kan maken. Toen Jake en ik elkaar net kenden, liet hij er geen twijfel over bestaan dat hij blij was dat Lisbeth uit zijn leven was verdwenen. Hij vertelde me ooit dat hij inmiddels meer van mij hield dan hij ooit van haar had gehouden. Ik geloofde hem. Dat doe ik nog steeds.

Maar er is één ding waar ik geen invloed op heb. Ondanks haar fouten, ondanks alles waarmee ze hem heeft gekwetst, zal Lisbeth voor Jake iets vertegenwoordigen wat mij onmogelijk is: een band met Emma. Het was Lisbeth die haar in haar baarmoeder droeg, Lisbeth die dat mooie meisje op de wereld heeft gezet. Ergens zal Jake Lisbeth beslist zien als degene die hem Emma heeft geschonken. En hij zal mij zien als degene die haar heeft weggenomen.

45

De week voor Kerstmis belt Annabel me om te vertellen dat ze me met iemand wil laten kennismaken. 'Ze heet dr. Shannon. Ze is een therapeute.'

De lichtjes in mijn kerstboom schitteren. Op de vloer staan versieringen die ik vorig jaar tijdens de geldinzamelingsactie op Emma's school kocht: een houten rendier met takjes in plaats van een gewei, een klein blauw geverfd metalen wagonnetje, een engel met glinsterende gouden vleugels. Ik had zo'n beeld van hoe kerst zou zijn: Jake en Emma en ik tuigen samen de boom op, met de muziek van Booker T op de achtergrond en sinaasappelschillen zachtjes pruttelend op het fornuis. Op kerstavond Jake in een kerstmanpak, die luidruchtig de cadeautjes onder de boom legt.

'Luister je wel?' vraagt Annabel.

'Ik denk gewoon niet dat therapie zal helpen.'

'Dr. Shannon is geen psychiater. Ze is gespecialiseerd in hypnose.'

Het miniatuurengeltje heeft gouden haar en een porseleinen gezichtje waar piepkleine kenmerken op geschilderd zijn. Felrode lippen, een stipje als neus. Ze mist een oog.

'Dat heb ik al eens geprobeerd, weet je nog?'

'Ik weet het,' zegt Annabel, 'maar deze wordt sterk aanbevolen. Ze is aan Stanford gepromoveerd in de moleculaire biologie en heeft interessante artikelen over hypnose gepubliceerd. Haar praktijk is in Palo Alto en ze heeft directeuren van een aantal topbedrijven behandeld, om maar te zwijgen over die senator in Delaware wiens assistent een paar jaar geleden werd vermoord.'

'Waarom zou ze mij willen zien, denk je?'

'Rick heeft net een van haar grootste klanten een dienst bewezen bij de rechtbank. Ze staat bij hem in het krijt. Ze heeft toegezegd dat ze je zal ontvangen, maar ze kan je pas eind januari zien. Ze verwacht een telefoontje van je.'

'Echt waar?'

'Echt waar,' zegt Annabel. 'Beschouw het maar als een kerstcadeautje.' Ze schraapt haar keel, is even stil.

'Wat is er aan de hand?'

'Er is niks mis. Alleen...'

'Wat?'

'Er ligt een brief,' zegt ze, in een oude bewoording van onze vader. 'Weet je wel, in de brievenbus.'

Ik slik heftig, probeer de juiste woorden te bedenken. 'Dat is geweldig. Hoe lang weet je het al?'

'Ik ben bijna acht weken zwanger.'

'Wanneer ben je uitgerekend?'

'17 Juli.'

'Waarom heb je het me niet verteld zodra je het wist?'

'Rick en ik hadden besloten een paar maanden te wachten voor we het nieuws de wereld in zouden brengen.'

'Gefeliciteerd. Het is fantastisch nieuws.'

In gedachten sla ik aan het rekenen. Ze moet ongeveer drie maanden na Emma's verdwijning zwanger zijn geworden. Zouden zij en Rick besloten hebben nog een kind te nemen *vanwege* Emma? Ik herinner me een gesprek tussen ons toen ze zwanger was van Ruby, haar tweede kind. 'Ik kan me niet voorstellen dat ik er maar één zou hebben,' had ze gezegd. Ik zat op een harde stoel in een artsenpraktijk, en zij lag op de onderzoekstafel. Op het scherm klopte een klein wit dingetje in zijn donkere, mysterieuze zak. Ik tuurde naar dat grote hoofd, het kleine opgekrulde lichaampje, dat levende ding dat in de baarmoeder van mijn zusje groeide, en ik vroeg me af of ik ooit de moed zou hebben een baby op de wereld te zetten. 'Stel dat er iets gebeurde met je kind?' had ze gezegd. 'Hoe zou je het volhouden als je niet een ander kind had om voor te zorgen?'

'Was het gepland?' vraag ik nu.

'Nauwelijks.'

'Wat vindt Rick ervan?'

'Hij is een beetje zenuwachtig, maar gelukkig.'

Ik probeer de geëigende vragen, alle normale reacties te bedenken. Ik zou moeten vragen of ze het geslacht van het kind willen weten, of ze een kamer gaan bijbouwen in hun huis. Ik zou moeten vragen of Rick ouderschapsverlof neemt en hoe Annabel met Ruby zal omgaan als de baby er eenmaal is. In plaats daarvan zit ik te snikken boven mijn koffie.

'Abby? Gaat het wel?'

'Sorry, het is alleen...'

'Luister,' zegt ze. 'Ik heb op internet gekeken. In 1999 werd er uit een park in Nashville een jongetje ontvoerd. Hij werd zes maanden later ontdekt in een appartement dat maar twee straten van zijn huis lag. In 2001 werd een meisje van vijftien gekidnapt in Houston en de grens over naar Mexico gebracht. Ze hebben haar pas vorig jaar gevonden. Ze woonde bij haar ontvoerder in Tijuana. Detroit, 2003. Een meisje van negen opende het portier van een auto die tachtig reed en sprong eruit. Ze belandde in een greppel en werd gered door een jogger. De kidnapper werd een uur later gearresteerd en het meisje werd ereburger van de stad.'

'Wat wil je daarmee zeggen?'

'Dat er nog hoop is. Er gebeuren soms wonderen. Ze zijn zeldzaam, maar ze gebeuren wel.'

Ik plak Emma's gezichtje in die scenario's: Emma die uit een rijdende auto springt; Emma die de grens oversteekt; Emma die ongedeerd uit de voordeur van iemands huis stapt.

'Liefs voor haar,' zegt een stem op de achtergrond. Het is Rick. Ik stel me voor hoe Annabel met gestrekte benen en een kussen in haar rug op bed zit, met Rick naast haar, zijn hand op haar buik.

'Voor hem ook,' zeg ik.

Ze maakt een kusgeluidje in de telefoon. 'Ik ga ophangen. De badkamer roept.'

'Annabel?'

'Hmm?'

'Ik ben heel blij voor je.'

'Weet ik.'

Nadat we hebben opgehangen drink ik wat scotch en probeer ik moed te verzamelen om Jake te bellen. Als ik hem uiteindelijk aan de lijn krijg, klinkt hij slaperig, of misschien gewoon somber. 'Hoi,' zeg ik. 'Ik heb problemen met mijn boom. Het is eenzaam werk. Zin om hier te komen?'

'Ik denk niet dat dat er vanavond in zit.'

'Ik maak eggnog.'

'Een andere keer?'

Een vrouwenstem zegt op de achtergrond: 'Ik kom er zelf wel uit.'

'Lisbeth is hier,' zegt Jake, voor ik iets kan vragen.

'Wat?'

Aan zijn kant van de lijn slaat een deur dicht. Ik stel me voor hoe hij naar het raam loopt en naar buiten gluurt om te zien of ze veilig in haar auto komt, zoals hij vroeger bij mij deed.

'Ze kwam langs,' zegt hij. 'Ik heb haar niet gebeld en uitgenodigd of zo.'

'Die terugkeer-act stoort je niet?'

'Natuurlijk wel.'

'Daar is weinig van te merken.'

'Dat is niet eerlijk,' zegt hij.

'Hoe kun je haar laten terugkeren in je leven terwijl je mij weg-duwt?' Ik haat de wanhoop die in mijn stem kruipt, maar ik kan er niets aan doen. Het verlies van Emma was een vernietigende klap. Het verlies van Jake is een mogelijkheid die ik niet kan bevatten.

'Ik probeer alleen maar me hier doorheen te slaan,' zegt Jake. 'Ik weet niet hoe ik het moet uitleggen, maar met Lisbeth kan ik me dingen herinneren.'

'Wat voor dingen?'

'Kleine dingen die voor een ander onbelangrijk zijn,' zegt hij. 'Toen Emma net was geboren, bijvoorbeeld, keek de vrouw met wie we de ziekenhuiskamer deelden de hele nacht naar *The Price is Right*, met het volume behoorlijk hard, en ze had steeds ruzie met de ver-pleegsters omdat die wilden dat ze haar baby borstvoeding gaf en die vrouw wilde een fles. En ik weet nog dat ik daar naar Emma zat te kijken, dat piepkleine baby'tje met een hoofdje vol donker haar, en me verbaasde dat ze door alle herrie heen kon slapen. Ik weet nog dat ik compleet versteld stond van die rustige, mooie baby – ik kon maar niet geloven dat ze van mij was.'

Wat kan ik daarop zeggen? Hoeveel ik ook van Emma houd, er

zijn dingen waar ik gewoon niet bij was, sommige dingen die Jake en Lisbeth altijd zullen delen.

'Herinner je je haar optreden bij *Bay Area Morning* nog,' zeg ik rustig.

'Ja.'

'Ze zei nota bene dat ze Emma míste. Na alles wat ze heeft gedaan.'

'Ik denk dat ze het meende. Ik vergeef haar niet. Ik zeg alleen maar dat het ingewikkeld is.' Hij zucht, het soort zucht dat betekent dat we dit al hebben besproken, laat het rusten. Maar we hebben het nog niet besproken, niet echt.

'Ze is Emma's moeder,' zegt hij ten slotte. 'Daar kun je niet omheen.'

Het woord 'moeder' valt als een dood gewicht op mijn oren. Hij heeft natuurlijk gelijk. Ik herinner me mijn eigen ouders, hoe die zich 25 jaar door een belabberd huwelijk heen sloegen om maar één simpele reden: ze hadden twee kinderen.

Ik hoor nog de stem van mijn moeder, een paar weken voor haar dood, nu bijna vijf jaar geleden. 'Kinderen krijgen is het beste dat ik in mijn leven heb gedaan,' zei ze. En ik weet nog dat ik dacht dat ik dat niet wilde zeggen op mijn sterfbed. Ik wilde niet dat het moederschap hetgeen was dat mij bepaalde, dat mijn leven de moeite waard maakte. Ik wilde ook iets anders: ik wilde dat mijn wérk mij zou onderscheiden. Ik had dit in het verleden mijn moeder proberen duidelijk te maken en ze had me altijd met enig medelijden bekeken, alsof ik treurig misleid was, alsof ik een of andere essentiële morele kern miste.

Toen ik tien was en Annabel acht, kocht onze moeder voor ons een boek over voortplanting. Op een zondag ging ze na de kerk met ons op de bank zitten en begon ze uit te leggen wat er gebeurt als twee mensen die zijn verbonden in het gezegende huwelijk God om een kindje bidden. Ze gaf wat buitengewoon vage informatie over een slaapkamer en Gods goddelijke wil, sloeg toen het boek open en liet ons de foto's zien. Er was een tekening van een zwangere vrouw van opzij: lang haar, slanke benen, pronte borstjes, een licht gewelfde buik. Onder in die buik lag een zak, en in die zak lag een soort krulletje, dat zo klein was dat toen mijn moeder naar de foto wees, het krulletje geheel verdween onder haar vingertop.

'Is dat de baby?' vroeg Annabel, en duwde mijn moeders hand weg.

'Ja.'

'Hij lijkt op een zeepaardje,' zei ik. Ik voelde me al meteen teleurgesteld over dat hele babygedoe. Ik herinnerde me de zeepaardjes van Everlasting Toys die per post waren gekomen, en die niets bijzonders bleken te zijn.

'Dat is het prilste begin,' zei mijn moeder terwijl ze de bladzijde omsloeg. Op het volgende plaatje stond een iets grotere buik, en dit keer zat er een klein buitenaards ogend dingetje met een groot hoofd en visachtige ledematen in de zak. De laatste tekening was van een ingebakerde pasgeborene. Ze deed het boek dicht en klopte op onze hoofdjes. 'Ooit zullen jullie allebei zelf baby's hebben.'

'Ik wil er zeven,' zei Annabel.

'Hoeveel wil jij er?' vroeg mijn moeder, waarbij ze mijn kin optilde en glimlachend op mij neerkeek. Ik weet nog dat ik me bevoorrecht voelde, omdat ze zich maar zelden zo toegenegen toonde. Maar ik voelde me ook bedroefd, alsof zij en Annabel iets deelden waar ik buitenstond. Baby's waren lief en zacht, ik vond ze leuk, maar ik kon me niet voorstellen dat ik zo'n raar ding binnen in me zou hebben groeien, net zoals ik me niet kon voorstellen dat ik zou doen wat er blijkbaar aan voorafging: de vage, verontrustende daad die zij het gezegende huwelijk noemde. Ik probeerde het juiste antwoord op haar vraag te bedenken, iets wat haar niet zou teleurstellen.

'Drie, misschien?' zei ik, terwijl ik opkeek naar haar zachte ogen. Ze droeg kleine gouden oorringetjes, en haar adem rook te sterk naar koffie. Ik vroeg me af of ze wist dat ik loog.

46

'Wapenstilstand,' zegt Jake. Het is kerstavond en hij staat voor mijn deur met kaartjes voor de uitvoering van het San Francisco Gay Men's Chorus in het Castro Theatre. 'Wil je mijn date zijn?'

'Natuurlijk,' zeg ik. 'Ik moet me alleen even verkleden.'

Dit is iets wat we vorig jaar deden en wat Jake de afgelopen tien jaar elk jaar heeft gedaan. Ik weet dat hij zich inspant normaal te doen, alsof er iets te vieren valt, alsof Kerstmis nog steeds iets voor hem betekent. Maar we zijn niet zo goed in doen alsof en in de pauze gaan we weg. Vorig jaar namen we Emma voorafgaand aan de voorstelling mee naar Cable Car Joe's voor haar favoriete maaltijd: een hamburger, uienringen en een milkshake. We aten daar zo vaak dat Joe Emma's naam kende en voor we weggingen gaf hij haar een cadeautje: een teddybeertje van een goede tien centimeter dat een t-shirt met het Cable Car-logo erop droeg.

Dit jaar bestellen we gewoon een paar sandwiches bij A. G. Ferrari in de straat tegenover het Castro en nemen die mee naar Jake. We eten in de zitkamer en staren naar de boom, die lichtjes maar geen versiering heeft.

'Ik miste de overtuiging,' zegt Jake.

Hij heeft alleen maar een boom omdat een paar leraren van zijn school die op een avond kwamen brengen en erop stonden dat hij hem aannam. Ze plantten de boom in de houder, plaatsten hem voor het raam, vonden de doos met kerstspullen in de garage en hielpen hem de lichtjes op te hangen.

De vloer onder de boom is kaal. 'We moeten er op zijn minst een paar cadeautjes onder leggen,' zeg ik.

'Ik heb mijn lesje geleerd op haar verjaardag. Mijn hart breekt als ik naar cadeautjes kijk die ze toch nooit zal uitpakken.'

Ik vertel hem niet over mijn eigen aanval van koopwoede, de tientallen cadeautjes die ingepakt in de kast in mijn hal liggen gepropt, allemaal speciaal voor haar uitgekozen: een paar kunstschaatsen, omdat ik haar beloofd had dit jaar naar de buitenbaan in het Embarcadero te gaan; de roze gebreide sjaal en bijpassende muts; de American Girl-pop met een klein koffertje en een parasol. Dingen die ik op krediet heb gekocht, die ik me niet kan veroorloven. Ik heb ze allemaal binnen een dag gekocht, rende van de ene winkel naar de volgende, griste alles mee waarvan ik dacht dat ze het leuk zou vinden. Toen ik voor haar aan het winkelen was, voelde ik me gelukkig, misschien omdat ik door de fysieke daad van dingen pakken en bij de kassa afrekenen de belachelijke hoop kon koesteren dat Emma de pakjes zou openmaken met kerst. Toen ik thuiskwam en de cadeaus uitstalde op de vloer, vervloog dat geluksgevoel. Ik stopte alles in de kast en zwoer dat ik alles de volgende dag zou terugbrengen. Dat was twee weken geleden en ik heb me er sindsdien nog niet toe kunnen zetten de kast te openen.

'Vind je het goed als ik blijf slapen?' vraag ik.

'Tuurlijk,' zegt Jake, maar hij komt niet naar me toe terwijl hij het zegt en ik voel dat hij liever alleen is.

'Morgen dan maar, misschien,' zeg ik. En dan kan ik het niet laten naar Lisbeth te vragen. 'Ze is niet...'

'Nee,' zegt Jake, 'ze is niet hier. Ze is met Kerstmis bij vrienden aan de oostkust.'

'O,' zeg ik, en voel me onnozel en opgelucht.

Jake pakt mijn hand. 'Je hoeft je op dat gebied totaal geen zorgen te maken, oké?'

'Oké.' Het is zo'n opluchting hem dat te horen zeggen, om in zijn ogen te lezen dat hij het meent.

Ik bel hem op eerste kerstdag, laat op de ochtend, maar hij ligt nog in bed. 'Ik ben vandaag liever alleen,' zegt hij. 'Ik heb nog wat werk te doen.'

'Maar het is Kerstmis.'

'Het gaat beter als ik doe alsof het dat niet is.'

David van Ouders van Vermiste kinderen heeft me bij hem thuis uitgenodigd voor een feestje, maar ik heb een smoes verzonnen om er niet heen te hoeven. De meeste gasten zullen van de steungroep zijn en ik kan niet tegen dat vermeerderde verdriet, de onvermijde-

214

lijke tranen, de verhalen over vorige feestdagen. In plaats daarvan ga ik die dag naar Nell. De hele dag komen er vrienden van haar dode zoon Stephen langs om even gedag te zeggen. Ze geeft hun eggnog en koekjes en zij geven haar kleine, perfect in duur papier ingepakte cadeautjes. Tegen tienen is de laatste bezoeker vertrokken. 'Ik kan niet naar huis gaan,' zeg ik. 'Ik denk niet dat ik vannacht alleen kan zijn.'

'Natuurlijk niet,' zegt Nell. 'Blijf maar hier. Je weet niet half hoe lekker deze bank ligt.'

Ze pakt dekens en een kussen en we blijven tot diep in de nacht gin rummy spelen. Ik houd de score bij op een notitieblokje en probeer me zonder succes op het spel te concentreren. Op een gegeven moment is de inkt van mijn pen op en Nell haalt een potlood uit de weckpot in haar keuken. Het potlood is breed en plat en ik sabbel op het gele hout waardoor er een jeugdherinnering bij me opkomt.

'Waar heb je dit gekocht?' vraag ik.

'Ik geloof dat ik het heb gejat bij de Home Depot.'[9]

'Gek, de smaak en de geur voeren me helemaal terug. Toen ik klein was, was mijn vader aannemer en soms nam hij me mee naar bouwplaatsen. Hij had van die grote, platte potloden, net zoals dit, waarmee hij het hout markeerde en ik mocht ermee tekenen op triplex om mezelf bezig te houden.'

'Dat heeft een bepaalde naam, weet je,' zegt Nell. 'Het is een proustiaanse herinnering, zo genoemd naar de madeleine in de lindebloesemthee in *De kant van Swann*. Volgens wetenschappers behoren olfactorische herinneringen tot de emotioneelste die we hebben omdat de reuk het enige zintuig is dat nauw verbonden is met het limbisch systeem, het gedeelte van de hersenen dat verantwoordelijk is voor emotie. Na Stephens dood ben ik mijn kleren naar zijn stomerij gaan brengen en liet ik zelfs mijn blouses stijven, wat ik nooit eerder heb gedaan, omdat het stijfsel dat ze gebruiken mij aan hem doet denken. Als ik mijn ogen dichtdoe als ik zo'n blouse aan heb, is het bijna alsof hij bij me in de kamer is.' Ze glimlacht en neemt een kaart van de stapel. 'Behoorlijk maf, hè?'

'Niet echt,' zeg ik. 'Ik ben vorige week gaan winkelen voor Emma. Ik heb voor haar de Tinkerbell-nagellak gekocht die ze altijd op had. Toen ik thuiskwam, heb ik hem zelf op gedaan. Een gruwelijke tint roze. Ik heb twee laagjes opgebracht en dronk drie glazen wijn en liet me wegdrijven, denkend aan haar, en weet je wat nu zo fijn was? Ik heb over haar gedroomd. Ik heb sinds haar verdwijning heel vaak over haar gedroomd, maar het is altijd een nachtmerrie waarin ik naar haar op zoek ben en haar niet kan vinden, of ik probeer haar van iets vreselijks te redden. Deze droom was anders. We waren in het aquarium, het oude in het park voor dat dichtging, en we keken naar de zeesterren, en we waren allebei gelukkig. Het was een heerlijke droom, het was alsof ze bij me was. Maar toen werd ik wakker.'

'Dat is nou zo jammer aan dromen,' zegt Nell. 'Je hebt altijd dat deel waarin je wakker wordt.'

47

Emma droeg die dag op Ocean Beach blauwe canvas schoentjes, maat 35, met een lachend aapje op de zijkant en haar naam in rode letters op de neus geborduurd.

Op zaterdag 3 januari belt Sherburne om ons te vertellen dat er door een toerist een schoentje is gevonden. Het zat tussen een stapel keien geklemd op Baker Beach in de Presidio, ongeveer vijf kilometer ten noorden van Ocean Beach.

'Ik was natuurlijk gekleed,' vertelde de man die het had gevonden aan de politie. 'Ik wist niet eens dat het een naaktstrand was tot ik er aankwam en dacht: wat kan het mij bommen, ik kan net zo goed een wandelingetje maken, je leeft maar een keer.'

Het is een kort strand. Er valt niet veel te wandelen. Je kunt foto's van de Golden Gate Bridge nemen, een boek lezen, kijken naar de naakte mannen die zonnebaden in de kou. Bij gebrek aan activiteit let je misschien op elk detail, zoals een schoentje dat tussen een stapel keien geklemd zit. Ik stel me voor hoe de man zich buigt en het schoentje lostrekt om maar iets te doen te hebben en niet de indruk te wekken dat hij naar de naakte mannen kijkt. Hij heft net zijn arm op om het schoentje in zee te gooien als zijn oog op de deels geborduurde naam valt.

Hij vertelde de politie dat hij Jake bij *Today's Show* had gezien, en Jakes beschrijving van Emma's schoenen en kleren had gehoord. Hij zei dat hij het zich vermoedelijk niet zou hebben herinnerd als zijn kleindochter niet een paar had gehad dat er heel erg op leek.

Wat voelt hij dan? Medelijden met de vader, die bange en smekende man met het verwarde haar en een bril? Of misschien voelt hij zich even heel blij en opgewonden dat hij degene is die het schoentje vindt. Al die politiemensen, al die vrijwilligers, al die tijd dat er is gezocht, en hij, een computerverkoper uit Dallas, hij is het die de aanwijzing vindt. Misschien stelt hij zich zelfs het TV-interview voor waarin hij over de ontdekking vertelt, zijn eigen vijftien minuten roem.

Hoe gemakkelijk was het voor hem geweest een andere kant op te kijken, om zijn blik op een verre surfer of schelp of zonnebader te laten rusten, in plaats van op die stapel stenen. Ik wil dat het zo is gegaan, ben altijd bezig met de geestelijke poging de klok terug te draaien, de gebeurtenissen uit het verleden te herschikken.

Maar het schoentje is gevonden. De politie heeft nu bewijs, hoe indirect ook, voor hun theorie dat Emma is verdronken. Erger nog, Jake heeft iets om in te geloven, een mager bewijs dat het waar is.

Als hij het nieuws van Sherburne hoort, is zijn eerste reactie er een van angstige verbijstering. 'Weet je zeker dat hij van haar is?'

Ik sta in de keuken in een grote pan soep op het fornuis te roeren en hoor alleen Jakes gedeelte van het gesprek.

'Wat is van haar?'

Jake dekt het mondstuk af en wendt zich naar mij. 'Ze hebben een schoentje gevonden.' Hij drukt de speakerknop op de telefoon in en Sherburnes stem vult de keuken.

'We zijn er behoorlijk zeker van,' zegt hij. 'Maar je moet hem natuurlijk eerst zien voor het vaststaat. Ik breng hem vanmiddag even langs zodat je hem kunt bekijken.'

'We komen naar jou toe,' zegt Jake.

'Hoeft niet, ik ben in mijn auto, net aan de andere kant van het park. Ik ben er over tien minuten.'

'Bedankt,' zegt Jake. En dan, heel vreemd: 'Heb je al gegeten? Abby maakt aardappel-preisoep voor de lunch. Eet met ons mee.'

Ik bedenk hoe raar het is dat je zelfs onder de ergste omstandigheden je manieren behoudt, dat Jake zich tijdens deze hele beproeving, toen zijn wereld instortte, uiterst beheerst heeft gedragen. Ik heb hem in het openbaar nog nooit zijn zelfbeheersing of kalmte zien verliezen. Alleen op onze meest besloten momenten ving ik een glimp van de intensiteit van zijn angst op.

'Dank je,' zegt Sherburne.

Jake hangt op, loopt naar de porseleinkast en haalt er drie van zijn mooiste kommen uit. Het is een vertederende gewoonte van hem: hij gebruikt altijd het mooie servies als er gasten komen, hoe informeel of spontaan de gelegenheid ook is. Er valt een kom kapot op de vloer. Hij vloekt, knielt en begint met zijn blote handen de scherven op te pakken.

'Je bloedt,' zeg ik en buig me om hem te helpen.

Hij gaat door met scherven rapen, zich niet bewust van het bloed.

'Hij kan niet van haar zijn, of wel?'

'We zullen wel zien. Ga je hand afspoelen. Ik ruim dit wel op.'

Hij maakt geen aanstalten om op te staan. Hij zit daar geknield, met in zijn gebogen handen de scherven, en kijkt me ongelovig aan.

'Wat betekent het als het haar schoentje is?' vraagt hij.

'Het hoeft niets te betekenen.' Ik probeer kalm te blijven, mijn angst voor hem te verbergen. Probeer op dit moment de evenwichtige te zijn, ook al voel ik vanbinnen de paniek opkomen.

Ik heb net met de stofzuiger de laatste scherven opgezogen als er wordt aangebeld. 'Ik doe wel open,' zegt Jake. Zijn stem klinkt niet goed, dit hele moment voelt niet goed. Ik denk aan Sherburne aan de andere kant van de deur, met in zijn hand het eerst echte bewijs dat sinds het begin van deze nachtmerrie boven water is gekomen.

Vanuit de keuken hoor ik Jake de voordeur openen. 'Kom binnen,' zegt hij.

Sherburne speelt de beleefde gast: 'Het ruikt verrukkelijk.'

Ik loop de woonkamer in, geef Sherburne een snelle zoen op de wang en hoor mezelf monter meespelen in dit vreemde spel van vermijding. 'Het is niets bijzonders, alleen maar soep. Het is het enige dat ik kan maken, op koekjes en jus na.'

Het bovenste knoopje van Sherburnes witte overhemd staat open. Ik herken de das; het is dezelfde die hij droeg op de avond dat hij ons naar het politiebureau bracht. Hij ziet dat ik ernaar kijk. 'Een cadeautje,' zegt hij, terwijl hij de punt optilt. 'Van mijn dochter. Ze vroeg vanochtend of ik hem wilde omdoen en ik kon geen nee zeggen. Ze kan me om haar vingertje winden, die kleine; je weet hoe meisjes zijn.'

Die laatste zin hangt in de lucht en we kijken elkaar allemaal ongemakkelijk aan, zonder goed te weten hoe het nu verder moet.

'Sorry,' zegt Sherburne blozend. Hij schraapt zijn keel. 'We moeten maar gaan zitten, lijkt me.'

'Natuurlijk,' zegt Jake. Jake en ik gaan op de bank zitten en Sherburne laat zich in de stoel tegenover ons zakken. Jake pakt mijn hand en houdt die stevig vast.

Sherburne haalt een plastic zak uit zijn jaszak. Er zit een witte sticker op met daarop een reeks getallen en letters en het woord Balfour, met de hand geschreven met zwarte inkt. Hij doet de zak open, haalt er een schoentje uit en legt het voor ons op de salontafel.

Het schoentje is verfomfaaid en ruikt zilt, smerig, zoals de boormosselen die Emma altijd opgroef op Ocean Beach. Ooit stuitte ik op een potje ongewassen exemplaren dat was weggestopt in een mand onder haar bed. De diertjes waren in hun schelp gestorven en toen ik het potje openmaakte, drong de dompige, vissige lucht de kamer binnen.

Eerst zie ik de neus van de schoen, waar Emma's naam heeft gestaan. Het borduurwerk is zo goed als verdwenen, maar er zitten nog wat stukjes van de E, een m en de a. Het rood is verbleekt naar roze. Er zit een gat in de zijkant waar de neus van de aap had moeten zitten.

Jake blijft een paar seconden roerloos naar het schoentje staren. Dan strekt hij zijn arm om het aan te raken en laat hij zijn vingers over de gehavende stof gaan. Zijn vingers trillen. Hij begint te huilen, heel zachtjes. Hij pakt het schoentje op en wiegt het in zijn beide handen.

Sherburne zit er zwijgend bij. Ik merk dat ik naar die das blijf staren om maar niet Emma's schoentje, Jakes gezicht te hoeven zien.

Ik heb een herinnering uit mijn kindertijd, aan een zondagmiddag in Alabama. Ik herinner me nog de schoenen die ik droeg: witte sandalen met een heel klein hakje, de eerste schoenen met een hakje die ik ooit had. Ik moet ongeveer elf jaar oud zijn geweest. We hadden net geluncht en ik hielp mijn moeder bij het afwassen. Ik moest steeds denken aan iets wat de predikant die ochtend in de kerk had gezegd. Hij had gezegd dat iedereen keuzen moest maken en dat de keuzen die we maken bepalen of we na onze dood naar de hemel of naar de hel gaan. Mijn moeder gaf me het bestek aan, stuk voor stuk. 'Zou het niet beter zijn om niet geboren te worden?' vroeg ik.

Mijn moeder stopte met afwassen en keek omlaag naar mij. 'Wat?'

'Als je wordt geboren, ga je misschien naar de hel. De hel is het ergste dat je kan overkomen.'

'Maar je kunt ook naar de hemel gaan,' zei mijn moeder. 'En dat is het mooiste dat je kan overkomen.'

'Maar als je niet wordt geboren,' redeneerde ik, 'dan zou het niet uitmaken dat je niet naar de hemel ging omdat je niet eens zou weten dat die bestaat. Ik wou dat ik nooit geboren was.' In de loop der tijd hield ik op me zorgen te maken over de hel. Voor het eerst in mijn volwassen leven komt diezelfde existentiële vraag weer bij me op en ik stel me met afgunst een alternatief scenario voor, een waarin ik nooit mijn plaats op de wereld innam.

Ik zit op de bank, Jake ligt met zijn hoofd op mijn schoot. De lampen in de woonkamer zijn uit, uit de stereo klinkt zachte muziek. De geur van de ongegeten soep vult het huis. In de uren na Sherburnes vertrek hebben we onszelf uitgeput met huilen en praten, het doornemen van de mogelijkheden. Ons gesprek ging maar rond, in eindeloze kringetjes. Het begon al uren geleden te schemeren. We zagen door het raam aan de voorkant de mist de avenue op kruipen. Op een gegeven moment zei Jake dat het misschien tijd was de commandopost te sluiten.

'We weten nu tenminste dat ze niet lijdt,' zegt hij ten slotte. Het heeft hem uren gekost om tot deze conclusie te komen, om zichzelf van de waarheid te overtuigen. Nu hij voor deze versie van het verhaal heeft gekozen, is het alsof hem onomstotelijk bewijs is voorgelegd. 'Ze is tenminste niet bang, ze heeft geen pijn.'

In de maanden sinds Emma's verdwijning was er zo'n ernst in Jakes uitdrukking, zo'n spanning, dat hij er steeds minder uitzag als de man met wie ik zou gaan trouwen. Terwijl de uren vandaag voortkropen, begon er iets van zijn oude uitdrukking terug te komen: een ontspanning van de kaak, een gladde wenkbrauw. De blik in zijn ogen grenst nu aan vredig.

Ik voel die vreemde opluchting niet. Ik voel me beroerd. Ik weet dat hij omwille van zijn eigen gezondheid moet geloven dat ze dood is; dat is gemakkelijker dan de mogelijkheid te accepteren dat ze nog leeft en onder de vreselijkste dingen lijdt.

Om ongeveer tien uur 's avonds staat hij op; hij gaat de keuken in en zet de soep in de koelkast. Hij gaat naar boven en neemt een dou-che en komt dan terug in zijn kamerjas. Hij staat onder aan de trap en kijkt me aan. 'Blijf slapen,' zegt hij.

Het is voor het eerst sinds zijn bezoek aan het mortuarium dat hij zo'n uitnodiging doet. We vrijen niet. We praten zelfs nauwe-lijks. Maar het is goed om samen in bed te liggen, onze enkels te-gen elkaar. Het is na al die tijd zelfs goed om hem te horen snur-ken.

Ik lig wakker en denk aan het schoentje, niet in staat te geloven dat dit beslissend is, niet in staat te accepteren dat het iets kan bete-kenen. Er zijn natuurlijk talloze verklaringen mogelijk voor het feit dat het op Baker Beach lag. Emma had bijvoorbeeld haar schoenen willen uittrekken, wat niet mocht van mij, omdat Ocean Beach vol glasscherven ligt. Misschien was ze, nadat ze voor me uit was gelo-pen, gewoon ongehoorzaam geweest. Of misschien had de kidnap-per haar ertoe aangespoord om haar vertrouwen te winnen, nadat ik het had verboden. Misschien was de ontvoering tot in detail ge-pland en had de dader Emma andere kleren aangetrokken, opdat ze niet zou worden opgemerkt, in welk geval hij zich van haar eigen kleren had moeten ontdoen.

Waarom maar één schoen in plaats van twee? En wat dacht je van een lijk? Zonder lijk zullen we het nooit zeker weten. Voeg daar de waarnemingen aan toe: duizenden telefoontjes naar de comman-dopost, honderden boodschappen op de website. Twee dagen gele-den belde een vrouw uit San Francisco die op vakantie was in Flo-rida dat ze in Fort Walton Beach een meisje had gezien dat voldeed aan Emma's signalement. Het spoor liep dood, maar er zijn dus nog steeds meldingen. Als er maar eentje klopt, kan Emma nog steeds in leven zijn.

Sherburne heeft vaak genoeg beweerd dat Emma misschien te dicht bij het water is gekomen, maar dat zegt hij omdat hij haar niet kent. Ik heb de mogelijkheden in gedachten talloze keren doorge-nomen: zou ze vanwege de mist de afstand tot het water verkeerd hebben ingeschat? Zou ze zo'n perfecte zanddollar hebben gezien en voor even haar angst zijn vergeten? Ik kom steeds terug op het-zelfde antwoord, dat meer te maken heeft met overtuiging dan met wetenschappelijke waarschijnlijkheid: ze kan niet verdronken zijn, want dat zou betekenen dat ze dood is. Het zou betekenen dat er geen reden meer is om te blijven zoeken.

Ik heb ooit een artikel gelezen over een wilde olifant waarvan het jong dood werd geboren. Een fotograaf keek vol ontzetting toe hoe de moeder het levenloze lichaam drie uur lang bleef schoppen. Toen gebeurde er iets: het jong bewoog. Zijn moeder had hem letterlijk het leven in geschopt door zijn hart te stimuleren. Alleen instinct kan haar daartoe hebben aangezet.

Waar het geheugen slechts op broze beelden berust en gemakkelijk te beïnvloeden is door suggesties van buitenaf, is instinct iets puur innerlijks. Het geheugen kan foute aanwijzingen opdringen aan mijn dagdroom over die dag op het strand met Emma, valse beelden, loze aanwijzingen. Ik wil best accepteren dat mijn geheugen mij in de steek laat. Maar mijn instinct – dat vastere, waarachtiger ding – zegt me dat ze nog in leven is. Niet mogelijk nog in leven. Niet hopelijk nog in leven. Soms spreekt het instinct alleen in absolute termen. Emma leeft en ze wacht op me.

48

De volgende ochtend rijd ik naar Baker Beach. De tweelingbogen van de Golden Gate Bridge steken boven de mist uit. Er zijn vandaag geen zonaanbidders – te koud – alleen een tienerstelletje dat bagels eet en koffie drinkt op een picknickbankje. Hij kijkt naar de tafel en zij kijkt naar hem en heeft haar benen rond zijn middel geslagen. Als ik ze zo samen zie, zich zo heerlijk onbewust van de wereld, moet ik denken aan mijn tijd met Ramon, hoe ik me ongeduldig door de lessen worstelde. Als de bel voor de lunchpauze ging, slingerde ik mijn rugzak over mijn schouder en rende ik naar het trottoir, waar hij me stond op te wachten in zijn gebutste Jeep Wrangler. Soms reden we voor pangasiusfilets en milkshakes naar de Dew Drop Inn, maar vaker gingen we naar zijn huis. Daar moesten we ons haasten om uit de kleren en in bed te komen, want ik moest weer op tijd op school zijn voor de Franse les van Mrs. Truly. De seks was zo goed dat ik die mij nog steeds herinner, maar soms vraag ik me af of die dagen niet in andere, mooiere tinten worden gekleurd door de nostalgie. Misschien leek hij wel zo'n fenomenale minnaar doordat ik geen vergelijkingsmateriaal had.

Ik wandel noordwaarts over het strand en baan me een weg tussen de rotsen, op zoek naar iets wat de toerist heeft gemist, maar vind alleen de gebruikelijke troep: lege bierblikjes, een honkbalpetje, een doffe zilveren gulden die misplaatst en antiek lijkt, als de buit uit een gezonken schip. Ik stel me voor hoe Emma hier tegen de rotsen staat gedrukt, terwijl een vreemde haar betast. Ik kan het beeld niet van me afschudden. Misschien is Jakes manier toch beter.

Op weg naar huis ga ik bij hem langs, maar hij is er niet. De telefoon op de commandopost gaat twaalf keer over; er klinkt zelfs geen antwoordapparaat. Terug op mijn zolder besteed ik een paar uur aan het beantwoorden van e-mails van findemma.com en pleeg ik de gebruikelijke telefoontjes. Ik heb een lijst van alle ziekenhuizen in het land. Ik heb de afgelopen maanden elke instelling minstens één keer gebeld, en nu ben ik een tweede belronde aan het afwerken. Het is steeds hetzelfde verhaal: een verveelde telefoniste die me met Opnamen verbindt, een reeks gehaaste administratieve medewerkers, mijn beschrijving van Emma, en tot slot een ongeduldig 'er ligt hier niemand die zo heet of aan uw beschrijving voldoet'.

Het is al bijna middag als ik te voet mijn huis verlaat. Het is hier zonnig, het belangrijkste voordeel van wonen in het rumoerige Potrero Hill. Toen Jake en ik net hadden besloten om te trouwen, hadden we heel even overwogen om zijn huis met twee slaapkamers in het mistige Sunset te verkopen en hier iets te kopen, maar tegen die tijd waren de prijzen dankzij de internethausse al de pan uit gerezen. Voor dat met Emma gebeurde, had ik bedacht hoezeer ik deze buurt zou gaan missen, zijn ietwat industriële charme, de vervallen victoriaanse huizen met hun keurige plantenbakken en optimistische tuintjes, het altijd aanwezige gezoem van de snelweg.

Ik hield ervan door mijn buurt te wandelen, kon hele weekenden zoekbrengen met koffie bij Farley's of de planken afspeuren bij Christopher's Books, van de barbecue eten bij Bottom of the Hill. Bij al mijn vertrouwde stekkies hangt nu een foto van Emma achter het raam en ik herinner me nog nauwelijks de tijd voor ze weg was, voor deze gruwelijke onwetendheid elke minuut van elke dag aan mijn grenzen knaagde.

Als ik in het Castro aankom, zijn mijn t-shirt en jeans inmiddels vochtig van het zweet. Ik wurm mij door de alomtegenwoordige mensenmassa naar de commandopost. Als ik door het raam blik, kijk ik recht in het gezicht van Brian, die plakband van de ruit trekt. De foto's van Emma zijn weg. De telefoons, tafels, stoelen en radio zijn verdwenen. Daarbinnen, waar een paar dagen geleden nog zes vrijwilligers waren, is alleen nog Brian.

'Wat heeft dit te betekenen?' vraag ik. 'Waar is iedereen?'

Brian stapt van zijn kruk af. 'Weet je dat niet?'

'Wat moet ik weten?'

'Mr. Balfour belde vanochtend en zei dat ik de zaak moest sluiten.'

'Waar heb je het over?'

'De politie is het onderzoek officieel aan het afsluiten.'

'Dat is onmogelijk. Jake zou het me hebben verteld.'

Brian haalt zijn schouders op. 'Ik ben er net zo ondersteboven van als jij.'

'Dit kunnen ze niet maken.' Ik grijp een van de flyers die hij er net heeft afgehaald en plak die tegen het raam.

'Abby,' zegt hij vriendelijk, 'ze halen ze er toch weer af.'

Een van Sam Bungo's slogans ratelt door mijn hoofd. 'Elke nacht, elke dag, zorg dat je PI er wezen mag!' PI stond voor positieve instelling. Volgens Sam was met een PI alles mogelijk.

'Misschien zijn we er wel heel dicht bij,' zeg ik. 'Misschien zouden we haar over een paar uur vinden.'

'Ik weet het,' zegt hij. 'Ik had nooit gedacht dat het zo zou eindigen. Ik heb haar ooit ontmoet, weet je. Mr. Balfour had haar op een zaterdag mee naar school genomen. Ik was posters voor onze voedselinzamelingsactie aan het schilderen en vroeg Emma of ze misschien wilde helpen. Op een of andere manier kwam ze met haar voeten op de verf terecht. Ze liet een hele reeks kleine rode voetstapjes achter in gang.' Hij propt het plakband tot een balletje en gooit het in de vuilnisbak. 'Het is idioot dat zo'n lief kind zomaar kan verdwijnen. Je gaat denken dat de wereld compleet gestoord is.'

Er daalt een verlammende wanhoop neer. Hoe is het mogelijk dat ik de enige ben die nog hoop voor haar heeft?

Ik ga naar buiten, de drukke straat op. Het is zondag en het Castro wemelt van de toeristen en tieners, jonge mannen die de pelgrimage van de East Bay en Marin en Antioch naar het levendige homomekka onder de reusachtige regenboogvlag hebben gemaakt. Op 18th Street heeft zich voor de deur van The Badlands een rij van gretige jonge kerels gevormd. Bij Daddy's komen grijzende mannen in leren jacks samen. Elke bar heeft zijn eigen thema, zijn eigen clientèle. De lucht is verzadigd met de gemengde geur van rook en iets anders – een weeïge, zoete seksuele lucht. Voor het Castro Theatre dromt een menigte samen. De film van vandaag: een hervertoning van *Barbarella* en een Jane Fonda-lookalike-wedstrijd.

Er strijkt een hand langs mijn been en ik zie op de stoep een dakloze tiener zitten die met bloeddoorlopen ogen naar mij opkijkt. Hij heeft aan elke vinger een ring. 'Hé,' zegt hij, 'voor een kwartje lees ik je een gedicht voor.'

Ik gooi wat kleingeld in zijn bekertje, dring me door de menigte en stap het Muni-perron op net op het moment dat de deuren van de metro naar к-Ingleside dichtgaan. In de tweede wagon zit een meisje met haar neus tegen het raam gedrukt, haar zwarte haar valt over haar schouders. Als de trein zich in beweging zet, ren ik naar voren en bonk met mijn vuisten op het glas. Het meisje deinst geschrokken terug. Door een grimas van haar gezicht, een beweging van haar hand als ze naar de vrouw naast haar reikt, besef ik dat ik haar niet ken. Iets binnen in mij loopt leeg.

'Gaat het?' vraagt een man. Iedereen op het drukke perron staat naar mij te kijken. 'Nee,' zeg ik. 'Sorry. Ik dacht dat het iemand was die ik kende.'

Als ik weer op straat sta, in het al te stralende zonlicht, begin ik te lopen. Ik weet niet waar ik heen ga. Ik blijf de hele middag en vervolgens avond lopen: over Market Street, over Montgomery, naar Columbus, naar Broadway. Bij zonsondergang bevind ik me op South Beach, onder de Bay Bridge, en kijk omhoog naar de stalen bogen. Er denderen auto's overheen. Het koude grijze water van de baai klotst tegen de rand van de stad. De mist komt opzetten en vlakt de hoeken van de gebouwen af. De koplampen van de tegemoetkomende auto's zweven gelig in de nevel. Het aantal auto's is overdonderend. Al die auto's, die miljoenen auto's, waarin een ontvoerder aan het vluchten kan zijn. Al die kofferbakken waarin een kind verborgen kan zijn. Al die bruggen waar een auto op weg naar elders overheen kan rijden. Er is een meisje. Ze loopt op een strand. Er is een meisje. Er is een meisje. Ik voel de broze draadjes van mijn verstand uiteenrafelen. Het water van de baai lijkt donkerder te worden, dichterbij te komen. Het zou gemakkelijk zijn me voorover te laten vallen, zo gemakkelijk om alles gewoon te vergeten. Even verderop schijnen de lampen van het Pacific Bell Park blauwig in de mist; een tel later hoor ik het gebrul van de toeschouwers.

49

Het is even na negen uur 's avonds als ik bij Jake aankom. Hij staat in de keuken de papierbak te vullen met enveloppen en flyers. Als ik onaangekondigd binnenkom, kijkt hij op en knippert traag met z'n ogen, alsof hij uit een donkere kamer komt. 'Hoi,' zegt hij, met een poging tot een glimlach.

'Zeg me dat je niet opgeeft.'

'Geef me een andere optie.'

'We blijven zoeken.'

'Ik had een plan, Abby,' zegt hij. 'De commandopost, televisie, radio. Ik bleef mezelf vaste richtpunten geven. Ik dacht dat als we tienduizend flyers zouden verspreiden, we wel een tip zouden krijgen die ons bij haar zou brengen. Toen dat niet gebeurde, legde ik de lat nog hoger: vijftigduizend flyers, vijfenzeventigduizend, honderd. Telkens als ik het aantal verhoogde, dacht ik dat dit de doorslag zou geven, dat we haar dit keer zouden vinden. En dan de beloning. Ik begon met vijftigduizend dollar. Toen honderdvijftig, toen tweehonderd, vierhonderd, een half miljoen. Ik heb al mijn aandelen verkocht, een extra hypotheek genomen en alle mensen die ik ken en honderd die ik niet ken benaderd om maar zo veel mogelijk geld voor de beloning te verzamelen. Niets. En de vrijwilligers. Op het hoogtepunt hadden we er bijna driehonderd. Wist je dat ik 106 radio-interviews heb gegeven? 42 Televisieoptredens? Ik heb met honderden politieagenten in het hele land gebeld. Ik heb alles gedaan. Ik weet niet wat ik verder nog kan doen.'

Ik loop de zitkamer binnen en knip een lamp aan. Het peertje sputtert even en dooft dan met een korte klik. 'We zouden er zo dichtbij kunnen zijn.'

'Je negeert wat overduidelijk is,' zegt hij.

Hij zit op de bank en pakt een boek van de salontafel, gaat weer zitten. Het is een boek over filosofie, met een sjofel omslag en Post-itpapiertjes die tussen de bladzijden uitsteken. 'Haar schoentje. Haar kleine schoentje. Ik zou nog duizend interviews kunnen geven, nog een miljoen flyers kunnen versturen, en het zou niets aan de feiten veranderen.'

Ik ga naast hem zitten. 'Je hecht te veel belang aan dat schoentje. Het zegt helemaal niets.'

Hij leunt achterover en staart naar het plafond. Zijn hand is warm en vochtig onder de mijne. Hij ruikt anders, niet zoals zichzelf, en ik besef dat zijn kleren met een ander wasmiddel zijn gewassen. Zolang ik hem ken, draagt hij de vage geur van Surf met zich mee, maar sinds Emma's verdwijning laat hij zijn kleren bij een zaakje op de hoek wassen. Hij heeft me ooit verteld dat hij niet meer zelf de was kon doen omdat Emma hem er altijd bij hielp. Ze vond het heerlijk om de witte van de bonte was te scheiden en waspoeder af te meten.

Er rijdt een bus door de straat. Er beiert een kerkklok. De afstand tussen ons wordt met de minuut groter.

'Ik mis haar zo erg,' zegt hij. 'Er zijn dagen dat ik niet wil opstaan. Een paar weken geleden pakte ik bij de Safeway een pakje gomwormen, omdat ze altijd verwacht dat ik die bij me heb als ik in de supermarkt ben geweest. Ik stond bij de kassa en het meisje haalde ze langs de scanner en toen besefte ik het opeens. Ik begon te janken. Ik kon mezelf niet eens genoeg beheersen om mijn portemonnee te pakken of zelfs maar uit de rij te stappen. Er stonden een paar mensen achter me te wachten. Het meisje belde de bedrijfsleider. Hij kwam en vroeg of ik wilde dat er iemand meeliep naar de auto.' Hij knijpt in mijn hand. 'Er zullen veel afschuwelijke dagen komen, maar we kunnen niet ophouden met leven.'

'Ik wil niet ophouden met leven. Ik wil haar alleen maar vinden.'

'Het is nu al zes maanden,' zegt hij. 'Zes.'

Zijn adem schuurt zachtjes. Op dit moment hou ik van hem, maar er komt een onthutsende mogelijkheid bij me op: misschien hou ik meer van háár. Het verlangen dat ik voel is zo groot dat het lijkt alsof mijn lichaam is geleegd, alsof er in mijn kern niets dan koude, lege lucht zit. De afgelopen zes maanden is Emma elke dag bij me geweest. Ze is het eerste waar ik aan denk als ik 's ochtends wakker word, het laatste beeld dat ik zie voor ik slapen ga. Haar gezichtje, haar naam zijn constant bij me. Mijn leven wordt bepaald door één enkel doel: haar vinden. Jake staat me daarentegen minder scherp voor ogen, we praten steeds minder, met grotere tussenpozen, momenten van echt contact zijn er al bijna niet meer.

Van een man houden is één ding, maar van een kind houden is iets totaal anders; het is allesoverheersend. Als ik vóór Emma mensen hoorde praten over het soort liefde dat een kind kon opwekken, geloofde ik ze nooit. Maar toen kwam Emma, en nu kan ik me niet voorstellen dat ik het de rest van mijn leven zonder haar moet stellen. Misschien is de liefde een wichelroede die de mensen die jou het hardst nodig hebben aanwijst. Toen ik net verliefd werd op Jake, zag ik Emma als onderdeel van het pakket. Nu is ze van de zijlijn naar het centrum verhuisd.

We maken met z'n drieën plannen. Parijs voor haar tiende verjaardag. Praag voor haar twaalfde. Op haar zestiende, als ze haar rijbewijs heeft, een autotour door de States. Ik stel me haar voor in het Louvre, voor de Mona Lisa, terwijl ze gekke bekken trekt. En dan een paar jaar ouder, in een spijkerbroek en met bleekroze lippenstift op, terwijl ze achter het stuur zit en meezingt met de radio en Jake vanaf de achterbank de weg wijst en ik onze lijst van attracties langs de weg afvink. Haar gezicht is vaag, als op een zonder flitser genomen foto waarop het onderwerp te snel beweegt, maar er zit in deze beelden voor mij genoeg van haar essentiële wezen om ze te geloven.

Jake staat op en begint te ijsberen. 'Ik wil een kerkdienst,' zegt hij, en bijt op zijn lip. Hij loopt naar het raam, trekt het gordijn opzij en kijkt naar de straat, met zijn rug naar me toe. Heel even is de kamer in een zacht, geel licht gedompeld.

'Wat voor dienst?'

'Een herdenkingsdienst.'

Hij schraapt zijn keel en laat het gordijn weer terugvallen. Het wordt weer donker in de kamer. 'Tijd om afscheid te nemen.'

'Nog niet. Geef me nog een klein beetje tijd.'

'Waarvoor?'

'Om haar te zoeken.'

'Stop. Alsjeblieft. Je maakt het alleen maar erger.'

Hij staat nog steeds met zijn rug naar me toe als ik naar boven loop, naar Emma's kamer. Ik ga op de dekens liggen en staar naar het plafond. De kamer begint Emma's kenmerkende geur te verliezen en ik vraag me af of dat Jake is opgevallen. Zal een bezoek aan haar kamer over een jaar helemaal geen aparte geur opleveren?

Ik draai mijn hoofd naar het kussen en zie daar iets liggen, een haar van Emma. Ik pak hem op en trek hem strak tussen mijn vingers, dit object dat buiten de tijd valt. Ik leg hem op mijn voorhoofd en hoop nu op een of andere elektrische schok, een telepathische boodschap van Emma.

We zaten vroeger vaak samen in kleermakerszit op het bed en zij leunde dan naar achteren terwijl ik kraaltjes in haar haren deed. Nog dagen daarna liep ze aan haar vlechten te trekken, waardoor er her en der kraaltjes in huis belandden. Het huis was van haar. Elke centimeter ervan droeg een teken van haar: de kleurpotloden op de keukentafel, haar sandalen bij de achterdeur, een schoenendoos vol Barbie-kleertjes onder de salontafel in de zitkamer. Ze was 's ochtends vaak eerder wakker dan Jake en ik ontwaakte bij het getrippel van haar voetjes op de trap.

Beneden klinken nu zware voetstappen. Door de lange gang, door de keuken, de eetkamer, de studeerkamer, eindigend bij de hal. De voordeur gaat open. Misschien overweegt hij uit te gaan. Ongeveer een minuut later gaat de deur weer dicht, maar ik hoor hem nog wel beneden. Je kunt nergens heen, niets doen, er is geen ontsnappen aan.

50

Mensen met hersenletsel herinneren zich vaak hun jeugd tot in de kleinste details, maar kunnen zich geen gebeurtenissen uit het recente verleden herinneren. Ze praten over vrienden die ze in geen jaren gezien hebben alsof die net nog langs zijn geweest. Ze kunnen zich cadeautjes die ze voor hun vijfde verjaardag kregen herinneren, maar zijn niet in staat het simpelste boek te lezen.

Elke dag zeef ik herinneringen als een wanhopige goudzoeker. Er duiken te veel dingen op: momenten uit mijn jeugd waar ik nu niets aan heb, namen en gezichten, plaatsen waar ik in geen jaren ben geweest. Het enige dat ik zoek, de aanwijzing die mij naar Emma zal leiden, blijft begraven, kan niet worden teruggehaald. Elke herinnering die bovenkomt leidt me af van mijn taak, allemaal troep die de hersengolven blokkeert. Ik herinner me de dingen heel helder, compleet met geluid en beweging, zelfs de suggestie van geur. Ik wil niks weten van al die nutteloze informatie, maar zij is er nu eenmaal en eist aandacht.

Gulf Shores, Alabama. Ik ben negen, op het strand met mijn familie. Ik herinner me een vrouw en een man die naast ons lagen op felgele badhanddoeken. Ze dronken ijsthee uit plastic bekertjes en lazen een pocketje. Ze waren waarschijnlijk even oud als mijn ouders, maar ze leken gezegend met een jeugdige uitstraling die mijn ouders nooit hadden gehad. Hij droeg een wijde zwembroek en zij was gehuld in een piepkleine zwarte bikini. Mijn vader droeg een kaki korte broek en tennisschoenen, mijn moeder een sarong die tot haar enkels kwam en een t-shirt. Het duo had een jongetje van mijn leeftijd, dat de hele tijd naar mij keek en grijnsde. Hij had blond haar waar een chloorgroene tint doorheen glansde, en hij was erg bruin. Op zijn neus zat een toefje witte zonnecrème.

Terwijl mijn familie onder de bescherming van twee parasols op een kingsize badlaken lag met op elke hoek een kleine koelbox, lag die andere, gelukkigere familie te glimmen in de zon met hun armen en benen onder het zand. De vrouw had grote borsten, haar donkerbruine decolleté dook omlaag in de richting van de gouden sluiting van haar bikini. Terwijl mijn moeder een kruiswoordraadsel oploste en mijn vader op een transistortje naar het wedstrijdverslag van de Bama's luisterde, en Annabel lag te slapen, bestudeerde ik vanachter mijn Mickey Mouse-zonnebril het gezinnetje; ik probeerde een list te bedenken om de schitterende borsten van de vrouw te kunnen aanraken.

De jongen schepte met een plastic schepje zand op de rug van zijn vader.

'Ventje,' zei de man zonder op te kijken van zijn boek. Het jongetje probeerde bij zijn moeder hetzelfde te doen. 'Waarom ga je niet een zandkasteel bouwen?' zei ze. De jongen pruilde eventjes en pakte daarna zijn emmertje en schepje en liep naar de rand van het water. Hij werkte een tijdje zonder al te veel overtuiging aan het zandkasteel, wierp vervolgens het emmertje en het schepje opzij en stoof het water in. Het was een warme, kalme dag en de zon was zo fel dat je moeilijk naar het water kon kijken. De golven zagen er vanaf het strand rustig uit, maar op de houten borden om de zoveel meter op het strand stond *Sterke onderstroom. Zwemmen op eigen risico.*

De jongen rende de branding in en uit. Ik wilde met hem meedoen, maar mijn ouders vonden het niet goed. 'Zwemmen doe je in het zwembad,' was een geliefde uitspraak van mijn vader. Een paar minuten lang keek ik afgunstig naar de jongen. Hij keek steeds om om te zien of er iemand op hem lette. Eén keer wuifde ik naar hem. Hij grijnsde en plofte neer op het zand en deed een gekke kronkelende dans met zijn benen in de lucht en zijn mond wijd open. Na een tijdje verveelde het me en richtte ik mijn aandacht weer op zijn moeder.

Ik weet niet na hoeveel minuten de vrouw rechtop ging zitten en naar de oceaan keek. 'Tom,' zei ze.

De man sloeg een pagina van zijn boek om. 'Hmm.'

'Ik zie Charles nergens.'

Ze stond op en liep in de richting van het water. De man liet zijn boek los en ging haar achterna. Daarna liepen ze niet meer, maar renden ze en riepen luidkeels: 'Charles!'

Mijn vader sprong op en haastte zich naar de waterrand. Annabel werd wakker, strekte zich uit. 'Wat is er aan de hand?'

Plotseling veranderde de sfeer op het strand. De paniek verspreidde zich snel in alle richtingen, zodat alle volwassenen op het strand binnen een paar minuten Charles' naam riepen. De vrouwen hielden hun kinderen dicht tegen zich aan, terwijl de vaders hun shirt en sandalen uitdeden en de zee in renden. Het was spannend en deed een beetje aan een circus denken, zoals de loomheid van de dag opeens omsloeg in chaos.

De strandmeesters arriveerden. Vissersboten die voor de kust voor anker hadden gelegen, voeren naar het strand. Niet veel later kroop er een patrouilleboot met loeiende sirenes door de golven. Charles' naam schalde door megafoons in het rond. Het leek wel alsof de tijd sneller ging.

Toen wij later die middag onze handdoeken en koelboxen bijeenpakten, zat de vrouw in de zwarte bikini te schreeuwen aan de rand van het water en haar haren hingen in samengeklitte slierten over haar gezicht. Haar man zat op zijn knieën tegenover haar zwijgend te trillen. Tussen hen in lag het jongetje, bleek en blauwig uitgestrekt op het natte zand. Zijn ogen waren geopend, zijn lippen iets vaneen. Rond zijn enkel zat een stuk zeewier. Hij zag er mooi en heel zuiver uit zoals hij daar volmaakt stil lag. Zelfs toen nog verwachtte ik dat hij zou ontwaken – zou opspringen, naar me zou knipogen en lachen. Een goeie grap.

We reden zwijgend naar huis. Mijn moeder huilde, mijn vader keek strak voor zich uit op de weg. Een donderslag deed de auto trillen en het begon te regenen. De ruitenwissers tikten en piepten. Op een gegeven moment draaide mijn moeder zich om en ze pakte Annabel en mij stevig bij onze handen. 'Meisjes.' Meer zei ze niet; ze zei het zo zachtjes dat het leek alsof ze bad.

Ik veegde de beslagen ruit schoon en zag de kilometers strand langs glijden, de zandduinen en het hoge zeegras, de roze huisjes op palen. De bliksem flitste boven de oceaan. Mijn schouders prikten, want ik was een beetje verbrand. De auto rook warm en zoet. Er zat zout op mijn lippen. Ik had dorst maar wist niet hoe ik in die afschuwelijke stilte om iets te drinken moest vragen. Annabel sliep, haar benen uitgestrekt op de zitplaats tussen ons in, haar hoofd hing in een onmogelijke houding achterover, met haar mond wijd open. Ik bleef maar naar haar kijken om er zeker van te zijn dat ze ademde. Ik legde m'n hand op haar warme voet, gewoon om te weten dat ze leefde. Die ogenblikken hield ik hartstochtelijk veel van haar.

Op een bepaald moment sluimerde ik weg. De auto reed brommend over de snelweg. In mijn rusteloze slaap was ik me er vaag van bewust dat mijn moeder naar ons keek met een eigenaardige glans in haar ogen, alsof wij nieuw en vreemd en bijzonder waren.

51

Dag 184. David nodigt me na de steungroep bij hem thuis op de koffie. Ik rijd achter hem aan naar Cole Valley. Hij woont in een gerestaureerd victoriaans huis in een rustige buurt. Binnen ligt een donkere houten vloer en heerst absolute stilte.

Hij draait in de hal een knop om en het huis wordt overstroomd met licht en muziek. 'Vind je het niet mooi? Ik heb het zo aangelegd dat deze knop alle lichten in het huis én de stereo bedient.'

'Indrukwekkend.'

'Zo kan ik als ik thuiskom heel even doen alsof ik niet in een leeg huis ben.'

De blikvanger in de woonkamer is een vleugel. Er ligt bladmuziek voor het 'Vijfde Pianoconcert' op. Ik sla een toets aan en hij brengt een lage, kreunende toon voort. 'Speel jij?'

Hij schudt zijn hoofd. 'Mijn vrouw speelt piano. Speelde. Zij gaf Jonathan les. Hij kon het vrij goed. Hij had idioot lange vingers. Ik weet niet of het er iets mee te maken heeft, maar volgens Jane was het een gunstig teken.'

De schoorsteenmantel en bijzettafeltjes staan vol met ingelijste familiefoto's – David en Jonathan voor de ingang van Disneyland, Jane en Jonathan aan een picknicktafel, een emmer Kentucky Fried Chicken op de tafel tussen hen in, het hele gezin wuivend vanaf de boeg van een boot, met op de achtergrond het Vrijheidsbeeld. Aan een van de wanden hangt een reeks kleurenfoto's die in een studio is genomen, tegen schijnachtergronden. Op een paar foto's speelt Jonathan met een cockerspaniël.

'Heb je een hond?'

'Nee,' zegt hij lachend. 'Nooit gehad ook. De hond is een rekwisiet. Jonathan wilde niet samenwerken met de fotografe en daarom haalde ze die pup de studio in.'

'Lief.'

De foto doet me denken aan die vreselijke sessies bij Olan Mills waar mijn moeder ons altijd naartoe sleepte. De studio zat in een kleine winkelpromenade aan Airport Boulevard en het rook er naar lysol. De fotograaf droeg altijd een T-shirt met de insignes van een of ander vijfderangscollege. Hij zei altijd dat we een mooi gebit hadden, liet ons tegen een namaakhek van hout leunen, breed lachen en onze duimen in onze riemlussen haken, alsof het leven een pastoraal paradijs was, alsof wij niet in een buitenwijk woonden.

'Decafé of gewoon?'

'Maakt niet uit.'

Hij gaat me voor naar de keuken. Nog meer foto's aan de muur. Als hij de kast opendoet om twee bekers te pakken, zie ik diverse kinderglaasjes met Disney-figuurtjes erop.

David zet twee ingevroren fruittaartjes in de magnetron, drukt op de ontdooiknop en zet koffie. 'Ik geef je een rondleiding terwijl deze loopt. Eerste halte, de logeerkamer.' Hij gaat me voor de trap op, naar een kamer met behang, die eruitziet alsof hij zo uit een van die zuidelijke interieurbladen komt. 'Ik kan er waarschijnlijk beter een werkkamer van maken. Er heeft hier in geen jaren iemand geslapen. Jane heeft hem een tijdje gebruikt voor ze vertrok.'

Boven het smeedijzeren bed hangt een ingelijste tekening van een jongen. Het haar is lichtbruin, de ronde contouren van het gezicht zijn met een perzikkleurig potlood ingevuld. 'Dat is een schets van de leeftijdsprogressie,' legt David uit. 'Jonathan toen hij elf was.' De tekening is zo gedetailleerd, er zit zo veel expressie in de ogen, dat het nauwelijks te geloven is dat ik naar de afbeelding van een jongen kijk die er nooit is geweest. David buigt zich naar voren en hangt de lijst goed. De magnetron beneden gaat uit en piept drie keer.

Vervolgens voert hij me naar een kamer met lichtblauwe muren. Op het plafond zijn wolken geplakt en overal hangen modelvliegtuigjes aan draadjes. Het eenpersoonsbed is netjes opgemaakt met dinosauruslakens. Er zit een deuk in de vorm van een hoofd in het kussen, alsof er net iemand heeft liggen slapen. David strekt zich uit en raakt een vleugel van een van de vliegtuigjes aan. 'Jonathan en ik hebben er samen een heleboel in elkaar geknutseld. Hij wilde piloot worden.' Hij glimlacht. 'Hij had ook het plan dino's te gaan trainen voor het circus en wilde in de weekeinden als cowboy gaan werken.' Hij tikt met zijn vinger tegen de vleugel en het vliegtuigje begint te draaien. 'Wat wilde Emma worden?'

Ik doe alsof ik niet hoor dat hij in de verleden tijd spreekt. 'Zij heeft haar zinnen gezet op metselen. We hebben geprobeerd haar over te halen voor architectuur te kiezen, maar ze is dol op het echte bouwwerk. Jake heeft haar vorig jaar een speelgoedmetselset gegeven. Daar zitten kleine plastic stenen bij en een poeder dat je moet mengen met water om er specie van te maken. Ze begon aan een muur die volgens haar helemaal tot in de hemel zou reiken. Ze was van plan tegen die muur op te klimmen tot ze bij de maan was, waar ze een nieuw huis voor ons allemaal zou bouwen. Ze zou grote feesten geven waarvoor de presidenten van alle landen van de wereld zouden worden uitgenodigd.'

'Ze had misschien wel een toekomst in de politiek kunnen hebben.'

Toekomst. Het woord klinkt haast misleidend, te veel om op te kunnen hopen. Toch is dat precies het enige wat me deze tijd gaande houdt – een aarzelende hoop op de mogelijkheid van een toekomst – Emma en Jake en ik, die al die dingen doen die gezinnen doen, ondanks het feit dat die hoop met de dag kleiner wordt.

'Mooie vliegtuigen,' zeg ik. De woorden zijn nog niet over mijn lippen of ze klinken idioot, te gewoon. Ik wou dat ik wist wat ik moest zeggen om het medelijden dat ik voel over te brengen.

David bekijkt de pakweg tien modellen in de kamer van zijn overleden zoon. 'In de kelder heb ik er nog eens bijna honderd – 747's, Cessna's, gevechtsvliegtuigen, noem maar op.' Zijn stem is onvast. 'Ik blijf maar wachten tot het verdriet minder wordt, maar dat gebeurt niet. Ik blijf wachten op de ochtend dat ik bij het wakker worden besef dat ik hem niet meer terug wil. Maar dag in dag uit wil ik hem even hard terug als de dag waarop hij verdween.'

Hij komt dichter naar me toe, legt zijn hand onder mijn kin en tilt mijn gezicht op om het zijne te ontmoeten. Ik draai mijn mond weg, zodat zijn kus op mijn wang belandt – een oud schooltrucje dat nu ongepast lijkt, niet op z'n plaats in de wereld van volwassenen. David pakt mijn hand en leidt me door de gang naar de volgende slaapkamer. Hier hangen geen foto's, er zijn alleen een bed met witte lakens, een houten kast, beige muren.

Hij maakt zich weer op voor de kus en dit keer laat ik hem zijn gang gaan. Terwijl ik mijn mond open, besef ik hoe verkeerd dit is. Ik voel Davids tong tegen de mijne, ruik de Ivory-zeepgeur van zijn huid en ik hoor Sam Bungo's stem in mijn hoofd: 'Situatie, Participatie, Terugtrekking.'

David vindt de knopen aan de zijkant van mijn rok. De rok valt neer, ik hoor het tinkelend geluid van de knopen op de hardhouten vloer. Terwijl ik daar sta in mijn trui, ondergoed en schoenen, voel ik geen lust maar medelijden. Ik bedenk dat David misschien ook wel medelijden met mij heeft. Misschien beschouwt hij mijn voortdurende zoektocht als een zielige poging het onvermijdelijke uit te stellen.

Hij kust me opnieuw, laat zijn hand onder mijn trui glijden, betast mijn borst. Dan trekt hij een voor een zijn kleren uit: zijn schoenen, hemd, broek, sokken – terwijl hij zich uitkleedt kijkt hij me onzeker aan, alsof hij erop rekent dat ik er een stokje voor steek. En ik zeg tegen mezelf: doe het niet.

Davids borst is smal en onbehaard, zijn lichaam is bleek, blauwe aderen kronkelen vlak onder zijn huid. Misschien verdient hij op z'n minst deze kleinigheid, deze kortstondige troost. Hij heeft zo veel verloren, en ik kan geen nee zeggen. Terwijl hij daar zo staat ziet hij er slap uit, eerder een jongen dan een man, afgezien van zijn erectie. Mijn medelijden maakt plaats voor iets anders en ik voel iets door mijn lichaam trekken – een verhitte, acute behoefte. Ik kan niet ontkennen dat een deel van mij het openduwen wil voelen, de heerlijke en pijnlijke druk, de opmaat naar de bevrijding. Een deel van mij wil op deze manier de wereld achter zich laten. Een deel van mij hunkert naar de daad die me zal helpen eventjes te vergeten.

Hij komt dichterbij, zijn erectie prikt tegen mijn been.

'Het is zes maanden geleden,' zeg ik. Ik weet niet zeker of hij me heeft verstaan, dus ik zeg het nog eens. 'Het is precies zes maanden geleden dat zij verdween.'

Hij duwt me naar het bed, zet me neer en trekt voorzichtig mijn schoenen uit. Als hij het licht gaat uitdoen, zie ik een avocadovormige moedervlek op zijn rechterheup. Ik moet aan Ramon denken, de eerste man die ik naakt zag: zijn volmaakte armen, zijn gespierde heupen, zijn lange benen en eigenaardig kleine handen. Zijn handen vielen me pas op toen ik hem naakt zag, en toen ik ze voor het eerst zag, voelde ik een golf van tederheid door me heen gaan.

Het licht gaat uit en op dat moment zie ik zijn digitale wekker, die in reusachtige rode cijfers de tijd projecteert op het plafond: uur, minuten, seconden. Die cijfers brengen me bij m'n positieven, de gedachte aan Emma, die ergens buiten wacht.

'Ik moet gaan,' zeg ik en ik sta op.

Hij loopt op het bed af. 'Niet doen.'

Ik wurm me in mijn rok en trek m'n schoenen aan, en ik haat mezelf al om wat er bijna is gebeurd.

David staat een paar centimeter van me af, naakt, en kijkt me aan. Ik ben kwaad op hem omdat hij zonder te vragen wist hoe hij me moest bewerken.

'Dag,' zeg ik.

'Alsjeblieft,' zegt hij. 'Ga niet weg. Blijf hier slapen. Er hoeft niets te gebeuren.'

Ik loop de trap af en laat mezelf uit. Terwijl ik door de nachtelijke kou naar huis rijd, de mistwolken zwevend voor mijn koplampen, voel ik me niet helemaal vast, niet helemaal levend in de wereld. Ik mijd de achteruitkijkspiegel, de raampjes die in het donker alles weerspiegelen – want ik ben bang dat ik mezelf niet zou herkennen als ik goed zou kijken.

Fotografie draait om licht. Het woord 'fotografie' stamt van de Griekse woorden *photos*, dat licht betekent, en *graphein*, schrijven. Elke keer dat je een foto neemt schrijf je in licht.

De functie van een camera is licht om te buigen. De functie van een filmpje is het lichtpatroon vast te leggen dat door de lens wordt doorgegeven. Een film is niet meer dan een stukje plastic met licht-gevoelige korrels die als ze worden blootgesteld aan licht een chemische reactie ondergaan. Als je te veel licht door de lens laat komen, zullen er te veel korrels een reactie ondergaan en is de foto te bleek. Als je onvoldoende licht op de film laat vallen, zullen te weinig korrels een reactie ondergaan en is de foto te donker.

Licht is niet alleen essentieel voor het werk van de fotograaf; het is tegelijkertijd de grootste vijand van de fotograaf. Daarom moet een donkere kamer ook volkomen afgesloten zijn. Elke doka heeft ten minste een safelight filter, meestal een rood of oranje lampje dat geen zichtbare verandering in de lichtgevoelige materialen veroorzaakt. De safelight filter wordt gebruikt als je de beelden op de negatieven overzet op het papier en als je de afdrukken door de bakken met chemicaliën haalt.

Maar er is een periode waarin elke fotograaf in het pikkedonker staat: als hij of zij de niet-ontwikkelde film uit de cassette haalt en rond de ontwikkelspoel wikkelt. Dit is een precies werkje, want de film moet strak zitten en je mag alleen de randen aanraken. Eén verkeerde beweging en het hele rolletje is geruïneerd.

De fotografe is geheel en al aangewezen op haar ogen. Ze vertelt de buitenwereld door middel van beeld, door middel van het visuele, wat zij kan zien. Maar die paar minuten waarin ze alleen is in de pikdonkere doka moet ze alles op de tast doen, op het instinct, zonder iets te zien.

Wat is een zoektocht anders dan een oefening in blindheid?

In de uren na Emma's verdwijning stelde ik me het zoekgebied voor als een cirkel die met de verstrijkende minuten en uren uitdijt. Het terrein van mogelijkheden is nu, na zes maanden zoeken, beangstigend groot. Sterker nog, deze ene zoektocht is onbegrensd. Emma kan overal zijn: in Californië, New York, Londen, Madrid. Ze kan wel in Alaska of Alabama zitten.

Ik heb vanaf het begin als een blinde in het duister getast.

Het probleem van een safelight filter is dat deze nooit helemaal voldoet voor je taak. Je wilt altijd iets meer kunnen zien. Je zou graag heel precies de dichtheid van de korrel, de precisie van de scherpte kunnen beoordelen. Toch ben je in de donkere kamer enorm dankbaar dat de safelight filter er is. De zwakke verlichting is na de ervaring van de volkomen duisternis een enorme geruststelling. Wat zou ik nu graag een safelight hebben. Een klein dingetje om me te gidsen.

And we all go with them, into the silent funeral,
Nobody's funeral, for there is no one to bury.
    –T.S. Eliot, *Four Quartets*[10]

Jake is bij een therapeut geweest. 'Afsluiting,' zegt de therapeut, 'vereist een rituele erkenning van haar dood.'

Vandaar de kist. Ik ging hem samen met Jake uitkiezen. Een begrafenisonderneming op Geary Street, pluche tapijt en verstilde ruimten, naast een Burger King. Een man in krijtstreeppak ging ons voor door een lange gang naar dubbele deuren, waarachter een kantoor was ingericht alsof het iemands salon was. Grootmoederachtig, victoriaans, met een gewelfde, mauve bank en drie hoge beklede stoelen. De begrafenisondernemer sloeg met een lange, bleke vinger de bladzijden om van een in leer gebonden boek met foto's en reclamemateriaal. Hij probeerde ons iets te verkopen wat speciaal was gemaakt voor kleine meisjes, helderwit met handgeschilderde engelen en bloemen, een satijnen bekleding in Pepto-Bismolroze.[11]

'U kunt een speciale inscriptie op de kist laten zetten,' vertelde hij, waarna hij een gedicht op rijm van Anoniem voorlas. Toen Jake de eenvoudige eiken kist koos, zonder protserige koperen accessoires of filigraanhandgrepen, en zonder gedicht, wierp de begrafenisman ons een afkeurende blik toe.

Dat was drie dagen geleden. De herdenkingsdienst zal vandaag om elf uur worden gehouden. 'Ik wil je erbij hebben,' zegt Jake door de telefoon en zijn stem klinkt buitengewoon vermoeid. Op de achtergrond hoor ik koffie pruttelen.

Het is nu 198 dagen geleden. Vanochtend heb ik een rekensommetje gemaakt:

4752 uur.

285.120 minuten.

17.107.200 seconden.

'En?' Hij wacht en ademt in de hoorn.

Om eerlijk te zijn heb ik het recht niet hem iets te weigeren. Omdat ik niet voorzichtig was, omdat ik ergens anders naar keek, omdat het me enkele seconden ontbrak aan een moederinstinct, omdat ik die cruciale ogenblikken de verkeerde kant op ging, is Emma verdwenen. Het is mijn schuld dat deze samenkomst nodig is, mijn onuitspreekbare feilen waardoor deze rouwdragers bijeenkomen.

'Natuurlijk.'

Ik hoor Jake een kop koffie inschenken, een lepeltje dat tegen de mok tikt terwijl hij de suiker erdoor roert. 'Kom je hierheen? Zullen we er samen heen gaan?'

'Ja.'

Ik zoek in mijn kast iets zwarts uit, doe smaakvolle make-up op en ga naar Jakes huis. Zwijgend rijden we samen naar de kerk, hij heeft zijn ogen op de weg gericht, met een uitgestreken gezicht. Ik sta voor de samengekomen mensen bij de grote katholieke kerk, de kerk waarvan ik de ramen talloze keren heb bewonderd vanaf de straat. De meeste mensen die we voor onze bruiloft hadden willen uitnodigen zijn er, plus Emma's schoolvriendinnetjes en hun ouders, de vrijwilligers van de commandopost, rechercheur Sherburne, politiemensen die aan het onderzoek hebben meegedaan. Iemand, misschien een van Jakes leerlingen, heeft een verslaggever op de hoogte gesteld van de dienst, en er zijn ook een heleboel onbekenden. Zelfs Leslie Gray is hier, samen met haar cameraman.

Jake en ik zitten op de eerste rij en houden elkaars hand vast. Hij is stil, beheerst. Gelaten.

Verscheidene mensen komen naar voren om iets over Emma te zeggen: haar juf van groep één, haar celloleraar, de moeder van haar beste vriendin. De plechtigheid is een kwartier aan de gang als Lisbeth arriveert. Ze loopt naar voren, wurmt zich langs mij in de kerkbank en neemt aan Jakes andere zijde plaats.

Als het mijn beurt is om iets te zeggen, kijk ik de menigte sombere gezichten aan en som ik alles wat ik leuk vind aan Emma op. Ik vertel anekdotes waardoor Emma voor de luisteraars tot leven komt, haal grappige uitspraken van haar aan, breng de rouwenden aan het lachen met haar verlangen metselaar te worden. Ik bedank de inwoners van San Francisco voor hun steun.

Als ik terugloop naar mijn plaats, staat Lisbeth op. Het dringt tot me door dat ze van plan is te gaan spreken, alsof zij enig recht heeft een lofrede te houden op een kind dat ze niet eens kent. Jake pakt haar resoluut bij haar arm. 'Nee,' zegt hij, zo luid dat de helft van de kerk het kan horen. Lisbeth slikt iets weg, vertoont een flauwe glimlach en gaat weer zitten.

Na de dienst rij ik met Jake naar de begraafplaats, achter de lijkwagen met een kleine, lege kist. De begrafenis is een besloten ceremonie, alleen ik, Jake, de priester, een paar leraren van Jakes school, en de familie van Emma's beste vriendin zijn erbij. Lisbeth ontbreekt. Terwijl de kist in de grond zakt, staat Jake zichzelf eindelijk toe in het openbaar te huilen.

Ik merk dat ik zelf ook huil. Maar toch wil ik de hele tijd roepen dat dit een leugen is. Er schuilt geen waarheid in deze kist, geen waarheid in het grafje, de berg aarde, de geur van pas gemaaid gras. Emma leeft nog.

'Misschien wordt het eens tijd,' zegt Jake op de terugweg naar zijn huis.

'Tijd waarvoor?'

'Ons huwelijk. Het hoeft geen grote partij te worden. We kunnen ook alleen naar de vrederechter gaan.'

Heel even overweeg ik die mogelijkheid. Het is misschien niet zo'n slecht idee. Misschien kunnen we een fragiele vrede beklinken in de eerste maanden van ons huwelijk, leren onder de nieuwe voorwaarden samen te leven, misschien zelfs een manier te vinden om gelukkig te zijn.

'Nou?' vraagt hij.

'Je weet dat ik met je wil trouwen, Jake. Je weet dat ik van je houd...'

'Ik heb hier lang over nagedacht, Abby. Sinds haar schoentje opdook, heb ik erover nagedacht hoe ik iets kan vinden om verder te kunnen leven. Je ziet wel eens ouders op televisie, ouders die een kind verliezen en hun verdriet dan omzetten in iets van betekenis, iets positiefs. En ik bedacht dat ik geen John Walsh kan zijn. Het klinkt misschien egoïstisch, maar ik kan dit niet de komende dertig jaar blijven herbeleven. Ik wil iets van een leven terug. Misschien kunnen jij en ik op een goed moment aan kinderen gaan denken. Ik weet dat we Emma niet kunnen vervangen, ik weet dat een ander kind de pijn niet zal wegnemen, maar we moeten een manier verzinnen om verder te kunnen.

Herinner je je nog waar we het een hele tijd geleden over hadden, toen we net hadden besloten te gaan trouwen? Ik zei toen tegen je dat ik om diverse redenen van je hield, en dat het feit dat jij een goede moeder voor Emma was er maar één van was. Dat is niet veranderd.'

'Volgens mij is dit gewoon niet het geschikte moment, Jake.' Ik weet niet wat ik anders moet zeggen, hoe ik hem moet uitleggen wat ik voel. Een deel van mij wil zo ontzettend graag bij hem zijn, weer een soort van leven samen hebben, dat ik wou dat ik mijn woorden kon terugnemen zodra ik ze uitsprak. Maar het is nu eenmaal zo dat ik geen leven wil dat gebaseerd is op een onwaarheid, op de illusie van Emma's dood. Mijn moeder beschuldigde me er altijd van dat ik te veel verlangde, dat ik een idee in mijn kop kreeg en dat ik dan te koppig was om het aan de realiteit aan te passen. Maar dit wil ik, dit kan ik op mijn heldere momenten nog altijd voor me zien: Jake en ik en Emma, samen als een gezinnetje. Niets minder.

Na een kalme receptie in Jakes huis ga ik naar huis, verkleed me en rijd ik over de kustweg ten zuiden van de stad. Om twee uur 's middags kom ik aan bij Half Moon Bay. Ik blijf daar een paar uur, praat met surfers, laat ze Emma's foto zien, de schetsen van het duo in het bestelbusje. Op de terugweg stop ik bij de Taco Bell in Pacifica, die op een absurd mooi stukje strand staat met panoramisch uitzicht op de oceaan. Het was een goede surfdag, 'een lekkere west swell'[12] volgens het surfverslag dat op iemands radio te horen is, en de surfers zijn draaierig, afgemat en schrokken taco's en bean burritos naar binnen alsof ze in geen dagen gegeten hebben. Ik bestel een cola, ga in mijn eentje aan een tweepersoonstafeltje zitten en speur de gezichten in de groep af.

De rijbaan in noordwaartse richting van de kustweg is vol dagjesmensen, waardoor het me meer dan een uur kost om weer in de stad te komen. Ik ga over de Great Highway en draai Point Lobes Avenue op, ga door Geary door het Richmond-district, langs de Alexandria en de Coronet. De laatste is na tachtig jaar dienst te hebben gedaan net gesloten, weer een imposante, oude bioscoop minder. Het was Emma's lievelingsbioscoop; nu staat op de luifel: *Hier komt het ouderdomsinstituut.*

Ik stop voor de kerk en ga naar binnen. Er branden nog steeds een paar kaarsen voor het altaar. Ik ga in de tweede kerkbank zitten en kijk omhoog naar de flikkerende kaarsen, de Maagd Maria, de glimmende figuur van Christus met gespreide armen aan een verguld kruis. De kerk is leeg, op een dakloze die achterin ligt te slapen na. Ik klap het bankje neer, kniel en sla een kruis. Ik wacht op een schokje in mijn vingers, een stem die fluistert vanuit de duisternis. 'Jezus roept,' zong het koor altijd. Als er een stem is, zal ik die nu toch vast horen.

In deze knielhouding, met mijn handen gevouwen en mijn voorhoofd tegen mijn duimen geperst, bid en huil en smeek ik, doe ik beloftes aan een God die ik nooit heb ontmoet. Ik ben geleegd, zoals de priesters me altijd opdroegen, maar er komt geen grote geest uit de duisternis zweven om de leegte te vullen. Op een gegeven moment hoor ik geschuifel van voeten. De kerk loopt vol met parochianen voor de avondmis. Terwijl ik door het gangpad terugloop naar de uitgang, nemen de ogen me vluchtig op om meteen weer weg te kijken. Ik zie er ongetwijfeld als een of andere idioot uit met mijn gekreukelde kleren, mijn zanderige schoenen en mijn verwarde haren.

Terug in de auto zet ik de radio aan, al was het maar om de zwarte ruimte in mijn hoofd op te vullen. Op KALW leidt Roman Mars een fondsenwervingscampagne. Op KQED interviewt Michael Krasney Craig Newman en Jim Buckmaster en ik draai de knop langs reclames en praatprogramma's en sla diverse zenders over tot ik eindelijk muziek heb. Het is dat Wilco-nummer natuurlijk, en ik weet nu al dat ik dat de rest van de dag uit mijn hoofd zal proberen te krijgen.

54

En gij, mijn Mnemnosyne, die verborgen zijt onder
de dertig zegels en ingemetseld in het donkere schavot
van de schaduw der ideeën, laat me uw stem in mijn oren horen.
– Giordano Bruno

De hypnoseafspraak is op maandag. Dokter Shannon heeft een chique praktijk in Palo Alto, vlak bij het plein. De wachtkamer is uitgevoerd in eikenhout en aan de muren hangt kunst in dure lijsten. Over de lengte van de hele ruimte staat één witte bank. Een aantrekkelijke jongeman zit aan een antiek bureau iets op te schrijven in een groot register. Zijn ogen hebben een opzienbarende tint groen – gekleurde contactlenzen. Hij schrijft mijn naam op, geeft me een klembord en pen en vraagt me een paar formulieren in te vullen.

Om één uur precies begeleidt de assistent me naar een groot vertrek waar het naar leer ruikt, en waar een stevige vrouw in een oranje broekpak en paarse sjaal op een rechte stoel zit.

'Dokter Shannon,' zegt ze en ze geeft me een hand. Ze heeft een brede glimlach met veel tanden en sproetjes op de brug van haar neus, waardoor ze eruitziet als een gezonde boerenmeid. Ik had me haar heel anders voorgesteld. Toen ik haar door de telefoon sprak en de reden van mijn bezoek uiteenzette, stelde ik me bij haar rustige, lage stem een magere vrouw in een zwarte, rechte jurk voor, een afstandelijk en intellectualistisch iemand.

'Ga zitten, Abby.'

Ik zink weg in de ligstoel, waardoor ik me meteen in het nadeel voel. Dokter Shannon zit in de hoogte op haar rechte stoel, terwijl ik met mijn knieën in de lucht in de diepte lig. 'Je moet een paar dingen weten voor we beginnen,' zegt ze, terwijl ze me verontrustend intens aankijkt. 'Ten eerste is het geheugen een diepe zee.'

Ik knik, in de ban van haar broekpak, haar grillige opvattingen over kleur, en ik vraag me af hoe ze aan het idee komt dat oranje het nieuwe zwart is.

'Ten tweede kun je het geheugen niet veroveren, net zomin als de zee. Je kunt erin duiken en het onderzoeken, maar je kunt het niet bezitten. Begrijp je?'

Ik knik opnieuw.

'Ten derde moet je altijd boven komen om adem te halen. Daarom zit ik hier. Ik ga je helpen erin te duiken, daarna ga ik je naar boven leiden om adem te halen.'

'Oké.'

'Lig je lekker?'

'Ja.'

'Mooi.'

'Misschien moet je weten dat ik dit al eens eerder geprobeerd heb. Ik had er hoge verwachtingen van, maar het werd niks.'

'Misschien was je er nog niet klaar voor,' zegt zij. 'Ben je er nu klaar voor?'

'Ik denk het wel.'

Ze kijkt naar mijn voeten: zwarte laarzen tot mijn knieën. 'Misschien kun je beter je laarzen uittrekken, dat is prettiger.'

Ik rits mijn laarzen open en zet ze naast mijn stoel; ik geneer me dat ik vanochtend de tijd niet heb genomen om gelijke sokken aan te trekken.

'Mooi. Nu ga ik je in een toestand van diepe ontspanning brengen, en daarna zal ik je vragen me te vertellen over die dag op het strand. Als je uit de hypnose komt, zou alles je helder voor de geest moeten staan. Je kunt veranderingen in je lichaam opmerken, zoals een heel licht of zwaar gevoel.' Ze bekijkt haar aantekeningen. 'Door de telefoon vertelde je me dat je je elk detail van de dag waarop je kleine meisje verdween wilt herinneren, nietwaar?'

'Ja, de dochter van mijn verloofde.'

'Zoek je iets in het bijzonder?'

'Ik ben het meest benieuwd naar de minuten voor de verdwijning, nadat we bij het strand waren aangekomen. Kentekens zouden mooi zijn. Bijzonderheden van de mensen op de parkeerplaats. Vooral dat duo in een bestelbusje. Kenmerken van hun bestelbus zouden handig zijn.'

'Doe om te beginnen je ogen dicht,' zegt dr. Shannon. Dan begint ze te spreken met een diepe, zachte stem. Ze vertelt dat ik lekker lig, dat ik moe ben, dat het geheugen een diepe, warme zee is. Ze zegt dat ik haar moet vertrouwen. Ze draagt me op erin te duiken. Een tijdje gebeurt er niets. Ze praat verder met een lage, monotone stem. Op een gegeven moment voel ik dat mijn lichaam lichter wordt, alsof mijn armen drijven.

'Ga terug naar die dag op Ocean Beach. Je staat met Emma op de parkeerplaats. Vertel me wat je ziet.'

'Een oranje Chevelle. Er zit een man in die de krant leest. De ramen zijn open. Hoelameisje op het dashboard.'

'Goed. En verder?'

'Een rij mieren baant zich een weg over de stoep. Emma blijft staan om te kijken. Een dode zandkrab. Emma's gele emmertje, haar rode plastic schepje, haar blauwe schoentjes. Ze stampt op de mieren en de krab.'

'Heel goed,' zegt dr. Shannon. Ze praat zachtjes, met vaste stem. Het tafereel wordt helderder, en ik voel hoe de details van die dag me overspoelen. De brommende auto's op de boulevard. De mist als een aangename droom. Het knisperende schuim, een bijna weggespoeld zandkasteel, waarvan nog maar één ronde toren overeind staat.

'Laten we even op de parkeerplaats blijven,' zegt dr. Shannon. 'Neem de tijd.'

Ik zie aan het eind van de parkeerplaats een gespannen touw, waar het asfalt verbrokkelt. De stenen muur is aan het vergaan. 'Californië valt in de oceaan,' zeg ik en ik realiseer me dat ik mijn moeder aanhaal, haar vaak herhaalde refreintje. Als kind keek ik altijd naar de kaart op de muur van mijn vaders werkkamer en dan stelde ik me voor dat het land precies bij de Californische grens afbrak, dat de complete staat er gewoon afbrak en wegdreef.

'Wat zie je op de parkeerplaats?'

'Een geel bestelbusje, een van die hippiegevallen. Een vrouw kijkt uit het raam, ze glimlacht en wuift naar Emma. De chauffeursportier is open en daar staat een man op blote voeten, met ontbloot bovenlichaam, een surfplank te waxen.'

'Hoe ziet die man eruit?'

'Knap, ongeschoren, hoogblond haar, gespierde armen. Hij knipoogt naar Emma en groet haar. Ze kijkt naar mij en ik knijp in haar hand. Ze knijpt terug; ze is klein maar o zo sterk. Ze heeft onder aan haar vingers eeltplekjes van het knijpen in de handvatten van haar fiets. "Hallo," zegt ze. De man antwoordt dat het een mooie dag is. Hij heeft één lui oog.'

'Welk?'

'Zijn linker.'

'Vertel eens iets meer over de bestelbus. Hoe ziet die eruit?'

'Lichtgeel. Roest rond de wielen.'

'Je zei dat er gordijntjes voor het raam hangen. Welke kleur?'

'Blauw, versierd met rode kraaltjes. En er zit een barst in de voorruit, met plakband erop.'

'Heel goed. Verder?'

'Vlak onder het raam waar de vrouw door naar buiten kijkt zit een bumpersticker. Grote witte letters op een blauwe achtergrond, maar ik kan alleen een T zien. Boven de T staat een plaatje van een man die over een golf gaat.'

'Mooi. Wandel nu naar de achterkant van de bestelbus. Kun je het nummerbord lezen?'

Ik zie de plaats waar het nummerbord hoort te zitten, een lege rechthoek, maar verder niks.

'Welke kleur heeft het nummerbord?'

Ik voel m'n handen vochtig worden, mijn armen voelen licht, gewichtloos aan. Ik realiseer me hoe belangrijk het nummerbord is, maar ik kan er geen chocola van maken. Ik voel een warme hand op de mijne.

'Het geeft niet,' zegt dr. Shannon. 'Kijk naar de man. Beschrijf hem.'

'Zijn vingernagels zijn heel kort. Hij heeft een armband om: een smal zilveren kettinkje waar iets aan bungelt. Hij heeft een tatoeage op zijn borst, een golf die boven zijn tepel breekt. Op de top van de golf zit een ovale moedervlek.'

'Heeft hij nog meer tatoeages?'

'Nee, alleen die.'

'Littekens?'

'Ik geloof het niet.'

'Oké, Abby, concentreer je nu op de surfplank.'

'Het is een lange plank die tegen de bestelbus aan staat. Een rood-achtige kleur.'

'Staan er plaatjes op?'

'In het midden zit een of ander insect.'

'Wat voor insect?'

'Nee, geen insect, het is een kikker, een gouden kikker.'

'Staan er woorden op de plank?'

'In het hout aan de staart staat iets gegraveerd. Misschien is het een merk.'

'Wat staat er?'

'Dat kan ik niet lezen.'

'Je doet het heel goed,' zegt dr. Shannon. 'Laten we het even hebben over de vrouw bij het raampje. Hoe ziet zij eruit?'

'Blond. Ouder dan de man, verweerde huid, te bruin. Ze ziet er een beetje maf uit, weet je wel, alsof ze niet helemaal in orde is.'

'Waarom vind je dat ze er maf uitziet?'

'Ik weet het niet. Het is een gevoel.'

'Kun je nog meer over het bestelbusje vertellen, Abby?'

Ik zoek en zoek, maar er schiet me niets te binnen.

'Zijn er nog andere auto's op de parkeerplaats?'

'Er staat een postvrachtauto, een motor.'

'Wat voor soort motor?'

'Klein, rood, misschien een Honda.'

'Zit er iemand op?'

'Nee.'

Een paar minuten lang begeleidt ze me nog verder en stelt ze me vragen die ik niet kan beantwoorden. Ik probeer dichter bij de man en het gele bestelbusje te komen, maar telkens als ik een stap zet, is het alsof ze achteruit gaan en minder scherp in beeld zijn.

Ik voel een hand op mijn arm. 'Tijd om boven te komen om adem te halen, Abby. We zijn in mijn praktijk. Nu wil ik graag dat je langzaam je ogen opendoet.'

Dr. Shannon heeft haar stoel dichter naar de mijne geschoven. Ze ruikt vaag naar sigaretten. Verbeeld ik 't me, of hangt er een dun sliertje rook in de lucht naast haar? Ze laat mijn hand los en maakt aantekeningen in haar gele schrijfblok. 'Hoe voel je je?'

'Goed. Was ik gehypnotiseerd?'

'Zeker weten.'

'Ik had niet het gevoel dat ik onder hypnose was.'

'Dat is volkomen normaal.'

'Heeft het iets opgeleverd?'

'Zeg jij het maar. Denk terug aan de informatie die je hebt onthuld. Zit er iets nieuws bij?'

Het valt me nu pas op dat de paarse sjaal van dr. Shannon is bedrukt met witte aapjes. Sommige apen lachen, sommige fronsen en sommige zitten met hun handen in hun schoot, als brave scholieren.

Terwijl ik mijn geheugen afga voel ik een diepe teleurstelling. Ik heb dit allemaal al eens gezien – alleen dezelfde oude feiten, dezelfde nutteloze aanwijzingen. 'Maar de kikker,' zeg ik. 'Die is nieuw. De kikker op de surfplank herinnerde ik me eerst niet. De bumpersticker ook niet.'

'Mooi,' zegt zij. Ze lijkt tevreden, maar helemaal niet verrast. Ze staat op en maakt een vreemd buiginkje, een aanduiding dat we klaar zijn.

'Dankjewel,' zeg ik.

'Graag gedaan. Doe je zwager de groeten.'

Ik ontmoet Jake bij de lunch in La Cumbre. We zitten aan een tafeltje achterin, onder een vierkant raampje. Hij zet zijn mes in zijn burrito. Bonen en salsa verspreiden zich over zijn bord. Hij kijkt naar mijn onaangeroerde eten. 'Je kwijnt weg.'

Ik prik met mijn vork in de burrito, neem een slokje zoet sinaasappelsap uit een flesje. Uit de luidsprekers klinkt kletterende Mexicaanse muziek. Het is 'Hotel California' in het Spaans. Aan de muur boven Jake hangt een schilderij van een dansende vrouw met een rode plooirok en hoge hakken.

'Ik ben naar een therapeute geweest,' flap ik eruit.

'Goed zo, Abby.' Ik zie aan zijn ogen dat hij tevreden over me is. 'Heeft het geholpen?'

'Niet echt een therapeute. Meer een...'

'Een wat?'

'Eh, het was een soort hypnotiseur.'

Hij legt zijn vork neer, leunt met zijn ellebogen op tafel. 'Waarom?'

'Ik wilde het me herinneren. En dat is me gelukt. Ik heb iets gevonden. Herinner je je die vent bij het bestelbusje nog? Tijdens de hypnose kon ik zijn surfplank duidelijk zien.'

'Wat bedoel je?'

'Het is nieuw, iets wat ik me eerder niet kon herinneren. Het wijst erop dat er begraven herinneringen zijn. Als ik me dat detail kan herinneren, kan ik me misschien nog meer dingen herinneren.'

'Weet je waar ik maar steeds op blijf hopen?' zegt hij, terwijl hij het ijs in zijn glas rondwentelt. 'Ik blijf maar steeds hopen dat we het op een gegeven moment over ons kunnen hebben, onze toekomst. Sinds de plechtigheid in de kerk is dat het enige wat ik echt wil, maar jij gaat het onderwerp steeds uit de weg.'

Hoe kan ik hem zeggen dat er in mijn ogen geen toekomst voor ons is zonder Emma? Het is niet mogelijk verder te gaan tot ik haar heb gevonden. 'Ik besef dat het niet veel lijkt,' zeg ik, 'maar het zou wel eens een echte aanwijzing kunnen zijn.'

Ik moet denken aan iets wat het meisje van de surfwinkel, Goofy, me heeft verteld over de luwte – het gat tussen de golven dat surfers gebruiken om naar de start te peddelen. 'Zonder die rustige periode tussen de sets,' zei Goofy, 'zou het onmogelijk zijn om bij de golven te komen. Het probleem is dat die luwte soms te lang duurt. Soms kom je waar je wezen moet en dan moet je gewoon wachten, nog langer wachten en denk je dat er geen einde aan de luwte komt.' Ik heb het gevoel dat de laatste paar maanden een gekmakend lange luwte is geweest en dat ik nu eindelijk de kans heb vooruitgang te boeken.

We zwijgen gedurende de rest van de maaltijd. Als Jake opstaat om onze dienbladjes te legen in de afvalbak, zie ik iets onder zijn schoenzool zitten – een prijsje, nog wit. Ik weet dat het onterecht is dat ik zo boos word, dat het onterecht is dat ik de neiging heb om te gaan gillen. Maar ik realiseer me nu dat hij deze kleine stap heeft gezet: hij is een paar schoenen gaan kopen. Hij is bezig een nieuwe start te maken.

Volgens Isaac Newton verstrijkt de tijd uit eigen beweging, een uniforme beweging die volstrekt onafhankelijk is van het menselijk verstand en materiële objecten. Tijd is als een brede rivier zonder begin of eind, die oneindig lang stroomt. Eeuwen voor Newton werd geboren beschouwde Aristoteles de tijd als een cyclische entiteit die gegrond was in de astronomie. Als de hemellichamen weer op de positie stonden die ze innamen op het moment van het begin van de wereld, zou de tijd opnieuw beginnen.

In de vierde eeuw kwam Augustinus met de aanduidingen v.Chr. en *anno Domini*, waarmee hij de tijd een lineaire schaal toeschreef die gebaseerd was op het christendom. Daarnaast pleitte hij voor de subjectiviteit van de tijd, en stelde hij dat de tijd niet aan de beweging van de planeten gebonden hoefde te zijn. Maar het was Einstein die een revolutie teweegbracht in ons tijdsbesef met zijn bewering dat elk inert referentiekader in het universum zijn eigen tijdparameter heeft; absolute tijd bestaat dus niet.

Ik moet denken aan Mrs. Monk, mijn lerares in de derde, die boven op een stoel staat en een zelfgemaakte klok aan de muur van ons lokaal bevestigt. De vilten wijzers hadden verschillende kleuren: rood voor de uren, blauw voor de minuten, geel voor de snelle, voorspelbare seconden. Dit systeem verwees op geen enkele wijze naar de echte complexiteit van tijd, gaf geen verklaring voor het getal dat Nell me onlangs onder de aandacht had gebracht: 9.192.631.770.

In de lange, controversiële geschiedenis van de tijd is het een jong getal. 9.192.631.770: het aantal trillingen van de resonantiefrequentie van een cesiumatoom binnen de maateenheid die wij kennen als een seconde. Een piepkleine seconde. De natuurlijke frequentie van het cesiumatoom werd pas in 1967 officieel erkend als de nieuwe, universele eenheid van tijd. Tegenwoordig wordt de Gecoördineerde Universele Tijd gedefinieerd door een groep atoomklokken verspreid over de wereld, waarvan de indrukwekkendste, NIST-FI, in het National Institute of Standards and Technology in Boulder, Colorado staat. De NIST-FI is zo nauwkeurig dat hij in twintig miljoen jaar geen seconde voor of achter zal lopen. Stel je dit eens voor: twintig miljoen jaar van seconden, achter elkaar, in één nauwkeurige, schitterende choreografie van tijd.

Ieder mens begrijpt dat een seconde volgens deze maatstaven op en uit zichzelf niets is. Een seconde is iets irrelevants, een niemendal, een lachwekkend en voorbijgaand ding.

Ik blijf maar, uur in uur uit, dag in dag uit terugkomen bij die paar seconden op het strand. Vergeleken met de lange, elegante mars van de tijd zijn ze niets; maar in een mensenleven zijn die seconden – stuk voor stuk volmaakt in hun synchroniciteit, stuk voor stuk precies even lang als hun voorgangers en opvolgers – alles. Ik bedenk dat Newton gelijk had en dat de tijd een kalm stromende rivier is. Ik zie Emma, in haar eentje, op het strand staan, onveranderlijk. In mijn gedachte is zij altijd precies zoals die allerlaatste keer dat ik haar zag – een klein meisje met een zwarte paardenstaart, een geel emmertje, met haar rug naar mij gekeerd. Op de rivier drijft een figuur – ik – voorbij. Het cesiumatoom trilt met een onmogelijke snelheid heen en weer, elke minitrilling, elke seconde, voert me verder bij haar vandaan.

56

Dag 214. Ik parkeer voor Dean's Foggy Surf Shop. Goofy staat binnen achter de toonbank. Ze wuift me een korte groet toe. 'Je bent terug.'

'Nog succes gehad met die daar?' vraag ik, terwijl ik op de twee politietekeningen aan de muur achter de toonbank wijs.

'Sorry, niente.'

'Ik heb een vraag aan jou.' Ik leg een vel papier voor haar op de toonbank. Het is een tekening van de kikker op de surfplank, nagetekend zo goed als mijn beperkte artistieke talent toestond.

Goofy veegt het vel met twee handen glad. Haar nagels zijn kort en goed verzorgd; ze glanzen. Ze heeft drie zilveren ringen aan haar rechterhand – eentje met een topaas, een minikettinkje, een die eruitziet als een trouwring.

'Wat is dit?' vraagt ze.

'Ik zag het op een surfplank. Zíjn surfplank.'

'Komt me bekend voor.' Ze draait zich naar een deur die naar een achterkamer leidt. 'Hé, Luke?'

Er komt een man de winkel in. Kalend, begin veertig, een en al spier, afgezien van de bierbuik die zijn T-shirt oprekt. 'Wat?' Hij ziet eruit alsof hij net is opgestaan.

'Mijn vriendin hier vertelt dat ze dit symbool op een plank op het strand heeft gezien. Ken jij het?'

'Jawel,' zegt hij, zich op zijn hoofd krabbend. 'Dat is een Billy Rossbottom, weet je wel, de Killer Longboard.'

'O, oké,' zegt Goofy. 'Ik heb wel van die plank gehoord, maar ik heb er nooit een met eigen ogen gezien.'

'Dat geldt voor de meeste mensen.'

'Wie is Billy Rossbottom?' vraag ik.

'Wie wás hij, bedoel je,' zegt Luke. 'Hij had vroeger een schitterende zaak in Prismo. Rossbottom was een echte kunstenaar. Gebruikte alleen balsahout uit Ecuador, raakte geen purschuim aan. Er zijn er maar heel weinig van, ze zijn ontzettend veel waard. Triest van Billy.'

'Triest?'

'Hij kwam vorig jaar om bij een vliegtuigongeluk met een tweemotorige Cessna die hem naar Miami vervoerde voor een bijeenkomst met de hoge omes in Panama Jack. Hij was bezig met een deal om zijn naam te gelde te maken. Volgens sommigen had hij geluk dat hij het loodje legde voor hij de kans kreeg de boel te verkopen.'

'Het klinkt niet als geluk,' werp ik tegen.

'Dat hangt er maar van af hoe je het bekijkt. Maar het was wel een echte tragedie wat er met die planken gebeurde. Na zijn dood sloot zijn zus de winkel een paar weken, tot ze had bedacht wat ze ermee zou doen, en op een nacht ging de zaak in vlammen op. Er gingen twintig planken verloren.'

'Ken je iemand die er een heeft?'

'Eentje maar, een neurochirurg in Pacific Heights.'

Ik wijs naar de schets achter de toonbank, die van de man bij de gele bestelbus. 'Lijkt hij toevallig een beetje op die man?'

'Sorry,' zegt Luke. 'Het is niet de man die je zoekt. Deze arts is een betrouwbare 65-plusser.'

'Ik vraag wel voor je rond,' zegt Goofy. 'Hé, moet je ergens naartoe?'

'Niet echt.'

'Wat vind je ervan om naar de Bashful Bull 2 te gaan voor dat ontbijt waarover ik je vertelde?'

'Dat lijkt me leuk.'

We lopen in de mist door Taraval Street. De stilte wordt verbroken doordat de M-Oceanview langsdendert, met slechts één passagier. Ik draai me om en loop een paar meter terug, zodat ik de oceaan kan zien aan het einde van de avenues, het grijze strand. 'Deze stad doet me wat,' zeg ik. 'Ik heb hier het grootste deel van mijn volwassen leven gewoond en hij grijpt me nog altijd aan.'

'Ik begrijp wat je bedoelt,' zegt Goofy. Zij draait zich ook om en we kijken een tijdje naar beneden. De mist komt vanaf zee binnendrijven, een witte massa die op ons afkomt. Een verdwaalde zee-meeuw cirkelt boven ons hoofd.

'Heb je weleens wat van Armistead Maupin gelezen?' vraagt ze.

'Een beetje.'

'Aan het begin van *28 Barbary Lane* haalt hij Oscar Wilde aan. "Het is vreemd, maar het schijnt dat iedereen die verdwijnt in San Francisco wordt gesignaleerd. Het moet wel een prachtige stad zijn, die alle attracties van het hiernamaals bezit."'

'Dat klinkt wel als mijn stad.'

'De moeilijkheid met San Francisco is dat je er gemakkelijk vast-roest,' vindt Goofy. 'Je kunt je niet voorstellen dat je ergens anders zou wonen en daarom blijf je. En op een dag besef je dat je vijf jaar verder bent en dat je nog niets gedaan hebt.'

'Jij bent pas vierentwintig,' antwoord ik. 'Je hebt tijd zat.'

'Niet zo heel veel tijd. Een paar weken geleden ben ik vijfentwintig geworden.'

'Gefeliciteerd. Vijfentwintig is een hartstikke mooie leeftijd.'

Ik weet nog dat niets helemaal duidelijk leek toen ik zo oud was als zij, en dat gebrek aan duidelijkheid werkte bevrijdend. Ik had zo veel mogelijkheden, ik kon zo veel richtingen op gaan met mijn le-ven. Ik had me nooit déze richting, dít leven kunnen voorstellen.

Goofy loopt in het restaurant recht op een hokje achterin af. 'Je moet specialiteit 2 nemen,' zegt ze. 'Twee eieren, gebakken aard-appels met uitjes, bacon of worst, toost en koffie. Specialiteit 1, de French toast, is niet om over naar huis te schrijven.'

Ik ben gefascineerd door de manier waarop zij eet: ze gaat er vol-komen in op, alsof het ontbijt een hele gebeurtenis is. Ze werkt ge-haast de aardappeltjes naar binnen, waarna ze twee stukken bacon op haar toost legt. 'Hoe zit het met je surflessen?' vraagt ze tussen twee happen door.

'Ik ben opgegroeid aan de Golfkust. Koud water is volgens mij niks voor mij.'

'Je kunt een wetsuit aandoen. Je went er wel aan.'

'Hoe zit het met de studie?' vraag ik, om van onderwerp te veran-deren. 'Ben je nog steeds van plan om weg te gaan?'

'Ik ben erachteraan gegaan. De universiteit van Hawaï blijkt te duur te zijn.'

'San Francisco State is niet slecht, en het collegegeld is redelijk.'

'Hoeveel ik ook van deze stad houd,' zegt ze, 'ik moet iets anders zien. Waar heb jij gestudeerd?'

'Tennessee.'

'Het zuiden kan best interessant zijn. Ik ben nog nooit in het zuiden geweest.' Ze neemt de laatste hap roerei. 'Hé,' zegt ze, 'heb jij familie?'

'Ik heb een zus in North Carolina. Mijn moeder is iets meer dan vijf jaar geleden overleden, en mijn vader spreek ik zelden. Hij woont in Duitsland.'

'Mijn vader ging ervandoor toen ik tien jaar was, en mijn moeder stierf een paar jaar later. Ik heb in een paar pleeggezinnen gezeten, maar daar heb ik eigenlijk geen contact meer mee.'

'Wat erg voor je. Dat wist ik niet.'

'Het is klote, maar je leert ermee leven. Het helpt om veel vrienden te hebben, maar het is niet hetzelfde. Het is vast cool om een zus te hebben.'

'Inderdaad. Het is fijn om iemand te hebben die nog weet hoe de dingen waren toen ik opgroeide, een gedeeld verleden te hebben.'

We worden onderbroken door de serveerster met de afrekening. 'Dat was het dan,' zegt Goofy buiten.

'Bedankt voor je hulp.'

Tegelijkertijd buigen we ons naar voren om gedag te zeggen. Goofy wil me omhelzen, ik wil haar een kus op de wang geven, en wat we bewerkstelligen is een onhandige kruising tussen beide.

'Laat wat van je horen,' zegt ze.

57

De weken erna dompel ik me onder in m'n werk. Een bruiloft in de Olympic Club, de verjaardag van een topmanager in de Top of the Mark, de opening van een restaurant in Redwood City. Het heeft iets kalmerends om door de zoeker naar het leven van anderen te kijken, een beetje vergelijkbaar met het gevoel dat je krijgt als je een donkere bioscoopzaal in gaat en je laat meeslepen door het verhaal van iemand anders, een andere kijk op de wereld. Als het echt misging tussen mijn ouders, als de ruzies hun kookpunt bereikten, vulde mijn moeder een zak met frisdrank en snoep, griste ze een hoop geld uit mijn vaders portefeuille en zei ze tegen Annabel en mij dat we in de auto moesten gaan zitten. Dan reden we naar de goedkope bioscoop met vijf zalen aan Airport Boulevard, waar we ons te buiten gingen aan reusachtige bakken popcorn en de ene na de andere film bekeken. Het kon Annabel en mij niks schelen dat het in de bioscoop altijd naar urine stonk, of dat het oude films waren, of dat de popcorn taai was. Als we maar hard genoeg ons best deden, konden we bijna geloven dat de wereld op het witte doek echter was dan de onze, dat onze problemen waren opgelost. Zo is het ook als je met een camera de wereld wandelt: als ik me verberg achter een lens, kan ik bijna vergeten wat ik heb gedaan en tegen welke prijs, al is het telkens maar een paar minuten.

Een paar avonden per week komt Nell langs met een maaltijd, en we eten al pratend aan mijn keukentafeltje. Op een avond vertelt ze me hoe ze zich verzoende met haar zoon in de maanden voorafgaand aan zijn dood – ze zat aan zijn bed, liet hem via een rietje kleine slokjes water drinken, verschoonde zijn lakens en luiers, was getuige van zijn dood.

'Maar ik kan mezelf al die jaren ervoor niet vergeven,' vertelt ze, 'de jaren toen ik er niet mee kon leven een homoseksuele zoon te hebben. Als er een ding is dat ik zeker weet, dan is het dat niets je op het moederschap kan voorbereiden.'

Ze geeft me een koffiemok om af te spoelen in de gootsteen. Hij is groen met rode stippen op de rand, een verjaarscadeautje van Emma. Ik was erbij toen ze hem schilderde in de keramiekwinkel in 24th Street.

'Misschien is het tijd,' zegt ze, terwijl ze de kraan dichtdoet en haar handen afdroogt.

'Tijd waarvoor?'

'Tijd dat je een bestaan met Jake opbouwt. Jullie houden van elkaar. Voor dit allemaal gebeurde, waren jullie zo gelukkig samen. Je hebt me ooit verteld dat je nooit had gedacht iemand te ontmoeten die zo goed bij je past. Wil je dat allemaal opgeven?'

'Natuurlijk niet. Maar hij laat mij kiezen tussen hem en Emma.'

Nell legt haar handen op mijn schouders. 'Er komt een moment dat je aan jezelf, aan jouw leven moet gaan denken. Ik weet wel dat je wilt geloven dat ze nog leeft, maar in werkelijkheid is dat waarschijnlijk niet het geval.'

Ik maak me los uit Nells greep en spoel de laatste borden af. 'Ik dacht je aan mijn kant stond.'

'Ik sta ook aan jouw kant, en Jake ook. Hij heeft je nodig, Abby.'

'Zíj heeft me nodig.'

Nadat zij is vertrokken, doe ik een jas aan en een sjaal om, ga naar buiten, loop naar de bushalte en wacht op de nr. 15. Ik ga op een plaatsje aan het raam zitten.

De bus houdt regelmatig halt en beweegt zich traag voort door de straten van de stad. Ondertussen ben ik voortdurend op de uitkijk.

Later bel ik Jake. Het is na middernacht en morgen is een schooldag. 'Ik weet dat je er bent,' zeg ik tegen het apparaat. 'Neem alsjeblieft de telefoon op.' Ik stel me voor dat hij met een decafé aan tafel zit, repetities nakijkt en de telefoon probeert te negeren. 'Bel me,' zeg ik. 'Ik blijf tot laat op.' Ik sta op het punt om op te hangen, maar dan haal ik de telefoon weer naar mijn mond. 'Het spijt me,' zeg ik. 'God, je hebt geen idee hoe erg het me spijt.'

58

Het is de ochtend van dag 221 en Nell heeft me overgehaald met haar mee te gaan naar een kunstexpositie in het SF MOMA.

'Ik kan niet,' zei ik gisteravond. Wat ik bedoelde was dat ik me niet kon voorstellen dat ik zoiets zou doen. Naar een expositie gaan, alsof er niets aan de hand was.

'De tentoonstelling draagt als titel De Geheugenkunstenaar,' zei zij. Dat trok mijn aandacht. 'De kunstenaar is Franco Magnani, die Pontito, het Italiaanse dorp van zijn jeugd, verbijsterend accuraat schildert. Het interessante eraan is dat hij zijn dorp sinds 1958 niet meer heeft gezien. Hij vestigde zich in de jaren zestig in San Francisco, waarna hij ten prooi viel aan een geheimzinnige ziekte waardoor hij ongelooflijk beeldende dromen over Pontito had. Hij had voor zijn ziekte nog nooit geschilderd, maar zijn dromen waren zo gedetailleerd dat ze hem inspireerden tot een poging op het doek.'

'Hoe krijgt hij dat voor elkaar?'

'Terwijl hij schildert stelt hij zich voor dat hij weer in het dorp is. Hij draait zijn hoofd in diverse standen, alsof hij door de plaats loopt. Hij ziet alles voor hij het schildert – zijn huis, de kerk, de bakkerij. Zijn geheugen lijkt op een filmrol.'

Het is op dit tijdstip nog niet druk in het museum. Magnani's schilderijen van Pontito zijn opgehangen naast zwart-witfoto's van de stad uit 1987. De overeenkomsten zijn verbluffend; de schilderijen zijn zo precies dat ze iets fotografisch hebben.

Maar er is ook enige vertekening. Sommige taferelen zijn bijvoorbeeld samenstellingen van verscheidene beelden. In andere lijken de gebouwen uitvergroot, alsof ze zijn waargenomen door de ogen van een klein kind. Op het schilderij van de kerk waar Magnani misdienaar was, is de trap naar de kerk breder dan op de foto, en het pad achter de kerk dat naar Magnani's huis uit zijn kindertijd leidt is veel geprononceerder dan in werkelijkheid. Op een schilderij van het huis van zijn grootvader staat een bloemperk dat op de foto vanuit hetzelfde perspectief niet te zien is. De schilderijen geven een geïdealiseerde versie van het oord.

In de folders bij de expositie staat dit citaat van Magnani: 'Het geheugen functioneert als een constructief proces dat het verleden niet alleen reproduceert, maar ook filtert, verandert en interpreteert.'

De expositie bevestigt slechts wat ik al weet: het geheugen is onbetrouwbaar. Het is te veel afhankelijk van de willekeur van onze verlangens en emoties. Denkt Emma, waar ze ook mag zijn, aan de weg naar huis? Herinnert zij zich haar adres nog, het telefoonnummer, de lampenpoetser voor het huis? Zit er in haar hoofd een beeld van het smalle pad naar haar voordeur? Als ik haar vind, wanneer ik haar vind, zal ze zich mij dan nog herinneren?

59

Dag 229. Goofy's stem door de telefoon, buiten adem. 'Je moet komen'

'Wat?'

'Iemand zegt dat hij de Rossbottom-plank heeft gezien op Ocean Beach.'

'Verlies hem niet uit het oog.'

Ik rijd op weg naar Dean's Foggy Surf-winkel 30 kilometer te hard. Als ik aankom staat Goofy buiten met twee mannen die me glimlachend begroeten – niet alleen maar beleefd, maar vriendelijk.

'Dit is Abby,' zegt Goofy. 'Abby, dit zijn Darrin en Greg.'

Darrins linkerarm zit in het gips. Hij is in de veertig en heeft kort haar en ziet eruit als een van die artsen die zich kunnen veroorloven om in Pacific Heights te wonen maar in plaats daarvan in de Sunset wonen om dicht bij Ocean Beach te zijn. Greg is klein, gespierd, ergens in de dertig, en heeft lange bakkebaarden en een kromme neus. Hij heeft het sjofele uiterlijk dat ik op de middelbare school aantrekkelijk vond.

'Heeft een van jullie die Rossbottom-plank gezien?' vraag ik ze.

Greg steekt zijn hand op, en het valt me op dat hij een van die wwjd-armbanden draagt.[13] 'Ik.'

'Wanneer?'

'Zes of zeven maanden geleden.'

'Dat is 'm,' zeg ik, en er gaat een scheut nerveuze energie door me heen. 'Dat is de periode waarin het gebeurde: juli. Weet je zeker dat het een Rossbottom was?'

'Zeker weten. Het was koud en er was bijna niemand buiten. Ik was op het strand in de hoop dat het weer zou opklaren, toen die kerel naar me toe kwam en me naar surfgebieden ten zuiden van hier vroeg. De grootte van zijn plank was het eerste dat me opviel – drieenhalve meter – en toen de kikker. Kon m'n ogen niet geloven dat ik een echte Rossbottom voor me had. Zuiver balsahout, prachtig.'

Welke kleur had hij?' vraag ik.

'Rood.'

'Weet je zeker dat het geen namaak was, makker?' vraagt Darrin.

'Dat dacht ik zelf eerst ook.' Greg kijkt me aan. 'Er zijn er wereldwijd nog maar zo'n dertig van over, dus de kans dat je er op een dag eentje tegenkomt is behoorlijk klein. Maar er stond een Rossbottom-handtekening op, weet je wel, op de staart, in het hout gegraveerd. Een kleine r, een grote krul op de m. Schitterend vakwerk.'

'Hoe zag hij eruit?'

'Blond, denk ik. In de dertig, veertig. Ik weet het niet.'

Ik wend me tot Goofy. 'Heb je hem de tekeningen laten zien?'

Ze knikt.

'Dat kan hij geweest zijn,' zegt Greg, 'maar ik weet het echt niet zeker. Mensen komen en gaan. Ik ken de mensen van hier, maar de anderen gaan na een tijdje allemaal in elkaar over.'

'Weet je waar hij vandaan kwam?'

Hij aarzelt en denkt een paar tellen na, terwijl hij aan de armband om zijn pols draait. 'Nee, maar hij vertelde dat hij van plan was naar een paar Tico-vrienden te gaan.'

'Pardon?'

'Tico's,' zegt Goofy. 'Je weet wel, Costa Ricanen.'

'Ja,' zegt Greg. 'Hij had over het testen van de Killer Longboard aan de Gold Coast.'

'Zo noemen ze Costa Rica,' legt Goofy uit, 'vanwege het gele zand.'

Ik moet denken aan de ongrijpbare bumpersticker op het gele bestelbusje, de hoofdletter T. Op dit ogenblik vult het geheugen of de verbeelding het woord aan – Tico's.

'Zei hij nog meer?' vraag ik. 'Over een gezin of iets anders?'

'Dat was alles. Hij was heel gewoon, niks bijzonders.'

'Zei hij waar hij heen zou gaan in Costa Rica?'

'Ik heb alles verteld wat ik wist, zussie.'

Darrin klopt met zijn knokkels op zijn gips. 'Ik zou gokken dat hij aan de Central Pacific Coast zit. Daar heb je de beste stranden om te longboarden. Ik ben er zelf een paar jaar geleden geweest; ik zat de hele zomer in Playa Hermosa. Daar komen heel veel Amerikaanse surfers.'

'Zeker weten,' zegt Greg. 'Als onze Lieve Heer me goed gezind was en me een Rossbottom schonk, zou ik die heel graag willen testen in Pavones of Boca Barranca. Of Tamarindo, misschien. Hermosa is mooi, want dat ligt centraal aan de Central Pacific, midden in de actie.' Hij kruist zijn armen voor zijn borst en zegt: 'Veel geluk.'

'Dankjewel.'

'Niets te danken,' Greg ziet dat ik naar zijn wwjd-armband kijk. 'Jezus was de übersurfer, weet je. Al dat gedoe over hem dat hij over het water liep. Hij wandelde niet, dude, hij surfte.'

Ik lach – een echte lach – en ik voel me bijna duizelig door de hoop. Dit is de eerste keer sinds lange tijd dat ik echt hoop heb. Misschien loopt het op niets uit, maar het kan ook wel echt iets zijn.

'Heb je tijd om met me te gaan lunchen?' vraagt Goofy.

'Sorry, ander keertje? Ik moet gaan inpakken.'

'Ik heb goed werk geleverd, hè?' zegt Goofy.

'Je bent geweldig. De volgende specialiteit nr. 2 betaal ik.'

Op de terugweg zing ik mee met de radio. Eindelijk kan ik een volgende stap zetten: Costa Rica. Dat is iets echts. Beweging. Niet alleen maar zitten wachten. Niet steeds in die bekende straten zoeken, om niets te vinden. Misschien is het een afwijking van de koers, een stap in de verkeerde richting. Maar er is een kleine kans dat het niets van dat alles is.

Ik zit te denken aan Costa Rica, dat ik daar vroeger altijd naartoe wilde. Ramon zat er een maand tijdens zijn studie en hij had het er altijd over hoe mooi het was, dat je je op een andere planeet waande als je door het regenwoud trok. 'Alles is van een andere schaal,' zei hij, 'de bomen, de bloemen, de insecten. En de kleuren zijn echt onvoorstelbaar.' Vreemd genoeg is het een van de onderdelen van een ellenlange lijst die ik vroeger voor mijn dertigste dacht af te werken. Ik was die lijst helemaal vergeten, al die dingen waar ik nooit aan toe ben gekomen. Als ik eraan terugdenk, lijkt het erop dat de tijd ergens rond mijn 28ste verjaardag opeens ging hollen en de maanden en jaren met beangstigende snelheid voorbijgingen. Mijn foto's zijn een bewijs van deze spurt van de tijd – duizenden afdrukken in plastic hoesjes in meer dan een dozijn ordners met drie ringen, miniatuuropnames van gezichten en plaatsen, beelden die, samengenomen en in de juiste volgorde, het verhaal van mijn leven vertellen. Telkens als ik aan het eind van het jaar de balans opmaakte, realiseerde ik me hoeveel ik niet had bereikt.

Toen kwamen Jack en Emma en kreeg ik het gevoel dat ik weer iets dééd, een doel had. Tot dat ogenblik op Ocean Beach, toen alles ineens stopte. Geen foto's meer, geen verhaal meer. Alleen een verschrikkelijk dood punt.

Ik ga zonder vooraf te bellen naar Jakes huis. Het huis ruikt naar eieren met spek, zijn favoriete avondmaaltijd. Ik tref hem in de keuken, waar hij repetities nakijkt.

'Heb je trek?' vraagt hij, terloops, alsof de ruzie in La Cumbre nooit heeft plaatsgevonden.

'Nee dank je.'

Ik ga tegenover hem zitten. Hij moet zijn haar laten knippen en zich scheren. Toch ziet hij er goed uit. Ik zie nog steeds wat ik in hem zag die eerste dag op de school, het bedrieglijk slordige uiterlijk van een man die de zaakjes in werkelijkheid allemaal op orde heeft. Maar hij is ook veranderd. Ouder. Minder op zijn gemak in de wereld. Hij heeft zijn zelfvertrouwen verloren. Dat zie ik aan de manier waarop hij zit, met afhangende schouders. De manier waarop de pen in zijn hand rust – losjes, zonder overtuiging.

'Wat is het onderwerp?' vraag ik, knikkend naar de stapel papier.

'Plato's dialogen. Hoe kan Socrates' loochening van kennis worden verenigd met zijn zelfvertrouwen en gewaagde ethische uitspraken?'

'Begrijpen ze daar iets van?'

'Je zou versteld staan.' Hij bladert door de proefwerken, en houdt ermee op, alsof hij is vergeten waar hij naar zocht. Bij zijn elleboog staat een bord eten, onaangeroerd.

'Ik ga naar Costa Rica,' zeg ik.

'Wat?'

'Het gaat om de Billy Rossbottom-plank. Er is een goede kans dat het duo van het gele bestelbusje in Costa Rica zit, of daar op z'n minst onlangs is geweest.'

Voor hij iets kan zeggen, vertel ik hem over mijn ontmoeting met Goofy en de mannen bij de winkel. Hij luistert zwijgend, zijn armen gekruist voor zijn borst. Als ik ben uitgepraat, staat hij op en loopt hij naar de gootsteen, alsof hij daar iets moet doen. Maar hij staat daar gewoon met zijn rug naar mij toe naar de vuile afwas te kijken.

'Waarom doe je dit?'

'Ik moet wel. Dat is het laatste detail dat ik me van die dag kan herinneren, het laatste spoor dat ik nog niet heb onderzocht. Ik moet het afmaken.'

'Een of andere stonede surfer denkt dat hij misschien een vent met een kikker op zijn surfplank heeft gezien, en dat is voldoende voor jou om alles te laten liggen en naar Midden-Amerika te gaan?'

'Die vent was niet stoned, en hij dácht niet dat hij de plank had gezien, hij herinnerde het zich heel precies.'

'Goed, laten we omwille van de discussie aannemen dat het inderdaad diezelfde man was. Dat was een hele tijd geleden. Als hij het echt was en als hij echt naar Costa Rica is gegaan, dan is het niet erg waarschijnlijk dat hij daar nog steeds is.'

'Misschien niet. Maar als het inderdaad de ontvoerders zijn, zullen ze niet staan te trappelen om terug te gaan naar de Verenigde Staten. Dan willen ze zich waarschijnlijk gedeisd houden, min of meer verdwijnen. En als hij zo'n liefhebber is dat hij zo'n zeldzame, dure Rossbottom-plank heeft, dan ligt het voor de hand dat hij in een van die beroemde longboard-gebieden gaat surfen.'

'Dat is een heleboel "als". Vergeet niet wat Sherburne ons de allereerste dag vertelde. Er zijn jaarlijks maar 115 langdurige ontvoeringen van kinderen door vreemden. Op bijna 797.500 aangiften van vermiste kinderen 0,0014 procent.'

'Het gaat nu niet om percentages,' zeg ik. 'Het is niet zoiets als je Rubiks kubus. Getallen zijn irrelevant.'

'Ik wou dat het waar was, maar dat is het niet. Jij wilt dat Emma nog leeft, en daarom pak je elk gegeven dat je maar in je geloofssysteem kunt passen en gebruik je dat om je theorie mee te staven.'

'Is dat zoveel anders dan wat jij doet? Jij wilt per se geloven dat zij dood is en daarom negeer jij elke aanwijzing van het tegendeel.'

'Je moet dit loslaten, Abby.'

'Waarom ga je niet met me mee?'

'Naar Costa Rica?' zegt hij ongelovig.

'Inderdaad.'

Hij draait zich om en kijkt me aan. 'Elke ochtend denk ik dat ik niet nog eens 24 uur zonder Emma aankan. Maar de herdenkingsdienst heeft iets veranderd, die hielp op de een of andere manier. En nu kan ik me door de dagen heen slaan door mezelf eraan te herinneren dat Emma niet lijdt. Weet je wat er allemaal door mijn hoofd spookte voor die man haar schoen vond? Elke dag, elke nacht. De afgrijselijke dingen die ik me voorstelde?'

'Dat weet ik. Ik heb me die dingen ook voorgesteld, en het probleem is dat ik dat nog steeds doe.'

Jake krimpt ineen alsof hij geslagen wordt, maar ik kan me nu niet inhouden. Dit is te belangrijk.

'Als er nog een kans bestaat dat zij nog leeft,' zeg ik, 'hoe kunnen we dan hier zitten en niks doen? Ik kan me door de dagen heen slaan omdat ik mezelf de fantasie gun hoe het zal zijn als we haar weer bij ons terug hebben. Ik denk aan de eerste keer dat we haar weer zien – wat we tegen haar zullen zeggen, waar we met haar naartoe gaan. Ik bedenk dat ze misschien veranderd is.'

Hij bijt op zijn lip. Op zijn bril zitten kleine vlekjes, alsof hij hem al heel lang niet heeft schoongemaakt. 'Ik hou van je, Abby. Dat is al die tijd niet anders geweest. Maar ik meen het als ik zeg dat je een keuze hebt. Maak die idiote reis, of blijf en probeer een bestaan met mij op te bouwen.'

'Waarom moet het een keuze zijn?'

Hij draait zich om en begint de afwasmachine uit te ruimen. Hij haalt de glazen een voor een uit het rek en zet ze in de kast.

Ik loop naar de afwasmachine. 'Ik help je even.'

Hij kijkt me niet aan, maar zegt alleen: 'Ik moet nog veel doen. Je kunt beter gaan.'

'Doe dat alsjeblieft niet. Ik heb gewoon meer tijd nodig. Ik ben nog altijd dezelfde vrouw die je wilde trouwen.'

'Je vergist je. We zijn geen van beiden nog hetzelfde.'

En hij heeft gelijk. Ik weet dat hij gelijk heeft.

Op de terugweg naar huis voel ik het volle gewicht van mijn besluit, terwijl de koude zeelucht door de ramen naar binnen waait. Ik weet nog hoe ik op de avond van onze eerste afspraak Annabel belde en meer dan een uur over Jake ratelde. Ik was te opgewonden om in slaap te vallen. De volgende dag zat ik bij dageraad nog steeds op de bank naar buiten te staren en te fantaseren over een toekomst met de man die ik net had ontmoet. Ik wist dat hij ook iets voelde en ik kon niet geloven dat ik zo veel geluk had. Ik herinner me nog heel goed dat om 8.00 uur precies de telefoon ging en dat ik nog voor ik opnam wist dat hij het zou zijn.

'Heb ik je wakker gebeld?' vroeg Jake.

'Nee. Ik ben niet eens in slaap gevallen.'

'Ik ook niet,' zei hij. 'Kunnen we voor vanmiddag afspreken?'

'Natuurlijk.'

Alles, zo leek het, viel op z'n plaats.

60

De volgende dag breng ik door op het internet om een vlucht te reserveren, een uitdraai te maken van de reistijden van de bussen en onderzoek te doen naar de populairste surflocaties. Volgens de website van Frommer's heb je in Costa Rica genoeg aan 35 dollar per dag. In dat geval heb ik op grond van mijn huidige bankrekening genoeg voor drie maanden. Maar daarnaast zijn er nog de vaste maandlasten. Met mijn krediet op mijn Visakaart heb ik twee maanden gedekt, maar daarna is de creditcard nutteloos. Ik krijg nog wat geld van opdrachtgevers, maar dat is niet veel. Als ik gedwongen ben het rekenwerk serieus uit te voeren, zijn de cijfers niet bemoedigend, en ik kan geen geld blijven aannemen van Annabel terwijl er bij haar een baby op komst is. Het enige dat ik kan doen is iets verkopen.

De meeste kunst in mijn appartement is mijn eigen werk, of van vrienden voor wie ik werk heb geregeld – niets waarvoor ik een significant bedrag kan krijgen. Maar ik heb één ding waar mijn vriendin Janet al jaren haar zinnen op heeft gezet. Janet verzamelt het werk van Randolph Gates, een vroeg-twintigste-eeuwse fotograaf die bekend is om zijn zuidwestelijke landschappen. De foto is getiteld 'Light in Arizona', en ik kreeg hem van Ramon op de dag voor ik in Knoxville ging studeren. Ik vond toen dat de foto het mysterieuze van de woestijn onder een kwartmaan op een prachtige manier vastlegde, maar ik wist niets van de waarde ervan. Ik had de foto vaak bewonderd in Ramons appartement, waar hij boven de oude bakstenen haard hing. Op onze laatste avond samen stond Ramon op terwijl ik in bed lag, maakte wat herrie in de woonkamer en kwam een paar minuten later terug met een groot, plat pakket verpakt in pakpapier.

'Als aandenken aan mij,' zei hij terwijl hij het pakket aan het voe-

teneind van het bed legde. Ik wist al wat het was voor ik het open-
maakte.

'Maar jij houdt van deze foto,' zei ik.

'Jij ook en ik wil dat jij hem hebt.'

'We hebben drie kwartier voor ik thuis moet zijn,' zei ik. 'Kom in
bed.'

Hij zette het pakket voorzichtig tegen de muur en daarna vertelde hij me alle dingen die hij aan me zou missen en beloofde hij van
me te zullen houden tot ik in mijn graf lag. Ik probeerde woorden
van gelijk gewicht te verzinnen, maar ze klonken onoprecht. De volgende dag reed ik met de in bubbeltjesplastic verpakte foto achterin
naar Knoxville. Ik heb hem sindsdien altijd bij me gehad. Hij is me
nooit gaan vervelen. Het komt niet alleen door de schoonheid dat ik
er zo aan gehecht ben. Het was het laatste cadeau dat ik van Ramon
kreeg en zo heeft de foto hem op de een of andere manier bevroren
in de tijd. De foto heeft waarschijnlijk minder van doen met de echte Ramon – de man van wie ik niet genoeg hield, de man die ik heb
verlaten – dan met een geïdealiseerde versie van hem. Het beeld van
Ramon dat ik in mijn gedachten heb geschapen gaat net als Magnani's schilderijen van Pontito niet zozeer over het onderwerp – Ramon – als over degene die ik was toen ik met hem ging.

De eerste keer dat mijn vriendin Janet de foto zag hangen in de
hal van mijn zolder, bood ze me er zesduizend dollar voor. 'Vraag
het nog eens als ik ooit echt in geldnood zit,' zei ik.

En dat deed Janet, bij twee verschillende gelegenheden. Beide keren sloeg ik het zonder erover na te denken af.

'Het is een eerlijk bod,' zei ze. 'Van een galerie krijg je waarschijnlijk op z'n hoogst vijf.'

'Ik begin te denken dat ik hem nooit wil verkopen.'

'Laat het me maar horen als je van gedachten verandert.'

Ik zoek haar telefoonnummer op in mijn adressenboekje en bel
haar op. 'Jeetje,' zegt Janet, 'lang niet van je gehoord. Niet meer
sinds...' Ze schraapt gegeneerd haar keel.

'Ik heb je er geloof ik nooit voor bedankt dat je bij de herdenkingsdienst was.'

Ik hoor stemmen en muziek op de achtergrond aan haar kant van
de lijn, en ik realiseer me dat ze ongetwijfeld een van haar fameuze

feesten heeft. Vroeger werd ik er altijd voor uitgenodigd, maar in de laatste paar maanden zijn de meesten van mijn vrienden geleidelijk aan opgehouden met bellen. Dat is mijn eigen fout: om gebeld te worden, moet je zelf bellen.

'Het was een mooie dienst,' zegt ze. 'Hoe gaat het met je?'

'Ik heb goede en beroerde dagen.'

'Je weet het hè, als ik iets voor je kan doen...'

'Eerlijk gezegd bel ik je daarom. Herinner je je die foto van Randolph Gates nog?'

'Natuurlijk.'

'Heb je nog steeds belangstelling?'

'Zeker.'

'Er zit enige haast achter. Kan ik hem vanavond brengen?'

'Ja hoor.'

Lichtelijk trillend hang ik op. Goedkoop. Alsof ik net een deel van mijn privégeschiedenis voor een habbekrats heb verkocht. Om eerlijk te zijn zou ik veel meer dan een foto verkopen om Emma te kunnen vinden. Ik zou er alles voor doen, er is geen akkoordje dat ik niet zou sluiten. Jaren geleden, toen mijn vader mijn moeder in de steek liet voor een jongere vrouw die hij tijdens een zakenreis in Duitsland had ontmoet, vroeg ik hem hoe hij zoiets kon doen, hoe zijn geweten hem toestond haar gewoon te laten zitten. 'We hebben allemaal een kleine Robert Johnson in ons,' antwoordde hij. 'We zijn allemaal in staat onze ziel te verkopen. De vraag is of we wel of niet op de duivel stuiten.' Op dat moment vond ik dat het alleen maar uitvluchten waren, maar nu weet ik dat hij gelijk had.

Ik moet nog één ding doen voor ik de foto inpak voor Janet. Ik ga naar boven om mijn Leica te pakken. Daarna pas ik het licht in de gang aan, hang de foto recht. Ik voel me enigszins belachelijk, zoals ik hier in mijn eigen appartement als een domme toerist een foto van een foto maak. Maar als ik de foto precies goed ontwikkel, een juiste balans vind tussen licht en schaduw, kan ik iets van het oorspronkelijke karakter behouden. Het is niet hetzelfde, ik zal altijd weten dat het nep is, maar het kan op z'n minst een troostende facsimile zijn.

61

Dag 231. Halfdrie 's nachts. Valencia Street. Afgezien van het flikkerende blauwe licht van televisies in een paar appartementen boven
de straat en de knipperende rode stoplichten is het donker. Er zitten
nog zo'n honderd flyers in mijn koerierstas. Gistermiddag begon ik
aan een laatste langdurige inspanning om San Francisco met flyers
te overspoelen voor ik naar Costa Rica vertrek. Ik liet m'n auto staan
en trok te voet en per bus door de stad om het parkeerprobleem te
ontlopen. In de afgelopen zestien uur heb ik elke wijk bezocht – zelfs
de gevaarlijkste delen van Hunters Point en de sociale woningbouw
in Sunnydale. Mijn benen dreigen het op te geven, mijn ogen branden, mijn vingers zijn kleverig van het plakband. Als ik om zeven
uur thuis ben, heb ik nog genoeg tijd om mijn tassen te pakken, een
chequeboekje en een lijst met instructies voor Nell neer te leggen,
en om op tijd op SFO te zijn voor mijn vlucht van twee uur 's middags.

Ik plak een flyer aan het raam van La Rondalla. We kwamen hier
zo vaak dat de mariachiband Emma bij naam kende. Zij was dol op
de kleffe burrito's, de felgekleurde versieringen van crêpepapier, de
harde muziek en de mollige serveerster die haar altijd extra frietjes gaf. Ik steek de straat over naar Dog-Eared Books, waar Emma
graag zat te lezen met de inwonende cyperse kat op haar schoot. De
kat ligt nu in de etalage en kijkt traag knipogend naar buiten.

'Ben jij ook nog op?' zeg ik, op het glas tikkend. De kat gaapt,
krult zich tot een C van vacht en sluit haar ogen. Ik loop verder naar
de volgende winkelpui, de koerierstas bonst tegen mijn heup. Het
holst van de nacht is de ideale tijd om flyers op te hangen. Zonder
het verkeer, zonder mensen en wandelwagentjes die me ophouden,
kan ik veel sneller werken. Een paar straten verderop op Valencia
komt een taxi voorbijgezoefd terwijl ik een flyer ophang bij Good

Vibrations. Een paar tellen later remt hij af, stopt en keert om, à la Jim Rockford. Ik versnel mijn pas en realiseer me te laat hoe stom ik ben geweest. Ieder mens weet dat je hier als vrouw niet om half-drie 's nachts moet rondlopen. De taxi stopt naast me en ik beweeg me de kant van de gebouwen op, weg van de auto en verhoog mijn tempo.

Dan hoor ik een bekende stem. 'Hé, we zouden echt eens moeten ophouden met deze nachtelijke ontmoetingen.' Ik kijk door het raampje in de verlichte taxi. Het is Nick Eliot, die grijnst als een scholier.

'Je hebt me de stuipen op het lijf gejaagd.'

'Stap in. Ik geef je een lift.'

'Ik moet nog honderd flyers aanplakken.'

'Kom op. Je ziet eruit alsof je op instorten staat. Ik breng je naar mijn huis en maak iets te eten voor je klaar.'

'Ik ga morgen het land uit – ik bedoel vandaag – en ik wilde deze allemaal nog ophangen.'

'Weet je wat,' zegt hij en hij doet het portier open. 'Geef die maar aan mij. Ik doe het morgen wel. Ik breng je thuis nadat ik je iets te eten heb gegeven.'

'Zeker weten?'

'Honderd procent.'

Sommige mensen hebben de gave je een goed gevoel te geven, domweg door hun aanwezigheid; Nick is een van hen. Het toeval dat ik hem hier tegenkom, is zo gek, op zo'n vreemde manier perfect, dat ik een moment bijna ga geloven in een of andere kosmische ontwerper die van boven op ons neerkijkt en aan de touwtjes trekt. Als ik bijgelovig was zou ik dit als een goed voorteken opvatten voor mijn reis naar Costa Rica.

Ik schuif de warme taxi in. Op de grond ligt een aktetas bij zijn voeten, tussen ons staat een kledingtas. 'Wat doe jij hier zo laat? Ik dacht dat ik de enige was die nog wakker was.'

'Ik kom net van het vliegveld,' zegt hij.

'Waar ben je geweest?'

'Ljubljana. Ben je daar wel eens geweest?'

'Nee.'

'Dat moet je doen. Prachtige gebouwen, mooie winkels en musea. Een beetje zoals Praag twintig jaar geleden, voor de invasie van de rugzaktoeristen.' Hij legt zijn hand op mijn knie. 'Gaat het een beetje?'

'Ja, dank je.'

Zijn hand voelt prettig aan, rustgevend, en ik besef dat mijn blijdschap over deze ontmoeting in geen verhouding staat tot wat ik zou horen te voelen voor een gewone vriend. Vroeger kon Jake me zo kalmeren, door enkel zijn aanraking, maar dat lijkt al zo lang geleden. De huizenblokken glijden voorbij, de nacht is zo stil als een kerk. De kabels van de trolleybus glinsteren boven ons hoofd in het maanlicht en vormen een lage, metaalachtige overkapping boven de straat. Nick kijkt recht voor zich uit en zit er onderuitgezakt bij in zijn dure pak.

'Ik ben echt heel blij je te zien,' zeg ik.

Hij glimlacht. 'Ik ook.'

We stoppen voor een gebouw dat er beschadigd uitziet op de hoek van Harrison en de 21ste. Op de begane grond zit een taqueria waar in de etalage neonlicht brandt. Ernaast zit een bar voor lesbiennes, die gesloten is. Nick betaalt en bedankt de chauffeur. Bij de deur van het gebouw drukt hij een code in op het toetsenpaneeltje waarna de deur toegang geeft tot een smalle trap. Het trappenhuis, dat vloerbedekking heeft en zwak verlicht is, ruikt naar oude tabaksrook en weggegooid eten van de taqueria.

'Ik weet wat je denkt,' zegt hij. 'Vertrouw me. Binnen is het beter.'

'Ik had me jou ergens anders voorgesteld, Russian Hill misschien.'

'Ik heb dit gekocht in het jaar dat ik hierheen kwam, ik kon het niet voorbij laten gaan voor die prijs. Bovendien reis ik zo'n veertig weken per jaar, dus het is niet zo dat ik voortdurend van mijn woning zit te genieten.'

Op de gang van de tweede verdieping drukt Nick weer een aantal cijfers in op een paneeltje en hij gaat me voor naar binnen. Het is een verbazingwekkend appartement, en niet alleen op een Martha Stewart-achtige manier. Het oogt als een kruising tussen *Architectural Digest* en industriële chic. Hier is duidelijk niets te vinden wat van IKEA, Home Depot of Pottery Barn komt.

'Hoe hoog is het plafond?'

'Vier meter.'

'Voor het geval je de Warriors te eten krijgt?'

'Precies.'

De apparaten zijn stuk voor stuk van glimmend aluminium, het meubilair spaarzaam en gehoekt: een bruine bank langs de breedte van een muur, drie stoelen in zachte metallic tinten, een koffietafel zo groot als mijn bed. In het eetgedeelte ligt een beige kleed, waar een grote, ovale tafel op staat met stalen poten en een betonnen blad dat tot een grijze glans is opgepoetst. De slaapkamer is afgescheiden door een maliëngordijn. Een wand is compleet bedekt met inge-bouwde boekenplanken in art-decostijl. Er staan zeker tweeduizend boeken aan de muur.

'Hoeveel ervan heb je gelezen?'

'Een paar,' zegt hij, enigszins gegeneerd.

Het appartement doet denken aan de blitse klopper die hij voor me meegebracht had uit Helsinki, alleen dan groter en complexer. 'Dit is verbijsterend.'

'Dat is niet mijn verdienste. Een van mijn broers is architect, en zijn vrouw is binnenhuisarchitecte. Een paar jaar geleden hebben ze dit bij wijze van verjaarscadeau helemaal herzien. Ze braken de mu-ren eruit en gooiden mijn meubilair weg. Het probleem is alleen dat ik hier zo weinig ben dat ik nog steeds niet helemaal gewend ben aan de veranderingen. Het lijkt wel het appartement van een an-der.'

'Ik vind het prachtig.'

'Dank je.' Hij loopt naar de keuken. 'Ga zitten. Ik zal iets voor je klaarmaken. Je ziet er hongerig uit, uitgehongerd. Hou je van wen-telteefjes?'

'Heerlijk.'

'Mooi, dat is het enige wat ik kan maken.'

Terwijl hij bezig is, snuffel ik in de boekenkast. Ik kan geen orde ontdekken in de volgorde of de keuze. Hij heeft van alles wat: *Mijn leven* van Trotski naast *To the Finland Station*, Colette naast Jack Lon-don, *Lolita* en *Madame Bovary* met de rug tegen diverse dikke boe-ken over de val van het communisme op de Balkan.[14] Hij heeft po-ezie van Auden en Ashbery en Plath, essays van E. B. White, toneel

278

van Harold Pinter, een boek met folksongs voor de banjo van een Texaan luisterend naar de naam Wade Williams. Een plank is geheel gewijd aan de Albanese auteurs Jiri Kajane en Ismail Kadare – in het origineel, maar ook in Franse en Engelse vertaling.

'Ik kan uit de grond van mijn hart zeggen dat jij de eerste persoon bent die ik heb ontmoet die twee Albanese schrijvers in de kast heeft staan.'

'Er is vrij veel wat je niet van me weet.'

Er staat een aantal boeken in het Frans en Duits, een biografie van Neil Young, een encyclopedie over Chinese geneeskunde en enkele tientallen zuidelijke romans, waaronder Walker Percy's *The Moviegoer*.

Nick breekt eieren boven een kom en roert iets door elkaar met een garde. 'Als je iets ziet wat je aanstaat,' zegt hij, 'neem het dan gerust mee.'

'Heb je dit gelezen?' vraag ik terwijl ik het boek van Percy in de lucht steek.

'Waarschijnlijk het beste boek dat ik ooit heb gelezen. Hou je van Percy?'

'Ik heb het ooit geprobeerd maar het kon me niet boeien.'

'Je moet het nog eens proberen,' zegt hij en hij legt een snee brood in het beslag. 'Ik sta erop dat je het meeneemt. Het is eigenlijk heel geschikt voor jou. Er staat een heel mooie zin in die steeds weer bij me opkomt: "Als je je bewust wordt dat je kunt gaan zoeken, heb je iets in handen. Als je niets in handen hebt, ben je wanhopig."'

'Dat is heel mooi. Het is het waarste wat ik in tijden heb gehoord.'

Hij legt een snee brood in de pan. Het brood sist en het appartement wordt gevuld met de geur van boter en kaneel. 'Je hebt nog niet verteld waar je heen gaat.'

'Costa Rica.'

'Vakantie?'

'Nee. Het gaat om Emma. Dat is een lang verhaal.'

'Hoe staat je verloofde hier tegenover?'

'Hij denkt dat ik achter een spook aan zit. We hebben er ruzie over gehad. Helaas is "verloofde" op dit moment waarschijnlijk niet het gepaste woord.'

Nick krijgt een verbaasde uitdrukking op zijn gezicht. 'Het spijt me dat te horen.'

'Meen je dat?'

'Ik heb een paar jaar geleden een beroerde scheiding meegemaakt en dat wens ik niemand toe. Maar ik geef toe dat ik graag zou willen dat jij single bent, om egoïstische redenen.'

Hij schept de toast met een futuristische spatel op twee rode borden, schenkt twee glazen melk in en gaat naast me zitten aan de bar. 'Proef maar.'

Ik ga aan de bar zitten en neem een hap van de sneetjes. Het brood is dik en sponzig. Het smaakt naar boter, kaneel, poedersuiker en iets wat ik niet kan benoemen. 'Dit is zonder twijfel het lekkerste wentelteefje dat ik ooit heb gegeten.'

'Moet je horen, heb je al een logeeradres in Costa Rica?'

'Ik heb via internet iets gereserveerd, ergens in de buurt van het vliegveld in San José.'

'Annuleer dat. De motels in de stad zijn louche. Ik ken een vrouw die een kamer in haar huis verhuurt. Dat is goedkoop en schoon en zij is vriendelijk en spreekt een beetje Engels. Wanneer kom je aan?'

'Rond tien uur morgenavond. Volgens United Air gaat de kortste weg van San Francisco en Costa Rica over Chicago en Miami.'

'Ik laat haar weten dat je komt.' Hij schrijft een adres achter op zijn visitekaartje. 'Ik noteer ook een paar restaurants. Ik weet wel dat het geen plezierreisje is, maar je moet toch eten, nietwaar?'

'Dank je.' Ik moet wel glimlachen. 'Ik wed dat ik om het even welke plaats had kunnen noemen – Boedapest, Boekarest, Anchorage – en dat je altijd een aantal tips had kunnen geven.'

Hij lacht en steekt zijn vork in een stukje wentelteef. 'Niet echt, maar als je ooit naar Boedapest gaat, moet je zeker naar Hotel Gellert gaan: communistische chic, geweldig goedkoop. De laatste keer dat ik er was stond er een piano op mijn kamer.' Hij steekt zijn hand in zijn zak en haalt er een BlackBerry uit. 'Iets anders. Deze kerel zit daar. Wiggins.' Hij drukt een paar letters op zijn BlackBerry en noteert een telefoonnummer op een tweede visitekaartje. 'Bel hem op als je in San José bent aangekomen.'

'Wiggins?'

'Hij is van de ambassade. Kan je misschien helpen. Hij is vaak in het buitenland, dus als hij er niet is als je aankomt, moet je later nog eens contact met hem proberen te krijgen. Zeg hem maar dat je een vriendin van mij bent.'

'Waar ken jij hem van?'

'Dat is een lang verhaal.'

Ik vraag me af of dit wentelteefje echt een van de lekkerste dingen is die ik ooit heb gegeten, of dat ik gewoon zo'n honger heb. Ik maak mijn bord schoon en als ik opkijk zie ik hem grijnzend naar me kijken. 'Sorry,' zeg ik, terwijl ik mijn kin afveeg. 'Ik was uitgehongerd.' Ik realiseer me dat ik echt geniet van dit eten. Misschien is het waar wat iedereen tegen me zei, dat wat ik weigerde te geloven: het leven gaat door.

'Je hoeft je niet te verontschuldigen. Ik ben dol op vrouwen die van eten houden. Maar houd dit telefoonnummer bij je. Niet vergeten.'

'Komt voor elkaar.' Ik neem een slok melk, en het is zo lekker dat ik het hele glas achteroversla. 'Wat zit er in dit wentelteefje?'

'Nestlé's Quik en vanille-extract behoren tot de geheime ingrediënten.' Hij veegt een drupje stroop van mijn kin. 'Vertel eens.'

'Wat?'

'Als we elkaar onder andere omstandigheden hadden leren kennen – je weet wel, als jij niet verloofd was geweest, als jouw leven wat normaler was geweest – had er dan iets voor ons ingezeten, denk je?'

Over die vraag hoef ik niet na te denken. 'Jazeker.'

'Het komt allemaal aan op timing, nietwaar?' Hij draait met een vinger over de rand van zijn glas. 'Moet je horen, internationaal bellen is daar een ramp, maar in de toeristische gebieden zijn een heleboel internetcafés. Beloof me dat je me af en toe een berichtje stuurt.'

'Beloofd.'

'En bel me als je terug bent, zodat ik net zolang kan zeuren tot je een keer met me gaat eten. Geen druk. Niet uitgaan, alleen een keer eten.'

'Natuurlijk.'

'Nog één ding. Spreek je Spaans?'

'*Un poco.*'

Hij loopt naar de boekenkast en komt terug met een Spaanse taal-
gids in pocketformaat en een exemplaar van *The Rough Guide to Costa
Rica*. 'Zodat je je kunt redden.'

Ik stop de boeken in mijn tas. 'Waarom ben je zo aardig tegen
mij?'

Hij haalt zijn schouders op. 'Ik vind je leuk. Maar dat wist je al.'

'Grappig. Single vrouwen zeggen altijd dat je in San Francisco
niet aan een leuke hetero kunt komen. Maar ik zoek niet eens, en ik
vind jou. De helft van de alleenstaande vrouwen die ik ken zouden
er een moord voor doen om met iemand als jij uit te gaan.'

Hij grijnst. 'Misschien hebben ze dat al gedaan en waren ze niet
zo onder de indruk.'

'Bedankt,' zeg ik. 'Voor dit, voor alles. Ik moet gaan. Een lange
dag morgen.'

'Ik breng je naar huis,' zegt hij. 'Even mijn sleutels pakken.'

Daarna volgt het doezelen, het vergeten en een hand die me aan
mijn schouder schudt.

'Abby?'

'Hmmm?'

'Je bent in slaap gevallen.'

Ik zit nog steeds aan de bar, met mijn hoofd op mijn armen. 'Hoe
laat is het?'

'Kwart over vier. Ik ben maar een paar minuten weggeweest. Je
viel pardoes in slaap.'

Vervolgens zijn zijn armen onder mijn benen en mijn rug en
draagt hij me; het is een gevoel dat ik me uit mijn kindertijd herinner, de manier waarop mijn vader me in slaap schommelde en me
daarna naar bed droeg; half wakker, in zijn wiegende armen, leek het
alsof ik vloog. Nick legt me op de bank, verdwijnt eventjes en komt
terug met een deken.

'Ik kan hier niet blijven,' zeg ik en ik ga rechtop zitten. Maar de
bank is zacht en ik ben zo moe dat ik mijn ogen nauwelijks kan open-
houden.

'Eventjes maar.' Hij schuift een kussen onder mijn hoofd en trekt
de deken tot aan mijn kin. 'Ik zal je vroeg wekken.' Het laatste dat ik
me kan herinneren voor ik in slaap viel was het geluid van Nick die
zijn tanden poetst.

Om 5.35 uur word ik wakker in een stil appartement. Ik loop op mijn tenen naar zijn bed en vind hem slapend in een blauw T-shirt en boxershort, met een voet bungelend over de rand. Zo onbedekt, onbewust, ziet hij er niet meer zo uit als een mysterieuze jetsetter, en ik moet de neiging onderdrukken naast hem te kruipen. Ik stel me voor hoe warm zijn huid aanvoelt, de aangename druk van zijn benen tegen de mijne. Ik stel me voor hoe ik in een ander leven, een andere tijd, nu naast Nick zou kunnen liggen, met geen grotere zorg dan onze plannen voor het weekeinde. Daar heb ik de laatste tijd hoe langer hoe meer over nagedacht – hoe veel beter het zou zijn geweest als ik Jake, of Emma, nooit had ontmoet. Als ik ze nooit had ontmoet, had ik ze niet kunnen kwetsen, en ik zou niet weten wat ik miste doordat ik Emma niet had.

Ik bekijk Nick nog een keer, krabbel een bedankje neer, pak mijn koerierstas en glip zo zachtjes mogelijk naar buiten.

Zo'n vertrek bij het krieken van de dag – als de stad verlaten is en de winkels gesloten zijn en boven de straten een rozeachtig licht hangt – doet me denken aan vakanties met het gezin toen ik nog klein was. Mijn moeder kwam voor zonsopkomst in onze kamer, ging met ons naar buiten terwijl we onze pyjama nog aanhadden en zette ons achter in de stationwagen. Dan lagen Annabel en ik naast elkaar met een deken over ons heen en dommelden we telkens weg terwijl de auto door de stille wijk reed.

De geur van mijn moeders koffie vulde de auto en we konden het geritsel van de kaart en het gefluister van mijn ouders horen. Tijdens die ochtendlijke ontsnappingen uit ons gewone huis en aan ons dagelijkse leven leken mijn ouders bij elkaar te horen; de voorbank leek heel ver weg, en zij leken met hun kaarten en koffie en gefluisterde plannetjes een geheim leven te leiden. Annabel en ik werden dan wakker in een onbekende stad als de auto halt hield bij een Mc-Donald's of Stuckey's. We verkleedden ons achter in de stationwagen, en daarna gingen we binnen naar de wc en ontbijten. Terwijl de zon door de ramen in het restaurant scheen en de dagelijkse gang van zaken begon, werd op een gegeven moment ons gewone leven hervat, gingen mijn ouders ruziën en leek de rit door de donkere straten in onze pyjama een droom, als een valse maar aangename herinnering aan iets wat nooit was gebeurd.

Toen ik Annabel vertelde over mijn reis, was ze bepaald niet enthousiast. 'Heb je er echt wel goed over nagedacht?' vroeg ze.

'Ja.'

Ze was een tijdje stil. 'Ik geloof nog steeds wat ik je in het begin al zei: je moet de zoektocht tot het logische einde voortzetten. Maar ik maak me gewoon zorgen om jou, Abby.'

'Je bent mijn zus,' zei ik. 'Je hoort je zorgen te maken. Maar ik ben niet gek, als je dat bedoelt. Het is echt fijn om een plan te hebben. Het is misschien geen perfect plan, maar het is iets.'

Ik haast me naar de bushalte bij Folsom Street en 20th. Een paar vroege vogels staan al te wachten: een vrouw in ziekenhuiskleren, een nerveuze tiener die eruitziet alsof hij de hele nacht is opgebleven. Niemand zegt iets. Niemand kijkt elkaar aan. Ergens start een motor met een lange, boze brul. Vijf minuten later komt een bus over Folsom Street aanrijden, een bewegende lichtstraal in de schemering van een ochtend in de stad, met een onverdraaglijk licht fluorescerend interieur.

Vlak voor de bus bij ons is, spatten er vonken door de lucht en schiet de stang die de bus met de matrix van kabels erboven verbindt, los. De tiener naast me vloekt zachtjes, steekt zijn handen in zijn zakken. Wat hij vervolgens doet, is zo verbijsterend dat ik eventjes denk dat ik het me verbeeld: hij begint te huilen.

De bus komt tot stilstand en de chauffeur stapt traag naar buiten. Met het verveelde geduld van iemand die dit al honderden keren heeft gedaan, duwt hij de stang met een lange stok weer op zijn plaats. Opnieuw vonken en dan zit hij weer in de bus en een paar tellen later komt hij voor ons tot stilstand. De vrouw in ziekenhuiskleren stapt naar achteren om de tiener als eerste in te laten stappen. Met gebogen hoofd loopt hij naar de achterkant van de bus, en ik bedenk dat het om een meisje moet gaan, een of ander drama dat op dit moment onmogelijk te overleven valt. En ik wil tegen hem zeggen dat je hoe dan ook een manier ontdekt om je door de ergste dingen heen te slaan, dingen waarvan je denkt dat je ze niet overleeft. Je ontdekt een manier en je slaat je door de dagen heen, dag voor dag – geschokt, wanhopig, maar je slaat je erdoorheen. De dagen glijden een voor een voorbij, en je laat je meevoeren – zo nu en dan verbijsterd en niet volkomen gerust bij de ontdekking dat je nog steeds leeft.

62

We beginnen opnieuw, we geven nooit op.
   – Lars Gustafsson, *De dood van een imker*

Op de middag van dag 232 word ik wakker door de regen, een donderende herrie op het zinken dak. Buiten knarst en kreunt iets. Het kost even voor ik weer weet waar ik ben – de lange vlucht, de gemiste aansluiting, de late aankomst in San José, de desoriënterende rit door onbekende straten.

Door het raam zie ik hoog en goudkleurig bamboe wuiven in de wind. Alles verkeert hier in een toestand van ongeremde groei; alles zindert van leven. De regen komt met bakken naar beneden en gaat even later over in motregen. De druppels vallen op de bananenbladeren vlak bij het raam. In de verte kraaien hanen, honden blaffen. Een kerkklok slaat – één, twee, drie, vier, vijf.

Toen ik een paar uur geleden aankwam, werd ik in de deuropening begroet door een vrouw van middelbare leeftijd. Twee kleine kinderen hingen aan haar benen.

'*Buenos días*,' zei ik. 'Ik ben de vriendin van Nick Eliot.'

'*Bueno*,' zei zij. 'Ik ben Soledad. Ik verwachtte je al.' Ze glimlachte, stapte naar achteren en nodigde me binnen.

Ze liet me mijn kamer zien en ik bedankte haar, en legde in gebroken Spaans uit dat ik erg slaperig was.

'*Bueno*,' zei ze. 'Ga eerst slapen, dan eten.'

Nadat ze de deur had dichtgedaan, liet ik me op het kleine bed vallen en ik doezelde weg op de geruststellende herrie van kinderen en televisie, rammelende schalen, een blaffende hond.

Nu hangt er een heerlijke geur van eten op het vuur in het huis. Als ik de deur opendoe, rennen de kinderen op me af om me te begroeten.

'Roberto,' zegt de jongen, en hij slaat zich trots op de borst. Hij wijst naar zijn zusje. 'Maria.'

Ze lopen achter me aan door de gang naar de badkamer en giechelen als ik de deur probeer te sluiten, die niet op slot kan. Als ik weer naar buiten kom, pakt Maria mijn hand en ze leidt me naar de keuken, waar Soledad pisangs en bonen bakt.

'Eten?' vraagt Soledad.

'*Si.*'

Ze gebaart dat ik moet gaan zitten. De kinderen komen bij me zitten aan de keukentafel en babbelen in het Engels. 'Waar kom je vandaan?' vraagt Roberto.

'Californië.'

'Hollywood!' zegt hij, en hij wordt zo opgewonden dat hij uit zijn stoel opspringt. 'Ken jij Arnold Schwarzenegger?'

'Nee, ik woon in een ander deel van Californië. San Francisco.'

Maria legt een hand op mijn arm. 'Ken jij Mickey Mouse?'

'Ja,' zeg ik. 'Mickey Mouse doet jullie de groeten.'

'Echt?'

'Ja. Jullie spreken heel goed Engels. Waar heb je dat geleerd?'

'Op TV,' zegt Roberto.

'*Smurfs,*' voegt Maria eraan toe.

Een paar minuten later staat de tafel vol met eten. Soledad vult vier glaasjes met lauwe oranje Fanta. Ik heb niets gegeten sinds ik uit San Francisco ben vertrokken, afgezien van een kleffe muffin in het vliegtuig. Ik eet gulzig en Soledad schept een tweede portie op mijn bord. Haar Engels is niet veel beter dan mijn Spaans, maar we kunnen communiceren door de kinderen te laten tolken. Roberto en Maria zijn haar kleinkinderen, hoor ik, en hun moeder werkt als schoonmaakster in een hotel in de stad.

Ik vraag haar waar ze Nick Eliot van kent. Het blijkt dat hij vijf jaar geleden een kamer bij haar huurde en dat hij sindsdien altijd contact met haar heeft onderhouden.

Ze zegt in het Spaans iets tegen Roberto, die een hapje rijst doorslikt voor hij mij aankijkt en vertaalt.

'Is Mr. Eliot jouw vriendje?' vraagt hij.

'Nee,' zeg ik.

'Vast wel!' houdt Roberto giechelend aan.

Na het eten vraag ik of ik een bad kan nemen en Soledad geeft me een handdoek en een stukje zeep. Door de kier van de deur zie ik Roberto en Maria met hun knieën opgetrokken onder hun kin voor de TV zitten, en Soledads voeten die tegen de vloer tikken terwijl zij heen en weer schommelt op haar stoel. De oude badkuip is diep en onberispelijk schoon en het is een prettig gevoel het vuil van de reis van me af te spoelen.

Als ik uit bad ben vraag ik aan Soledad of ik haar telefoon mag gebruiken. Ik draai het nummer van Nicks vriend Wiggins en bij de derde keer overgaan neemt een vrouw op. 'Amerikaanse ambassade,' zegt zij. Ze klinkt alsof er talloze andere dingen zijn die ze liever zou doen.

'Ik ben op zoek naar Wiggins.' Terwijl ik dit zeg voel ik me een beetje bespottelijk. Meer weet ik niet. Geen titel. Geen voornaam. Alleen Wiggins.

Er volgt een korte stilte, geritsel met papier. Dan: 'Ogenblikje, ik verbind u door.'

Ik hoor een mannenstem aan de lijn. 'Ja?'

'Ik ben op zoek naar Wiggins,' herhaal ik.

'Die zit in het buitenland.'

'Wanneer komt hij terug?'

'Over een paar maanden. Met wie spreek ik?'

Ik vertel hem het hele verhaal. Het komt als een stortvloed naar buiten, een wirwar van ademloze zinnen: de verdwijning, de zoektocht, de aanwijzingen die me hierheen gebracht hebben.

'Heeft de FBI deze zaak in behandeling?' vraagt hij.

'Ze werkten samen met de SFPD, maar de politie heeft het onderzoek gesloten.' Terwijl ik dat zeg, hoor ik hoe mijn zaak instort.

'Het spijt me, maar dit soort zaken valt niet onder onze jurisdictie. Als iemand van de FBI een aanwijzing geeft, gaan wij ons ermee bemoeien.'

'Maar Nick Eliot zei tegen mij dat ik Wiggins moest bellen.'

'Nick Eliot. Die naam zegt me niets. Moet u horen, als u het meisje vindt, bel ons dan nog eens, dan kunnen wij bemiddelen bij de plaatselijke autoriteiten.'

'Alstublieft,' zeg ik, 'er is toch wel iets wat u kunt doen.'

'Belt u over een paar maanden toch nog eens, als Wiggins terug is. Veel succes.'

De verbinding is verbroken. Op het moment dat hij ophangt voel ik me eenzamer dan ooit tijdens de zoektocht, maar op de een of andere manier ook vastbeslotener. Misschien is het vergezocht, misschien had Jake gelijk. Misschien heb ik te veel vertrouwen in de onbelangrijke details, klamp ik me vast aan elk indirect bewijs dat in mijn geloofsstelsel past. Maar ik ben er zeker van dat ik de meeste kans maak Emma te vinden als ik het duo van de gele bestelbus opspoor. Dit is mijn laatste kans, mijn laatste onontgonnen reeks aanwijzingen – de vrouw bij het Beach Chalet die zo opzichtig naar Emma keek, het tijdstip waarop de bestelbus die dag wegreed bij Ocean Beach, de Tico's-bumpersticker, de longboard – en in mijn gedachten vallen de stukjes op hun plaats. Dat moet gewoon zo zijn.

In bed raadpleeg ik mijn reisgids. De bussen vertrekken doordeweeks 's morgens om negen uur van het hoofdstation in San José naar Playa Hermosa. Ik probeer te slapen maar mijn geest is rusteloos. Voor het eerst sinds Emma's verdwijning ben ik echt kwaad op Jake. Hij zou hier moeten zijn; samen zouden we meer bereiken. Hij had niet mogen opgeven.

Ik geloof niet dat Jake het zou begrijpen als ik hem zei dat het een nieuwe start lijkt door hier te zijn. Ik ben eindelijk bevrijd van de eindeloze herhalingen die mijn zoektocht in San Francisco kenmerkten: de dagelijkse tocht naar Ocean Beach, de eindeloze bezoeken aan dezelfde straten, dezelfde doodlopende aanwijzingen. Geheugenonderzoekers hebben een theorie om een algemene ervaring te verklaren: het gevoel dat we een woord kennen maar er niet op kunnen komen. Die theorie heet blokkade en die zegt dat het gevoel dat iets op het puntje van je tong ligt, optreedt als de poging om het je te herinneren je afleidt van het woord waarnaar je zoekt en je in plaats daarvan naar een ander woord leidt. Het gezochte woord is er wel, maar je kunt er niet bij komen omdat je op het verkeerde spoor bent gezet; je volgt het verkeerde spoor. De woorden die de weg versperren worden indringers genoemd.

Is het verkeerd te denken dat Costa Rica mijn gedachten kan verhelderen, dat in deze onbekende plaats de indringers kunnen worden uitgebannen?

Als ik de volgende ochtend om zeven uur wakker word, vult de geur van koffie het huis. De kinderen zitten voor de wazige televisie te kijken naar Amerikaanse tekenfilms en drinken chocolademelk. Soledad staat al in de keuken, het vlees aan haar armen schudt heen en weer terwijl zij met de spatel boven de grill in de weer is. Het tafereel lijkt zo alledaags, zo oermenselijk, dat ik niet alleen hoop, maar echt geloof dat Emma hier in dit land zou kunnen zijn.

'*Bueno*,' zegt Soledad, terwijl zij over haar schouder kijkt. 'Goed geslapen, jij?'

'*Si. Muy bien.*'

Ze zet een bord voor m'n neus – een grote portie rijst en bonen met twee gebakken eieren erop. Ze staat naast de tafel met haar handen op haar heupen te kijken terwijl ik eet. 'Lekker?' vraagt zij, en ze veegt haar handen af aan haar schort.

'Ja.'

'Mooi! In Californië krijg jij geen lekker ontbijt!'

'Niet zoals dit,' erken ik.

Ik help haar bij de afwas en betaal de rekening – slechts twintig Amerikaanse dollar. Ik bedank Soledad, zeg de kinderen gedag en ga buiten op een taxi wachten. De chauffeur stapt uit en doet mijn bagage in de kofferbak. '*La estacion de autobuses?*' zegt hij.

'*Si, por favor.*'

'Waar gaat u heen?'

'Playa Hermosa.'

'Dat is heel mooi. Het zal u bevallen.'

Bij het busstation zit een man achter een kaarttafel die kaartjes naar Hermosa verkoopt. Om kwart over negen ben ik op weg, terwijl door het raampje een warme wind loeit. Ik moet steeds denken aan wat Nick zei: *Als je je bewust wordt dat je kunt zoeken, heb je iets in handen. Als je niets in handen hebt, ben je wanhopig.* Ik moet geloven dat ik iets in handen heb; dat is het enige wat me op de been houdt.

63

Playa Hermosa. Een *cabin* aan het strand. Eén los peertje, twee vuile bedden, een wandje dat zo dun is dat ik de mensen in de hut hiernaast kan horen snurken. Een lange, smalle spiegel zonder lijst aan de muur naast de deur. In de spiegel: een verbijsterende ontdekking, een geest. Uitstekende heupbeenderen, zwarte kringen onder de ogen.

De regen klettert op het zinken dak van de hut. Het begint met een tikje, dan nog een en nog een, steeds sneller, tot het een gestaag geroffel is, een enorme herrie in je hersenen. Korte tijd later is het een regelrechte storm, die met de minuut aanzwelt. Er hangt een geur van regen, en van de zee, en een walgelijk zoete geur waar de ongewassen lakens van doortrokken zijn. Ik doe het licht uit en ga met m'n kleren aan op bed liggen luisteren naar de huilende storm. Door het kleine afgeschermde raam zie ik af en toe een lichtflits.

De regen en de geur van zout water hebben iets wat me aan Alabama doet denken. Een paar maanden voor Emma's verdwijning gingen we met z'n drieën naar Gulf Shores. Jake was nog nooit in het zuiden geweest, en hij wilde wel eens zien hoe het eruitzag, een indruk krijgen van waar ik vandaan kwam. We namen een van de leukere hotels in Orange Beach en de eerste avond zaten we op het zand te kijken hoe de zon in de Golf zonk. De rest van de week regende het.

We brachten de ochtenden door bij het overdekte zwembad van het hotel, de middagen op de Pink Pony Club. Emma dronk Shirley Temples, terwijl Jake en ik zoete ijsthee en Bud Light achteroversloegen. We zaten in het rokerige restaurant en zagen hoe de lichtflitsen de hemel doorkliefden. Emma was gefascineerd door de bliksem, want zij was gewend aan de kalmere buien van San Francisco. Dat was wat ik het meeste miste van de Golfkust, de hoosbuien en de harde donderslagen. De onweders van San Francisco zijn zo tam dat ze de naam nauwelijks verdienen.

'Het ruikt raar,' zei Emma, 'alsof de lucht in brand staat.'

'Je ruikt ozon, stikstof en ammoniak,' zei Jake, altijd bereid alles in een les te veranderen. Het was leuk om de wereld door zijn ogen te bekijken, alsof je terugging naar de lagere school, toen er voor alles een eenvoudige verklaring en er op elke vraag een antwoord was.

Het was prettig weer thuis te zijn, al was het niet onder de prettigste omstandigheden. Op een middag ging ik met Emma naar de souvenirwinkel waar bij de ingang een reusachtige haai hing, de winkel waar ik als kind tientallen malen was geweest, en ik liet haar een mandje vol t-shirts en snuisterijen uitzoeken voor haar vriendjes en vriendinnetjes. Het mooiste aandenken dat we aan die vakantie hebben, is een foto van ons drieën voor Moe's Christmas and Gun Store aan de strandweg. Ik zie de man die hem nam nog voor me, een oudere heer met een permanent bruine huid en een t-shirt waar *Bama Forever* op stond.

Aan het eind van de week had Emma waterige ogen en was ze moe, en wij waren nog net zo bleek als toen we aankwamen. 'Alabama was niet bepaald zoals ik het me had voorgesteld,' zei Jake op de vliegreis naar huis. We spraken af dat we onze volgende strandvakantie in een exotischer plaats zouden houden – Tahiti of Costa Rica. Ik had nooit gedacht dat ik hier in m'n eentje zou belanden, dat toekomstige kiekjes van mijn leven een eenzaam onderwerp zouden bevatten.

Er is een meisje, ze heet Emma, ze loopt over het strand. Ik wend mijn blik af. Er verstrijken seconden. Ik kijk weer en ze is verdwenen. Ik blijf maar aan die seconden denken, de eeuwig uitdijende cirkel. Hoe ik deze keten van gebeurtenissen in beweging heb gebracht. Hoe ik een manier moet verzinnen om het goed te maken.

De volgende dag loop ik op en neer over het strand, dat barstensvol zit met Amerikaanse surfers en rugzaktoeristen. Ik speur naar de Rossbottom-plank, het blonde duo, het gele bestelbusje. Het is niet gemakkelijk om met de auto naar Costa Rica te gaan, maar het kan wel. Thuis heb ik het verhaal van een blogger gelezen die door de Sonora-woestijn was gereden, daarna door de hooglanden van Oaxaca, en verder naar Guatemala, Honduras en Nicaragua. De douane bij Penas Blancas is berucht laks, zodat iemand met een pokerface waarschijnlijk wel een kind achterin een bestelbus kan verbergen en haar zonder documenten het land in kan smokkelen. Het is zoals Jake al zei een groot 'als', heel veel 'waarschijnlijk', maar het is het beste dat ik heb.

Aan het eind van de middag vind ik een cabin die voor driehonderd dollar per maand verhuurd wordt – deze is beter en goedkoper dan die ik gisteravond had. Hij is eenvoudig, klein en schoon, met een zinken dak en een klein raam met uitzicht op zee. Ik besluit er mijn uitvalsbasis van te maken, mijn tijdelijke thuis.

Het kost me niet veel tijd om me aan te passen aan het ritme van het strandleven. Het heeft geen zin om vroeg op te staan, want dan is alles dicht. Mijn enige hoop is mensen te ontmoeten – vooral surfers – en de simpelste manier om die te ontmoeten is 's avonds in de bars en restaurants. Veel van de bewoners van de stad zijn hier tijdelijk; ze verblijven er pakweg drie maanden tot hun geld op is en gaan dan weer terug naar de Verenigde Staten. Op mijn tweede avond in Hermosa ontdek ik een barretje om de hoek bij mijn cabin. Het personeel bestaat uit Noord-Amerikanen en jonge Tico's. In de loop van de week leer ik ze allemaal bij naam kennen. Met de dag leer ik een paar woordjes Spaans bij en win ik hopelijk iets meer vertrouwen bij de surfers, maar ik heb nog steeds het gevoel dat ik niet dichter bij Emma kom.

'Je moet het eens proberen,' zegt een computerprogrammeur uit Atlanta van in de veertig. Hij bedoelt surfen. Hij bedoelt ontspannen. Het is mijn derde dag in Hermosa en we zitten naast elkaar aan de bar. Door de luidsprekers klinkt Beautiful South en op TV is een footballwedstrijd te zien tussen de Delaware Blue Hens en de Citadel. De computerprogrammeur heet Deke. Met zijn volmaakte kapsel en overmoedige manier waarop hij me lang recht in de ogen kijkt, doet hij me denken aan een personage uit een soap. Hij werpt om de haverklap een blik op de TV en roept: 'Kom op, Hens!' Het gerucht gaat dat Deke met de helft van de Noord-Amerikaanse meiden in deze stad en ook nog een paar Tico's naar bed is geweest.

'Surfen is niks voor mij,' zeg ik. 'Ik ben bang voor diep water en snelheid. Bovendien kan ik niet tegen het gebrek aan controle.'

'Dat is het mooiste eraan,' zegt Deke, terwijl hij zijn hand onder op mijn rug legt en onder m'n T-shirt laat glijden.

'Pas op, hè.'

Hij maakt een grapje en steekt beide handen in de lucht, ten teken van overgave, maar ik kan zien dat hij verbijsterd is door de afwijzing.

Een paar uur later ontmoet ik Sami uit Galveston, die haar liefde voor de zon bekostigt door te tappen en kamers schoon te maken in een plaatselijk motel. Ze is 36 en heeft thuis een vriend die limousines bouwt. Hij wacht tot Costa Rica uit haar bloed verdwijnt, zodat zij kunnen trouwen en een gezin stichten.

'Zeven jaar geleden kwamen we hier samen. Hij kreeg er uiteindelijk genoeg van, maar ik niet. Het probleem is dat ik naarmate ik hier langer ben meer denk aan *pura vida* en minder aan baby's,' zegt Sami terwijl zij de bar poetst met een vochtig lapje.

Op haar vraag wat ik in Costa Rica doe, zeg ik dat ik fotografeer voor een Lonely Planet-reisgids. Dat is mijn dekmantel, het enige wat ik kan bedenken om mijn aanwezigheid hier te verklaren. De Leica aan mijn schouder die ik overal meeneem, lijkt voldoende te zijn om mijn verhaal te staven. Gedurende de volgende paar dagen raken Sami en ik bevriend. Soms vraagt Sami aan het eind van de middag, als er weinig klanten zijn, aan een van de koks op de bar te letten en gaat ze met mij naar het strand en dan gaan we op het zand zitten kijken naar de surfers die de laatste golven meepikken voor ze ermee ophouden. In het wegebbende licht zien hun lichamen er gesoigneerd en prachtig uit en het blauw van de Costa Ricaanse hemel is een blauw zoals ik nog nooit heb gezien. De natte lichamen die uit de branding tevoorschijn komen, met de plank op hun schouders, doen denken aan de lichamen van dansers en het is haast niet te geloven dat het maar doodgewone jongens en meisjes uit saaie midwesterse steden zijn.

Op de vijfde dag in Hermosa zit ik met Sami op het strand, een paar biertjes tussen ons in op het zand. Ik haal een stukje papier uit mijn zak, vouw het open en geef het aan haar. 'Komt dit je bekend voor?'

'Moet dat?'

'Het is een logo van een surfplank.'

Ze kijkt beter naar de afbeelding van de gouden kikker, die ik van internet heb geplukt. 'O, natuurlijk. De Killer Longboard. De vent die ze maakte is nog niet zo lang geleden de pijp uit gegaan. Billy Rossbottom.'

'Ken je hem?'

'Wie niet? Rossbottom verscheen een paar jaar geleden in de bar. Hij was een enorme flirt die alle dames een drankje aanbood. Aardige kerel, gaf meer fooi dan hij moest betalen. De dag na zijn dood hielden we ter herdenking een groot feest op het strand.'

'Ik zou graag een van die planken op de kop tikken,' zeg ik. 'Zie je ze hier wel eens?'

'Eén keertje maar. Ze zijn echt heel zeldzaam, hoor.'

'De plank die je zag. Wanneer was dat?'

'Ik weet niet, paar maanden terug.'

'Kende je de kerel van wie die was?'

'Meisje, om precies te zijn.' Ze kijkt me aan alsof ze me probeert te plaatsen. 'Waarom ben je überhaupt geïnteresseerd? Jij surft niet eens.'

'Ik wil er een kopen. Een cadeau voor een vriend,' zeg ik, me schuldig voelend om de leugen. Maar ik wil nog geen open kaart spelen, ik wil niet dat mijn plannen als een lopend vuurtje langs de kust gaan. Ik ben bang dat het duo van het gele bestelbusje, als ze hier zijn, zal vertrekken zodra zij over mij horen. Dat is ook de reden waarom ik de forensische schetsen nog aan niemand heb laten zien; die zitten tot het geschikte moment zich voordoet in mijn rugzak in de cabin.

Sami drinkt in één slok haar biertje leeg. 'Ik zal opletten of ik die plank zie.'

'Dank je.'

'Abby,' zegt ze en ze wipt de dop van een tweede biertje.

'Wat is er?'

'Ik heb vrij veel mensenkennis, en er is iets wat je me niet vertelt.'

'Waarom denk je dat?'

'Een alleenstaande professionele vrouw, in haar eentje in een surfplaatsje in Costa Rica. Je surft niet. Je bent ouder dan de meeste mensen hier.' Ze knipoogt. 'Huidig gezelschap uitgezonderd.'

'Dat heb ik toch gezegd. Ik ben bezig met een reisgids.'

'Dat is niet logisch,' zegt ze, en ze leunt achterover op haar elle-bogen en draait haar gezicht naar de zon. 'Als dat waar was, was je nu allang weg uit Playa Hermosa. Ga je me vertellen hoe het zit of wil je dat ik gok?'

Op dat ogenblik neem ik het bewuste besluit haar te vertrouwen. Mijn moeder zei altijd dat mijn zwakste punt was dat ik altijd alles in mijn eentje wilde doen, maar mijn sterkste punt was mijn obsessieve vastbeslotenheid. Zij vond het heerlijk om te vertellen hoe ik toen ik veertien maanden was op een keer bijna een uur lang een sokje pro-beerde aan te trekken en dat ik weigerde me door haar te laten hel-pen. Ze had bewijzen van de gebeurtenis, een kwartier beschadigde zwart-witfilmbeelden waarin een baby die in niets op mij lijkt wor-stelt met een wit kanten sokje en een mollig voetje. Het lukte me niet de sok aan te krijgen.

'Kom vanavond na je werk naar mijn cabin,' zeg ik.

Ze neuriet een paar maten uit het themanummer van de *Twilight Zone* en zegt: 'Ik zal er zijn. Moet ik in vermomming komen? Een zwarte cape en masker misschien?'

Na middernacht staat ze voor mijn deur; ze ruikt naar hasj. 'Wil je ook,' vraagt ze en haalt een joint uit haar zak.

'Dank je, niet voor mij.'

'Moet je zelf weten.' Ze ploft neer op het onbeslapen bed. 'Wat is je grote geheim?'

'Ik heb mijn kleine meisje verloren.'

'Wat?'

'Om precies te zijn, mijn verloofdes kleine meisje, Emma. Op het strand in San Francisco. Ik ben hier gekomen omdat ik denk dat ze ontvoerd is en ik denk dat de mensen die het gedaan hebben moge-lijk in Costa Rica zijn.' Ik vertel haar niet hoe vergezocht dat is, ver-klap niet het feit dat dit de laatste aanwijzing is die ik volg. Wat ik nu misschien wel meer dan wat ook nodig heb, is domweg dat iemand gelooft in mijn plan.

'Niet grappig,' zegt Sami. 'Zit me niet te belazeren.'

'Het is echt zo.' Ik leg de politietekeningen naast haar op het ma-tras.

'Shit, je maakt geen grapje, hè?'

'Heb je deze twee wel eens gezien?'

'Ze komen me niet bekend voor.'

'Zeker weten? De man heeft een tatoeage van een golf op zijn borst. Hij is van gemiddelde lengte, gespierd en heeft een lui oog. Zij is mager, helblond, ziet er een tikje maf uit.'

'Wat heeft de Killer Longboard hier mee te maken?'

'Dit stel was bij Ocean Beach op de dag dat Emma verdween. Die man had een Rossbottom-plank.'

Sami spert haar ogen wijd open. 'Ik gelóóf het niet,' zegt ze. 'Een ontvoering. Dat zie je in films.' Ze is een ogenblik stil. 'Surfers vormen een hechte groep, weet je. Je kunt het beste een tijdje je ogen open en je mond dicht houden. Laat mij je helpen. Ik zal eens navraag doen naar die plank.'

'Dank je. Iets anders. Ik weet niet echt waar ik moet gaan zoeken. Ik heb de kaart van Costa Rica nu al honderd keer bekeken en ik weet me geen raad.'

'Je moet eens met Dwight praten. Hij is barkeeper in de Pink Pelican. Hij spoort niet helemaal, maar hij woont hier al twintig jaar. Kent het land op zijn duimpje. Ik stel je wel aan hem voor.'

'Ik sta bij je in het krijt.'

'Trouwens,' zegt Sami, 'ik ben uitgehongerd. Heb je iets te eten?'

'Bananen, chocoladekoekjes, pindakaas, witbrood en chips.'

'Je bent een echte reformwinkel,' zegt ze. 'Ik lust zeker wel een sandwich met pindakaas en banaan.'

Ik ga naar het tafeltje onder het raam, dat ik heb omgebouwd tot een geïmproviseerde kitchenette met een koffiepot, bunsenbrander, kartonnen bordjes en bestek. Ik maak twee sandwiches met Pringles erbij.

Sami neemt het bovenste stuk brood van haar sandwich, legt een paar Pringles op de banaan en legt het brood er weer op. 'Hé, ben jij wel eens in Graceland geweest?'

'Nee.'

'Ik was er een paar jaar geleden. Het grappige is dat het landhuis in Graceland helemaal geen landhuis is. Het is eigenlijk een gewoon huis, alleen groter, met lelijker meubilair. Maar aan de overkant zit een restaurant waar je sandwiches met gebakken pindakaas en banaan kunt krijgen. Die zijn zo godvergeten lekker dat ik er twee opat en eentje meenam voor onderweg. Alleen voor die sandwich zou het al de moeite waard zijn nog eens naar Graceland te gaan.'

De pindakaas is lekker, voelt zelfs aangenaam aan tegen mijn verhemelte en ik realiseer me dat ik de afgelopen week regelmatig heb gegeten. Ik steek mijn vinger tussen de band van mijn korte broek en voel dat hij iets beter begint te passen, al ben ik nog steeds veel te mager. Iedereen zei maar steeds dat ik door moest met mijn leven en ik dacht de hele tijd dat ze het mis hadden. Ik dacht dat ik nergens mee door kon gaan zolang Emma vermist was. Maar mijn lichaam lijkt zijn eigen beslissing te hebben genomen.

Ik denk aan Emma, waar ze ook mag zijn, en ik vraag me af of ze gezond is. Groeit ze? Komt ze aan? Verandert haar gezicht? Bij de weinige bagage die ik heb meegenomen zit een klein album met enige tientallen foto's van haar. Op sommige staat ze samen met Jake, op sommige staat ze alleen, en op eentje staan we met z'n tweeën op het terrein van de Legion of Honor, met op de achtergrond de fontein. De eerste foto in het boek is een paar weken nadat ik haar had leren kennen genomen in Crissy Field en de laatste de dag voor ze verdween. In dat korte tijdbestek, één jaar, onderging haar uiterlijk al een lichte metamorfose – haar gezicht is smaller geworden, de V-vormige haarlok op haar voorhoofd is geprononceerder. Een volwassene kan er tien jaar lang vrijwel hetzelfde uitzien, maar in de kindertijd gaan de veranderingen zo snel dat twee foto's die maar een paar maanden na elkaar zijn genomen soms verbijsterende verschillen laten zien.

In het album is nog plaats voor vijf foto's. Ik kan me nu niet meer herinneren of het een bewuste handeling was dat ik die laatste bladzijden leeg liet toen ik mijn spullen pakte voor deze reis. Ik zeg tegen mezelf dat er nog meer foto's zullen komen om het boek mee vol te maken, dat het verhaal dat begon met de allereerste foto op Crissy Field nog niet is afgelopen. Ik zeg tegen mezelf dat er een toekomst is en dat die niet verschrikkelijk en ondraaglijk zal zijn. Er zullen ongetwijfeld nog meer foto's volgen, een compleet en gelukkig verhaal. In mijn dagdromen zie ik ondanks alles dit voor me: Emma en Jake en ik, die samen doorgaan met het leven.

64

De volgende dag stelt Sami me zoals beloofd voor aan Dwight, die 1,85 meter lang is en niet meer dan 65 kilo zal wegen. Zijn hoofd is kalend, hij is heel bruin en zijn leeftijd valt onmogelijk te schatten. Als we om tien uur 's ochtends arriveren in de Pink Pelican, is Dwight de enige aanwezige. Hij doet een soort zijwaartse pas achter de bar en laat z'n armen op en neer gaan als een vliegende vogel. Hij doet me aan iemand denken, maar ik kan de gelijkenis niet thuisbrengen.

'Hallo, dames.'

'Mijn nieuwe vriendin Abby heeft je hulp nodig,' zegt Sami.

Hij houdt op met zijn zijwaartse passen en geeft me over de bar een hand. 'Hallo, nieuwe vriendin Abigail. Wat kan ik voor je doen?' Op dat moment realiseer ik me aan wie hij me doet denken: Sam Bungo. Iets in de typisch mannelijke kaalheid in combinatie met de enthousiaste jeugdigheid, en de manier waarop hij mijn volledige naam uitspreekt. Dat deed Sam Bungo ook altijd, hij weigerde me bij de afkorting te noemen, omdat hij vond dat Abigail Brits klonk en hij had iets met de Britten.

'Ik hoop dat jij mij kunt vertellen wat de beste plaatsen zijn om met een longboard te surfen,' zeg ik.

Hij pakt een doekje om de onberispelijke toog nog eens te poetsen en kijkt me vragend aan. 'Surf jij?'

'Nee. Ik doe onderzoek.'

'Lonely Planet,' valt Sami me bij, wijzend op mijn fototoestel. 'Zij is fotografe.'

'Oké, dude. Ik zal een kaart voor je tekenen. Maar je moet me beloven dat je me in je gids zet.'

'Afgesproken.'

'Niet alleen mijn naam. Ik wil een foto.'

'Geen probleem.'

Dwight haalt een potlood van achter zijn oor vandaan en begint een kaart te tekenen op de achterkant van een papieren menukaart. Hij begint met de Caribische kust. 'Je hebt Playa Bonita, ten noorden van Limón, en in het zuiden heb je Cahuita, mooie stranden. Aan die kant is Salsa Brava de beste plaats om te surfen, de meest holle golf van Costa Rica. Weet je wat Salsa Brava betekent?'

Ik schud mijn hoofd.

'Boze saus, grof vertaald. Het is goddomme poëzie, man. Je kunt alleen begrijpen wat ik bedoel als je zelf door de saus surft. Het is golf na golf even heftig als een double-up right tube bij koraalriffen, waar ook.[15] Hou je van poëzie? Jij lijkt me wel een vrouw die een mooie metafoor kan waarderen.'

'Ik hou wel van poëzie.'

'Dat dacht ik al,' zegt hij, terwijl hij naar me toe buigt. 'Ik mag dat wel, een meid die van poëzie houdt. Moet je horen, hoe oud ben je?'

'Kalm aan,' zegt Sami. 'Ze is getrouwd.'

'Je meent het,' zegt hij, en kijkt naar mijn linkerhand. 'Als jij zo getrouwd bent, waar is je trouwring dan?'

'Thuis gelaten. Mijn vingers worden dik van de warmte.'

'Juist.' Het valt moeilijk te zeggen of hij me gelooft, maar hij kijkt weer naar zijn kaart en begint weer te tekenen. 'Maar het is zo dat je daar nu niet veel zult beleven. De beste periode om naar de Caribische kust te gaan is tussen februari en april. In de zomer zit iedereen die het verschil weet tussen zijn reet en zijn staartvin aan de westkust.'

Hij praat maar door en tekent verder, waarbij hij de beste plekjes aangeeft met een groene ster.

'Bovenaan heb je Ollie's Point, genoemd naar Oliver North. Daar lag ooit een geheime landingsbaan. Die gebruikten ze om wapens en stuff naar de Contra's te brengen, maar je kunt er niet over de weg komen, je moet erheen wandelen. Helemaal in het zuiden aan de Grote Oceaan, richting Panama, heb je Matapalo, killer right point break[16] met huizenhoge golven, west swell. Dan Playa Pavones, daar heb je de volmaaktste golven op aarde. Noordwaarts langs de kust kom je bij Dominical. Heel rustig. Het hele jaar door vrij gelijkmatige branding. Dan heb je Playa Espadilla bij de ingang van Manuel Antonio National Park, heel erg toeristisch, dus daar zijn uiteraard trolls en waxboys, maar als de grote jongens in de baai komen, is het er fantastisch.[17] Aan de noordkant van het strand zitten ook goede stukken.' Hij beweegt zijn potlood over de kaart en markeert Quepos, Roca Loca, Puerto Caldera.

'En u en ik, *Mrs.* Abigail, zijn hier.' Hij knipoogt alsof we samen een groot geheim delen en tekent een groot hart om de locatie van Hermosa aan te geven, halverwege tussen Quepos en Puntarenas. 'Dan heb je nog Boca Barranca, geen oord voor simpele staanders.'

'Wie?'

'Je weet wel, zondagsurfers, mensen die de sport niet serieus aanpakken. Boca Barranca is een riviermonding op zo'n honderd kilometer ten noordwesten van San José. Heel populair bij longboarders want de golf wordt niet hol, en op een topdag kun je een ritje van achthonderd meter maken. Het is ook de thuisbasis van de moeder aller longboardwedstrijden, Toes on the Nose.'

'Wanneer is die?'

'Begin juni. Elke longboarder die zijn gewicht in Sex Wax waard is, is daar bij.'

'Dankjewel,' zeg ik. 'Je bent echt heel behulpzaam geweest.'

'Hé, ik ben nog niet klaar. Je mag Tamarindo niet overslaan, helemaal in het noorden van de Grote Oceaankust. Echt iets voor jou. Daar zit een grote surfergemeenschap van expats, maar het is iets luxueuzer dan de meeste andere oorden. In Tamarindo heb je bronnen, bakkers, musea, noem maar op. Zelfs een boekwinkel.' Hij noteert een telefoonnummer boven aan het papier. 'En voor het geval je een persoonlijke rondleiding door Hermosa wilt, weet je wie je moet bellen,' zegt hij en hij overhandigt me de kaart.

'Ik zal eraan denken.'

'Hé, laat even horen als je gescheiden bent, schatje.'

'Doe ik,' zeg ik, terwijl ik opsta.

'Wacht even. Je zou toch een foto van me maken?'

'Natuurlijk. Ga daar staan en kijk naturel.'

Dwight pakt een cocktailshaker en tovert een brede glimlach tevoorschijn. 'Prachtig,' zeg ik en ik druk drie keer af om het echt te laten lijken.

'Dat zijn wij ook, meid,' zegt hij, terwijl ik op weg ben naar de uitgang.

65

Dag 237. Ik ga naar het internetcafé vlak bij mijn cabin en beant-
woord een paar minuten e-mails. In Nells laatste bericht staat dat
alle rekeningen zijn betaald en dat het rustig is in de buurt; wanneer kom ik thuis? Nick zit weer in Helsinki. 'Ik zag een meisje in
een horlogewinkel dat me aan jou deed denken,' schrijft hij. 'Ik heb
bij Wiggins een boodschap ingesproken waarin ik hem alles over
jou vertel.' In een tweede e-mail, die maar een paar minuten later
is verzonden, staat: 'Zou je me raar vinden als ik bekende dat ik je
mis?'

Er zijn twee e-mails van Annabel. 'Ik begin uit te dijen,' schrijft
zij in het eerste bericht, van drie dagen geleden. 'Zie bijgevoegde foto.' Op de foto staat ze en profil en begint haar buik net zichtbaar te
worden. Ik heb haar kastanjebruine haar nog nooit zo kort gezien en
haar gezicht is ietsje dikker. Zij behoort tot die vrouwen die er beter
uitzien als ze zwanger zijn, één en al stralend en rond.

De tweede e-mail van Annabel bevat maar twee woorden: 'Wat
gevonden?'

'Te vroeg om te zeggen,' antwoord ik.

Geen e-mail van Jake, al heb ik er drie naar hem gestuurd sinds
ik hier ben. De volgende ochtend neem ik dertigduizend colones op
bij de geldautomaat en pak ik de bus van tien uur voor de drie uur
durende rit naar Boca Barranca. Een Amerikaanse surfer die ik heb
zien rondhangen in Hermosa neemt dezelfde bus. Doug studeert
geschiedenis, en dit is een uitje weg van Ole Miss.[18] Hij heeft voor
het weekend in Jaco afgesproken met vrienden. Hij heeft alleen een
kleine plunjezak bij zich.

'Waar is je plank?' vraag ik.

'Je kunt ze niet meenemen op de bus, dus ik huur in elke plaats
een andere. Wat ben jij aan het doen?'

'Ik ben bezig met een reisgids. En ik ben op zoek naar een Killer Longboard.'

'Een Rossbottom?' zegt hij verbaasd. 'Waarom?'

'Een cadeautje voor mijn broer. Geld speelt geen rol. Weet je er een?'

'Was het maar waar.'

'Mocht je er een zien, wil je me dan een e-mail sturen?' Ik geef hem een van de handgeschreven visitekaartjes die ik vorige week heb gemaakt, met mijn e-mailadres en de boodschap *Op zoek naar een Killer Longboard. Betaal goed geld.*

In Jaco geeft Doug me een hand en hij wenst me succes. Ik blijf alleen achter in de bus met een gezin Costa Ricaanse toeristen, een tweetal Duitssprekende surfers en een jongen met een papieren zak vol Wrigley-kauwgum die me te jong lijkt om in zijn eentje te reizen.

Ongeveer een halfuur ten noorden van Jaco steken we een brug over een brede bruine rivier over. De chauffeur stopt als we de brug over zijn. 'Foto!' zegt hij, en hij opent de deuren. 'Heel mooie foto's!' Ik ga achter het gezin aan de bus uit. Het joch met de kauwgum slaapt door de beroering heen. Ik kijk vanaf de brug naar het groezelige water vijftien meter onder me. Zes reusachtige alligators bewegen zich langzaam stroomopwaarts en vier andere liggen op de oever in de zon.

Het toeristische gezin neemt een paar foto's en ik doe hetzelfde. Ik druk af en realiseer me dat dit mijn eerste foto's zijn sinds Emma's verdwijning die niets te maken hebben met de zoektocht of met mijn werk. Ik neem ze omdat het een interessant tafereel is en terwijl ik afdruk denk ik erover na hoe de foto's straks zullen zijn. Ik bedenk dat de matgroene alligators bijna onzichtbaar zullen zijn tegen het bruine water, evenals de wijze waarop de rimpels uitwaaieren vanaf hun ruwe lichamen. Ik denk aan de zon, die te fel is; je zou deze foto beter bij zonsondergang kunnen nemen, zacht licht op de modderige rivier.

Een paar uur later naderen we Puntarenas. Overal hutjes, die pal naast voedselstalletjes aan de weg genesteld liggen. Een rivier die er slijmerig uitziet stroomt de oceaan in. We komen tot stilstand naast een hotel met onregelmatig pleisterwerk, dat eruitziet alsof het al jaren dicht is. Ik krijg zonder problemen een kamer, voor negentien dollar per nacht. 'Het is eb,' zegt de man bij de receptie, een Tico die bijna vlekkeloos Engels spreekt. 'De mooiste tijd om het strand te bekijken. Ik zou daar maar heen gaan als ik jou was.'

De kamer is zo smerig en donker dat tien dollar per nacht al afzetterij zou zijn. Ik trek een schone korte broek en t-shirt aan, wandel over een zandpad naar het strand en stop onderweg bij een vervallen kroeg om een *refresco* te kopen. De drank is ijskoud en de schrikbarende zoetheid wordt goedgemaakt door de zuurheid van *tamarindo*-vruchten.

Een vinger land in het donkere water. Het schiereiland wordt aan de ene kant omzoomd door de riviermonding en aan de andere door de bruine boog van de baai. De bodem is bedekt met scherpe, glibberige zeepokken en er hangt een onaangename geur in de lucht. Het strand is verlaten op een jongen van achttien of negentien jaar na, die in zijn eentje met zijn plank naar het water zit te staren. Er zijn vier of vijf man aan het surfen, allemaal op een kluitje bij elkaar.

Ik wandel naar de jongen. 'Ik heet Abby,' zeg ik en ik steek het fototoestel omhoog. 'Van Lonely Planet.'

Hij strijkt een lok blond haar voor zijn ogen weg. 'Jason. Van Jason and Company.' Hij lacht om zijn eigen grapje.

'Mag ik naast je komen zitten?'

'Ga je gang.'

'Kun je me iets meer vertellen over dit oord?'

'Een van de langste left breaks ter wereld.'[19] Hij grijnst. 'Als je bereid bent je gezondheid op het spel te zetten voor een mooie rit.'

'Hoezo?'

'Zie je hoe vies het water is? Het is rioolwater. Ik heb verhalen gehoord over surfers die hier hepatitis A en meningitis hebben opgelopen. Een jongen die ik ken zag een keer een dood paard de line-up binnendrijven. En je moet rekening houden met de krokodillen.'

'Echt?'

'Dat is bekend. Je hebt die ellendige zoutwaterkrokodillen die het estuarium in komen om de karkassen op te eten. Dat is geen fraai gezicht.'

'Heb jij er wel eens eentje gezien?'

'Nee, maar ik heb wel foto's gezien.'

Jason tovert een pakje sigaretten tevoorschijn, biedt me er een aan.

'Dank je,' zeg ik. 'Ik ben niet zo'n roker.'

'Ik ook niet.' Hij neemt een plastic aansteker, legt zijn hand om het uiteinde van de sigaret en steekt hem op. 'Waterbestendige aansteker,' zegt hij. 'Beste uitvinding uit de geschiedenis.'

'Ga je wel eens naar Toes on the Nose?' vraag ik.

Hij kijkt fronsend de zon in. 'Ik doe niet mee, maar ik ga er elk jaar vanuit Miami heen om te kijken.'

'Ben je dit jaar ook geweest?'

Hij knikt. 'Laatste vier jaar allemaal.'

'Heb je toevallig iemand met een Killer Longboard gezien?'

Hij keert zich plotseling geïnteresseerd om en kijkt me aan. 'Zeker weten. Fantastische plank, dude. Ik had er al eens eerder eentje gezien in Maui. Daar zou ik heel wat voor over hebben.'

'Herinner je je de eigenaar nog?'

'Er waren er twee. De ene was een Australiër, de andere was een Amerikaanse kerel.'

'Hoe zagen ze eruit?'

Jason haalt z'n schouders op. 'Als surfers.'

'Die Amerikaan, was die in z'n eentje?'

'Jij stelt wel heel veel vragen.'

'Ik probeer een Killer Longboard op de kop te tikken.' Ik steek hem mijn kaartje toe, maar hij pakt het niet aan.

Een man met een hoed met luipaardprint komt over het strand onze kant op gelopen, en Jason wuift naar hem. 'Hé, pooier! Lekker bezig geweest?'

'Te druk daar,' zegt de man. 'Conan en Slime Dog lagen in de impactzone. Dacht dat ik de naald tussen hen door kon steken, dus ik pakte die golf en maakte de drop, toen was het afgelopen.'[20]

'Geeft allemaal niks,' zei Jason. 'Dit is mijn vriendin Lonely Planet.'

De vriend tikt tegen zijn hoed en maakt een kleine buiging.

'Ik zie je,' zegt Jason, en hij staat op en slaat het zand van zijn achterwerk. Het is een verbazingwekkend plat achterwerk, volledig ontdaan van vorm. Hij pakt zijn plank en hij en zijn maat hollen naar de oceaan. Even later peddelen ze door het water.

Ik blijf anderhalve week in Barranca en praat met iedereen die bereid is te luisteren. Er is nog iemand die zich herinnert tijdens de laatste Toes on the Nose-wedstrijd twee Killer Longboards gezien te hebben, namelijk de hotelklerk, maar net als Jason herinnert hij zich niet veel meer van de eigenaars. 'Ze zijn sindsdien niet meer teruggeweest,' zegt hij. 'Je moet in juni terugkomen voor de wedstrijd van dit jaar. Het is hier het grootste deel van het jaar vrij stil, maar tijdens de wedstrijd is het hier tjokvol.'

Ik bedank hem voor de informatie en reserveer voor de week van de wedstrijden. 'Als je voor die tijd iemand met een Rossbottomplank tegenkomt, bel me dan,' zeg ik en ik overhandig hem mijn kaartje.

'Zit er provisie voor mij in?'

'Uiteraard.'

'Gaaf.' Hij draait zich weer naar de televisie, *The Love Squad* in het Spaans nagesynchroniseerd. Op grond van de woorden die ik herken lijkt het erop dat twee broers om dezelfde vrouw vechten. 'Kijk je wel eens naar dit programma?' vraagt hij als ik vertrek. 'Het is retegoeie televisie.'

Ik probeer me niet te laten ontmoedigen door het feit dat de wedstrijden pas over ruim drie maanden zijn. In drie maanden kan een kind omkomen van de honger of verschrikkelijk mishandeld worden. In drie maanden kan een kind sterven. In drie maanden kan god mag weten wat gebeuren.

66

Ik neem een middagbus terug naar Hermosa. Ik heb een knagend gevoel van verslagenheid terwijl ik de heuvels voorbij zie rollen – de koffieplantages en huizen van B-2-blokken, af en toe een paard, verspreid liggende hutjes. Eenmaal terug in Hermosa breng ik mijn spullen naar mijn cabin en ga ik naar Sami's bar.

'Geen succes, zeker?' zegt ze.

'Waar zie je dat aan?'

'Je hebt bepaald geen pokerface. Wat nu?'

'Ik blijf een paar dagen hier en dan ga ik naar die andere plaatsen die Dwight noemde. Als alles mislukt ga ik in juni terug naar Boca Barranca voor de wedstrijd.'

'Je vindt haar vast wel,' zegt Sami, maar er klinkt geen overtuiging in haar stem. Ze durft me niet recht in de ogen te kijken als ze het zegt, kan haar geruststellende opmerkingen niet met rede staven. Ik weet dat zij het type is dat je gewoon vertelt wat je graag wilt horen. Ik kan me al voorstellen hoe ze over de telefoon met haar vriendje in Texas praat, jaar in jaar uit, en zij maar zeggen dat ze binnenkort teruggaat naar de Verenigde Staten. Dat ze van hem houdt, dat ze hem mist, dat er niks aan is zonder hem.

Ik betaal nog een maand vooruit voor de cabin in Hermosa en van daaruit maak ik dag- en weekendtochtjes langs de Grote Oceaankust, met zijn brede, schitterende stranden en sporadische luxehotels, verborgen baaien en slaperige surfstadjes, palmbosjes en rijstvelden. Ik stel links en rechts vragen, duw iedereen die het aan wil nemen mijn kaartje in handen. Soms vraag ik naar de surfplank en soms beschrijf ik de man van Ocean Beach. 'Gemiddelde lengte,' zeg ik. 'Hij heeft een tatoeage van een golf op zijn borst. Rijdt in een gele bestelbus.'

Ik pas mijn verhaal aan aan degene met wie ik praat. Soms is die man mijn al jaren verdwenen broer die het contact met de familie heeft verbroken. Soms is hij mijn ex en heb ik zijn hart gebroken, en besef ik inmiddels dat ik niet zonder hem kan. De verhalen worden excentrieker naarmate ik meer heb gedronken of minder heb geslapen. Zo heb je het verhaal dat mijn moeder een niertransplantatie nodig heeft en hij is de enige die de nier kan leveren. En het verhaal dat ik hem geld schuldig ben en dat ik net een erfenis heb gehad en dat ik mijn schulden wil vereffenen. Het verhaal dat ik de Heer heb gevonden, dat ik me bij iedereen die ik ernstig benadeeld heb wil verontschuldigen, en hij is de vijfde op mijn lijstje. Er zijn ook verhalen over de surfplank: de laatste wens van mijn zieke broer is er eentje te hebben. Ik werk voor een groot productiebedrijf in L.A. en we zijn bezig met een grensverleggende documentaire, een soort *Endless Summer* voor het nieuwe millennium.

Ik word steeds beter in liegen. Ik kan iedereen met een stalen gezicht elk verhaaltje vertellen. Maar mijn leugens leveren me niets op. Af en toe zegt iemand dat hij een Rossbottom-plank heeft gezien, maar de gegevens zijn nooit in overeenstemming met het duo dat ik zoek. Het was altijd lang geleden, of in een ander land, of de surfplank was waargenomen door een vriend van een vriend. Ik vind bij alle geruchten geen echte aanwijzing en ik ban de gedachte uit mijn hoofd dat deze reis een stomme zet was, niet meer dan een lange omweg die nergens toe leidt. Ik kan het me niet veroorloven dat te geloven, ik kan niet aanvaarden dat ik zonder Emma naar huis zal gaan. Ik moet haar vinden, daar hangt alles van af.

Vlak bij de stad Puerto Coyote word ik op een keer, als ik langs een verlaten pad halt houd om te plassen, opgeschrikt door luid geritsel in de bomen. Ik kijk omhoog en zie twee toekans, met hun grappige gele snavels met feloranje strepen en bloedrood gevlekte uiteinden. Deze schitterende, zeldzame vogels, die me ooit tot fotografische extase zouden hebben gebracht, doen me nu niet veel. Gewoon vogels in een boom langs een pad naar het bos.

In Tortuguero sta ik bij het eerste hanengekraai op. Hanen zijn overal in dit land, als een nationale wekker. Ik loop over het rotsachtige strand en bekijk de grote zeeschildpadden, die zich als grote bruine brokken van scheepswrakken vlak onder het wateroppervlak langzaam voortbewegen. In het bos achter het strand zitten de bomen vol met slangen en brulapen. Dit deel van het land heeft een verontrustende, gevaarlijke schoonheid; het is zo'n oord waar iemand zo maar kan verdwijnen. Hier dringt de onmogelijkheid van mijn missie tot me door. Zelfs als mijn lichaam zijn kracht behoudt, vrees ik dat mijn geest me in de steek laat.

Ik denk aan Jake in San Francisco, die zijn lessen geeft en in zijn eentje eet, die de deur van Emma's slaapkamer dicht houdt. Ik vraag me af of hij ooit aan mij denkt, of dat de inspanning niet aan Emma te denken al zijn energie, zijn laatste greintje vechtlust opslorpt. Ik vraag me af of hij zich soms nog wel eens herinnert hoe het was om van mij te houden, op het punt van trouwen te staan. Draait hij zich wel eens om in bed in de verwachting mij aan te treffen en schrikt hij dan wakker als hij beseft dat ik weg ben?

Wat ik altijd bewonderd heb aan Jake is zijn standvastigheid; hij twijfelt zelden aan een besluit. Maar nu werkt zijn standvastigheid tegen mij. Dit weet ik: op dit moment kan ik helemaal niets doen waardoor hij mij terug zou willen. Die grens hebben we overschreden toen ik San Francisco verliet.

Nee, zeg ik tegen mezelf. Misschien is er één ding, een onmogelijk ding: ik zou hem Emma kunnen terugbrengen.

Ik blijf maar terugkeren bij dat moment op het strand. Ik blijf maar terugkeren bij de paniek, de langzame opwelling van angst. Het ene moment is ze er nog. Het volgende is ze weg. Tussen deze twee realiteiten – haar aanwezigheid en haar afwezigheid – zit een ding, een dood zeeleeuwenjong op het strand. Zijn onbeweeglijke, gevlekte lichaam, zijn lege, starende ogen.

Sommige nachten droom ik dat ik mijn handen op het zeeleeuwenjong leg en het tot leven dwing. Een paar tellen gebeurt er niets en dan gaat er een siddering door zijn koude lichaam. De zeeleeuw begint te ademen, zijn ogen gaan open en richten zich op mij. In die droom wend ik me van de knipogende zeeleeuw naar Emma, die een paar meter verder op het strand naar me toe komt lopen met een emmer vol zanddollars. In die droom is ze nooit verdwenen. Ik wend me af van de levende zeeleeuw en zie haar, en ik denk: *Wat was dit een verschrikkelijke nacht*. In die droom ben ik zo opgelucht dat ik mijn opluchting hardop onder woorden breng: *O, het is nooit gebeurd*. Emma zet het emmertje op het zand voor me neer en we beginnen de zanddollars stuk voor stuk te onderzoeken.

67

Ik kom vanuit Tortuguero terug in Hermosa. Sami heeft geen nieuws voor me. Ze heeft her en der naar de surfplank gevraagd, maar zonder succes. 'Toes on the Nose is waarschijnlijk nog altijd je beste kans,' zegt ze. 'Intussen zou je de Caribische kant kunnen bekijken.'

'Dwight zegt dat daar in deze tijd van het jaar nauwelijks gesurft wordt.'

'Dat is zo, maar de meeste toeristen gaan op een gegeven moment wel naar Limón. Dat is echt heel erg in onder Amerikanen. Het kan geen kwaad er te gaan kijken.'

De volgende dag verlaat ik de stad weer. De reis naar Limón duurt zeven uur. De bus, die stinkt naar zweet en uien, komt om de tien minuten abrupt tot stilstand. De chauffeur heeft de radio zo hard gezet dat de passagiers moeten schreeuwen om zich verstaanbaar te maken. Ik denk aan Californië en wou dat ik daar was. Ik stel me schone witte lakens voor en mijn eigen auto, stille cafés, mijn koude doka met zijn vertrouwde chemische luchtje. De bustocht geeft me veel te veel tijd om te piekeren – over Emma, over Jake, over de absurditeit van mijn aanwezigheid hier. Hoe kan ik hopen één duo op te sporen in een heel land? En stel dat dit duo – net als de man in de oranje Chevelle, de postmedewerker, Lisbeth – een vals spoor is, nog een in een lange reeks indringers die me afleiden van het juiste pad? Als ik in m'n eentje ben, is het te gemakkelijk om te twijfelen aan wat ik doe, te gemakkelijk om te geloven dat Jake gelijk heeft, dat mijn eindeloze zoektocht een hopeloze onderneming is.

In de bus lees ik *The Moviegoer*. Ik begrijp wel waarom Nick dit een goed boek vindt. Het gaat over een melancholieke man die voortdurend op zoek is, maar nooit vindt wat hij zoekt. Hij gaat naar de bioscoop, hij gaat uit met zijn secretaresses en trouwt met zijn nicht. Hij heeft het uitvoerig over wat hij 'de malaise' noemt en ik begrijp precies wat hij bedoelt.

In Limón huur ik voor een week een spotgoedkope kamer in het centrum en loop ik de naar muskus ruikende bars af. De mensen in Limón spreken Engels met een zwaar accent dat ik nauwelijks versta. Het ritme van de taal wordt geaccentueerd door de calypsomuziek die door de straten klinkt, en in de stad wemelt het van de mooie Jamaicaanse mannen die jonge vrouwen uit de Verenigde Staten proberen te versieren. Ik laat links en rechts de tekeningen van het duo zien en vraag aan iedereen of hij of zij deze mensen heeft gezien. Limón is heel anders dan de surfplaatsen aan de Grote Oceaankust; dit is geen hechte gemeenschap, maar meer een stedelijke jungle. Mensen bekijken de tekeningen en halen hun schouders op, soms kijken ze me aan alsof ik gek ben.

Tientallen keren per dag wordt me marihuana, cocaïne of heroïne aangeboden. Buiten negeer ik het gesis en gekreun, en ontwijk ik de plaatselijke mannen die me twintig dollar aanbieden voor een nummertje onder de palmen. Vroeger zou ik doodsbang zijn geweest in zo'n oord, afgeschrikt door de waarschuwingen in reisgidsen en van andere buitenlanders, maar nu lijkt het alsof ik erg weinig te verliezen heb.

Dan komt op een avond, terwijl ik op een taxi sta te wachten die me naar het motel moet brengen, een onbekende man op me af. Hij kijkt om zich heen om zeker te weten dat we alleen zijn, houdt een mes tegen mijn hals en duwt me een steegje in. 'Niet schreeuwen,' zegt hij en hij duwt het lemmet tegen mijn huid. Hij fluistert smerigheden in mijn oor terwijl hij wild rondtast rond mijn heupen. Hij stinkt naar tequila, ik ruik het zweet in zijn smerige shirt. Mijn hart gaat tekeer. Het lemmet voelt warm tegen mijn hals, en niet koud zoals ik me altijd had voorgesteld. Hij scheurt een bandje van mijn jurk stuk met zijn mes, waarbij hij me snijdt. Hij is zo dronken dat hij alleen met de grootste moeite zijn broek open krijgt. Het dringt tot me door dat deze man me gaat verkrachten. Ik realiseer me tot mijn verbazing dat ik niet eens in paniek ben. Een deel van me wil vechten en wegrennen en een deel van me wil het gewoon opgeven. Een deel van me denkt dat het op de een of andere manier terecht is dat het zo ver is gekomen.

Maar dan voel ik iets heets en nats op mijn gezicht en besef ik dat hij me kust. Hij stinkt uit zijn mond en zijn dikke tong die tegen de mijne aan duwt bezorgt me braakneigingen. Hij reageert door zijn tong dieper in mijn mond te duwen. Als ik hier sterf, bedenk ik, zal niemand Emma ooit vinden. Als ik hier sterf, zal ik Annabels nieuwe kindje nooit zien.

'Aids,' zeg ik, hopend dat hij het woord begrijpt. En terwijl ik hem van me af duw zeg ik wat harder: '*Yo tengo* aids!'

Hij gooit zijn hoofd lachend achterover, trekt het lemmet van het mes over mijn keel, omlaag richting mijn borsten en laat me gaan. Hij grijpt mijn tas en loopt wankelend weg. 'Je hebt vandaag veel geluk, gringa,' zegt hij over zijn schouder en hij lacht. 'Volgende keer geen geluk.'

Ik ren een drukke straat in. Ik voel mijn geldtasje tegen mijn huid, dat rond mijn middel is gegord. Om de een of andere reden heeft de rover het met zijn dronken kop niet opgemerkt. Alles zit erin: mijn geld, mijn paspoort. Mijn fototoestel heb ik gelukkig op de kamer gelaten. Trillend lukt het me een taxi aan te houden die me terugbrengt naar mijn motel.

Ik ga lang douchen en voel nog steeds de plaats waar zijn lompe vingers in mijn huid knepen. Ik voel meer woede dan angst. Ik ben immers een volwassene en wist te ontsnappen. Maar een kind. Wat doet een kind?

Ik pak mijn weinige bezittingen bij elkaar en ga op de lakens liggen wachten op de dageraad. De kinderen in de kamer naast mij huilen, de stem van een vrouw die ze met zachte woordjes probeert te troosten. Een man is aan het schreeuwen. Zijn uitval wordt gevolgd door een knallend geluid, de moeder huilt, nog een klap en dan stilte.

Ik stel me voor dat iemand Emma slaat, of erger.

Ik ga op de rand van mijn bed zitten met wild kloppend hart. De aanrandingsscène blijft maar door mijn hoofd spelen. Ik heb de neiging naar huis te gaan, de volgende vlucht naar San Francisco te nemen, zodat ik morgen in die vertrouwde stad met zijn vertrouwde mist kan zijn. Ik zou een taxi kunnen nemen naar mijn appartement, eindeloos in bad kunnen gaan liggen om het vuil van de reis van me af te spoelen. Ik zou in mijn eigen bed in slaap kunnen vallen en bij de vertrouwde geluiden van het verkeer kunnen ontwaken. Ik zou in mijn nette kast op zoek kunnen gaan naar een schoon hemd en een schone broek, me kunnen aankleden bij een favoriete cd – Al Greens *14 Greatest Hits* bijvoorbeeld. Daarna zou ik bij Nell kunnen aankloppen en met haar een kop sterke, lekkere koffie kunnen drinken.

Ik moet mezelf eraan blijven herinneren dat ik met een reden in dit land zit. Er is een reden waarom ik niet naar huis kan.

Eindelijk kraait een haan, lost het duister op en stijgt van de straat de geur van gebakken spek op. Ik geef mijn sleutel af bij de receptie, neem een taxi naar het busstation en neem de eerste bus naar San José. Laat in de middag, na een aansluitende bus en een lange, hobbelige tocht over beschadigde onverharde wegen, arriveer ik weer in Playa Hermosa. Sami is net klaar met haar werk. We trekken een paar koude biertjes open, gaan op het donker wordende strand zitten en kijken hoe de laatste surfers uit het water komen. Hun ranke lichamen druppen en glinsteren in het late zonlicht. Elke surfer is met zijn surfplank verbonden door een band rond zijn enkel, als een soort navelstreng voor op zee. Zelfs in dit soort groepen lijkt elke surfer volkomen alleen, met zijn plank tegen zich aan alsof die een verlengstuk van zijn lichaam is; ik kan er niks aan doen maar benijd de rust die zij lijken te vinden in die eenzaamheid.

'Wat doe ik hier in godsnaam?' zeg ik. 'Dit is krankzinnig. Dit kan niet blijven voortduren.'

'Dat zei ik zeven jaar geleden ook tegen mezelf toen ik hierheen kwam.'

'Denk je dat ik mezelf voor de gek houd?'

Sami strekt haar bruine benen uit op het zand. 'Ik weet het niet.'

Ikzelf eerlijk gezegd ook niet. Toch bekijk ik elke surfplank, onderzoek ik elk gezicht. Onophoudelijk, van kust tot kust, in de bergen en op de vlakte, in het regenwoud en in het nevelwoud, dag en nacht, houd ik een reeks beelden in gedachten, de gelaagde geestelijke foto's die mijn eindeloze zoektocht voortstuwen: een gele bestelbus, een longboard met een gouden kikker in het midden, een knappe man met een tatoeage van een golf boven zijn linkertepel, een blonde vrouw met een verweerd rokersgezicht, te vroeg oud. Ik heb altijd de politietekeningen in mijn rugzakje. 's Avonds bestudeer ik die en sla ik elk kenmerk op in mijn geheugen.

En Emma. Steeds maar weer Emma. In mijn gedachten verzin ik eindeloze variaties van het gezichtje dat in mijn geheugen gegrift staat. Net als een forensisch tekenaar, die een vermist kind ouder moet maken, voeg ik elementen toe die het beeld op de foto's zouden kunnen veranderen: een kleurtje, een pagekapsel, lange vlechten, een honkbalpetje. Ik laat haar aankomen en afvallen, stel me de trekken voor die door maanden van angst en vrees in haar gave gezichtje geëtst kunnen zijn. Ik voorzie haar van littekens – een wit streepje op haar wang, een grote jaap op haar arm, een ernstig geschaafde kin.

Ik ga keer op keer naar dezelfde plaatsen, stel dezelfde vragen, zie dezelfde gezichten. Overal kijk ik of ik haar zie. Ik word elke dag wakker met de zwakke hoop dat ik haar misschien zal vinden. Deze hoop sleept me door de dag heen, sleurt me mijn bed uit, het daglicht in. Met deze mogelijkheid in gedachten kan ik eten en slapen en baden.

Elke dag is een microkosmos, een momentopname van de zoektocht in het klein. Elke dag begint met overtuiging en zelfvertrouwen: de overtuiging dat ik het juiste pad volg, het vertrouwen dat ik haar door middel van een combinatie van logica en doorzettingsvermogen snel zal vinden. Naarmate de dag verstrijkt, zakt mijn vertrouwen weg. Als de avond valt word ik geplaagd door onzekerheid, en als ik naar bed ga vraag ik me af of Costa Rica niet minder te maken heeft met de zoektocht naar Emma dan met mijn eigen verlangen om te ontsnappen.

Elke avond dat ik onder de ruwe lakens van een onbekend bed kruip, neemt mijn hoop een fractie af. Elk moment is een beetje later. Haar gezicht wordt met de dag onscherper.

's Avonds in het donker is de zee niet meer dan zwart en wit. Vanuit mijn raam is alleen het wit van de brekende golven te zien, de lange strepen die zich vanuit hun midden uitstrekken. Het wit stijgt op uit de donkere zee. Er is geen kleur, geen licht, geen mogelijkheid voor het oog om te beoordelen wat er wel en wat er niet is.

68

Dag 278. Poas-vulkaan. Bij de afgrond van de krater kijk ik opeens in een wolk. In de krater is niets dan wit, een wit met diepte en aanwezigheid. Een wit dat zo intens is dat het voelt alsof ik bij het einde van de wereld ben beland, of misschien wel het begin. Een wit dat niet zo veel anders is dan de mist in San Francisco – ondoorschijnend, ondoordringbaar.

De lucht is zwaar en ruikt naar eieren. Onder de wolk ligt, zo is me verteld, een turkooizen meertje met stomend water. In 1989 droogde het kratermeer geleidelijk op en onderzoekers vonden naderhand een poel met vloeibaar zwavel met een diameter van een kleine twee meter, de eerste die ooit op aarde is waargenomen. Dit type vulkanen komt voor op Io, de gloeiende maan van Jupiter.

Ik kan de verleiding niet weerstaan me over de reling boven de afgrond te buigen. Ik voel diep vanbinnen een prikkel, onmogelijk te benoemen. Een gevoel dat de wereld zich opent, dat de tijd zich ontvouwt. Een gevaarlijke ontwapening.

Ik moet aan Jake denken, toen hij op zijn knieën bij het bed zat met gebogen hoofd, in stilte bewegende lippen, friemelend aan de kralen van de rozenkrans. Is dit hetzelfde? Ervaart hij dit op die langdurige, doodstille momenten van gebed? Deze overgave, deze afwezigheid?

Maar het vergeten duurt maar heel even. Als ik het met as bedekte pad af loop, langs bromelia's die vier keer zo groot zijn als mijn hand, langs gedraaide bomen en juweelkolibries, langs kletsende scholieren en grote, wilde gezinnen, denk ik alweer aan de zoektocht. Dat die tot niets heeft geleid. Geen kind, geen antwoorden. Niets.

In de jaren 1870 was de Duitse filosoof en geleerde Hermann Ebbinghaus de eerste wetenschapper die een experimentele benadering koos voor het geheugenonderzoek. Hij werd gemeden door de gevestigde wetenschap en werkte in zijn eentje, waarbij hij zelf zijn enige proefpersoon was, wat uiteindelijk uitmondde in de klassieke tekst *Über das Gedächtnis: Untersuchungen zur experimentellen Psychologie*. Het onderzoek culmineerde in zijn beroemde curve van het vergeten, die aantoonde hoe snel de herinnering verdampt: 56 procent van geleerde informatie is binnen een uur nadat deze is gecodeerd vergeten. Na een dag is er nog eens 10 procent weg. Een maand nadat de informatie is geleerd, is 80 procent ervan verdwenen.

Hoe lang zal het duren voor ik die dag op Ocean Beach vergeten ben? Hoeveel jaren moeten er voorbijgaan voor het geluid van golven me niet meer doet denken aan het verschrikkelijke dat ik heb gedaan? Ik heb ontzettend mijn best gedaan me elk detail van die morgen te herinneren, maar toch wil ik graag geloven dat er een dag zal komen waarop ik niet achtervolgd word door het beeld van Emma, die met haar gele emmertje in de hand van me weg loopt.

69

Twee maanden in Costa Rica en ik ben gewend. San Francisco lijkt soms op het verre verleden, onderdeel van een ander leven. Jake en ik hebben elkaar maar één keer gesproken sinds ik hier ben aangekomen. Ik heb meer dan tien keer gebeld, maar ik krijg altijd zijn antwoordapparaat. Telkens stel ik me voor dat hij in de keuken zit, repetities nakijkt, naar mijn stem luistert en niet opneemt. Ik probeer de gedachte uit te bannen dat Lisbeth daar bij hem zit.

Een paar dagen geleden belde ik midden in de nacht. Ik moet hem hebben verrast, want hij nam de telefoon op. 'Hallo?' zei hij, met een zweem paniek in zijn stem. Ik moest me wel afvragen of hij in zijn toestand van halfslaap terugkeerde naar het verleden. Misschien dacht hij op dat ogenblik van gedeeltelijk bewustzijn dat dit het telefoontje over Emma was.

'Met mij.'

'Pardon?'

'Met Abby.'

Lange stilte. 'Hallo.'

'Het spijt me dat ik je midden in de nacht bel. Het is niet eenvoudig om jou te bereiken.'

'Ik heb het druk gehad,' zei hij.

De verbinding was helder, ik hoorde alleen zijn zware en zachte stem, precies zoals ik me hem herinnerde. 'Je klinkt zo duidelijk alsof je in de kamer naast me zit,' zei ik.

'Jij ook.'

'Ik wou dat je hier was,' zei ik. 'In de kamer hiernaast, bedoel ik.'

'Abby...'

'Ik wilde je alleen even zeggen dat ik je mis.'

Hij zuchtte. 'Waar ben je?'

'In Tamarindo. Het is mooi hier.'

'Gaat het goed met je?'

'Prima. En jij?'

'Ik sla me door de dagen heen.'

Al die keren dat ik hem probeerde te bereiken, wist ik precies wat ik tegen hem zou zeggen. Ik zou tegen hem zeggen dat ik nog steeds van hem hield, dat ik nog steeds een bestaan met hem wilde opbouwen. Ik zou hem vertellen dat ik bijna, bijna naar huis zou komen. Maar toen ik hem eenmaal aan de telefoon had, kwam mijn verstand tot stilstand. Ik hoorde dat hij zijn bed uit ging, de gang door liep, de bril van de wc omhoog deed. Ik zag de badkamer voor me, zijn scheerzeep en mesje netjes op de plank boven de wastafel, de blauwe handdoeken over het rekje. Ik hoorde hoe hij plaste en door de intimiteit van dat geluid raakte ik volkomen van streek.

'Je moet met me praten,' zei ik. Terwijl ik het zei besefte ik dat ik het recht niet had dit aan hem te vragen, dat wat wij samen hadden was opgehouden te bestaan op dat moment op Ocean Beach toen ik mijn blik afwendde. Ik wist dat zijn poging tot verzoening op de dag voor ik naar Costa Rica vertrok van veel meer grootmoedigheid getuigde dan de meeste mannen zouden kunnen opbrengen.

'Het spijt me,' zei hij. 'Ik moet echt slapen.'

De verbinding werd verbroken. Ik belde terug, maar hij nam niet op.

70

Dag 304. Playa Hermosa. Het lange, grijze strand, dat omringd wordt door vulkanisch gesteente en tropische bossen, is me inmiddels net zo vertrouwd als Ocean Beach. Annabels stem aan de andere kant van de lijn. 'Wanneer kom je thuis?'

'Snel.'

'Hoe snel?'

Een piepklein zandkrabbetje haast zich over de tegelvloer van de telefooncel. 'Ik heb een huisdier,' zeg ik. Het zandkrabbetje vindt mijn voet en begint via mijn grote teen omhoog te klimmen. 'Weet je nog dat we vroeger zandkrabben vingen op het strand? Weet je nog dat we ze vingen in weckpotten? Het lukte nooit ze langer dan een paar dagen in leven te houden, hoe goed we er ook voor zorgden.'

'Ik maak me zorgen om je,' zegt Annabel. 'Hoe moet het met je werk? Denk eens aan iedereen hier die van je houdt. Je nieuwe neef of nicht wordt over acht weken verwacht.'

'Je weet dat ik dat niet wil missen.'

'Dat weet ik níét,' zegt ze. 'Ik heb het gevoel dat ik je kwijtraak. We praten bijna nooit.'

'Ik keek vandaag op de kalender,' zeg ik.

'Ik weet het. Niet te geloven dat het al bijna een jaar geleden is.'

Een jaar waarin zij alleen, of dood is, God mag het weten. 'Ik heb een besluit genomen,' zeg ik. 'Ik haat mezelf er nu al om, maar ik heb het gedaan. Ik weet niet wat ik anders moet doen.'

Annabel slaakt een gilletje. 'Ze schopte. Ze begint onrustig te worden, daarbinnen. Je zou me moeten zien. Ik lijk wel een michelinmannetje.'

'Na Toes on the Nose kom ik naar huis,' zeg ik.

Ik kan Annabel bijna horen glimlachen. 'God zij dank.'

Terwijl ik Annabel deze belofte doe, zit ik te denken: *Wat nu?* De zoektocht is zozeer een onderdeel van mijn leven geworden dat ik me niet kan voorstellen een dag te hebben zonder er op de een of andere manier mee bezig te zijn. Werk kost maar een beperkt aantal uur. Eten en slapen kosten nog eens een paar uur. Ik kan me niet voorstellen een vrij uur aan iets nutteloos te besteden – winkelen of naar de bioscoop gaan, iets gaan drinken met vrienden. Ik kan me geen uur voorstellen waarin de gedachte om Emma te redden niet voorkomt, dit ultieme, onmogelijke doel. Een uur waarin ik domweg tevreden besta en me met de aardse zaken van het leven bezighoud.

71

Dag 329. Als ik alweer de alligatorbrug ten noorden van Jaco oversteek voel ik minder hoop dan vrees. Na dit is er niets meer om heen te gaan. Als ik hier niet vind waar ik naar op zoek ben, moet ik accepteren dat ik het nergens zal vinden.

Bij de ingang naar Boca Barranca hangt een enorm spandoek met *Welkom bij Toes on the Nose* erop. Wat de man van de hotelreceptie zei klopt: het is zo vol dat het onherkenbaar is. Auto's, mensen, bussen, fietsen. Er hangt een kermissfeer in de lucht met radio's die heel hard staan, handelaars die souvenirs verkopen, meisjes uit de omgeving die voor drie Amerikaanse dollars je haar vlechten.

Om drie uur 's middags zet de bus mij en meer dan tien anderen af bij het hotel. Ik sta bijna een uur in de rij. 'Je bent terug,' zegt de receptionist, terwijl hij mijn sleutel over de receptie schuift. 'Ik dacht dat je niet meer zou komen. Ik was geneigd de kamer aan een ander te geven.'

'Ik heb niets van je gehoord,' zeg ik.

'Ik heb mijn ogen opengehouden maar die twee mannen met de Rossbottom zijn niet geweest. Maar misschien heb je deze week geluk. We hebben een recordaantal inschrijvingen.'

Ik ga naar mijn kamer; trek een topje en een sarong aan, pak mijn fototoestel en ga naar het strand. De wedstrijden beginnen pas morgen, maar er is al een groot feest aan de gang. Onder een paar tenten zijn dj's geïnstalleerd, de luidsprekers schallen. Een stel jongens leurt met lootjes, meisjes in pikant roze bikini's delen gratis cd's uit, Tico's grillen kip die ze aan de surfers slijten, geïmproviseerde bars verkopen bier en tropische cocktails. Er zijn een paar cameraploegen van Amerikaanse en Costa Ricaanse televisiestations, en een paar eenzame fotografen.

Ik wandel door de menigte met mijn fototoestel in mijn hand.

Zoals altijd kijk ik rond, vol hoop, elke zenuw in mijn lichaam afgestemd op het piepkleine kansje dat Emma er is. Ik speur de hele menigte af en stop zo nu en dan om een foto te nemen. De mensen zijn vriendelijk, dronken en benaderbaar.

'Ik ben op zoek naar een Killer Longboard,' zeg ik tegen een jonge vrouw die deelneemt aan de Women's Longboarding Classic. 'Heb je er soms eentje gezien?'

'Nee, maar ik ben gefocust op de wedstrijd.'

Een andere fotograaf komt op me af. Hij draagt een tot zijn middel geopend hawaïhemd en een slecht zittende korte broek. 'Louis,' zegt hij en hij steekt me een hand toe.

'Abby.'

'Ik ben hier voor *Surfing Magazine*.' Hij laat me zijn geplastificeerde naamplaatje zien. 'Geen label,' zegt hij met een blik op mijn borst. 'Ben je onafhankelijk?'

'Lonely Planet. We zijn bezig met een internationale surfgids.'

'Je meent het. Ik heb een paar fantastische foto's van de Siarfo Cup. Zouden ze daar belangstelling voor hebben?'

'Misschien wel, bel ze eens op.'

De rest van de middag zit ik nu eens op het strand en loop dan weer door de menigte. De zon gaat onder, de surfers komen terug, het strandfeest gaat door. De muziek wordt luider, de menigte wordt wilder. De mensen zijn dronken en joviaal, bespottelijk jong, ze bieden me biertjes aan, die ik aanneem. Ik maak gebruik van hun vriendelijkheid en vraag ze of ze een man met een tatoeage van een brekende golf op zijn borst hebben gezien. Vraag ze of ze een klein meisje hebben gezien, ongeveer zo lang, dat luistert naar de naam Emma.

Rond tien uur komt een jongen die niet ouder kan zijn dan tweeëntwintig naast me zitten op het strand, wipt het dopje van een Imperial en duwt me het koude flesje in de hand.

'Waar kom jij vandaan, zus?' zegt hij, de woorden inslikkend.

'San Francisco. En jij?'

'Idaho.'

'Jij bent een eind van huis.'

'Jij ook,' zegt hij. 'Wil je bij mij blijven vannacht? Ik heb een geweldige cabin verderop aan het strand. Lekkere joints. En ik heb gehoord dat ik een gevoelige minnaar ben. Thor is de naam. Net als bij de Vikingen.'

'Bedankt voor het aanbod, maar ik moet het echt afslaan.'

'Ik smeek je er nog eens goed over na te denken.' Hij zit nu dichter bij me, zijn koele adem op mijn gezicht. Knap, gebruind en mager. Mooie lippen.

Ik ben een beetje draaierig van het bier, maar niet draaierig genoeg om zoiets stoms te doen. 'Hoe oud ben je?'

Hij grijnst. 'Oud genoeg.'

'Ik twijfel er niet aan dat je vannacht iemand gelukkig zult maken, maar ik vrees dat het voor mij bedtijd is. Voor jou trouwens ook, als je morgen meedoet aan de wedstrijd.'

'Surfen is net als autorijden,' zegt hij. 'Ik doe het beter als ik dronken ben.'

Ik ga staan om te vertrekken en hij grijpt me bij mijn enkels. 'Je weet niet wat je mist.'

Als ik terug ben op mijn kamer, ga ik op het harde bed liggen, onder lakens die niet helemaal fris aanvoelen, en ik val in een rusteloze slaap. Morgen. Ja, morgen.

Als ik de volgende morgen om acht uur buiten kom, is het al druk op het strand. Groepen surfers hebben hun kamp opgeslagen met felle parasollen, koelboxen en spandoeken met de naam van hun surfclubs erop. Verscheidene surfers zijn al op het water voor een warming-up. Ik leg mijn handdoek bij de wachttoren en installeer me. Mijn uitrusting bestaat uit drie flessen water, een kaassandwich, mijn fototoestel en een verrekijker, die ik een paar weken geleden in Playa Hermosa heb gekocht. Ik richt de verrekijker op de deelnemers, maar zelfs met deze vergroting gaan ze te snel om hun surfplanken goed te kunnen bekijken.

'Moet je kijken,' zegt een strandmeester. 'Schouderhoge peelers die op twee verschillende punten breken.[21] Dit moet een goede worden.'

'Reken maar,' zeg ik. 'Hoe laat is de eerste heat?'

'Over een halfuur. De jury bereidt zich voor.' Hij knikt in de richting van een lange tafel die een paar honderd meter verderop in het zand staat. Er zijn drie juryleden, stuk voor stuk met ontbloot bovenlijf. Een van hen draagt een cowboyhoed.

Ik zit, wacht en kijk. De ochtendnevel trekt op en de felle en warme zon breekt door. Tegen tienen is het op het strand een drukte van belang. Surfers manoeuvreren voor een plaatsje in de line-up. Jongens geven elkaar de high five als de uitslagen bekend worden gemaakt. Tijdens de tweede heat laat een van de jongens, vlak voor de golf zich rond hem sluit, zijn billen zien aan de menigte.

Het lijkt wel een gigantisch studentenfeest, waar iedereen een kater heeft na de braspartij van gisteravond, maar toch met heel zijn hart surft. Als ik om een andere reden in Boca Barranca was, zou ik hier echt van kunnen genieten. Ik moet denken aan al die ochtenden in mijn laatste schooljaar, als Ramon me ophaalde bij de 7-Eleven tegenover school en we naar Gulf Shores reden. Dan zaten we de hele dag op het strand en kwam ik aan het eind van de middag pas thuis, bruin en aangeschoten, en sloop ik naar mijn kamer voor m'n ouders me konden zien. Ik begreep zelfs toen al dat dat volmaakte dagen waren, iets om te koesteren. Het huwelijk van mijn ouders had me laten zien dat liefde tussen volwassenen anders was; de liefde die mijn ouders deelden, had iets bozigs en hards. Vervolgens was Ramon er niet meer en volgden jaren van relaties die op niets uitliepen, waarbij het gewoon niet klikte. En toen kwam Jake. Voor ik hem leerde kennen was ik vergeten dat seks zo prettig kon zijn, dat praten zo vanzelfsprekend kon zijn.

'Jij bent een goede prater,' zei ik op een keer tegen hem, nadat ik hem een halfuur had horen ratelen over kwantummechanica.

'Jij bent een goede luisteraar,' antwoordde hij.

Om twaalf uur verlaat ik mijn handdoek bij de strandwachtpost en ga ik over het strand op en neer lopen. Thor van gisteravond staat een tequila te drinken bij een van de geïmproviseerde bars. 'Tegen de kater?' vraag ik.

'Jij begrijpt het,' zegt hij, maar ik zie dat hij me niet herkent.

Ik bestel een Bloody Mary en slenter langs de tenten en bekijk ieders gezicht, ieders borstkas, elke surfplank. Na vier maanden lang dag in dag uit surfplanken te hebben bestudeerd, herken ik inmiddels een paar merken en modellen: de Hobie Vintage 9'6" met zijn hellende V-bodem; de fraaie blauw-gele Robert August 9'6" What I Ride, uitgerust met een kenmerkende glasvezel vin; de 10'6" Freeth Model van Malibu Longboards, genoemd naar de eerste surfer in Californië. Maar geen Rossbottom.

Ik ga terug naar mijn handdoek en ga de volgende heat zitten bekijken. Op het strand heerst enorme opwinding en iedereen dromt vlak bij het water samen. 'Wat is er allemaal aan de hand?' vraag ik aan de strandwacht.

'Daar heb je Rabbit Kekai,' zegt hij en hij wijst naar een eenzame, wegpeddelende surfer.

Een paar minuten geleden stonden er nog enige tientallen surfers op het water. Nu alleen hij nog. 'Waar zijn alle anderen?'

'Die maken plaats voor hem. Uit respect. Rabbit is de beroemdste longboarder ter wereld. Nee, de beroemdste surfer. Hij stond op zijn vijfde voor het eerst op een plank, in Waikiki. Heeft het van de groten geleerd – Duke Kahanamoku, Tom Blake. Vierentachtig jaar, en hij kan nog altijd al die jongens daar aftroeven.'

Zelfs ik kan zien waarom Rabbit Kekai zo'n opwinding veroorzaakt. Het lijkt wel alsof hij in het water thuis hoort, er één mee is. Hij bestrijdt de branding niet, zoals sommige jongeren doen. Hij laat zich meevoeren. Het is prachtig om te zien, zelfs voor een leek als ik.

Een halfuur later wordt de volgende heat aangekondigd, en de oceaan stroomt vol met lichamen. Ik wandel nog eens speurend op en neer over het strand. En onder een grote blauwe parasol zie ik hem dan eindelijk. Drie meter en zestig centimeter hoog, de zon glinsterend op het dek. Rood, met in het midden een gouden kikker. De surfer, die hem met één hand vasthoudt, staat erachter, zodat zijn gezicht en lichaam onzichtbaar zijn, met één been naar voren gestoken, een voet in het zand begraven. Ik loop langzaam, mijn blik gericht op de kikker, ik durf mijn ogen niet te geloven. Mijn hart gaat tekeer. Ik kan zelfs voelen hoe het opzwelt en pompt: een hard, snel ritme in mijn borst.

Dan sta ik op anderhalve meter van de plank, en er is geen twijfel mogelijk dat dit een Billy Rossbottom is. Op de staart staat de handtekening gegraveerd in het hout. Een kleine *r*, een grote krul op de *m*. Verscheidene jongens en een paar meisjes staan eromheen en praten met de eigenaar, wiens gezicht ik nog steeds niet kan zien. Mijn knieën knikken.

De branding buldert, de zon brandt. Ik kijk om me heen en probeer me te concentreren. Er staan een paar kinderen in de buurt. Ik bekijk hun gezichten, kijk ze in de ogen; ze zijn stuk voor stuk te oud of te jong. Geen van hen is Emma.

Ik zet nog een stap. De hand beweegt en de surfplank wordt zo gedraaid dat hij en profil is en de man erachter zichtbaar wordt. Hij laat zijn hand over het dek glijden en praat tegen de toeschouwers. Dan sta ik recht voor hem, met ingehouden adem, en kijk ik hem in zijn gezicht.

Haren: bruin.

Ogen: bruin.

Lengte: lang.

Tatoeage: geen.

Accent: Australisch.

Eén blik op zijn gezicht, één blik op zijn onbevlekte borst en ik weet dat hij het niet is. Niet mijn man van Ocean Beach. Gewoon een vent met een Killer Longboard.

Het strand begint te draaien, de lucht ontglipt me, het fototoestel glijdt van mijn schouder en ineens zit ik op de grond als een kind te huilen, als een gestoorde. Te kijken naar deze man die hem niet is. En die kinderen achter hem, die Emma niet zijn.

Een hand reikt naar beneden. Een grote hand, een vriendelijk gezicht. 'Gaat het wel, schatje?'

Ik pak zijn hand. Hij trekt me op. 'Neem me niet kwalijk,' zeg ik. 'Het komt door de zon. Het gaat wel weer.'

73

Debra T. Pscholka. Corona, Californië. 5 juni 1971. Twaalf jaar.
Jessica Suzanne Gutierrez. Lexington, South Carolina. 6 juni 1986. Vier jaar.
Randi Layton Evers. Las Vegas, Nevada. 16 februari 1992. Drie jaar.
Ashley Renae Freeman. Welch, Oklahoma. 30 december 1999. Zestien jaar.
Tionda Z. Bradley. Chicago, Illinois. 6 juli 2001. Tien jaar.
Diamond Yvette Bradley. Chicago, Illinois. 6 juli 2001. Drie jaar.
Bianca Lebron. Bridgeport, Connecticut. 7 november 2001. Elf jaar.
Jahi Turner. San Diego, Californië. 25 april 2002. Twee jaar.
Shawn Damian Hornbeck. Richwoods, Missouri. 6 oktober 2002. Elf jaar.
Christian Fergusan. Saint Louis, Missouri. 11 juni 2003. Negen jaar.
Migel Morin. Houston, Texas. 16 november 2004. Acht maanden.
Erik Buran. Reno, Nevada. 21 april 2005. Vier maanden.
Die avond in mijn smoezelige motelkamer in Boca Barranca moet ik de hele tijd denken aan wat er met die meisjes en die jongens gebeurt, die tieners, die eindeloze stoet van verdwijnende kinderen. Het ene ogenblik staan ze naast je – in de supermarkt, het warenhuis, het park, bij het benzinestation, op het strand – en het volgende zijn ze weg. Het is helemaal niet moeilijk om de namen en data te vinden, de plaats waar ze werden ontvoerd, hun leeftijd ten tijde van de ontvoering. Maar de allerbelangrijkste informatie, hun huidige verblijfplaats, of ze nog leven of niet, ontbreekt.
Maanden zoeken levert niets op, nog niet eens de vaagste aanwij-

zing. Het lijkt alsof ze nergens zijn, alsof de cellen en huid waaruit ze bestaan domweg zijn verdampt. Maar de natuurwetten vereisen dat ze ergens zijn, dood of levend. Ergens in de wereld moet een overblijfsel zijn. De vermisten zijn niet echt weg – ze zijn alleen weg bij jou.

En Jake. Ik moet de hele tijd aan Jake denken. Zijn handen, die ruiken naar krijt en gummetjes. Zijn lange, bleke voeten in sandalen, waarvan het leer stijf staat van het zeewater. Zijn borst, de ruwe, donkere haren die ik 's nachts altijd tegen mijn wang voelde. Zijn adem in de middag als ik hem na het werk ontmoette, de zoete munt van zijn kauwgum boven op de smaak van pindakaas van de boterham die hij bij de lunch had gegeten. Ik denk aan Jake in stukjes, in kenmerken, nooit als geheel. Ik denk aan de delen, niet de som, en ik weet dat ik in geen enkele andere man die prachtige samensmelting zal vinden.

Het is zo warm dat ik het laken van het bed heb gegooid. De muggen zijn in de weer. Ik draag alleen ondergoed, op mijn voorhoofd ligt een vochtige doek, op mijn buik nog eentje. Ik hoor dat de bewaker zijn ronde doet door de gang, zijn laarzen ploffen op het cement. In nabijgelegen kamers zijn mensen aan het feesten. In die naast de mijne ligt een stel te vrijen. Het is acht uur 's avonds in San Francisco. Ik zie Jake voor me, hoe hij terwijl de duisternis van de avond invalt in zijn grote leren stoel voor de televisie zit, met het geluid af zodat hij de woorden zelf kan verzinnen. Dat spelletje deden we altijd: de rondborstige blondines van *Frat House Diaries* en de opgepompte sportschooljongens van *Iron* kernachtige opmerkingen en intelligente dialogen in de mond leggen. Zo zat er bijvoorbeeld een stel in een bubbelbad, waarvan het bikinimeisje, gehuld in stoom, zat te ratelen dat het een aard had, en dan liet Jake haar Hegel citeren. Hij deed de vrouwenstemmen en ik de mannen; uitsmijters citeerden Muriel Rukeyser, politiemannen oreerden over Diebenkorn.[22]

Ik mis dat spelletje, die avonden waarop we lang zaten te praten. Ik mis alles aan Jake, erger dan ik ooit voor mogelijk heb gehouden. Op mijn zwakke momenten vraag ik me af of ik hem niet gewoon nog eens tekort heb gedaan door naar Costa Rica te gaan in plaats van bij hem te blijven. Als dat gebeurt, haal ik mijn foto's van

Emma tevoorschijn. Ik bekijk haar gezicht en ik probeer haar stem voor de geest te roepen, en ik lees de namen van de vermiste kinderen in mijn schriftje. Nog erger dan de namen op zich zijn de data, die decennia teruggaan. Waar zijn hun ouders nu, hun ooms en tantes en grootouders, de vrienden die van die kinderen hielden? Elke onopgeloste zaak vertegenwoordigt ongetwijfeld een uitgestrekt netwerk van wanhoop, talloze levens die abrupt tot stilstand kwamen op de dag dat het kind verdween. Elk vermist kind is iemands pijnlijkste herinnering, iemands belangrijkste referentiepunt. Voor elke naam is er iemand anders, zonder naam, die wacht tot een kind thuiskomt.

'En?' zegt Annabel.

'Ze was er niet. Natuurlijk was ze er niet. Iedereen had gelijk. Ik had ongelijk. Het is afgelopen.'

'Wat erg voor je.'

'Weet je, ik dacht echt dat ik haar kon vinden. Herinner je je nog dat jij mijn foto-expositie op de studentenvakbond kwam bekijken in mijn laatste jaar?'

'Natuurlijk,' zegt Annabel.

'Er is iets wat ik je nooit heb verteld. Ik was de laatste van mijn jaar die een expositie had. De allerlaatste. De anderen hielden er een in het herfstsemester, maar mijn prof vond dat ik er nog niet klaar voor was. Uiteindelijk kon ik de expositie alleen maar houden omdat ik drie maanden lang elke avond in de doka zat, als alle anderen allang naar bed waren, en ik me uit de naad werkte. Vervolgens heb ik in de loop der jaren mijn eigen bedrijf opgebouwd en er een succes van gemaakt door pure koppigheid. Ik weet dat ik niet gezegend ben met natuurtalent. Mijn kunst is altijd iets anders geweest: nuchtere vastberadenheid. Daar heb ik het altijd mee gered. Ik dacht dat het ook nu zou werken, dat als ik maar vastberaden genoeg was, lang genoeg, ik haar zou vinden.'

'Je hebt gedaan wat je kon,' zegt Annabel.

'Het was niet genoeg.'

'Waar bel je nu vandaan?'

'Playa Hermosa. Ik ben aan het inpakken.'

Deze keer geen tranen, ik kan ze niet vinden. Zelfs de woede is verdwenen. Het enige wat over is, is een droge, lege ruimte. Dit verlangen dat nooit bevredigd zal worden. Dit schuldgevoel.

'Kom naar huis,' zegt Annabel.

'Volgende week.'

'Meen je dat?'

'Zeker. Ik ga alleen nog een paar dagen naar Manuel Antonio.'

'Je moet niet alleen zijn. Kom naar huis.'

'Het schijnt prachtig te zijn. Ik zou wel gek zijn als ik helemaal hier naartoe was gekomen zonder de grootste attractie van het land te zien.'

'Je kunt er een andere keer ook nog heen.'

'Ik moet dit doen. Ik moet mijn hoofd vrijmaken.'

'We hebben een besluit genomen over de naam,' zegt Annabel. 'Miles als het een jongetje is, Margaret als het een meisje is.'

'Mooi.'

'En als jij het goed vindt zouden we als tweede voornaam Emma willen geven.'

Hoe kan ik haar duidelijk maken dat ik haar mijn zegen niet kan geven? Na al die maanden waarin ik geprobeerd heb het me te herinneren wil ik nu maar één ding: vergeten.

In een droom die steeds terugkomt sta ik op een heuvel naar een voorbijrijdende trein te kijken. De trein rijdt zonder geluid over het spoor en lijkt einde noch begin te hebben. Af en toe zie ik door een raam wat er in de trein gebeurt. Telkens als ik een blik door een van die ramen kan werpen, doet de persoon binnen iets specifieks, op een specifieke plaats die ik heb gekend: mijn moeder, die de afwas doet bij de grote dubbele gootsteen in het huis waar ik ben opgegroeid; Annabel, die van de boeg van de boot in het warme water bij Petit Bois Island duikt.

Die droom heb ik niet meer gehad sinds Emma's verdwijning. Ik heb er steeds op gewacht, bleef maar hopen dat ik wakker zou worden terwijl de droom me nog helder voor de geest stond. Ik hoopte door het raampje een moment te zien op Ocean Beach, een weggestopte herinnering die het raadsel zou oplossen. Maar in plaats daarvan droom ik de meest aardse dingen.

Op mijn laatste nacht in Playa Hermosa keert de droom terug. Ik ben diep in slaap, de regen klettert op het zinken dak van mijn cabin. Ik zie de trein, het raampje en binnen de omlijsting van het raam een meisje. Een dood meisje, op een bed, haar lichaam is gedeeltelijk bedekt met een laken. Witte enkels, witte voeten, verstijfde witte vin-

331

gers. Ogen gesloten. Ik word wakker onder doorweekte lakens, met een metalige smaak in mijn mond. Ik zeg tegen mezelf dat het niets te betekenen heeft. Het is tenslotte maar een droom. Ik ga buiten op het overdekte balkon staan en kijk hoe de storm over de oceaan trekt.

75

De patiënt H.M. uit New England was de man voor wie de tijd stilstond.

Toen H.M. zevenentwintig jaar oud was besloot dr. William Scoville dat hij zijn patiënt het beste kon genezen van zijn epilepsie door delen van zijn hersenen te verwijderen, waaronder het grootste deel van de hippocampus en de amygdala, het kleine, amandelvormige stukje weefsel waar de emotionele herinneringen worden opgeslagen. De ingreep werd een vreselijk fiasco. H.M. bleef niet alleen last hebben van aanvallen van epilepsie, maar verloor ook nog het vermogen nieuwe herinneringen te vormen.

Dr. Brenda Milner bezocht H.M. gedurende bijna dertig jaar eens per maand. Gedurende de dertig jaar van Milners werk herkende H.M. haar niet één keer als zij langer dan een paar minuten uit het zicht was geweest. 'Hij leeft geketend aan het verleden in het heden,' zei Milner. 'Je kunt wel zeggen dat zijn persoonlijke geschiedenis met die operatie tot stilstand is gekomen.'

Een groot deel van de vroegste herinneringen van H.M. bleven intact. Hij wist nog dat hij als kind zwemles had in een overdekt zwembad en dat hij sliep in een groot huis op het platteland. Hij herinnerde zich de inrichting van het huis, de kippen op het behang in de keuken. Hij wist zelfs nog welk parfum zijn moeder gebruikte. Maar hij wist nooit meer, van het ene moment op de andere, waar hij was of met wie hij sprak.

H.M. probeerde bij een gelegenheid aan zijn artsen uit te leggen wat het betekende om je geheugen kwijt te zijn: 'Elke dag staat op zichzelf, hoeveel plezier ik ook beleefde, hoeveel verdriet ik ook had.'

Wat een verschrikking, maar wat een geschenk ook. Verdriet naar het verleden verwijzen, een verleden dat echt achter je ligt. Een verschrikkelijk schuldgevoel hebben en het dan vergeten. Elke dag wakker worden met een schone emotionele lei, en geen weet van je eigen fouten hebben.

76

Dag 332. 's Morgens vroeg ontmoet ik Sami bij de bar. Ze maakt een paar mimosa's, die we mee naar het strand nemen. We zien de zon opkomen, een helder wit licht dat zich verspreidt over het lichtblauwe water. Daarna loopt ze met me mee naar de bushalte.

'Heb je niet meer bij je?' vraagt ze met een blik op mijn rugzak en schoudertas.

'Ik reis licht bepakt. Ik heb een paar dingen weggegooid.'

Ze begraaft haar hiel in het zand, knijpt haar ogen halfdicht tegen de zon. 'Zien we elkaar nog eens?'

'Natuurlijk. Bel me maar op als je ooit in San Francisco bent.'

'Doe ik.'

'Wanneer ben jij van plan terug te gaan naar Texas?'

'Texas?' zegt zij met een grijns. 'Wat is dat?'

Als om acht uur de bus arriveert, wordt de stad net wakker en beginnen de surfers een voor een naar het water te lopen. Ik benijd hun de eenvoud van hun leven, hoe hun gewoonten worden beheerst door het ritme van de getijden. Ik benijd hun de aanhoudende toestand van vergeetachtigheid, zoals hun geest zo volledig in beslag genomen wordt door de branding dat al het andere verdwijnt.

Als Annabel en haar baby er niet waren, zou ik hier misschien wel blijven. Gewoon teruggaan naar mijn cabin, mijn spullen uitpakken, me installeren voor langere tijd, en leren surfen. Het is een aangename plaats om te wonen, een plaats waar je gemakkelijk de rest van de wereld achter je kunt laten. En is dat niet waar ik hier mee bezig ben geweest? Ontsnappen aan Jake, zijn pijn, de stad met zo veel herinneringen.

Als we een uur onderweg zijn, begeeft de bus het. De chauffeur staat een halfuur vloekend en hamerend onder de motorkap en beveelt vervolgens iedereen de bus te verlaten. We zitten twee uur aan de kant van de weg te bakken in de zon. Tegen de tijd dat een andere bus aankomt, zijn mijn t-shirt en sarong doorweekt. Ik had waarschijnlijk gewoon naar huis moeten gaan. Als ik rechtstreeks naar San José was gegaan, had ik vanavond in mijn eigen bed kunnen slapen. Ik probeer me voor te stellen dat ik mijn appartement binnenloop, mijn spullen neerzet. Douchen in mijn eigen badkamer, iets eten in mijn eigen keuken. Mijn donkere kamer binnengaan. Weer gaan leven. Ik probeer het me voor te stellen, maar die fantasie lijkt ongeloofwaardig. Hoe kan ik teruggaan en gewoon weer mezelf zijn?

Ik overnacht in Quepos. De volgende ochtend neem ik een andere bus voor de korte afstand over de kronkelweg naar Manuel Antonio National Park. Ik stap uit op Playa Espadilla, een lang strand met grijs zand dat vol ligt met zonnende mensen. Ik loop naar de westkant, weg van de restaurants en hotels, richting het rustigere deel van het strand, waarachter eeuwig groen bos ligt. De tegenstelling tussen de lichtblauwe zee en het donkergroene bos, zo dicht bij elkaar dat ze elkaar bijna raken, heeft iets verbijsterends. De enorme ruimte van de oceaan steekt af bij de verstrengelde, donkere massa van mangroven en palmbomen.

Een paar weken geleden heb ik in een tweedehandswinkel in Tamarindo een nieuwe Holga gekocht. Ik haal het fototoestel nu uit mijn tas. Een Holga koppelen aan deze kleuren en dit felle licht zal waarschijnlijk iets opleveren wat meer van een schilderij dan van een foto wegheeft. Wazige randen, felle kleuren die elkaar overlappen. Ik kwam naar dit land om Emma te zoeken, maar wat ik mee terugneem is niets meer dan dit: een foto van een prachtig Midden-Amerikaans strand in de zomer. Twee of drie foto's van alligators in een smerige rivier. Een vulkaankrater in de mist.

Op het strand wemelt het van de meisjes van alle leeftijden – peuters en meisjes van tien, tieners en volwassen vrouwen; lokale gebronsde brunettes en blonde Noord-Amerikaanse meisjes in diverse stadia van verbranding. Kleine meisjes, lange meisjes, dikke meisjes, magere meisjes. Lachende meisjes en stille meisjes.

Tico's wandelen over het strand en verkopen frisdrank en flessen water uit piepschuimen kisten. Jongens met kleine surfplankjes rennen de branding in en uit. Mannen van middelbare leeftijd dragen longboards naar het water, duiken erin en peddelen richting branding. In mijn geest registreer ik de mensen van hier, de waxboys en zondagsurfers. Ik zie aan elke surfer in een menigte instinctief of hij of zij hier vandaan komt. Mijn geest zit nu zo vol met het vreemde surferstaaltje dat ik me afvraag wat ik heb vergeten om ruimte te maken voor dit nieuwe esoterisme. Nutteloze kennis, al die woorden die me voorgoed zullen herinneren aan mijn mislukte zoektocht.

Ik neem het allemaal op met mijn ogen, met mijn kleine plastic Holga. De zon is te fel, verblindend. Alles wordt schoongewassen door de stralende zon. Ik ben uitgedroogd en loop maar door, druk op de ontspanknop, haal de film door. Nog eens en nog eens en nog eens. Het geluid kalmeert me. Klik. Het geluid van mijn vroegere leven. Te bedenken dat er maar zo weinig voor nodig is om een voorbijgaand moment te transformeren tot iets wat blijvend lijkt. Een klik – licht dat door een lens naar binnen valt. Later de chemicaliën en droogbakken. Het fixeer- en stopbad. Het glanzende papier dat een ding onthult dat we één keer zagen en toen weer helemaal vergaten.

We nemen foto's omdat we niet kunnen aanvaarden dat alles voorbijgaat, we kunnen niet aanvaarden dat de herhaling van een ogenblik een onmogelijkheid is. We voeren een monotone oorlog tegen onze eigen dreigende dood, tegen de tijd, die kinderen verandert in die andere, mindere soort: volwassenen. We nemen foto's omdat we weten dat we zullen vergeten. We zullen de week, de dag, het uur vergeten. We zullen vergeten wanneer we het gelukkigst waren. We nemen foto's uit trots, een verlangen het beste van onszelf te bewaren. We zijn bang dat we zullen sterven en dat anderen niet zullen weten dat we ooit bestonden.

Klik. Klik. Klik.

Foto's van onbekenden, niet meer. Een tafereel als op een ansicht. Sereen. De schoonheid van een tropisch strand. De gelukkige kinderen. De gladde, bruine lichamen. Dit zal ik mee naar huis nemen: dit niets dat een foto is, deze namaak die het eenvoudige geluk van een zomers strandplaatje uitdrukt. Een onbekende die deze foto's bekijkt, ziet niets van mijn schuldgevoel, heeft geen notie van de leegte in mij.

En dan. Een gedaante in het zand zo'n vijftien meter verderop. Een lichtgroene handdoek, en op de handdoek een meisje. Een beweging. De draaiende handen als het meisje achterover leunt op haar ellebogen en haar gezicht in de richting van de zon beweegt. Een profiel.

Mijn hart gaat als een slecht functionerende machine te snel. Een droge kartonsmaak in mijn mond.

Een geel zomerjurkje, een lange paardenstaart.

De hand van het meisje gaat omhoog om een insect van haar gezicht te slaan – dat ogenblik, de manier waarop haar vingers stevig tegen elkaar zitten als ze dit doet.

Niet mogelijk natuurlijk. Mijn zoete droom van een gelukkige afloop. *Zij was op weg naar huis, ze gaf het al op, en toen, opeens, op het laatste moment...*

Ik kom dichterbij, terwijl ik tegen mezelf zeg dat het niet waar kan zijn.

Als ik ongeveer vijf meter van haar af ben, kijkt ze mijn kant op. Ziet ze me? Dit meisje dat onmogelijk Emma kan zijn? Kijkt ze mij aan of kijkt ze langs me?

Een vijfkoppig gezin, gewapend met koelboxen en surfplankjes, loopt tussen ons door. Eventjes kan ik haar niet zien. Dan is het gezin weg en ze is er nog steeds. Ja, ze kijkt naar mij.

Zonlicht in mijn ogen. Er zijn wel honderd meisjes. Wel duizend, een miljoen meisjes. De wereld barst van de meisjes die op Emma zouden kunnen lijken. Meisjes van ongeveer haar leeftijd en gewicht. Meisjes die eruit kunnen zien als het meisje dat je bent kwijtgeraakt. Ik zwoer dat ik haar gezicht nooit zou vergeten, en toch weet ik het nu niet zeker.

Een wolk drijft voor de zon, en in het mildere licht kijkt ze me nog steeds aan. Haar handen boven haar ogen. Niet langs mij kijkend maar mij aankijkend, mij recht aankijkend. Alsof ze me al eerder heeft gezien. Alsof ze me kent.

De geest haalt streken uit. De geest wil geloven dat je dit jezelf en de man van wie je houdt, het kind over wie je de zorg hebt niet kunt aandoen. De geest wil geloven dat je haar niet kunt kwijtraken en haar nooit meer kunt terugvinden.

De hoek van haar mond gaat omhoog – niet echt een glimlach,

338

meer iets wat ze doet als ze verrast is, een zenuwtrekje dat op een moment van verwarring zichtbaar is. Een spiegel van haar vader. Ik sta mezelf toe dit heel even te denken, sta mezelf toe te geloven dat het gezicht van het meisje Emma's gezicht is, en dat Jakes genetische code daar op de een of andere manier in is ingeprent.

Maar nee. Natuurlijk niet. De geest haalt streken uit. Hoeveel jaren zal ik dit doen, door de wereld gaan met een vaag geloof dat ergens in mijn onderbewustzijn suddert? Hoeveel ontelbare keren zal ik bij het zien van een gezicht heel even denken dat het Emma is?

Het meisje steekt haar hand weer in de lucht om vliegen weg te slaan, en beschermt haar ogen. Ze kijkt me recht aan, ze kijkt niet een andere kant op.

Zo dichtbij nu, maar drie meter. Tweeënhalf. Twee. Een lichtgroene handdoek, een meisje alleen op het strand. Te jong om in haar eentje op het strand te zitten.

Nog maar één meter twintig tussen mij en dit meisje. Deze droom van Emma.

Opnieuw de zon. Een kortstondige verblinding. De geest haalt streken uit, ik weet het. Ik weet dat je de geest niet kunt vertrouwen.

En dan sta ik naast haar, kijk neer. Haar groene ogen turen omhoog naar mij, en ik zeg tegen mezelf: dit is Emma. Niemand anders. Geen dubbelgangster, geen hersenschim, niet mijn verbeelding. Mijn knieën knikken, mijn hart slaat over, mijn ademhaling stokt. Emma.

De zon fel en scherp, verblindend.

'Emma?'

Mijn stem klinkt raar, niet echt een fluistering maar iets zwaks, hoogs.

Zij antwoordt niet. Ze trekt haar knieën tegen haar borst, omarmt ze en kijkt omhoog naar mij.

Ik kijk in de rondte of er volwassenen zijn die bij haar horen, maar ik zie er geen. Alleen Emma op een grote groene handdoek, in haar eentje.

En het ís Emma. Toch?

Geen droom over haar. *Zij.*

Er liggen twee andere handdoeken naast haar, een leeg bierflesje, een plastic emmertje en schepje, een rode Igloo-koelbox. Op de box een Engels rockblad.

Ik kniel naast haar in het zand. 'Emma?'

Geen reactie.

'Emma?'

Opnieuw, niets.

'Ken je me nog?' vraag ik.

Een paar tellen lang beweegt ze niet. Dan knikt ze, langzaam en haar wenkbrauwen vormen een frons.

Opluchting, verwarring, een opwelling van overweldigende vreugde. De grond voelt onvast onder mijn knieën. Ik wil haar vooral aanraken, mijn handen op haar gezichtje leggen en me ervan vergewissen dat ze echt hier is. Ik strek voorzichtig mijn hand uit en raak haar wang aan. Ze deinst terug.

Mijn hart hapert. Er zijn geen woorden om te zeggen wat ik denk. Er is niets om te geloven wat ik zie.

Ze is te mager, haar jukbeenderen zijn te scherp afgetekend, maar haar huid is bruin en gezond. Zij heeft de gulden gloed van zomerkinderen gekregen. Ze heeft iets afwijkends, iets in haar uiterlijk wat anders is dan ik me herinner. Ik probeer het verschil te duiden, te benoemen – zijn het haar ogen, de vorm van de mond, de kaak die scherper is geworden? Haar haren zijn lang, hangen over haar rug, bijna tot de grond. Het is lichter dan vroeger, met flarden kastanjebruin. Ze draagt een gele jurk met witte bloemen, te kort, niet helemaal schoon.

'Wij hebben naar je gezocht,' zeg ik.

Ik probeer mijn stem onder controle te houden, probeer rustig te blijven, probeer haar niet bang te maken, maar de tranen komen, ik voel ze op mijn gezicht, snel en warm. De tranen vermengen zich met mijn zonnebrandcrème en mijn ogen prikken.

Ze perst haar lippen tegen elkaar. Verrassing, verwarring, ook in haar ogen wellen de tranen op. 'Ik heb gewacht.'

'Wat?'

Ik verbeeld het me, zeg ik tegen mezelf. Ik verbeeld me dat dit meisje Emma is. En ik verbeeld me haar woorden. 'Wat zei je?'

'Ik heb gewacht, Abby. Waar was je? Waar is papa?'

Schok. Ongeloof. Dit is Emma, naast me in het zand. Ik sla mijn armen om haar heen, houd haar vast. Ik huil, kijk naar haar gezicht, Emma's gezicht, geloof het haast niet. Dit kleine meisje slap in mijn armen. Op een strand duizenden kilometers van huis. Ik kan de waarheid van dit ogenblik niet vertrouwen, want het is te ongelooflijk om waar te zijn. Vermiste kinderen komen niet terug. Dat heeft rechercheur Sherburne me verteld. Dat heeft Jake me verteld. Dat zei iedereen, maar ik weigerde het te geloven. Wat terugkeert als een kind wordt vermist, zijn de resten, die maanden of jaren of decennia later worden gevonden. Het kind komt niet terug – niet levend, niet als kind, niet met lange, mooie haren en een kleurtje. Niet terwijl ze je aankijkt en je naam zegt.

Er zijn niet zoveel echte verrassingen in het leven. Je hebt een plotseling overlijden, natuurlijk, en af en toe een gunstige gril van het lot. Maar mooie verrassingen van het ingrijpende soort – mijn moeder zei altijd dat dat soort dingen niet gebeurt. En toch is dit het bewijs: er bestaan verrassingen, wonderen. Emma op een strand in Costa Rica. Een levende Emma.

Ik leun achterover en bekijk haar gezicht opnieuw. Om er zeker van te zijn. Zie ik het wel goed? Hoor ik het wel goed? Maar zij is het wel degelijk, ik weet het zeker. Geen enkele twijfel meer, dit is Emma. Het is onmogelijk, maar het is Emma.

Ik probeer mijn kalmte te herwinnen en een plan te bedenken. Geen bekende gezichten in de omgeving. Zou ik het duo van de gele bestelbus herkennen als ik ze nu tegenkwam? Zijn dat zelfs wel degenen die ik zou moeten zoeken?

'Wie heeft ervoor je gezorgd, schatje?'

'Teddy en Jane.'

'Waar zijn ze?'

Ze wijst naar de oceaan, naar een groep surfers in de verte.

'Zijn ze lief voor je geweest? Hebben ze je pijn gedaan?' Ik stel de vraag zonder na te denken. Ik weet niet zeker of ik het antwoord wel wil horen, nog niet. En bovendien hebben we geen tijd.

Ze haalt haar schouders op, strekt haar dunne, bruine beentjes voor zich uit en begraaft haar tenen in het zand. 'We zijn naar de vlinderboerderij geweest,' zegt ze. Ze steekt een hand in de lucht, spreidt haar vingers. 'Ik heb vlinders gezien die wel zo groot waren.'

341

Ze plaatst haar handen naast zich, laat het zand tussen haar vingers door lopen, kijkt me niet aan.

Ik wil zo veel weten, heb zo veel vragen. Waar heeft ze gezeten? Hebben ze haar pijn gedaan? Wat hebben ze haar over ons verteld? En hoe hebben ze haar meegenomen? Wat zeiden ze die dag op Ocean Beach, hoe hebben ze haar overgehaald met hen mee te gaan? Maar die vragen komen later wel. Ik moet haar hier weg krijgen.

Ze veegt een haarlok uit haar gezicht. 'Waar is papa?'

'Hij zit op je te wachten. Het is tijd om te gaan.'

Zij zwijgt en kijkt naar het water. 'Oké,' zegt ze, en daar verschijnen de tranen, geruisloos.

Ik aai haar over haar bol. 'Het is goed, lieverd. Ik ben er. Ik ben er eindelijk.'

Ze strekt haar hand uit om mijn arm aan te raken. Haar vingernagels zijn afgekloven. Ze draagt lichtblauwe nagellak, die aan de randjes is gebarsten. Al die maanden heb ik me onze hereniging voorgesteld. Ik heb geoefend wat ik tegen haar zou zeggen. Nu vallen alle voorbereidingen weg, en het is gewoon wij tweetjes, kijkend naar het punt waar de blauwe oceaan de blauwe hemel raakt, terwijl de felle zon brandt. Een zweetdruppel rolt uit haar nek over haar rug naar beneden en verdwijnt in haar jurkje.

De kleine haartjes op haar armen zijn blond geworden. Ik sla mijn armen weer om haar heen, en voel de warmte van haar huid. Deze keer omarmt ze mij ook – het is maar een heel lichte druk, maar ik ben er zeker van dat ze mij ook omhelst. Ik voel een lichte druk van haar handjes.

Ik ben me bewust van het belang van tijd, me bewust dat ik haar hier weg moet halen. Naast de blijdschap voel ik een zekere paniek, de wetenschap dat ik de juiste handelwijze moet kiezen. Ik houd haar gezicht tussen mijn handen en kijk haar recht in de ogen. 'Klaar?'

Ze veegt haar neus af met haar arm. Iets aan dat gebaar – zo kinderlijk, zo niets vermoedend – bezorgt me een steek in mijn hart, en door mijn tranen kan ik niets zien. Ik ga staan, strek mijn hand uit naar de hare, en ze laat me haar overeind trekken. In een ogenblik van verbijstering realiseer ik me dat ze zeker acht centimeter is gegroeid. Haar schouders en benen vertonen spieren die er eerst niet zaten.

'Deze kant op,' zeg ik en ik wijs naar de bomen. Zij aarzelt en blijft staan, onze armen strak gespannen tussen ons.

'En Teddy en Jane?' vraagt zij.

Ik zak door m'n knieën voor haar neer. 'Je papa en ik hebben je zo gemist.'

'Ze hebben gezegd dat ik hier moet blijven. Ik krijg problemen.'

'Je krijgt geen problemen,' zeg ik. 'Dat beloof ik.'

Terwijl ik zo voor haar geknield haar probeer te overreden met me weg te glippen, voel ik me haast een crimineel en ik denk aan de ontvoerders en vraag me af of zij zich net zo voelden als ik nu – dit misselijk makende gevoel van urgentie en ongeduld, de angst dat er iets verkeerd zal gaan, dat iemand onze ontsnapping zal tegenhouden. Klanken van latin muziek komen aandrijven uit een restaurant verderop aan het strand, vermengd met de blije kreetjes van kinderen. De zon staat hoog en groot aan de strakblauwe hemel. Mijn zonnebril is niet bestand tegen de Costa Ricaanse zon midden op de dag, waardoor alles verbleekt tot een wittige pastel en de lucht verandert in een duizelingwekkende vertoning van trillingen.

Ik trek zachtjes aan Emma's hand. Ze zet een stap, en nog een, langzaam. Voor ons is de rij bomen, en een vluchtroute. Achter ons de oceaan en het gevaar van ontdekking. Wat doe ik als Teddy en Jane op me af komen en schreeuwen dat ik hun kind ontvoer? Wie wordt dan geloofd?

Terwijl we langs de menigte zonaanbidders lopen, mijn voeten ploeterend door het zand, en ik Emma's vochtige hand stevig vasthoud, lijkt het wel alsof alles in slow motion wordt afgespeeld.

En dan doen we dit: we verdwijnen gewoon. De jungle slokt ons op. Het ene moment zijn we in de openlucht, op het strand, waar iedereen ons kan zien. Het volgende moment staan we op een smal paadje vol kiezels en gebroken schelpen. Nu pas zie ik dat Emma op blote voeten loopt en dat die vol schrammen en blaren zitten. Ik probeer haar eventjes te dragen maar ze is al te groot en ik kom niet snel genoeg vooruit. 'Het spijt me, liever,' zeg ik en ik zet haar op de grond. 'Je zult moeten lopen. We moeten snel zijn.' Ik geef haar mijn slippers, die te groot voor haar zijn, maar ze klaagt niet.

We steken een stroompje over en daarna beginnen we aan de steile afdaling naar de weg. Ik laat haar hand geen moment los. Op een gegeven moment voel ik haar vingers wriemelen in mijn hand, en ik verslap mijn greep een beetje. Ik moet wel naar haar blijven kijken, blijf me maar verbazen over het wonder van haar aanwezigheid. Emma hier bij me te hebben, hand in hand met mij. Haar gezicht te zien en haar stem te horen. Nu pas geef ik mezelf toe dat er perioden waren waarin ik dacht dat ik haar nooit meer zou zien, momenten waarop ik net als Jake dacht dat zij dood was. Te bedenken dat ik op weg naar huis was. Dat ik twee dagen geleden op een vliegtuig had kunnen stappen en haar nooit zou hebben gevonden.

In de bladeren boven ons klinkt geritsel. Emma stopt, wordt doodstil, knijpt in mijn vingers. 'Kijk,' fluistert ze, wijzend op een beweging in de bomen. 'Slingerapen.'

Het zijn er een stuk of tien en ze slingeren snel door het bladerdak van de bomen. Hun kleine lichamen zijn grijs en pezig. Ik kijk naar Emma, die haar hoofd naar achteren houdt om naar het groen te kijken, met wijd open en heldere ogen. Het is niet alleen haar lengte, haar haren, haar gewicht. Ze is veranderd. En de volledige reikwijdte van wat er is gebeurd dringt eindelijk tot me door. Ze is bij mij. We zijn bezig met onze ontsnapping. Droom ik? Ben ik aan het hallucineren? Maar de geur van de oceaan, het geluid van vogels, het gevoel van haar hand in de mijne – al deze dingen bewijzen dat dit moment niet slechts mijn fantasie is. Dit is geen sprookje, geen droom; dit oerwoud is echt, dit kind is echt.

Een paar minuten geleden was zij vermist. Nu is ze gevonden.

Mijn hart klopt pijnlijk snel, en ik ben buiten adem, meer van opgetogenheid en angst dan van de fysieke inspanning. Ik kniel neer en kijk haar recht aan, nog steeds in een poging het te geloven. 'Emma?'

'Mmm?'

'Ben jij het echt?'

'Ja. *Ik* ben het.' Iets aan de manier waarop zij 'ik' zegt, een lichte ergernis in de nadruk. Grenzend aan brutaliteit – zoals altijd bij Emma. Ze kijkt over haar schouders alsof zij nu ook bang is gegrepen te worden. 'Laten we gaan,' zegt ze en ze trekt aan mijn hand.

Vijf minuten later komen we van de jungle op een smalle, bestrate weg waaraan vorstelijke huizen staan. Het is nog zo'n achthonderd meter naar de hoofdweg. Daar gaan we staan wachten op een taxi of bus. Bij een kraampje langs de kant van de weg koop ik een grote strooien hoed en een donkere zonnebril. 'Zet deze op,' zeg ik. Ze stelt geen vragen; het is net alsof zij de noodzaak van een vermomming begrijpt. Ik laat haar hand alleen los om geld uit mijn portemonnee te halen om de verkoper te betalen.

Ik tuur over de weg – er komen alleen auto's en motoren de bocht om. Waarom komt er geen bus, geen taxi? Waarom duurt het zo lang?

'Lieverd,' zeg ik terwijl we staan te wachten, 'hoe zijn jullie van San Francisco naar Costa Rica gegaan?'

'Met de auto.' Ze fronst. 'Het duurde eindeloos, en ze hebben geen airco.'

'Wat voor auto hebben Teddy en Jane?'

'Een bestelbus.'

'Wat voor kleur?'

'Geel. Hij gaat steeds stuk. Telkens als we politie zagen, moest ik me achterin verstoppen onder een deken. Dat was eng.'

'Je hoeft niet meer bang te zijn, goed? We gaan naar huis.'

Ik denk aan die eerste dag, de eerste aanwijzing, waarop de bestelbus minder een bewijs en eerder een misleidende afleidingsmanoeuvre leek, een vraag. Ik zoek er nu naar, net als al die maanden geleden bij Ocean Beach. Ik stel me het ogenblik voor waarop Teddy en Jane terugkeren bij hun handdoeken en zien dat ze weg is. Zullen ze dezelfde verwarring ervaren die ik die lange elf maanden geleden voelde, en dan de opkomende paniek, het besef dat ze is verdwenen? Zullen ze die minuten in zee vervloeken, toen hun blik gericht was op de aankomende golven, die minuten waarin ze een belangrijk feit vergaten: Emma in haar eentje op het strand?

Ze hebben nu vast en zeker gemerkt dat ze weg is. Ik stel me voor hoe ze heen en weer rennen over het strand, haar naam roepen, onbekenden op het strand aanklampen met het nieuws: 'Wij zijn ons kleine meisje kwijt.'

Er komen geen taxi's. Het lijkt een eeuwigheid te duren voor de bus naar Quepos aankomt, maar als ik op mijn horloge kijk zie ik dat er maar negen minuten zijn verstreken. De glazen deuren gaan open, en Emma stapt naar binnen en trekt mij achter zich aan. '*Buenos días*,' zegt zij tegen de buschauffeur.

'*Bueno*,' zegt hij.

'Quepos?' vraag ik.

'*Sí.*'

Ik werp de munten in de doos. We kunnen gewoon een moeder en dochter zijn die op weg zijn naar huis na een dagje aan het strand. Emma gaat op het eerste vrije zitplaatsje halverwege achterin zitten en ik ga naast haar zitten, en mijn hart gaat als een razende tekeer terwijl ik mijn plan probeer uit te stippelen. In Quepos nemen we een bus naar San José. In San José nemen we een kamer in een hotel, waar we Jake bellen. Hij zal me niet geloven, daar ben ik zeker van. Hij zal denken dat iemand anders hem belt, niet ik, hij zal denken dat het een wrede grap is.

Er komen nog een paar passagiers aan boord, de deuren gaan dicht en dan rijdt de bus. De geur van het strand, van mangroven. En de geur van Emma, kokoslotion en kinderzweet, zout in haar haren, misschien een paar dagen zonder bad. Zij laat mijn hand los en ik realiseer me dat ik zo hard geknepen heb dat mijn knokkels pijn doen. Ze strekt haar vingers en kijkt een paar tellen uit het raam, en dan naar mij.

'Abby?'

'Ja?'

Ze bijt op haar onderlip, denkt na. Het is een gebaar dat zo van haar vader komt, een exacte imitatie. Ik herinner me niet dat ze het ooit eerder heeft gedaan. Dan zegt ze: 'Waar wás je?'

Niet precies een beschuldiging, meer een vraag, iets wat ze niet kan begrijpen. Ik probeer het antwoord te bedenken. Ik probeer haar duidelijk te maken hoe ontzettend graag we haar terug wilden vinden, dat we elke minuut aan haar dachten, maar er zijn geen woorden om het uit te leggen.

'Ik heb overal naar je gezocht,' zeg ik, terwijl ik haar tegen me aan trek. 'Dat weet je toch zeker wel?'

'Ik dacht dat jij en papa me vergeten waren.'

'O, lieverd, we hebben je nooit vergeten. We hebben de hele tijd naar je gezocht.'

We komen net op tijd aan bij het busstation van Quepos om een kaartje naar San José te kopen. Geen tijd om Jake te bellen. Het enige wat ik wil is haar deze stad uit krijgen. Met elke stap die wij zet-

346

ten, breidt het zoekgebied voor Teddy en Jane zich uit. Met elke minuut die verstrijkt wordt de kans dat zij ons vinden kleiner.

Wij gaan als laatste passagiers aan boord en de deuren vallen met een klap achter ons dicht. De bus is vol, maar gelukkig zijn er achterin nog twee lege zitplaatsen, aan weerszijden van het gangpad. Zelfs deze kleine afstand lijkt nog te groot. Ik ga dwars zitten, met mijn benen in het gangpad, mijn handen op Emma. Bang dat ze op een of andere manier zal verdwijnen. Bang dat ze zal verdwijnen als de mist van een droom als ik haar maar eventjes loslaat.

'Wanneer kan ik papa spreken?' vraagt Emma.

'Zogauw we in San José zijn.'

'Waar is San José?'

'Maar een paar uur hier vandaan.'

'Is papa in San José?'

'Nee, hij zit in San Francisco. We moeten hem bellen om te zeggen dat hij naar ons toe moet komen.'

Ze kijkt even naar de stoel naast haar, waar een tiener zit te snurken, en wendt zich dan weer tot mij.

'Hoe zit het met mama?' vraagt ze.

'Wat?'

'Mama. Is zij er?'

'Lieverd,' zeg ik, 'bedoel je Jane?'

'Nee,' zegt ze ongeduldig. 'Mama.'

'Heb je je mama gezien?' vraag ik.

Ze knikt. 'We zijn bij haar langs geweest in een motel.' Emma steekt haar linkerhand omhoog en wiebelt met haar wijsvinger om te pronken met een glinsterende ring, het soort dat je bij Claire's Boutique in het winkelcentrum kunt krijgen voor vijf dollar. 'Ze heeft me deze gegeven.'

Ik moet een brok doorslikken en kan mijn oren niet geloven. 'Hoe weet je dat het je mama was?'

Ze steekt haar hand in de zak van haar jurk en haalt er een vaag polaroidkiekje uit. 'Zij was het,' zegt ze en ze wijst naar een iets jongere, iets slankere Lisbeth. Op de foto staat Lisbeth in het Golden Gate Park met Jake naast haar. Jake houdt een kleine baby in zijn armen. Hij glimlacht, Lisbeth niet. Beiden kijken met samengeknepen ogen in de zon.

Het lijkt alsof plotseling alle lucht uit mijn longen wordt geperst.

'Hoe kom je hieraan?'

'Die heeft mama me gegeven.' Ze pakt de foto uit mijn handen en stopt hem terug in haar zak.

'Wanneer?'

Het gesprek verveelt haar al en ze haalt haar schouders op. 'Dat weet ik niet meer.'

Ik probeer deze informatie te verwerken, probeer dit onmogelijke nieuwe feit te begrijpen. Ik herinner me wat Jake me die avond bij hem thuis vertelde, na Lisbeths dramatische optreden bij de persconferentie en haar komst bij hem: *Ze wilde weten wat er zou gebeuren als Emma weer terug was – zouden we opnieuw kunnen beginnen, een gezin proberen te vormen.*

'Heb je haar vaker gezien?' vraag ik.

'Jawel, maar ik heb haar al een hele tijd niet meer gezien.' Emma bijt op haar lip, alsof ze probeert te besluiten of ze me iets wel of niet zal vertellen. 'Ze zei dat papa me zou komen halen en dat we weer samen zouden zijn, maar hij is niet gekomen.'

Zo veel vragen: was Lisbeth erbij op de dag van de ontvoering? Hoe passen Teddy en Jane in dit plaatje? Wat waren ze van plan? Hoe hebben ze haar behandeld?

'Herinner je je de laatste keer dat we samen waren nog?' vraag ik. 'Weet je nog dat je op het strand naar zanddollars zocht?'

'Een beetje,' zegt ze. Ze keert zich van me af en kijkt even naar de slapende jongen.

'Kun je me zeggen wat er die dag is gebeurd?'

'Mag ik een *hamburguesca* bij de lunch?' vraagt ze.

'Maar natuurlijk.'

Er zijn zo veel dingen die ik wil weten, zo veel puzzelstukjes die ik op hun plaats wil leggen. Maar Emma heeft genoeg van dit gesprek. Iets aan de nonchalante manier waarop ze mijn vragen negeert, geeft me eerlijk gezegd hoop. Onderzoek heeft aangetoond hoe goed kinderen zich aanpassen, hoe verrassend goed ze in staat zijn van een trauma te herstellen. Ondanks haar lange afwezigheid lijkt ze heel erg zichzelf, het koppige meisje dat nooit te verlegen was om te zeggen wat ze wilde. Ze wiebelt met haar benen naar achteren en naar voren, tikt met haar voeten tegen de grond. Haar handen liggen in haar schoot en ze kijkt nu recht vooruit met een tikje verbaasde uitdrukking op haar gezicht. De bus start met een rommelend geluid en schiet met een ruk naar voren. Er klinkt gerammel van glas doordat sommige passagiers de raampjes opendoen, op zoek naar enige verkoeling in deze hitte.

'Ik heb dorst,' zegt Emma na een paar minuten.

Ik overhandig haar een fles water uit mijn tasje. Het water is warm, maar zij slokt de hele fles binnen een minuut naar binnen.

'Ik moet plassen,' zegt ze een paar minuten later.

De wc is maar een paar stappen verderop, maar ik loop met haar mee en blijf bij de deur staan tot ze klaar is. Ze komt met een vies gezicht naar buiten en knijpt met haar vingers haar neus dicht. Het is een gebaar van niets, universeel onder kinderen, maar de emoties grijpen me bij de keel als ik haar dit zie doen, dit o zo normale teken. Levend.

77

Om vier uur 's middags zijn we in San José. Ik zie een taxi vlak buiten het station en vraag de chauffeur ons naar het leukste hotel te brengen. Hij heeft ongetwijfeld zijn eigen ideeën over 'leuk', want hij zet ons af bij een bepaald niet indrukwekkend motel op tien minuten van het busstation. De jongen bij de receptie, een tiener met een zwart button-down hemd, praat in het Spaans met Emma terwijl ik het registratieformulier invul. Ik heb de pen in mijn ene hand, mijn andere op Emma's schouder. Terwijl ik betaal voor de kamer, realiseer ik me dat ik mijn tas en mijn Leica in het hotel in Quepos heb laten liggen. In de hectiek van het moment was ik totaal vergeten dat die daar nog lagen. Het is niet erg – ik heb mijn geld en mijn paspoort. Ik laat de andere spullen wel opsturen.

Bij de deur van onze kamer knoei ik met de grote houten sleutelhanger. Ik doe binnen de gordijnen dicht. De kamer ruikt naar sigarettenrook. Er staat een kleine TV, de vloer is betegeld, er staan een stoel en een paar lampen. Boven het tweepersoonsbed hangt een goedkope afbeelding van het Wilde Westen. Emma gaat in de stoel bij het raam zitten en speelt met de knopjes van de airconditioner. Het kost moeite afstand te bewaren, moeite haar niet in mijn armen te nemen en haar uit alle macht vast te houden.

'Waar is papa?'

'Ik ga hem zo bellen.'

Mijn handen trillen zo erg dat ik de telefoon nauwelijks kan vasthouden. Ik moet denken aan die middag in het Beach Chalet al die maanden geleden, toen de Russische de telefoon in mijn hand drukte. Ik aarzelde even voor ik Jakes nummer draaide. Ik wist dat ik hem moest bellen; ik wist dat ik het hem moest vertellen. En toch begreep ik dat de klok niet meer kon worden teruggedraaid als ik hem eenmaal had gebeld.

Nu is de situatie omgekeerd. En toch voel ik deze aarzeling, dit verlangen het moment vast te houden. Ik ben haar kwijtgeraakt, ik heb haar teruggevonden, ze is bij mij op de kamer. Het is een ogenblik van bijna volmaakt geluk, en iets in mij wil dat niet verstoren. In een enkel ogenblik op het strand verwoestte ik Jakes leven; in de maanden erna zag ik het in elkaar storten. Over een paar minuten, seconden misschien, zal ik beginnen met de wederopbouw ervan.

Ik draai zijn nummer thuis. Hij neemt niet op. Vervolgens draai ik zijn mobiele telefoon. Weer niks. 'Bel me,' zeg ik beide keren. 'Het is dringend.'

Ik schaam me voor de opluchting die ik voel doordat hij niet aanneemt, schaam me dat ik dankbaar ben voor de tijd die dit me geeft. Nog een paar minuten alleen met Emma. Ze zit rustig in de stoel en kijkt naar haar voeten. Er zit een ketchupvlek op haar jurkje.

Opeens realiseer ik me dat ik haar niets te eten heb gegeven. Hoe kan ik zo'n simpele, basale behoefte vergeten? 'Je zult wel honger hebben,' zeg ik.

Ze knikt vurig.

In mijn tas zitten kaaskoekjes, een reep Snickers en een banaan. Ik leg ze op het tafeltje voor haar en schenk water uit een fles in een plastic beker. 'Je krijgt snel echt te eten. Dat beloof ik.'

Ik stort de inhoud van mijn portemonnee op het bed, doorzoek de fleurige bankbiljetten, kwitanties en visitekaartjes, en vind het telefoonnummer dat ik van Nick Eliot heb gekregen.

'Amerikaanse ambassade,' zegt een geslachtsloze stem.

'Ik ben op zoek naar Wiggins.'

'Een ogenblikje.'

Als de lijn wordt doorverbonden, krijg ik een voicemail. 'U spreekt met Wiggins,' zegt de stem. 'Spreek een boodschap in en ik bel u terug.'

'Mijn naam is Abby Mason,' zeg ik. 'Ik ben een vriendin van Nick Eliot. Hij zei me dat hij mijn situatie aan u zou uitleggen. Bel alstublieft zo snel mogelijk. Het is dringend. Het gaat over Emma Balfour. Ik heb haar gevonden. Ze is nu bij mij. We zitten in Villa Grande in San José, kamer 212.' Ik lees het nummer dat op de telefoon geplakt zit voor en voeg er nog eens aan toe: 'Het is bijzonder dringend.'

Emma heeft de koekjes op en is bezig met de zoete reep. Ze eet snel, zonder op te kijken, neemt nauwelijks de tijd om te kauwen. Er zit een stukje chocola op haar kin. Ik kijk naar haar en de feiten dringen langzaam tot me door: ze leeft, ze is veilig. Haar haar is lichter, haar huid is donkerder, ze is langer en te mager. Maar het is Emma. Ik loop naar haar stoel. Als ik mijn hand op haar gezicht leg, deinst ze niet achteruit, beweegt ze niet naar me toe, ze houdt alleen halverwege op met kauwen.

'Lieverd, gaat het goed?' Ik wil weten of ze haar pijn hebben gedaan, maar ik kan mezelf er niet toe aanzetten dat nu te vragen. Ze heeft zo veel meegemaakt.

'Ja.' Ze gaat met haar hand naar haar gezicht en haar jurk glijdt langs haar benen omhoog. Ze is zo mager.

Ik omhels haar voorzichtig en ze leunt tegen me aan. 'Je bent nu veilig. We brengen je thuis.'

Eventjes lijkt het erop dat ze weer gaat huilen, maar dan wringt ze zich los uit mijn greep en zegt ze: 'Mag ik TV-kijken?'

'Natuurlijk.'

Ik zet de TV aan en geef haar de afstandsbediening. Ze zapt langs *The Road Runner*, *Sesamstraat* in het Spaans, en kiest uiteindelijk voor een Spaanstalige soap. Een kwartier lang kijkt ze er als betoverd naar. Ik zit met de telefoon op schoot op bed te wachten. Zo nu en dan mompelt Emma iets tegen de televisie. Ze kent alle personages bij naam.

Als de telefoon gaat, springen we allebei op. Ik weet niet zeker of ik wel klaar ben voor wat er nu staat te gebeuren.

'Abby?'

Het is Jake. Hij kan me na al die tijd nog steeds geruststellen met zijn stem, domweg door mijn naam te noemen. 'Je zei dat het dringend was.'

Ik ben me bewust van het feit dat ik op het punt sta een grens te overschrijden, ik besef dat mijn woorden een compleet nieuwe keten van gebeurtenissen in gang zullen brengen. 'Ik heb nieuws, Jake.'

Aan de doodse stilte aan de andere kant van de lijn kan ik horen dat Jake me niet gelooft. Hij verwacht iets te horen over een flinterdunne nieuwe aanwijzing, een zwak bewijsstuk.

'Ze is hier,' zeg ik.

Stilte.

'Wat?'

'Ik zit in een hotelkamer in Costa Rica. Emma is *hier*. Bij mij in de kamer.' Een stilte volgt, een lang moment van ongeloof. 'Het is echt waar,' zeg ik. 'Emma is echt hier.'

Een gil en een snik, en: 'O, mijn God. Weet je het zeker?'

'Ik weet het zeker.'

'Is het goed met haar?'

'Ja.'

'Het kan niet,' zegt hij. 'Geef me haar even.' Ik kan horen dat hij terwijl hij dat zegt niet gelooft dat Emma echt aan de telefoon zal komen, hij gelooft niet dat dit gesprek echt is.

Emma zit nog steeds naar de televisie te kijken. Ze wiebelt met haar benen, bijt op haar nagels.

'Lieverd?' zeg ik.

Ze zet het geluid af en kijkt naar mij. 'Is dat papa?'

'Ja. Hij wil je spreken.'

We zitten met de knieën tegen elkaar – zij in de stoel, ik op het bed. Ik overhandig haar de telefoon. 'Hallo,' zegt ze zachtjes.

Ik buig me voorover en kan Jake horen aan de andere kant van de lijn. 'Emma? Lieverd, ben jij het?'

'Ja. Waar ben je?'

'Ik kan niet geloven dat jij het bent.'

'Papa?' zegt ze opnieuw. 'Waarom ben je niet hier?'

'Ik kom je halen, lieverd. Ik heb je zo gemist.'

'Haast je.'

Ze overhandigt me de telefoon alsof het een vreemd voorwerp is dat kan bijten of ontploffen. Ze heeft dezelfde verbaasde gezichtsuitdrukking die ze in de bus had.

'Zeg dat het goed met haar gaat,' zegt Jake. Hij zit zo hard te snikken dat de woorden er verward uit komen.

'Het gaat goed met haar.'

'O, God.' Hij lacht en huilt en probeert zijn adem in te houden. 'Ik geloof het pas als ik haar met eigen ogen zie.'

'Je moet het vliegtuig nemen,' zeg ik. 'Bel me terug zodra je een kaartje hebt.'

Hij huilt en lacht en hijgt. 'Ik wil niet ophangen. Ik ben bang dat ik wakker word. Ik droom zeker?'

'Het is geen droom. Ze is echt hier.'

'Zeg me hoe ze eruitziet. Is ze in orde? Is ze veranderd?'

Emma zit met opgetrokken benen in de stoel, met haar armen om haar knieën, en kijkt me aan met die groene ogen van haar, haar haren zijn lang en wild. Haar schouders zijn een beetje roze, en ze draagt een enkelbandje – een smal zilveren kettinkje met een piepklein hartvormig bedeltje. Dat kettinkje heb ik nooit eerder gezien. Ik vraag me af of ze het van Lisbeth heeft gekregen. Hoe vaak is zij naar Costa Rica gegaan met goedkope geschenken en ingewikkelde leugens?

'Ze is mooi,' zeg ik. 'Zo ontzettend mooi.'

'Geef me haar nog eens. Ik kan niet geloven dat dit echt gebeurt.'

Ik geef de telefoon aan Emma. Met de telefoon tegen haar oor keert ze zich van mij af en kijkt uit het raam. Ze zit daar, luistert en knikt, en zegt af en toe ja of nee. Een keer komt er zelfs iets uit wat op een lachje lijkt. 'Ik mis je,' zegt ze op een gegeven moment. 'Ze zeiden dat jij hierheen zou komen en dat we samen konden zijn. Ik heb steeds gewacht.'

Dit keer kan ik niet horen wat Jake zegt aan de andere kant. Na zo'n tien minuten geeft ze mij de telefoon weer terug.

'Abby?' zegt Jake.

'Ja.'

'Het spijt me zo dat ik je niet geloofde.' Hij stopt om adem te halen. 'Waar zát ze? Bij wie was ze?'

'Ze was bij het duo van die bestelbus, dat is alles wat ik weet.'

'Jij had gelijk,' zegt hij. 'Het is ongelooflijk. Al die tijd had jij gelijk. Weet je zeker dat het goed met haar gaat? Heeft niemand haar pijn gedaan?'

'Ja,' zeg ik. 'Het gaat echt goed met haar.'

De waarheid is dat ik het niet zeker weet. Emma lijkt in orde, maar het valt niet te zeggen wat er in het afgelopen jaar met haar gebeurd is. Het valt niet te zeggen wat voor soort leven ze had bij Teddy en Jane, de effecten op lange termijn zijn niet in te schatten.

'Laat me haar alleen nog even gedag zeggen. Ik kan het niet geloven.'

Ik geef Emma nog een keer de telefoon. 'Dag, papa,' zegt ze vervolgens. En een ogenblik, heel eventjes, is het net alsof ze nooit is weggeweest. Zoals ze hem gedag zegt, alsof we alleen maar op vakantie zijn. Alsof dit een gewoon telefoontje op een gewone dag is.

'Nog één ding,' zeg ik voor ik ophang.

'Wat?'

'Lisbeth. Zeg niets tegen Lisbeth.'

'Waarom? Wat bedoel je?'

'Zij is hier geweest, Jake. Ik ken de details niet, maar ik weet dat ze hier is geweest.'

'Jezus,' zegt hij. 'Ik had het moeten weten.' Ik hoor een dreun aan de andere kant van de lijn, alsof een vuist tegen een muur slaat. 'Ik kan niet geloven dat ze hier in mijn huis zat en dat ik het niet doorzien heb, verdomme. Hoe heb ik haar kunnen vertrouwen?'

'Ze heeft heel goed toneel gespeeld.'

'Ik bel Sherburne als ik op weg ben naar het vliegveld,' zegt hij.

Er klinkt lawaai aan zijn kant van de lijn – een rits, sleutels. Ik stel me voor dat hij in zijn slaapkamer zijn koerierstas inpakt voor de reis – portefeuille, paspoort, telefoonoplader.

'Dank je,' zegt hij. 'Ontzettend bedankt. Zeg tegen Emma dat ik van haar houd. Zeg haar maar dat ik heel snel kom.'

Ik voel een overweldigende opluchting nadat ik heb opgehangen. Alsof elk ogenblik van het afgelopen jaar een opmaat voor deze ene gebeurtenis was: het telefoongesprek met Jake, waarin ik hem vertel dat alles in orde is.

'Ik heb nog steeds honger,' zegt Emma.

'Dan gaan we eten.' Ik bel de receptie en vraag om roomservice. Twee *hamburguesas* met extra kaas, *papas frites*, chocolademelk en twee cola.

Een halfuur later komt het eten, en Emma stort zich erop alsof ze in dagen niet heeft gegeten. Ze eet haar hele hamburger op en de helft van de mijne, plus het grootste deel van de frietjes. Ze eet twintig minuten zonder iets te zeggen, gooit de weinige restjes in de vuilnisbak en zegt: 'Mag ik nu in bad?'

'Natuurlijk.'

Ik ga de kleine badkamer in en zet de kraan voor haar aan. Als ik terugkom in de kamer is ze al helemaal uitgekleed; ze staat met haar handen in haar zij voor de televisie te wachten.

'Je bad is klaar,' zeg ik, en ik voel me eigenaardig formeel, alsof Emma een gast is van wie ik niet goed weet hoe ik haar een plezier moet doen.

'Dank je.'

Als ze langs me de badkamer in gaat, zie ik een paarse bloeduitstorting in haar lende. Mijn adem stokt. Is dit een gewone blauwe plek zoals kinderen dagelijks oplopen of heeft iemand haar dit aangedaan? Ze klimt het bad in en concentreert zich op het uitpakken van het stukje zeep. Ik ga op de rand zitten en geef haar een washandje en onderzoek of ze nog meer blauwe plekken heeft op haar lichaam. Godzijdank zie ik er geen.

'Hoe vaak ging je in bad, schat?'

Ze doopt het washandje in het water en zeept haar armen in. Het vuil komt er in vegen af. 'Volgens Teddy hoeft dat niet omdat we elke dag in zee zwemmen.'

'Zwem jij dan? Ben je niet bang?'

'Eerst wel, maar nu niet meer. Teddy heeft een klein surfplankje voor me gekocht, zodat ik kon leren surfen. Dat was leuk.'

'Vind je Teddy aardig, lieverd?'

'Hij is wel aardig. Maar Jane is gemeen.'

'Hoezo gemeen?'

Ze haalt haar schouders op. 'Gewoon gemeen. Ze zat altijd maar op me te vitten. Soms sloeg ze me.'

Ik voel de woede in me opborrelen en ik probeer niet aan de duizenden manieren te denken waarop ze haar mishandeld kan hebben. In plaats daarvan probeer ik me te concentreren op haar mooie gezichtje, de zeepbelletjes op haar schouders, haar armen.

'Zal ik je haar wassen?' vraag ik.

'Ja.'

Ze strekt haar voeten uit naar het einde van het bad, gaat liggen, knijpt haar ogen dicht en houdt haar hoofd onder water. Ze blijft een paar tellen te lang onder water – terwijl ik me nog herinner dat ze het vreselijk vond om haar hoofd onder water te houden, dat ze er niet tegen kon als ze haar adem moest inhouden. Net als ik haar omhoog wil trekken, steekt ze snakkend naar adem haar hoofd omhoog. Het water stroomt over haar schouders en haar haren plakken aan haar rug. Ik doe shampoo op mijn handen en leg ze heel voorzichtig op haar hoofd. Op het moment dat ik haar aanraak, trekt ze haar hoofd weg – een instinct, een onbewuste reactie – en daarna ontspant ze zich even snel weer.

Als Emma haar hoofd achterover laat zakken in mijn handen, schiet me een herinnering aan mijn kindertijd te binnen: Annabel is een kind en mijn moeder wast haar in een blauwe plastic kuip. Mijn moeder pakt mijn hand vast en legt die op Annabels ingezeepte hoofdje. Annabels haar voelt prettig aan onder mijn vingers, haar huid is zacht als vilt. Ik kan niet ouder dan drie zijn geweest en toch staat deze herinnering me zo helder voor de geest alsof het gisteren is gebeurd.

De telefoon gaat. Het is Jake, die dol van vreugde is en gegevens van zijn vlucht doorgeeft. Hij vraagt me de telefoon naar de badkamer te brengen zodat hij nog een keer met Emma kan praten.

Dit is het. Het einde van de zoektocht. Het einde van de nachtmerrie. Ik wil geloven dat het ook een soort begin is – voor mij en Jake, voor Emma, voor het gezin dat we ooit wilden zijn.

Emma houdt haar hoofd in de badkuip onder water en blaast belletjes. Als ik naar haar kijk besef ik dat we haar op zo veel manieren opnieuw moeten leren kennen.

'Je wordt nog een pruim,' zeg ik. 'Kom je eruit?'

Ze staat op en houdt haar armen in de lucht. Ik wikkel de handdoek om haar heen. 'Ben je moe?' vraag ik.

'Ja.'

'We hebben geen nachtjapon, dus we moeten improviseren.'

Ik maakt van mijn sarong een jurk voor mezelf en geef Emma mijn t-shirt om in te slapen. Hij is niet echt schoon, maar wel goed genoeg. Ze steekt haar armen in de lucht, zodat ik het t-shirt over haar hoofd kan trekken, en dan gaat ze in bed liggen. Ik stop haar in, ga op het beddengoed naast haar liggen en kijk hoe ze slaapt. Ik streel haar haren, haar schouders, haar mooie gezichtje. Ik kan het nog steeds niet geloven. Probeer het nog steeds tot me door te laten dringen. Ik ben doodmoe, maar ik doe mijn ogen niet dicht; ik moet naar haar blijven kijken.

Om twee uur 's nachts gaat de telefoon. 'Abby Mason?' vraagt een onbekende stem.

'Ja.'

'U spreekt met Wiggins. Ik heb net uw boodschap gehoord. Sorry dat ik zo laat bel.'

'U weet niet half hoe blij ik ben dat u belt.' Ik ga op de stoel bij het raam zitten en praat zo zachtjes mogelijk.

'Juich niet te vroeg. Ik zit nu eerlijk gezegd nog in Honduras, maar ik heb geregeld dat ik morgenavond in Costa Rica ben. Nick heeft me het verhaal een tijd geleden verteld. Om eerlijk te zijn had ik niet gedacht dat u haar zou vinden. Er gebeuren soms vreemde dingen, niet? Ik heb net contact gehad met onze mensen in San Francisco en heb ze de forensische tekeningen laten faxen. Ze hebben met Emma's vader gesproken en halen de ex-vrouw nu op. U moet me vertellen hoe u haar heeft gevonden. Heeft u de kidnappers gezien?'

'Nee, maar ik weet hun voornamen, Teddy en Jane.'

Ik vertel hem het hele verhaal. Het komt er in één stroom van woorden uit, een wirwar van ademloze zinnen. 'Ze hebben een gele bestelbus,' zeg ik.

'Waar zou ik die kunnen vinden?'

'Ze waren eerder op de dag op Playa Espadilla, maar dat is al uren geleden.'

'Ik stuur meteen een paar mensen naar Manuel Antonio. Bent u morgen op dit nummer bereikbaar?'

'Ik ga morgenochtend om zeven uur met Emma naar het vliegveld om haar vader te ontmoeten. Verder dan dat heb ik nog niet gedacht.'

'Ik laat iemand komen om u morgen naar het vliegveld te begeleiden. Hij zal eventuele problemen waar jullie op stuiten oplossen. Emma mag naar huis, maar u moet een paar dagen, misschien langer, in het land blijven. Wanneer we die twee vinden, moet u ze identificeren.'

Niet *als* maar *wanneer*. Zijn zelfverzekerdheid is geruststellend. 'Dank u,' zeg ik. 'Dank u zeer.'

78

Ik word wakker door een onmenselijk gekrijs, gevolgd door nog meer gekrijs, een kakofonie, vlak bij ons raam.

'De brulapen,' zegt Emma, terwijl ze haar ogen opent en zich uitstrekt. Haar bruine huid is vochtig van het zweet. Ondanks de lawaaiige airconditioner is het smoorheet. Afgelopen nacht heb ik uren wakker gelegen, kijkend naar het wonder dat zij is. Op een gegeven moment viel ik in slaap. Nu word ik opnieuw getroffen door de prachtige onmogelijkheid van haar aanwezigheid.

De wekker geeft 6.15 uur aan. 'Tijd om op te staan,' zeg ik. 'We gaan naar het vliegveld.'

'Nu?' vraagt ze.

'Zo meteen.'

'Zal papa daar zijn?'

'Ja.'

Ze kijkt me bedachtzaam aan, alsof ze niet zeker weet of ze me kan geloven.

Twintig minuten later wordt er op de deur geklopt. Ik kijk door het gordijn en zie een jonge man, met een opvallend Italiaans uiterlijk, niet ouder dan zevenentwintig.

'Wie is daar?' vraag ik door de deur.

'Wiggins heeft me gestuurd.'

Ik doe de deur open.

'Mijn naam is Panico,' zegt de man en hij steekt zijn hand naar me uit. 'Mike Panico.' Hij kijkt over mijn schouder de kamer in, waar Emma op haar blote voeten staat in dezelfde vieze gele jurk die ze gisteren droeg. 'En jij bent vast Emma.'

Ze knikt.

Hij glimlacht tegen haar. 'Ik heb gehoord dat heel veel mensen naar jou hebben gezocht.'

Op het vliegveld koop ik een nieuwe jurk en sandalen voor Emma. De jurk is iets te groot, de sandalen zijn iets te klein, maar Emma maakt een kleine pirouette, poseert met het ensemble alsof het het mooiste is wat ze ooit heeft gedragen.

Daarna brengt Panico ons naar een kamertje op de tweede verdieping. In de kamer staan alleen een tafel en vier stoelen, waarvan er twee aan de vloer zijn vastgeklonken. Bij twee van de stoelen zitten ronde metalen banden aan de zijkanten, met sleutelgaten voor sloten, en ik realiseer me dat de banden bedoeld zijn om criminelen vast te zetten. Beige verf schilfert van de muren.

Panico doet de deur dicht en knielt neer, zodat hij op ooghoogte is met Emma. 'Het lijkt erop dat je naar huis kunt. Wat doe je als eerste als je weer thuis bent?'

'Ik wil een hamburger en chocoladeshake van Cable Car Joe's.'

'Ik kan het je niet kwalijk nemen,' zegt hij. 'In dit land is geen goede hamburger te krijgen.'

Emma glimlacht en ik begin me te ontspannen. Panico doet zijn hand in zijn zak, haalt een kleurboek en kleurkrijt tevoorschijn en legt die op tafel. 'Hou je van kleuren?'

Ze knikt verlegen.

'Ik was dol op kleuren als kind,' zegt hij. 'Maar ik had er niet veel talent voor.'

Emma gaat zitten en begint door het kleurboek te bladeren. Ik ga tegenover haar zitten. '*El gato*,' zegt ze en ze wijst naar de tekening van een kat. Ze kiest een geel kleurpotlood uit de doos en begint te kleuren. 'Kun jij Spaans?' vraagt ze aan mij.

'Een beetje.'

Ze kijkt Panico aan. 'Jij?'

'*Si, señorita*.' Ze zeggen een paar zinnen tegen elkaar in ratelend Spaans, en hij zegt iets wat haar aan het lachen maakt. Ik vang alleen het woordje 'taart' op, maar zelfs dat kan een gebrekkige vertaling zijn.

Emma stopt indigo in de puntenslijper op de achterkant van de doos en draait met het potlood. Daarna blaast ze tegen de scherpe punt, buigt zich over haar boek en begint aan het waterbakje van *el gato*. De wasachtige geur van potloden vermengt zich met iets anders. De lucht komt van Emma; al is ze gisteravond in bad geweest, ze verspreidt de enigszins dierlijke, zout-zoete geur van kinderen die niet goed worden verzorgd.

Panico trekt zijn stoel dichter naar haar toe. 'Mag ik je een paar vragen stellen, Emma?'

'Ja, hoor.'

'Waar heb je gezeten?'

'Soms op het strand, soms in de bestelbus. Soms gingen we naar vrienden van Teddy en Jane.'

'Weet je waar hun vrienden wonen?'

'Verschillende plaatsen.'

'Hebben ze je verteld hoe ze je naam kennen?'

'Teddy is mama's neef,' zegt Emma. 'Mag ik nu weer kleuren?'

Emma trekt aan haar oor, en ik ben dankbaar voor dit kleine, herkenbare gebaar, die nerveuze gewoonte die ze al heeft zolang als ik haar ken. Ze kijkt naar mij, daarna naar Panico en zegt: 'Zitten Teddy en Jane in de problemen?'

'We moeten ze alleen vinden om ze een paar vragen te stellen,' zegt Panico. Emma wendt zich weer tot haar kleurplaat. Ik voel me opgetogen én nerveus nu ik hier zo met haar zit. Weg is de ontspannen kameraadschap die tussen ons was ontstaan in de weken voor ze verdween en ik probeer er nog steeds achter te komen welk wezenlijk ding in haar aard is veranderd. Hoeveel van deze nieuwe Emma is slechts het gevolg van een natuurlijk proces dat bij het ouder worden hoort en hoeveel ervan komt doordat ze al die maanden bij haar ontvoerders was?

Er galmt een stem door de intercom die aankomst en vertrek aankondigt. Telkens als de speaker in de hoek knetterend tot leven komt, houd ik mijn adem in. Laat het vliegtuig te laat zijn. Laat Jake worden opgehouden door de douane. Nog iets meer tijd met haar, een paar uur, nog een paar minuten. Natuurlijk wil ik dat Emma Jake kan zien. Natuurlijk ben ik gelukkig over de hereniging. Maar ik vrees het ogenblik waarop zij het vliegtuig in gaan en aan de reis van mij vandaan beginnen.

Eindelijk wordt er op de deur geklopt, drie klopjes.

Emma springt iets op, en ik ook. Ze zit met haar rug naar de deur. Ze houdt haar hoofd gebogen, maar haar hand is plotseling onbeweeglijk. Ze kijkt naar het kleurboek en knijpt zo hard in het potlood dat haar vingers wit worden. Panico doet de deur open en daar staat Jake. Behalve een koerierstas over zijn schouder heeft hij geen bagage. Hij heeft een enorme American Girl-pop met kastanjebruine haren, gekleed in een geborduurde jurk en zwarte schoenen met sierlijke gespen in zijn hand. Hij blijft een ogenblik staan kijken naar de achterkant van Emma's hoofd, alsof hij bang is te geloven dat zij het is. Hij is dikker geworden en zijn haren zijn gegroeid.

Ik buig me voorover en raak Emma's hand aan. 'Kijk eens wie we daar hebben.'

Ze kijkt me aan, houdt nog steeds het potlood vast, maar verroert zich niet. Jake loopt naar de tafel en knielt naast haar neer. Als ze hem ziet, verandert er iets, laat ze iets los, haar gezicht ontspant zich en haar lippen krullen omhoog tot een kleine glimlach. Jake laat de pop vallen en neemt haar in zijn armen. Hij huilt enige tijd met zijn gezicht in haar haren. Dan houdt hij haar op schouderhoogte van zich af en zegt: 'Je bent het echt. Ik kan niet geloven dat je het echt bent.'

'Natuurlijk ben ik het, papa.'

Panico wendt zijn blik af. Hij zal zich net als ik een indringer voelen bij dit intieme tafereel.

Jake kijkt naar mij. 'Ik kan het niet geloven.'

'Ik weet het.'

Hij pakt Emma op, zet een stap in mijn richting en omhelst me stevig. Hij ruikt zo lekker, ziet er zo goed uit, voelt zo goed aan. 'Je had al die tijd gelijk,' zegt hij. 'Het spijt me zo dat ik aan je heb getwijfeld.'

Emma kijkt naar de pop op de grond en er verschijnt een brede grijns op haar gezicht. Ze probeert zich los te wurmen uit zijn armen.

'Dit is Felicity,' zegt Jake. Hij knielt en zet Emma neer.

Emma streelt het haar van de pop, streelt het witte kant aan de zoom van de jurk. 'Ze is mooi.'

Jake kijkt naar Emma alsof hij niet echt gelooft dat ze er echt is, alsof hij verwacht elk ogenblik te ontwaken uit deze ongelooflijke droom.

'Onze vlucht terug is pas over twee uur,' zegt hij tegen mij. 'Heb je tijd voor een kop koffie?'

Ik moet wel lachen. 'Maak je een grapje?'

Panico zet een stap naar voren. 'Ik ben van de ambassade,' zegt hij tegen Jake. 'Ik zie u bij de uitgang en zorg ervoor dat u zonder problemen het vliegtuig in kunt. Heeft u haar paspoort bij u?'

'Ja,' zegt Jake, en hij tikt op zijn jaszak. 'Bedankt voor uw hulp.'

'U moet mij niet bedanken,' zegt Panico. 'Abby is degene die dit voor elkaar heeft gekregen.'

'Wat weet u tot zover?' vraagt Jake.

Emma is druk doende de veters van de poppenschoentjes dicht te knopen en weer los te maken. 'De man uit de gele bestelbus is Lisbeths neef,' zeg ik rustig. 'Althans, dat hebben ze tegen Emma gezegd.'

Jake schudt ongelovig zijn hoofd.

Ik draag de pop, Jake draagt Emma en we wandelen naar het café, met Panico achter ons aan. Emma blijft maar naar Jake kijken en hij naar haar, en ik blijf naar die twee kijken. Het is zo vreemd, zo onmogelijk dat we hier met z'n drieën bij elkaar zijn, als een gewoon gezin door de luchthaven lopen.

'Je moet geknipt worden,' zegt Emma, terwijl ze met haar vingers door de lange pony van haar vader gaat.

'Dan moet jij dat maar doen als we thuis zijn,' zegt hij met een door emotie verstikte stem.

In het café bestellen we koffie, een fruitshake voor Emma en wat gebak.

We nemen de meest vrije tafel, eentje bij het raam. Jake trekt Emma's stoel vlak bij zich. Hij snijdt het gebak in kleine hapjes, zoals hij altijd deed, maar Emma trekt het bord naar zich toe en zegt: 'Dat kan ik zelf wel.'

'Sorry,' zegt hij glimlachend. 'Je bent gegroeid, hè? Mijn hemel, moet je zien hoe je gegroeid bent. Je bent langer geworden.'

Ze glimlacht, kijkt alsof ze iets wil gaan zeggen, maar stopt dan een stukje gebak in haar mond.

'Wat?' zegt hij.

'Ik ben langer, maar jij bent dikker.'

Daar moeten we allemaal, ook Emma, om lachen.

'Ik heb je zo gemist,' zegt hij. 'Zo erg. Je hebt geen idee.'

Emma veegt met de rug van haar hand haar mond schoon en kijkt kauwend naar het bord.

363

Ik weet dat hij zijn best doet nog geen vragen te stellen – alle voor de hand liggende, beangstigende vragen. Hij kijkt haar gefascineerd aan.

'Je kamer ziet er nog net zo uit als de laatste keer dat je er was,' zegt hij. 'Er zijn zelfs een paar kerstcadeautjes voor je.'

Emma zet grote ogen op. 'Wanneer mag ik ze openmaken?'

'Als we thuis zijn.'

'En verjaarscadeautjes,' zeg ik.

Ze kijkt verward. 'Mijn verjaardag?'

'Dat is in november, weet je nog wel?' zegt Jake. 'Je bent nu zeven jaar.'

Haar ogen lichten op. 'Ben ik zeven?'

Een stem op de intercom kondigt het vertrek van het vliegtuig naar San Francisco aan.

'Dat zijn wij,' zegt Jake. 'Liever, ben je klaar om naar huis te gaan?'

'Ja.'

Hij strekt zijn arm over tafel en pakt mijn hand. 'Wanneer mag jij weg?'

'Ik weet het niet. Snel, hoop ik. Er moet hier nog veel worden gedaan.'

Mijn gesprek met Jake lijkt wel een onhandig toneelstukje. De choreografie klopt niet, de zinnen komen niet aan, we praten allebei iets harder dan nodig is. Ik vraag me opeens af wat er nog mogelijk is voor ons. Toen ik naar Costa Rica ging, maakte hij duidelijk dat het uit was tussen ons. Maar verandert dit de situatie niet? Heb ik niet precies dat ene gedaan wat ik moest doen om hem terug te krijgen, om ons bestaan weer normaal te laten worden?

Ik kan deze vragen op geen enkele manier aan hem stellen. Dit lijkt totaal niet op het tafereel dat ik me had voorgesteld, dit is bepaald niet de hereniging die me sinds mijn aankomst in Costa Rica voor ogen stond. Ik had me voorgesteld dat we met z'n drieën naar huis gingen, als een gezin. Maar de waarheid is dat Emma en Jake een gezin vormen, alleen zij twee.

Ik loop naar Emma, buig me voorover en omhels haar. Ik wil niet loslaten. 'Dag, liefje.'

'Ga je niet met ons mee?'

'Ik moet nog even hier blijven, maar ik kom snel thuis.'

'Oké.'

'Dag, Jake.'

'Ontzettend bedankt,' zegt hij. 'Het is een wonder.' Hij neemt mijn haar in zijn hand en gooit het over mijn schouder, zoals hij bij onze eerste afspraak deed. Dit simpele gebaar is genoeg om mij hoop te geven, genoeg om me te laten denken dat we misschien een manier kunnen bedenken om er iets van te maken.

Jake tilt Emma op en terwijl ze weglopen, kijkt zij om en wuift lichtjes. 'Adios,' zegt ze.

'Adios.'

Ik kijk ze vanuit de deuropening na als ze naar de gate lopen – Jake loopt snel, alsof hij hier niet snel genoeg weg kan komen. Ze kunnen elke willekeurige vader en dochter op terugreis van vakantie zijn. Ik kan elke vriendin, het overbodige element in de vergelijking zijn, dat na aftrek de juiste uitkomst achterlaat.

79

Middag. Een hotelkamer in San José, ik wacht. Dag 335. Terwijl ik dat getal in gedachten opmerk, realiseer ik me dat de kalender die het afgelopen jaar een obsessie voor me was, niet relevant meer is. Ik moet helemaal opnieuw beginnen. Het is inderdaad dag 335 sinds ik haar kwijtraakte. Maar het is ook twee dagen sinds ik haar gevonden heb.

Ik zit op het balkon. In de kamer naast me klinkt harde Spaanse muziek, maar niet hard genoeg om het geluid van een vrijend stel te overstemmen. Ik zag ze al toen ze aankwamen. Hij was mager, zij was dik en ze hadden geen bagage. Ik zou iets moeten doen – bedankbrieven schrijven, e-mails versturen, iedereen die ik ken bellen. Maar wie moet ik schrijven? Ik heb de hele morgen gebeld. Ik heb het al verteld aan Annabel, Nell en Nick. Net als bij Franco Magnani, de geheugenkunstenaar die geobsedeerd was door het dorp uit zijn jeugd, heeft mijn tunnelvisie van het afgelopen jaar ervoor gezorgd dat mijn vriendenkring steeds kleiner is geworden; ik kan verder niemand bellen.

Toen Jake en Emma gisteravond thuiskwamen stonden er tientallen mensen op de luchthaven die hen met welkomstspandoeken en speelgoedbeesten geluk kwamen wensen. Jake belde vanaf huis om me te vertellen dat ze waren aangekomen. 'Kan ik Emma spreken?' vroeg ik toen hij op het punt stond op te hangen.

'Ze slaapt al.'

'Morgen?'

'Natuurlijk.' Er volgde een lange stilte. Toen zei hij: 'Dankjewel. Ik kan niet geloven dat dit echt gebeurt.'

Elke minuut van m'n leven is zo lang gewijd geweest aan de zoektocht naar Emma. Nu weet ik me geen raad met mezelf. Ik zet de televisie aan – *Raiders of the Lost Ark*. Het kost me moeite om mijn ogen open te houden. Ik moet aan Emma denken, die thuis in haar eigen bed ligt. Ik stel me voor hoe Jake aan haar bed zit tot ze in slaap valt. Op een gegeven moment besluit hij, moe geworden, naar zijn eigen kamer te gaan. Maar bij de deur houdt hij stil, want hij kan haar niet alleen laten. Hij staat daar de hele avond en kijkt hoe zijn dochter ademhaalt, dat prachtige kind. Misschien wordt zij op een gegeven moment wakker en begint ze te huilen, en dan haast hij zich naar haar toe. Maar in haar verwarring herkent ze hem heel even niet. Ze herkent het bed, de kamer, de speelgoedbeesten tegen de muren niet. 'Waar is Teddy?' zegt ze. 'Waar is Jane?' En wat moet hij daarop zeggen, vraag ik me af.

Op televisie zijn explosies, slangen, Kate Capshaw in een hoog uitgesneden zwempak, badend in een modderige rivier. Het stel in de kamer naast me wordt stil, gelach drijft door de gang. De slaap valt in.

Een schok. Een klop op de deur. Een ritmisch, trommelend kloppen, ongeveer zoals Annabel op mijn slaapkamer klopte toen we klein waren, onze eigen geheime code. Terwijl ik wakker word denk ik heel even dat de klop bij mijn droom hoort, maar daar heb je hem weer. Ik trek mijn jurk recht – een van de verschillende artikelen die ik vanochtend heb gekocht in een openluchtwinkelcentrum vlak bij het hotel – en doe de deur open. Het is een pezige man van gemiddelde lengte in een Cubaans hemd, een strooien hoed en wijde kaki broek. Hij is heel bruin. Hij is duidelijk een Amerikaan, maar iets aan hem is anders. Hij lijkt in niets op de toeristen die over de markten van San José lopen, die over hun schouders achterom kijken en hun portefeuille stevig vasthouden.

'Wiggins,' zegt hij en hij stapt de kamer in. 'Leuke kamer heb je.'

'Dank je.'

'Ik meende het niet,' zegt hij.

'Wat bedoel je?'

'Over de kamer. Dat was een grapje.'

'O. Juist.'

Ik ben niet voorbereid op Wiggins' vrolijke gemoed. Ik denk dat ik me een man in een kogelvrij vest en gevechtslaarzen, die in een walkietalkie brult, had voorgesteld. Het stel hiernaast begint opnieuw.

'Excuses voor de geluidseffecten,' zeg ik.

'Je hoeft je niet te verontschuldigen. Jij hebt het niet gepland.' Hij rinkelt met iets in zijn jaszak en haalt een grote sleutelbos tevoorschijn. 'Ben je klaar?'

'Waar gaan we heen?'

'Politiebureau. Het gaat om de identificatie.'

'Wat bedoel je?'

'Je moet voor ons die mensen aanwijzen in een groep,' zegt hij.

'Bedoel je dat jullie ze hebben?' Het lijkt onmogelijk, te mooi om waar te zijn.

'Ja, daar ben ik vrij zeker van.'

Gisteravond gaf ik Wiggins door de telefoon de details van wat ik zeker wist. Ik stelde me zo voor dat zijn eigen jacht op Teddy en Jane weken, zo niet maanden, zou duren. Nu lijkt er iets niet te kloppen. Ik vraag me af of dit alles is. Hij vangt de slechteriken en ik verricht de identificatie. Dat lijkt na al deze maanden van zoeken te gemakkelijk. Ik denk dat iets in mij erbij had willen zijn toen ze de arrestatie verrichtten, Emma's ontvoerders had willen zien terugdeinzen voor een groep gewapende politieagenten. Misschien wilde ik wel een arrestatieteam, cameraploegen, schoten. Ik wilde dat zij ten minste eventjes de angst zouden voelen die Emma heeft gevoeld toen ze haar ontvoerden. Ik wilde dat ze wisten wat het was om een overweldigende angst te voelen.

Voor het hotel staat een jeep als een tank, met verscheidene antennes. Hij staat hoog op zijn wielen en zit onder de modder. Wiggins opent het portier aan de passagierskant en ik klim erin. Binnen zijn er allerlei soorten instrumenten. Hij klimt achter het stuur en start de motor. Hij ronkt niet zoals ik had verwacht, maar laat een zacht gezoem horen, als van een bescheiden Toyota.

'Wat is dit allemaal?' zeg ik. 'Is er ergens een satelliet in de ruimte die ons gesprek doorgeeft aan Washington?'

'Zoiets.' Hij leunt voorover en spreekt in de versnellingspook. 'De witte sneeuw verzamelt zich bij de rode deur.' Hij richt zich op en rijdt in een soepele beweging weg uit de onmogelijk smalle parkeerplaats.

Ik mag deze vent. Ik kan me voorstellen dat ik in een ander leven bevriend met hem ben, dat ik hem uitnodig voor een dinertje en hij spannende verhalen vertelt over internationale intriges, vol duistere figuren en ingewikkelde, onwaarschijnlijke plots.

'Waar waren ze?' vraag ik. 'Hoe is het gegaan?'

'De Costa Ricanen hebben hen een paar uur geleden opgepakt. Ze sliepen in een bestelbus zoals jij had beschreven en ze leken op de tekeningen. Ze stonden op een pad bij het strand op een paar kilometer van Manuel Antonio.'

'Je maakt een grap.'

'Nee. De gemiddelde crimineel is niet erg slim.'

'Heb je al met ze gesproken?'

'Eerlijk gezegd is "spreken" misschien niet het goede woord. Maar het antwoord luidt, ja, ze hebben bekend. Deze identificatie is een formaliteit.'

'Hoe zit het met Lisbeth? Hebben ze iets over haar gezegd?'

'Ze heeft hun tienduizend dollar betaald.'

'Ik begrijp het niet. Wat waren ze van plan? Waren ze van plan oneindig lang hier te blijven wonen met Emma?'

'Het lijkt erop dat ze niet erg ver vooruit dachten. Lisbeth heeft de politie van San Francisco verteld dat ze alleen maar een tijdje samen met Emma wilde zijn, beweert dat Jake haar niet toestond haar te zien en dat ze niet wist wat ze anders moest doen. Volgens haar zijn de zaken gewoon uit de hand gelopen.'

'Dat is allemaal niet logisch.'

'Dat is zelden zo bij dit soort zaken. Dat bedoel ik als ik zeg dat criminelen meestal niet zo slim zijn. De meesten van hen missen het vermogen een plan tot het eind toe uit te werken. Ze krijgen één gedachte, één verhaal: het volmaakte scenario, waarin alles gladjes verloopt en het resultaat ideaal is. Maar als één klein dingetje verkeerd gaat, als de stukken niet meer op hun plaats vallen, kunnen ze niet bedenken hoe ze het plan moeten herzien om met een bruikbare oplossing te komen.'

We rijden door de slingerende straten van Quepos – langs een schoolplein waar de kinderen voetballen, langs het busstation en een supermarktje, witte kerken en vervallen kantoren en een paar toeristenhotels. Spoedig gaat de stad over in het oerwoud en gaan we schokkend over een pad vol kuilen, waar boomtakken tegen de jeep slaan.

'Vertel eens,' zeg ik, als ik weer adem heb. 'Hoe lang doe je dit werk al?'

'Dit is niet mijn normale baan. Ik ben eigenlijk een – hoe heet het – vredestichter.' Iets in de manier waarop hij vredestichter zegt klinkt bepaald niet pacifistisch.

Even plotseling maakt het oerwoud plaats voor een kleine open plek en we gaan via een scherpe bocht een net aangelegde weg op. De geur van teer stijgt op in de warmte. In felrode letters staat op een groot, handgeschilderd bord *Bienvenida*. Dat lijkt wat overdreven voor de plaats zelf, die niet meer is dan een groepje houten huizen, een fruitstalletje, een kapel en een stenen gebouw met een verdieping, aan weerszijden van de nieuwe weg. Wiggins parkeert de jeep in de modder voor de kapel, waar een oudere vrouw spulletjes verkoopt vanachter een klein tafeltje: drie plastic kammen, een paar flessen warme sinaasappellimonade en Costa Ricaanse, op houten blokken getekende plaatjes.

'Deze kant op,' zegt hij knikkend naar de straat. 'Ik heb je nog niet gevraagd waar je Nick van kent.'

'Ik ben fotograaf. Hij was een klant. En jij?'

'We hebben ooit samen bij de vn gewerkt, of iets dergelijks.'

'Hij heeft me nooit verteld dat hij bij de vn werkte.'

'Ik durf te wedden dat er een heleboel is wat hij je nooit heeft verteld.'

We stoppen voor het stenen gebouw. Het is niets bijzonders, gewoon een gebouw met een verdieping met een ongeverfde houten deur en een paar vuile ramen. Waartegen bougainville woekert.

'Ben je er klaar voor?'

'Niet echt.'

Ik kijk naar de grond en haal diep adem, verman me. Mijn voeten vertonen lichte strepen in de vorm van de plastic slippers die ik heb gedragen sinds ik in Costa Rica aankwam. De nieuwe leren sandalen die ik vanochtend heb gekocht lijken nu op de een of andere manier ongepast.

Wiggins doet de deur open en gaat me voor. Binnen staat de airconditioning aan en het ruikt er naar kranten en goedkope eau de cologne. Drie mannen in uniform zitten te dammen en bier te drinken aan een tafel in de hoek. '*Hola!*' zeggen ze. Ze schijnen Wiggins te kennen. Een beer van een man staat op om ons te begroeten. Hij glimlacht en onthult een glinsterende, zilverkleurige beugel. Wiggins praat een paar minuten in razendsnel Spaans met de mannen voor de man met de beugel met ons de kamer uit gaat.

We gaan door een metalen deur door een gang met lege cellen, drie aan elke kant. De gang ruikt naar verbrande koffie en lichaamsgeuren, plus een zweempje urine. Mijn maag draait zich om: angst, woede, nervositeit – ze kolken stuk voor stuk in de rondte. De officier steekt een grote loper in het slot en duwt de deur open. Ik heb een zure smaak in mijn mond en ik houd mijn handen in m'n zakken om te verbergen dat ze trillen. Telkens als ik in de afgelopen elf maanden mezelf op iets voorbereidde, me een mogelijke uitkomst voorstelde en mezelf vermande om die onder ogen te zien, was de gebeurtenis zelf een verrassing, iets wat ik niet had kunnen voorspellen; al mijn voorbereidingen waren nergens goed voor.

We komen in een kleine kamer. De deur valt met een klik achter ons dicht. Over de hele lengte zijn er tralies, waarachter een tiental mannen en vrouwen in gewone kleren zitten, die er verveeld en zweterig uitzien. Er is hier geen airco, slechts een paar elektrische ventilatoren aan onze kant van de tralies die de cel in blazen.

De man met de beugel rinkelt met zijn sleutels. De ventilatoren maken een zwak klikgeluid.

'En?' vraagt Wiggins.

Ik hoef de gezichten niet goed te bekijken, hoef niet na te denken. Daar heb je ze, op een bankje achterin. Haar haren zitten strak naar achteren in een paardenstaart, net zoals ik me herinnerde. Hij is dikker geworden, heeft een mollig gezicht gekregen, maar hij is het. Het verbaast me niet dat ze er niet eng uitzien, ze zien er zelfs niet crimineel uit. Ik kijk of Teddy gelijkenissen met Lisbeth vertoont, maar ontdek die niet. Teddy en Jane zitten vlak bij elkaar, bijna bijeengekropen, houden elkaars hand vast, net als die stellen die ik als kind wel eens zag in de kerk, stellen die er duidelijk niet thuishoorden, stellen die waren aangespoord om een dienst bij te wonen in ruil voor een Thanksgiving-kalkoen of een zak tweedehands kleren.

Ze kijken naar de grond. Teddy trappelt met zijn voet en bijt op zijn nagels. Hij lijkt niet op de man die dag bij Ocean Beach – het reaxte zelfvertrouwen van een man die zich door en door bewust was van zijn eigen aantrekkingskracht. Een paar dagen geleden wilde ik hem vermoorden, toen ik zag hoe mager Emma was geworden. De boosheid is er nog steeds, maar in plaats van razende woede is het nu een misselijk gevoel in mijn maag.

'Zij zijn het,' zeg ik, knikkend naar de achterkant van de cel.

'Wie?'

'Op de bank,' zeg ik. 'Die twee blonden.'

De vrouw kijkt op, alsof haar naam is genoemd. Ik kijk haar aan, probeer haar uitdrukking te peilen. Drukt haar gezicht wroeging uit? Angst? Woede? Ik zie niets daarvan. Haar gezicht is blanco, haar ogen staan mat. Ik probeer de blik van de vrouw te vangen, vastbesloten haar in de ogen te zien, al was het maar op deze kleine manier, maar ze kijkt snel weg.

'Zeker weten?' vraagt Wiggins.

'Honderd procent.'

Ik heb dit moment honderden keren in gedachten meegemaakt. Ik stelde me voor dat ik precies de juiste woorden, precies de juiste toon zou hebben om Emma's ontvoerders ervan te doordringen hoe wreed hun daad was geweest. In mijn fantasieën bedacht ik altijd een manier om wraak te nemen met de hardste en oprechtste woorden. Nu zit mijn keel dichtgeschroefd, is mijn mond droog en willen de woorden niet komen.

We gaan door de deur de gang weer in en lopen naar de ruimte met airconditioning, waar een antieke koelkast hard staat te zoemen.

'Wat nu?' vraag ik.

'Ik breng je naar je hotel,' zegt Wiggins. 'Ik neem aan dat je terug kunt naar Californië.'

'En zij? Teddy en Jane?'

'Ze zullen worden aangeklaagd, daarna volgt een uitlevering. Ik bel je wel over de details.'

Buiten is het zachtjes gaan regenen. Ik hoor de regen op de bomen kletteren, op de straatstenen van cement, de straat. We zitten hier in een of ander godvergeten gat, niet meer dan een paar vrijgemaakte hectare omringd door het oerwoud, dat het schijnbaar afsluit. In de verte zijn bergen, die lichtbruin afsteken tegen de witte hemel.

Hij opent het portier van de jeep voor me, loopt naar de chauffeurskant en klimt naar binnen. 'Delta 687,' zegt hij, terwijl hij de sleutel in het contact steekt.

Het klinkt als een geheime code en ik stel me een half dozijn agenten voor in een overheidsgebouw ergens ver weg die voorovergebogen luisteren en op basis van dit flintertje informatie belangrijke beslissingen nemen. Deze wereld van internationale invloed die Wiggins – en kennelijk Nick eveneens – bewoont, lijkt mijlenver verwijderd van mijn leven, net zoals de surfcultuur een paar maanden geleden, en ik word er opnieuw aan herinnerd hoezeer dat ene ogenblik op Ocean Beach alles veranderde, hoe het de context van mijn bestaan zodanig herschikte dat het niet meer kan worden teruggedraaid.

'Wat zei je?' zeg ik.

'Delta 687. Dat is het beste vliegtuig voor je terugreis. Het vertrekt morgenochtend om negen uur.'

'O, natuurlijk. Ik dacht dat je...'

Wiggins start de motor en kijkt me aan. 'Wat?'

'Niks.'

Ik zie hoe de omgeving langs me voorbij trekt – de bergen, de gigantische groene gewassen in het wild, de piepkleine huizen met hun bruine tuintjes. Het dringt tot me door dat ik het zal missen. Ik zal een heleboel dingen van dit land missen.

Morgen is het 22 juni. Morgen ga ik naar huis.

80

Een koele middag aan de Golfkust, in afwachting van de orkaan. Drie uur 's middags en de lucht was al zo donker als 's avonds. Orkaan Bertha was in aantocht en mijn moeder had Annabel en mij naar de supermarkt gestuurd om een voorraad in te slaan. Ons karretje zat vol flessen gedistilleerd water, blikjes Campbell's-soep en Starkist-tonijn, flesjes Gatorade, twee nieuwe zaklantaarns en een dozijn batterijen. De schappen waren geplunderd en in de gangpaden gonsde het van klanten die in die tintelende toestand die aan orkanen voorafgaat verkeerden. De rij voor de kassa liep helemaal door tot de vleesschappen achter in de winkel. Die jongen voor ons, wiens kar vol lag met ramennoedels, Heineken, een paar rollen zilverkleurig duct-tape en een doos witte dinerkaarsen, draaide zich om en glimlachte naar me. Hij had zwart haar, dat heel kort was geknipt, en droeg een T-shirt van de University of Arizona.

'Vind je het spannend?' vroeg hij.

'Wat?'

'De orkaan.'

Annabel sloeg haar ogen ten hemel en kneep me in mijn elleboog. Ik haalde mijn schouders op. 'Niet bijzonder.'

'Het is mijn eerste,' zei hij. 'Ik ben hier net naartoe verhuisd vanuit de woestijn.' Hij bleef maar blikken op mijn benen werpen en ik wist dat hij oud genoeg was om niet zo naar mij te mogen kijken. 'Kun je me raad geven?'

'Platen,' zei ik. 'Geen duct-tape.'

Hij keek verward.

'Voor de ramen,' viel Annabel in, op een toon die duidelijk bedoeld was om aan te geven dat hij de grootste sukkel ter wereld was.

'Je zet triplex voor alle ramen,' legde ik uit. 'Duct-tape is een lapmiddel.'

Hij verplaatste zijn gewicht naar één voet en terwijl hij dat deed, trok zijn t-shirt een klein stukje op, waarbij een streepje haar bloot kwam dat in een rechte lijn omlaag de band van zijn spijkerbroek in kroop. Hij zag dat ik keek en grinnikte. 'Nog meer?'

Mijn gezicht gloeide, maar het kon me niet schelen; ik genoot van het spel. Ik viste de doos met kaarsen uit zijn kar. 'Waar zijn die voor, een romantisch dinertje?'

Hij knipoogde. 'Hengel je naar een uitnodiging?'

'Krijg ik die dan van je?'

Annabel sloeg haar armen over elkaar. 'Alsjeblieft,' zei ze, terwijl ze haar kauwgom liet klappen.

'Nu even serieus,' zei hij, en boog zich naar me toe. 'Wat is er mis met die kaarsen?'

'Het is geen feest als de stroom uitvalt. Dan heb je stormlampen en zaklantaarns nodig.' Ik liet de kaarsen weer in zijn kar vallen en pakte zijn enige fles water. 'En hiervan heb je veel meer nodig, tenzij je uit het zwembad van de buren wilt gaan drinken. De vorige keer hadden we negen dagen lang geen stromend water.'

De rij bewoog. Hij stootte zijn kar vooruit met zijn heup. 'Ik ben duidelijk niet goed voorbereid,' zei hij. 'Wat ik nodig heb, is een persoonlijke orkaancoach.'

'Wat schuift dat?'

'Daar valt over te praten,' zei hij, terwijl hij zijn warme hand op mijn schouders legde en een vinger onder het iele bandje van mijn topje liet glijden.

'Jezus,' zei Annabel, 'ze is niet eens meerderjarig.'

'Let maar niet op mijn zusje,' zei ik. 'Ze aanbidt Satan.'

Een paar minuten later stond hij bij de stationwagen en hielp hij me tassen in te laden. Annabel stond aan de kant met de armen over elkaar boos naar ons te kijken. Boven ons schoten vogels in verwarde cirkels door de lucht, terwijl het verkeerslicht boven Hillcrest Road heen en weer klapte in de wind. Toen alle tassen in de auto stonden, sloeg hij de deur dicht en stak hij zijn hand uit. 'Ramon.'

'Abigail.' Zijn hand was warm en slokte de mijne in zijn geheel op. Hij hield die een paar seconden stevig vast voor hij losliet.

'Draai ik dus de bak in als ik om je telefoonnummer vraag?' zei hij.

Annabel hield haar buik vast, boog zogenaamd creperend voorover en deed alsof ze kotste.

'Waarom geef je mij in plaats daarvan het jouwe niet?' Ik wist dat als hij naar ons zou bellen, mijn ouders vragen zouden stellen waar ik geen antwoord op had.

Hij greep in de achterzak van zijn spijkerbroek en haalde een leren portefeuille tevoorschijn, waaruit hij een visitekaartje trok. *Ramon Gutierrez*, stond erop. *Portret- en kunstfotografie*. Ik stopte het kaartje in mijn zak en deed het portier aan de bestuurderskant open.

'Stap in,' zei ik tegen Annabel, die eruitzag alsof ze elk moment kon uithalen om hem te slaan.

Ze stak nog een keer haar middelvinger op en zei: 'Ik heb je maar één ding te zeggen, meneer. Ze is minderjarig.'

Ramon negeerde haar. Hij wachtte tot Annabel in de auto zat voor hij met de punt van zijn schoen een vlekje olie in de grond wreef en zachtjes vroeg: 'Bel je me?'

'Ja.'

Ik begreep toen niet dat ik aan het begin van iets stond, dat elke keuze naar een volgende leidt, en nog een, en nog een, zodat een enkele, op het oog onschuldige beslissing een heel leven door kan blijven klinken. Ik wist niet dat het een moment was dat medebepalend zou worden voor de loop van mijn leven, dat ik de vijftien jaar na Ramons dood naar iemand zou zoeken die even compleet van mij hield als hij. Pas nu begrijp ik dat het die zoektocht was die me naar Jake, en dus naar Emma leidde.

'Je kunt niet twee keer in dezelfde rivier stappen,' zei Heraclitus. Aangezien de constellatie van de rivier voortdurend, van moment tot moment, verandert, is het nooit dezelfde rivier. Alles verandert. Niets blijft hetzelfde.

Zodra een moment voorbij is, is het verdwenen. Elke keuze die je had kunnen maken, is al gemaakt. Ik wil weer in de rivier stappen. Ik wil het terug: de tijd, de keuze, de kleine, voorgoed verloren seconden.

81

Een speelafspraakje. Zo noemt Jake het. Hij is aan de andere kant van de lijn en er is veel rumoer bij hem thuis: televisie, gekletter van borden, Emma's stem op de achtergrond.

'Ik kan haar mee uit nemen,' zeg ik. 'We kunnen gaan winkelen, of naar de dierentuin.'

Sinds ik twee weken geleden uit Costa Rica terugkwam, heb ik geprobeerd ze elke dag te zien. Ik ben twee keer bij hem gaan eten. Emma at zwijgend, terwijl Jake en ik stijfjes over ons werk praatten. Ik vond het zo'n soort gesprek dat mijn ouders hadden nadat alles mis was gelopen en ze geen band meer hadden en alleen nog maar deden alsof. De laatste keer dat ik er was liep Jake op het eind van de avond met me mee naar buiten. De voordeur stond op een kiertje en Jake keek steeds achterom naar het huis alsof Emma elk moment naar buiten kon glippen.

We stonden bij de auto en er klonk harde muziek uit een huis verderop: een tienerfeest, vermoedelijk, met de ouders de stad uit. Ik trok mijn sjaal strak om mijn schouders. De lichten van de avenue werden weerspiegeld in de mist. Ik deed een stap naar hem toe en leunde tegen zijn borst. 'Ik mis je.'

Hij zweeg.

Ik sloeg mijn armen om hem heen. 'Misschien kunnen we het opnieuw proberen.'

Er volgde een lange stilte. Zijn lichaam ontspande zich een beetje. Heel even voelde ik hoop, alsof er iets mogelijk was. 'Abby,' zei hij. Mijn naam. Dat was alles. Er zat iets zwaars in de manier waarop hij het zei, een gelatenheid. Ik stapte in mijn auto en reed weg.

Dat was vijf dagen geleden. Nu probeer ik vrolijk te klinken, als de blije platonische vriendin die belt om zomaar een uitje met de dochter te gaan maken. 'Ik wil Emma graag naar iets leuks meenemen. Ik heb haar nog maar zo weinig gezien sinds ze... terug is.'

Er volgt een stilte. Ik stel me voor dat hij zich buiten Emma's gehoorsafstand begeeft. 'Voor een speelafspraakje?' vraagt hij zachtjes.

'Jij bent ook welkom,' voeg ik eraan toe. Ik ruik een vieze lucht en besef dat de eieren staan aan te branden op het fornuis. Ik ren de keuken in, draai het gas uit, kieper de zwarte eieren in de gootsteen en zet het raam open.

'Gaat het wel goed daar?' vraagt hij.

'Ja, hoor. Alleen maar een klein ongelukje in de keuken.' Had ik dat maar niet gezegd, denk ik vervolgens. Elke ongelukje is weer een bewijs van mijn onvermogen, mijn onverantwoordelijkheid, elke fout wordt opgeteld en neergekrabbeld in zijn geestelijke kasboek, een lange lijst met bewijzen dat ik ongeschikt ben om Emma mee uit te nemen.

Ik hoor hem heen en weer lopen. 'Wanneer had je willen gaan?'

'Dit weekend, misschien? Wanneer het uitkomt.'

'Goed.'

Op de dag van de afspraak bereid ik me twee uur lang voor. Ik trek vier keer andere kleren aan. Ik steek mijn haar op, doe het dan weer los, en steek het weer op. Ik bel Annabel, die over een week is uitgerekend. Ik vlieg woensdag naar haar toe en blijf dan tot de baby is geboren.

'Help,' zeg ik. 'Ik word gek. Ik heb drie kleuren lipstick geprobeerd.'

'Haal even diep adem,' zegt ze. 'Dit is niet de Miss America-verkiezing. Het is de dierentuin.'

De dierentuin. Ik denk niet aan tijgers en giraffen, reptielen en pinguïns. In plaats daarvan denk ik aan hoeveel hectare de dierentuin beslaat. Hoeveel hoeken en gaten, hoeveel toiletten, hoeveel gevaarlijke plaatsen er zijn.

'Ik ben doodsbang.'

'Het gaat ongetwijfeld goed.'

Ik wil haar geloven. Ik herinner mezelf eraan dat ik degene ben die Emma heeft gevonden. Mijn instinct klopte, mijn volharding heeft zich uitbetaald. Dat moet toch iets betekenen voor Jake.

Ik bel bij hem aan. Een minuut lang gebeurt er niets, dus druk ik nog eens op de bel. Ik hoor binnen iets bewegen, voetstappen op de trap. De deur gaat open.

'Hoi,' zegt Jake.

Ik kijk langs hem de woonkamer in. 'Is ze klaar?' De televisie staat op de zender TV Land. Daarop is *Bewitched*, een van de oude zwart-witafleveringen.

'Luister, Abby.' Hij hoeft het niet te zeggen. Ik weet al wat er komt. Mijn hart loopt leeg als een ballon. Hij wiebelt van de ene voet op de andere. Zijn hand ligt op de deurknop en hij maakt geen aanstalten mij binnen te laten. 'Emma is niet... Ze voelt zich niet zo lekker.'

Ik kijk naar boven, de trap op, en zie haar even buiten de deur van haar kamer staan. Vanaf hier ziet ze er gezond uit. 'Hallo, lieverd,' roep ik. Ze glimlacht en zwaait kort naar me. Jake komt naar buiten en trekt de deur achter zich dicht.

'Wat mankeert haar?' vraag ik, en probeer de emotie in mijn stem te beheersen.

'Pardon?'

'Wat heeft ze? Een griepje? Koorts?'

'Ze heeft buikpijn. Ze zal iets verkeerds hebben gegeten.'

'Ik kan hier blijven om te helpen.'

Hij bukt zich om een flyer van een pizzakoerier op te rapen die iemand op de stoep heeft gelegd. 'Luister, het komt nu gewoon niet goed uit.'

'Morgen. Zal ik morgen langskomen?'

Hij steekt zijn handen in zijn zakken. Hij ontwijkt mijn blik. 'Ik weet het niet.'

'Niet doen, alsjeblieft.'

'Het spijt me,' zegt hij. 'Ik heb wat tijd nodig. *Wij* hebben wat tijd nodig, Emma en ik met z'n tweetjes.'

'Hoeveel tijd?'

'Ik weet het niet. Ze is erg in de war, over Lisbeth, over Teddy en Jane, alles.'

Hij klopt mij één keer wat ongemakkelijk op mijn schouder, gaat dan naar binnen en trekt de deur achter zich dicht.

Ik kan binnen zijn voetstappen horen, die de trap op gaan. Ik draai me om en wil weglopen, maar ik kan het niet. Ik loop terug over het pad en bel weer aan. Geen reactie. Daarna ram ik op de deur, als een of andere gestoorde versie van mezelf. Zelfs terwijl ik zijn naam roep, weet ik dat hij niet zal opendoen.

Ik besef hoe absurd ik eruit moet zien, hoe wanhopig. Terwijl ik tegen de deur leun, voel ik een oude vertrouwde paniek opkomen. Maar er is geen aanvalsplan tegen die paniek, geen systematische methode waarmee ik orde op zaken zou kunnen stellen. Jake heeft zijn besluit genomen; dit keer sta ik machteloos.

Ik zou graag geloven dat hij, als we maanden verder zijn, aan mij zal denken als degene die niet opgaf, degene die volhield nadat de zoektocht als een nachtkaars was uitgedoofd, nadat de commandopost was gesloten en de politie het had opgegeven en er een lege doodskist in de aarde was neergelaten. Ik zou graag geloven dat hij op den duur een plaatsje voor mij zou vinden in zijn leven. Maar eerlijk gezegd weet ik dat dat valse hoop is. Dat moment van vervoering toen ik hem belde en vertelde dat Emma veilig was, zal altijd worden overschaduwd door de maanden vol angst en onzekerheid. Voor hem zal ik altijd dit zijn: niet degene die Emma vond, maar degene die haar kwijtraakte. Degene die opzij keek.

Ik weet niet hoe lang ik op die postzegel gras in zijn voortuin naar Emma's raam sta te staren. De grond voelt instabiel, alsof het gras onder mijn voeten elk moment kan gaan schuiven. En dan, heel even maar, doet het dat ook. Het is niet meer dan een rilling, een fluistering binnen in de aarde. Zo zachtjes, zo subtiel, dat ze het niet eens zullen noemen in het journaal of de krant. Maar ergens in een helder verlicht gebouw vol instrumenten slaat een naald uit, die de trilling vastlegt. Misschien is de seismoloog, die in zijn eentje in die zoemende kamer is, in slaap gesukkeld. Misschien wordt hij gewekt door de piepjes van de machine. Hij staat op uit zijn stoel en loopt naar de seismograaf. Misschien maakt hij aantekeningen en jubelt zijn wetenschappershart over de complexiteit van de platentektoniek.

Na een tijdje stap ik in mijn auto en rijd ik over Lincoln naar de oceaan. Ik ga rechtsaf de Great Highway op en rijd langs het Beach Chalet, op de heuvel, voorbij het Cliff House en naar de parkeerplaats bij Lands End. Ik loop in de mist het rotsachtige pad naar de oude Sutro Baths af. Het is eb en in het oude reservoir ligt een plas donker water waarin van alles drijft: bierblikjes, een bal, een kapotte boei die gesmoord is door zeewier. Terwijl ik door de ruïne loop, denk ik aan de verdrinking die ik ooit zag bij Gulf Shores, toen ik negen was. Ik weet nog hoe mijn moeder op de weg naar huis zachtjes op de voorbank zat te huilen en zich om de haverklap omkeerde om naar ons te kijken. Annabel sliep; haar door de zon verbrande benen lagen uitgestrekt over mijn schoot. Ik weet nog dat ik me heel erg bloot voelde, alsof onze ouders ons voor het eerst echt zagen, echt opmerkten. Ik werd me bewust van een onprettige verschuiving in onze relatie. Op dat moment had ik het gevoel alsof onze ouders te veel van ons hielden en dat die liefde een te zware last voor me leek.

Ik was pas negen, natuurlijk. Hoeveel werd ik me op dat moment werkelijk gewaar en hoeveel vul ik nu in, vanaf een afstand van vierentwintig jaar? Vierentwintig jaar, en ik kan die herinnering maar niet van me afschudden. Niet alleen de beelden – de dode jongen die gestrekt op het strand ligt, zijn huilende moeder met de gigantische borsten, het toefje helderwitte zonnebrandcrème op de neus van de dode jongen, de menigte vrouwen rond het verwoeste gezin op het strand – maar ook de emoties. Alles staat me volkomen helder voor de geest, alsof ik het zojuist heb meegemaakt.

En ik vraag me af welke herinneringen Emma over twintig jaar nog zal hebben, welke momenten haar bijblijven uit haar afwezigheid van elf maanden. Zal ze zich de angst herinneren, of alleen maar de verwarring? Zal ze, als ze ouder is, naar de blote borst van haar minnaar kijken en aan Teddy moeten denken, aan de tatoeage die zo elegant krult, als een golf? Zal ze zich het interieur van het busje herinneren, de geur van de kaas die de ontvoerders altijd in krimpfolie in een Igloo-koelbox bewaarden? Zal de oceaan voor haar een bedrieglijk oord zijn waar onvoorspelbare dingen gebeuren? Of zal ze op een dag met haar eigen kinderen een reisje naar Costa Rica maken en een vredig gevoel ervaren, alsof ze er thuishoort? Misschien zal ze op zoek gaan naar het restaurantje waar ze altijd met Teddy en Jane naartoe ging en mangoshakes dronk.

Natuurlijk kan ze zich ook andere dingen herinneren. Dingen die langzaam boven komen drijven, dingen waar de therapeut Jake over vertelde. Soms hadden Terry en Jane de verschrikkelijkste ruzies, schreeuwwedstrijden die eindigden met klappen en een keer met een rit naar het ziekenhuis waar Jane haar gebroken arm in het gips moest laten zetten. Dit moet heel beangstigend zijn geweest voor Emma, die gewend was aan Jakes kalme, evenwichtige manier van doen. Een keer hadden ze Emma, om haar te straffen voor een kleine ongehoorzaamheid, een hele nacht en dag alleen gelaten in de blokhut van een vriend, zonder iets te eten, op een bakje macaroni met kaas na. Emma vertelde de therapeut dat ze de pasta en kaas had gemengd met warm water uit de kraan, omdat ze wist dat ze het fornuis niet mocht gebruiken. Dat was een van Jakes regels die haar waren bijgebleven: gebruik nooit het fornuis als er geen volwassene bij is.

Een paar keer verscheen Lisbeth, die Emma haar eigen verdraaide versie van het verhaal vertelde: dat ze Emma in de eerste plaats nooit had willen verlaten, dat Jake haar had weggestuurd nadat hij mij had ontmoet. Emma moet die leugens in de loop der tijd zijn gaan geloven.

Dit is wat ik weet: de herinneringen die Emma moet doorstaan, komen door mijn toedoen. We liepen op het strand. Het was een ochtend in de zomer, mistig en koud. Ik keek opzij naar een dode zeeleeuw. Op dat moment werd de klok in gang gezet en werd Emma's geestelijke kaart voorgoed veranderd. Dit is de waarheid. Ik kan er niet omheen. Ik denk aan S., de man die niet kon vergeten. Op een bepaalde manier gaan we allen gebukt onder die last. Geheugen is de prijs die we betalen voor onze individuele persoonlijkheid, voor het voorrecht ons eigen intieme zelf te kennen; het is de prijs die we voor zowel onze triomfen als onze nederlagen betalen.

Ik stel me mijn eigen geheugen van dit afgelopen jaar voor als een tumor, diep verscholen in de hippocampus. Een klein zwart dingetje dat niet zal groeien, noch weg zal gaan, een harde knobbel binnen in de sierlijke doolhof van de hersenen. Hij is nietig als een amandel, maar oefent constant druk uit.

Een paar dagen geleden ben ik naar de openbare bibliotheek gegaan om de boeken over het geheugen terug te brengen die Nell me had gebracht. Ze waren een paar maanden te laat. Het zou goedkoper zijn geweest om ze te vervangen dan om de boete te betalen, maar ik wilde ze niet houden. Ik zou het liefst domweg alles vergeten wat ik over het geheugen heb geleerd, want niets ervan behelst kennis die ik kan bezitten op de onpersoonlijke manier waarop je de namen van hoofdsteden, het aantal ringen van Saturnus of de datum van de eerste maanlanding onthoudt. Nee, het is een hoeveelheid informatie die ik in gedachten altijd zal associëren met die lange maanden van Emma's afwezigheid; het is besmette kennis.

Als het zou kunnen zou ik mijn geest zuiveren van Aristoteles en Simonides, Sjeresjevski en de anonieme N., en alles wat er zich heeft afgespeeld sinds die dag op Ocean Beach. In de afgelopen paar jaar hebben wetenschappers ontdekt dat het geheugen verband houdt met bepaalde genen; misschien ligt de sleutel tot controle over wat we onthouden en wat we vergeten wel in de manipulatie van die genen. In de toekomst is het misschien mogelijk direct na een traumatische ervaring een pil te nemen – zoiets als een morning-afterpil – die de hele gebeurtenis uit het geheugen wist. We zullen ons verkrachtingen of berovingen, auto-ongelukken of ontvoeringen niet meer hoeven te herinneren. De geest van een kind kan farmaceutisch geconditioneerd worden om de dag dat ze werd weggegrist bij haar ouders te vergeten, of het moment dat ze haar arm brak, of de dag dat ze zag hoe haar hond werd overreden door een auto. En waarom zou het daar moeten ophouden? Misschien kunnen er hele happen geheugen worden verwijderd: een nare echtscheiding, een vernederend baantje, een langgerekte academische mislukking. Dit vrijwillige geheugenverlies zou zich niet hoeven te beperken tot persoonlijk verdriet. Ik stel me voor hoe duizenden slachtoffers van natuurgeweld of een nationale ramp – aardbevingen of terrorisme, tornado's of de moord op een president – de dag na zo'n vreselijke gebeurtenis bij de ziekenhuizen in de rij staan voor een vergeetpil. We zouden zo een volk van vergeters kunnen worden, een cultuur zonder geheugen, zonder verdriet, zonder spijt.

Rechts van de baden leidt een zandpad naar een uitkijkplatform dat nogal hachelijk boven de oceaan hangt. Je kon hier rond 1900 naar de Grote Oceaan staan staren of naar de zwemmers kijken die in een van de zeven met zeewater gevulde zwembaden van de houten duikplanken doken. Het hele bouwwerk werd omvat door een koepel van geglazuurd glas. Vandaag is het uitzicht op de Grote Oceaan in mist gehuld. Aan de oostkant van het uitkijkpunt is een smalle stenen trap, met daarlangs een roestige leuning waarvan grote stukken ontbreken. De trap gaat steil omlaag naar de bodem, waar twee grote rechthoekige gaten in het cement zijn gehakt. Vanaf de trap kan ik door de gaten in de diepte kijken, naar het donkere water en de scherpe rotsen. De laatste keer dat ik hier was, liep ik de trap af om in die gaten te kijken, speurend naar Emma.

S. kon niet anders dan zich alles herinneren. De rest van ons herinnert zich de hoogte- en dieptepunten: de momenten van intens geluk alsook de dingen die ons het meest verdriet hebben gedaan. Terwijl het alledaagse wegvalt, terwijl gezichten vervagen en kamers waarin we ooit leefden hun vorm en kleur verliezen, kunnen we onze ergste herinneringen niet ontvluchten. Deze stad zal altijd vol valdeuren blijven die me aan de zoekactie herinneren. Metalen afvalcontainers en donkere steegjes, winkels en bars en bibliotheken. Ik zal nooit naar die plaatsen terug kunnen gaan zonder me de meest vreselijke dingen te herinneren. In elke buurt, in elke straat heb ik naar Emma gezocht. Ik zou graag geloven dat die herinneringen op een dag vervagen. Maar zelfs nu, en van het ene moment op het andere – in de donkere kamer, een winkel, een bus – keert mijn geest op eigen houtje terug naar die dag. En altijd komt dat gevoel van paniek weer terug, begint mijn geest te tollen en mijn maag te kolken. De geest haalt streken uit.

Ik ga vanaf de baden het zandpad op naar Louis's, waar de stoep begint, en wandel verder langs het Cliff House, langs de Camera Obscura. De mist is zo dik dat Seal Rock nauwelijks te zien is; het is slechts een vage contour die uit het grijze water steekt. Bij de betaaltelescoop staat een toeristengezin te bibberen in hun korte broeken en sandalen. Ik weet niet wat ze hopen te zien. Ik weet nog dat ik als tiener voor het eerst met mijn ouders naar San Francisco ging. Het reisje was een van de niet-aflatende pogingen van mijn moeder 'het gezin te redden', een vage uitdrukking die ze er om de paar maanden uit gooide als de woede tussen haar en mijn vader weer een hoogtepunt had bereikt en echtscheiding nabij leek. We maakten deze treurige tochtjes jaar in jaar uit: naar San Francisco, Chicago, New York, Montreal.

Tijdens dat reisje naar San Francisco namen we de veerboot naar Alcatraz. We hebben foto's van die trip; ik droeg een minirok van spijkerstof, die obsceen kort was, en Annabel zag er in haar gothic kleren en zwarte eyeliner begrafenisachtig uit. Er is een foto waarop we met z'n tweeën in een van de kleine cellen staan die voor eenzame opsluiting werden gebruikt. We staan met onze handen op onze heupen, de ellebogen tegen elkaar, geen glimlachjes. Een vreemde die de foto ziet zou misschien denken dat we twee zusjes zijn die gedwongen naast elkaar staan, dat we kwaad zijn op elkaar en voor de foto poseren tijdens de nasleep van een gigantische ruzie.

Maar ik herinner het me anders. Ik herinner me dat mijn ouders op de veerboot naar het eiland binnen zaten en dat Annabel en ik op het dek stonden. We kropen bij elkaar voor warmte, terwijl de boot door de mist gleed.

'Ik wou dat ze er nou eens een punt achter zetten,' zei Annabel.

Ze had het over het samenleven van mijn ouders, hun hopeloze huwelijk.

'Ik ook.'

Het was voor het eerst sinds maanden dat we over iets van enige inhoud hadden gepraat. Die lange, melancholieke zomer werd gekenmerkt door een stilte die absoluut leek. Mijn ouders spraken zelden tegen elkaar en Annabel en ik waren in een puberale zwijgzaamheid vervallen en spraken alleen om de meest alledaagse dingen mee te delen: *geef me het zout eens aan, hoe laat vertrekt het vliegtuig? we zien jullie om 4.35 uur bij Coit Tower.* We voelden ons totaal geen gezin. Het was alsof er vier vreemden willekeurig in hetzelfde compartiment van een trein zaten, wachtend tot ze van elkaars gezelschap werden verlost. In die donkere cel op Alcatraz Island was het geen woede die van onze starre gezichten afstraalde; het was verveling, het gevoel op het verkeerde moment op de verkeerde plaats te zijn, met de verkeerde mensen als gezelschap.

Tijdens de terugtocht van Alcatraz naar de pier bleef Annabel binnen en at ze een hotdog en sliertige frietjes met een student die ze in de souvenirwinkel had ontmoet. Ik stond alleen bij de reling en zag hoe de stad naderbij kwam. In mist gehuld leek San Francisco op een stad uit een droom, net niet echt. Het was een prachtige stad, anders dan alle andere waar ik was geweest. Ik dacht aan mijn ouders benedendeks, die zo ver uit elkaar zaten als hun bankje toestond, elk sudderend in zijn eigen ongeluk; alle gram van hun ruzies tussen hen opgestapeld als een onzichtbare, maar niet te slechten muur.

Jaren later, toen mijn ouders midden in hun bittere scheiding waren, vertelde mijn moeder me: 'Er is in een relatie een grens waarna je niet terugkunt als je er eenmaal overheen bent. Het ligt in elke relatie anders. Je vader en ik zijn die grens twintig jaar geleden overgestoken.'

Ik zwoer dat ik, als ik ooit een gezin zou hebben, alles anders zou doen. Ik stelde me een man, een kind, een harmonieus gezin voor. Drie mensen met zo'n sterke band dat niets hen zou kunnen scheiden. Ik stelde me destijds niet mijn eigen enorme vermogen tot falen voor. Ik begreep niet dat een enkel moment, een gebrekkige keuze, een blik de verkeerde kant op een kloof in een relatie kon veroorzaken die elke dag een beetje breder werd, tot de kloof te breed was om hem te overbruggen.

Ik neem de trap naar het strand. De lucht is doordrenkt van een vage visgeur. Het bruinige zand is bezaaid met piepkleine blauwe kwalletjes die glibberig aanvoelen onder je voeten. Het water is eigenaardig vlak. Achter de Great Highway rijst de kapotte molen van het Golden Gate Park op als een prehistorisch beest. De frisse geur van eucalyptus vermengt zich met de oceaanlucht. Ik schop mijn schoenen uit en voel het koude zand. Er daalt mist neer op de westelijke rand van het continent. Er is geen horizon zichtbaar, alleen wit dat in grijs overgaat. Ik word opnieuw getroffen door de eenzame grandeur van deze stad, zijn onmogelijke en gevaarlijke schoonheid.

Er komt een gedaante over het strand op me af. Een surfer, met de plank tegen haar zij, het duikpak glinsterend van het water. Er loopt een blauwe streep van de schouder tot de enkel. De surfer steekt haar arm op en zwaait. Ik kijk achter me om te zien naar wie ze zou kunnen zwaaien, maar daar is niemand. Als de afstand kleiner wordt, herken ik het lange, donkere haar, het tengere figuurtje. Goofy.

'Je bent terug.' Ze glimlacht en ontbloot daarbij die gekke, lieve tanden.

'Goed om je te zien.'

'Vind ik ook.' Goofy geeft me een knuffel. 'Sorry, nu ben je helemaal nat. Gefeliciteerd, zeg. Ik hoorde het verhaal op het nieuws. Je hebt haar gevonden.'

Ik knik.

'Dat is ongelooflijk.' Ze verplaatst haar gewicht van de ene voet naar de andere. Er volgt een lange stilte. 'Heus, ik heb al mijn vrienden erover verteld. Echt ongelooflijk. Een soort wonder, of zoiets. Ik moet er de hele tijd aan denken. Het is zo cool.' Dan knijpt ze me in mijn arm. 'Zo te zien ben je een beetje aangekomen.'

'Dat heb ik geprobeerd.'

'Ben je klaar voor die surfles die ik je heb beloofd?'

'Tuurlijk. Wanneer?'

'Wat dacht je van nu?' Goofy legt haar hand op mijn schouder en buigt zich naar me toe. Ik ruik de wax van haar plank, een zoete grapefruitgeur. Ze heeft haar haar laten knippen, of, wat waarschijnlijker is, heeft zichzelf geknipt; ze heeft nu een heel korte, ietwat scheve pony. 'Laatste kans. Ik ga overmorgen weg. Ik ga studeren, zoals ik al zei.'

'Waar?'

'Fayetteville, in Arkansas. Had je dat ooit gedacht? Ik heb daar een vriendin die een beurs voor me kan regelen. Het is spotgoedkoop. Geen stranden, geen surfen, geen verleiding.'

'Dat is fantastisch. Gefeliciteerd.'

'Nou? Wil je die les nog?'

De waarheid is dat ik nergens heen ga en met niemand heb afgesproken. Geen reden om te weigeren. Ik heb de laatste maanden in het gezelschap van surfers doorgebracht, en toch heb ik niet een keer gesurft. Ik heb kilometers langs de kustlijn gelopen en toch kan ik me niet herinneren wanneer ik voor het laatst een voet in het water heb gezet. 'Waarom niet?'

'Geweldig. Laten we naar mijn huis gaan, dan krijg je een pak en een plank van me.'

Ik trek mijn schoenen aan en volg haar over het strand naar de parkeerplaats. Ik stap in haar auto, een Volvo-stationcar waar de achterbank uit is gehaald. Ze schuift haar plank naar binnen en we rijden kalmpjes de Great Highway op. De raampjes zijn open en uit de radio klinkt muziek – *every song is a comeback, every moment's a little later*.

'Godsamme,' zegt Goofy, terwijl ze aan de knop draait. 'Die song komt me m'n neus uit.' Ze draait langs ruis en praatradio en jarentachtigmuziek en stopt ten slotte bij Chris Isaak, 'San Francisco Days'.

Ze woont op 46th Avenue. Het is een kleine roze bungalow die op maar een paar meter van de straat ligt. 'Mijn huisgenoten zijn in Vegas,' zegt ze, terwijl ze de deur openmaakt. 'Ik kon een week lang mijn gang gaan. Dat is heerlijk.'

Haar slaapkamer is vlak bij de hal. Op de vloer onder het raam ligt een tweepersoonsmatras. Er staan een paar dozen, dichtgeplakt en klaar om verhuisd te worden, met keurige etiketten: platen, kleren, keuken. Eén doos is nog niet dicht; er ligt een allegaartje aan spullen naast.

'Waar is de rest van je spullen?'

'Dit is alles. Ik neem alleen het noodzakelijke mee.' Ze wijst naar de open doos. 'Die herinneringendoos heb ik al mijn hele leven. Je kent het wel: foto's, oude brieven, mijn eerste videospelletje, allerlei troep. Ik maak hem zelden open. Maar nu, nu ik erin kijk, vraag ik me af of ik het niet gewoon allemaal weg moet gooien.' Ze schopt tegen de hoop op de vloer. 'Wat heb ik daar nou nog aan?'

Ik raap een trofee op die op haar zij ligt. Het is zo'n algemene trofee: een plastic sokkeltje met een beeldje erop – ook van plastic, maar goud geschilderd. Het beeldje is een meisje met vlechtjes dat met haar armen langs haar zij staat, met lege ogen en een open mond. Het kleine plaatje met inscriptie is eraf gevallen; er is slechts nog een vervaagde rechthoek onder het meisje te zien. 'Waarvoor is deze?'

'Spelwedstrijd, groep vijf. Derde plaats.' Ze neemt hem uit mijn hand en bestudeert hem aandachtig. 'Ik weet niet eens waarom ik dit ding heb bewaard, misschien is het het enige dat ik ooit heb gewonnen.'

'Wat was je woord?'

'Resignatie. R-e-s-i-g-n-a-t-i-e. En dit,' zegt ze, terwijl ze een rood-wit-blauwe pannenlap omhooghoudt. 'Mijn pleegmoeder Judy was erg van de handenarbeid. Dat jaar hebben we de hele Onafhankelijkheidsdag patriottische keukenartikelen zitten maken.'

Ze gooit de pannenlap weer bij de rommel, pakt dan de hele doos op en schudt hem leeg boven de vuilnisbak: foto's, papieren, een klein rood dagboekje met een kapot slotje. Ik ben onder de indruk van de monterheid en de snelheid waarmee Goofy alles achterlaat en aan iets nieuws begint.

'Vind je het niet triest om weg te gaan?'

Ze blijft even stilstaan om na te denken, handen op de heupen. 'Jawel, maar het is tijd voor iets anders.'

Ze trekt een wetsuit uit de kast. 'Hier, trek aan,' zegt ze, terwijl ze me van top tot teen opneemt. 'Het zou moeten passen.' Ze blijft praten en ik besef dat ze niet de kamer uit zal gaan. Eerst probeer ik nog preuts te zijn. Ik trek het pak op onder mijn rok. Maar het valt niet mee me in de strakke, rekbare stof te persen en weldra staat Goofy voor me om het wetsuit over mijn heupen te trekken en ze zegt: 'Kom, ik help je even.' Daarna schikt ze mijn borsten om ze in het grote pak van neopreen te wurmen en ik moet denken aan een zaterdag in Gayfer's Department Store toen ik twaalf was, waar een vrouw in een rood broekpak mij m'n eerste behaatje aanmat. Ik begin te huilen, al weet ik niet waarom.

'Hé,' zegt Goofy, terwijl ze mijn gezicht met haar beide handen omvat en met haar duimen de tranen wegstrijkt. 'Wat is er? Wil je erover praten?'

'Liever niet.'

'Het water zal je goeddoen,' zegt ze, terwijl ze me omdraait. 'Voor mij werkt het altijd.' Ze volgt met haar vinger een onregelmatige cirkel op mijn rug. 'Een moedervlek?'

'Nee. Ik ben op mijn dertiende ernstig verbrand in de zon. Mijn hele rug vervelde, behalve die ene plek. Hij wordt elk jaar donkerder.'

'Het is een soort huidherinnering,' zegt ze. De rits die over mijn ruggengraat loopt is koud en er gaat een rilling door mijn hele lichaam. 'Je lichaam herinnert je er op die manier aan hoe stom je ooit was. Ik heb er ook een.'

Ze trekt de rechterpijp van haar wetsuit omhoog en ontbloot zo een donkerpaars litteken rond haar kuit. 'De eerste keer dat ik surfte, ging ik met veel geweld kopje onder en raakte ik verstrikt in de leash.[23] Er volgde een raar moment onder water, waarin ik niet kon zeggen wat boven of beneden was, en ik wervelde rond in die golf en voelde de leash in mijn huid snijden en ik zag mijn eigen bloed – en ik zweer je, dat was het vredigste moment dat ik ooit heb beleefd. Ik had totaal geen controle over de situatie, ik was compleet overgele-verd aan de genade van het water en het voelde echt fantastisch.'

We lopen zwijgend terug naar het strand. Daarna staan we recht onder de parkeerplaats te rekken op het zand en de oceaan ziet er weids en onmogelijk uit en ik besef dat ik hier totaal niet op ben voorbereid en probeer een manier te bedenken waarop ik Goofy kan vertellen dat ik hier gewoon te bang voor ben. Maar daar is geen tijd voor, want opeens houdt ze op met rekken en begint ze te draven en roept: 'Kom mee.' Het is die trage, opgewonden draf die alle surfers eigen lijkt te zijn, alsof elke spier in haar lichaam in afwachting is van de oceaan. Ik hol achter haar aan tot het zand plaatsmaakt voor kolkend schuim en we waden tegen de stroom in. Het water voelt aan als ijs en een korte siddering stuurt een elektrische schok naar mijn hersenen.

'Doe gewoon wat ik doe,' zegt ze, en dan liggen we op onze buik, onze armen peddelen en we bewegen weg van de kust. Mijn armen doen pijn, mijn vingers zijn gevoelloos, mijn mond zit vol zeewater – maar toch is er iets waardoor dit goed aanvoelt. We blijven tien mi-nuten ingespannen peddelen en dan neemt Goofy een zittende posi-tie op haar plank in. Na een paar pogingen en luide aanmoedigingen van Goofy zit ik ook schrijlings op mijn plank, buiten adem.

'Wat nu?' zeg ik.

'We wachten.'

'Hoe lang?'

'Misschien een minuut, misschien een uur. Relax.'

'Ik ben doodsbang.'

'Dat hoeft niet. Als ik het zeg, begin je gewoon snel te peddelen. Daarna leun je mee. Laat hem je opnemen.'

'Zo klinkt het gemakkelijk.'

Mijn lichaam begint zich geleidelijk aan te passen aan de tempe-ratuur. Goofy blijft dicht in mijn buurt, maar zegt niets. De wolken gaan even uiteen en onthullen een oranje streepje zon; even later verdwijnt het weer. Ik hoor de branding op de kust beuken. De zee deint onder ons zachtjes op en neer, tilt ons omhoog en omlaag, om-hoog en omlaag. Ik voel me slaperig, maar alert.

'Je kunt met me meegaan,' zegt Goofy na een tijdje. Ze zit op haar plank, met haar voeten bungelend in het water en haar handen elegant voor zich, als een meisje van een chique meisjesschool. Ze ziet er goed uit, alsof ze hier in haar element is. Ik kan me haar nauwelijks geheel door land omgeven voorstellen, weggestopt achter een tafel in een benauwde collegezaal.

'Wat?'

'Maak een autoreisje. Ik heb een verhuisbusje gehuurd. Ik heb een kamer.'

'Het is een verleidelijk aanbod, maar ik geloof niet dat ik voor Arkansas in de wieg ben gelegd.' De golven deinen op en neer, op en neer.

'Wat houdt je hier?'

'Een heleboel dingen,' antwoord ik, maar ik kan niets specifieks bedenken. 'Wil je weten hoe maf mijn familie was?'

Goofy glimlacht. 'Hoe maf?'

'Toen ik klein was, gaf mijn moeder mijn zusje en mij een aantekeningenboekje waar we een keer per jaar in moesten schrijven. Op de ochtend van 31 december stuurde ze ons na het ontbijt naar onze kamers en mijn vader naar zijn studeerkamer, en zij ging naar de keuken. We moesten die ochtend ons leven evalueren, opschrijven wat voor belangrijks we wel of niet hadden gedaan in de afgelopen 364 dagen. 's Middags belegde ze een familievergadering rond de eettafel en moesten we ieder onze lijst voorlezen.'

'Heftig.'

'Daarna moesten we vertellen wat we anders zouden hebben gedaan als we het over hadden kunnen doen. We waren kinderen, weet je, dus was het helemaal niet zo interessant. Bijvoorbeeld: "Ik had Cindy Novaks poezenetui niet mogen stelen" of "Ik had beter voor mijn garnaaltjes moeten zorgen." Tegen de tijd dat mijn zusje en ik op de middelbare school zaten, begonnen we dingen te verzinnen om onze moeder op de kast te jagen, zoals: "Ik had niet met het footballteam moeten slapen."'

Goofy is stil en staart naar de horizon. 'Klinkt leuk,' zegt ze. 'Dat lijkt me wel wat, familievergaderingen.'

'Het rare is dat ik niet van die gewoonte af kan komen. Eén keer per jaar maak ik de balans op. Ik dacht er gisteravond aan. Het voelt alsof een heel jaar van mijn leven in een leegte is gezogen, een bodemloos zwart gat. Een jaar als een nachtmerrie, dat nauwelijks echt lijkt. Ik raakte Emma kwijt, ik vond Emma terug, einde verhaal. En nu zit ik vast. Ik weet niet hoe ik nu verder moet. Ik kom er niet uit wat er nu moet gebeuren.'

Goofy zegt een paar minuten niets, ze steekt alleen maar haar hand in zee en zwaait ermee door het water, waarbij ze een school kleine visjes laat schrikken. Ze schieten bliksemsnel weg, een flits van zilverkleurige lichaampjes.

'Ik wou dat ik zoals jij was,' zeg ik, 'wou dat ik het lef had om gewoon weg te gaan en opnieuw te beginnen.'

De waarheid is dat ik niet weet hoe ik opnieuw moet beginnen, en toch moet dat. Er was heel lang maar één ding dat ertoe deed: Emma vinden. Nu ik haar gevonden heb, voel ik me voor het eerst in mijn leven compleet richtingloos. Ik heb de laatste tijd lijstjes gemaakt in een poging uit te vinden wat ik nu moet gaan doen. Thuis liggen er allemaal onontwikkelde filmrolletjes in de koelkast, foto's die ik jaren geleden heb genomen en waaraan ik nooit ben toegekomen om ze te ontwikkelen. Misschien kan ik daar beginnen, met werken. En dan is er nog mijn nieuwe nichtje of neefje dat over één week wordt verwacht. Ik popel om haar te zien, haar vast te houden, haar te zien groeien.

En dan heb je Nick, die nog altijd een mysterie voor me is, een mogelijkheid die ik niet goed kan benoemen. Ik zie mezelf al in zijn keuken staan. Hij kan wentelteefjes maken en ik kan bacon bakken. We kunnen tegenover elkaar in stilte zitten lezen, elk aan een uiteinde van zijn lange bank. Dat zou fijn zijn.

Hij belt me sinds ik terug ben, maar ik heb hem nog niet gezien. Het eerste telefoontje kwam een paar dagen nadat ik thuis was gekomen. Het was middernacht toen de telefoon ging, en ik zat op mijn bank naar een film te kijken; ik kon niet slapen. Tussen de eerste rinkel en het moment dat ik de hoorn opnam, had ik een heel verhaal verzonnen waarin Jake de beller was. Hij belde me om te vertellen dat hij er nog eens over had nagedacht en besefte dat hij niet zonder mij kon leven. Hij zou me vertellen dat hij me nodig had, dat Emma me nodig had, hoe snel kon ik bij hem zijn?

Maar het was Jake niet, het was Nick. 'Ik dacht dat je wel wakker zou zijn,' zei hij.

'Dat ben ik ook.'

392

'Mag ik langskomen?'

'Het spijt me,' zei ik, 'maar dat lijkt me geen goed idee.'

Een deel van me wilde hem zien, met hem naar bed gaan, toegeven aan de verleiding die al aan mij knaagt sinds het moment dat ik hem ontmoette. Maar een nog groter deel van mij wilde trouw blijven aan de overtuiging die me al die radeloze maanden op de been had gehouden: dat ik Jakes vrouw en Emma's moeder kon worden, dat als ik maar ijverig en lang genoeg zocht, alles op zijn plaats zou vallen.

'Heb je weleens gehoord van de *confabulatores nocturni*?' vroeg Nick.

'Wie?'

'De *confabulatores nocturni*, mannen die 's nachts verhalen vertellen. Alexander de Grote verzamelde die om hem verhalen te vertellen, om zijn slapeloosheid te verlichten. Als ik je niet mag zien, laat me je dan tenminste verhalen vertellen. Je kunt naar me luisteren tot je in slaap valt.'

'Oké,' zei ik. Ik nam de telefoon mee naar mijn bed, kroop onder de lakens en luisterde. Zijn verhaal van die nacht ging over een afgelegen dorpje in Denemarken, vrijstaat Christiana, en over een reusachtige IJslander met een rode baard die hem een vreemde bar binnenlokte, waar hij gedwongen werd zijn portefeuille te ruilen voor een Peruaanse panfluit.

'Je verzint het,' zei ik.

'Nee,' hield Nick vol, 'het is echt gebeurd.'

Het verhaal duurde heel lang. Aan het eind ervan vroeg hij: 'Kun je nu slapen?'

'Ik denk het wel.'

En dat was ook zo. Ik hing op en sliep heel goed. Sindsdien heeft Nick me nog twee keer in het holst van de nacht opgebeld om me een verhaal te vertellen. Ik vind het een van de meest genereuze cadeaus die ik ooit heb gekregen. Misschien had hij gelijk toen hij zei dat relaties – de ingrijpende, die ons leven veranderen – in veel opzichten neerkomen op timing. Als ik Nick eerder dan Jake had ontmoet, zou er zich van de gebeurtenissen van de afgelopen twee jaar misschien niets hebben afgespeeld. Ik zou misschien op Nicks zolder op Harrison wonen en zijn boeken lezen, naar zijn verhalen luis-

teren – zonder te weten hoe het is om van een kind te houden en
haar te verliezen.

'Ik heb een idioot idee,' zegt Goofy.

'Wat dan?'

'Laat maar. Ik had er niet...'

'Nee, vertel het maar.'

'Misschien kunnen we een soort familie worden, heb ik zitten
denken. Je zou het zusje dat ik nooit heb gehad kunnen zijn, weet je
wel.' Ze knijpt verlegen haar ogen tot spleetjes. 'Niet heel heftig, of
zo. Misschien kunnen we elkaar een keer per maand bellen. En elkaar verjaarskaartjes sturen, dat soort dingen.'

Ik ben hier volkomen door verrast. Ik hoor aan de manier waarop
ze het vertelt dat ze er al een tijdje over denkt. 'Natuurlijk. Dat lijkt
me fijn.'

'Cool.'

Onder ons beweegt de oceaan, een trage hypnotiserende beweging. In mijn benen ervaar ik een gevoel van gewichtloosheid. De
Swayze, eerste klas middelbare school, over de anatomie van een
golf: *Een golf is geen bewegend water, het is gewoon stilstaand water waar
energie doorheen gaat.*

Het lijkt alsof er veel tijd is verstreken als Goofy naar de horizon
knikt, 'Dit is hem' zegt en in de richting van de opkomende golf begint te peddelen.

De golf wint aan snelheid. Mijn hart slaat een slag over, misschien
twee. Mijn armen zijn gespannen, mijn ogen stellen zich scherp. Elke zenuw in mijn lichaam staat op scherp. Ik denk aan Emma, aan de
eerste keer dat ik haar zag. Het kleine gele tasje dat ze bij zich droeg,
de manier waarop ze in de rij stond voor een kaartje bij de Four Star
bioscoop, hand op haar heup, als een minivolwassene. Ik denk aan
de eerste keer dat Jake de liefde met me bedreef, zijn geur van zee
en kauwgum. Ik denk aan Ramon en besef dat ik ouder ben dan hij
was toen hij stierf; hij leek altijd zo volwassen, zo op zijn gemak in
de wereld, en toch heb ik hem al vijf jaar overleefd. Ik denk aan Gull
Shores, mijn moeder op het strand, die naar mij zwaait met haar rode
de handdoek terwijl ik tot aan mijn knieën in de stroming sta en het
zand onder mijn voeten voel verschuiven. Ik herinner me haar jaren
later, toen ze in niets meer leek op de vrouw die ik ooit had gekend

n me aankeek met ogen in een gezicht dat verwoest was door ziek-
e. 'Beloof me één ding,' zei ze. 'Beloof me dat je iemand zult vinden
n een gezin zult stichten.' En toen ik antwoordde 'Goed, dat beloof
k,' meende ik het ook bijna echt, ik dacht dat het iets was wat ik wel
ou kunnen.

Niet een van die herinneringen lijkt echt waar te zijn; ze voelen
lsof ze uit andermans leven komen, als kiekjes uit het album van
en vreemde. Ik denk aan Annabel, mijn enige constante, de enige
elatie die ik echt goed heb gedaan. Annabel op de achterbank van
e auto, met haar benen over mijn schoot, het regelmatige geruis
an haar adem. Annabel nu, op de polaroid die ze me onlangs stuur-
e: bolle buik, kort haar, luttele dagen voor de bevalling.

Gisteren vond ik een onontwikkeld filmrolletje waar 'Crescent
City, Californië' op stond. Ik haalde in de donkere kamer het rolle-
e uit z'n doosje, wikkelde het rond de metalen spoel, legde de spoel
n de ontwikkelaar. Nadat ik de film had ontwikkeld, liet ik hem
rogen, ik knipte de negatieven in stroken, legde de stroken op een
el fotopapier en maakte een contactvel. Daarvan selecteerde ik een
antal negatieven om af te drukken. Het was fijn om weer in de don-
ere kamer te zijn, in dat trage, gelijkmatige ritme: vergroter, ont-
ikkelaar, fixeer, stopbad, waterbad.

Toen de foto's droog waren, nam ik ze mee naar beneden en legde
e naast elkaar op de vloer: een scène in een reeks stillevens, een uit-
espreid verhaal, duidelijk als een feit. Jake en Emma en ik, samen,
n een klein kustplaatsje bij de grens van Oregon.

De camera legde onze aankomst bij een hotel aan het strand vast.
mma staat onder het bord van het hotel; het is avond en ze wijst naar
e neondolfijn. Op de volgende foto zit ze naast een grote rots op het
rand, met haar benen begraven in het zand en haar gezicht naar de
on gekeerd. Op de volgende roetsjen zij en Jake van de waterglij-
aan in Tsunami Town, een vervallen pretpark dat een tribuut is aan
e vloedgolf van 1964. De glijbaan is 12 meter hoog en zoeft omlaag
ver een miniatuurreplica van de 29 huizenblokken die destijds wer-
en verwoest. Hier is Emma, in een rood badpakje en met staartjes,
e op Jakes schoot op een plastic matje zit. Op de ene foto zijn ze
epklein, stipjes boven aan de glijbaan, en op de volgende komen
e recht op de camera af, waarbij hun voeten door het water snijden.

Ik laat Emma dat weekend een paar keer met de camera oefe
nen. Je kunt gemakkelijk zien welke foto's van haar zijn; het zij
close-ups, vaak van onderaf geschoten, vanuit het perspectief va
een kind. Er is de bak vanille-amandelijs van Häagen-Dazs die we i
een nachtwinkel hadden gekocht. Er is een foto van de wasbak in d
badkamer, Jakes natte scheermes ligt naast een klein gastenzeepj
Er is het schemerige interieur van het treurige aquarium: de gladd
buik van een haai, de prachtige onderkant van een kwal, een aant;
foto's van een zeepaardje: het veelkleurige schepseltje met zijn g
krulde staart lijkt als door magie eenzaam in het troebele water v;
zijn bak te hangen. De laatste foto is er een van mij. Ik heb hem b
ons vertrek op de parkeerplaats van het motel genomen. Jake help
Emma de auto in. Haar schouders zijn donker, haar voeten bloo
ze is en profil voor de camera. Ze glimlacht naar Jake, die een han
op haar rug heeft gelegd maar niet naar haar kijkt. Hij kijkt naar ee
auto die op de plaats ernaast gaat parkeren. Ik herinner me die au
to: een aftandse Chevy, die te snel reed. Als je geneigd bent op zulk
dingen te letten, zie je op de foto een vader in actie, een vader di
alles onder controle heeft. Hij is zich tegelijkertijd bewust van wa;
zijn dochter precies is en waar de auto precies is. Hij haalt zijn han
niet van het kind af, noch kijkt hij weg van de auto; hij is zich elk mc
ment bewust van mogelijk gevaar. En in Emma's profiel zie je no
een deel van het verhaal: ze is zich maar van één ding bewust – ha;
vader, die ze volkomen vertrouwt.

Gisteren zat ik urenlang op de vloer naar die foto's te staren. H
lukte me niet ermee op te houden. Dit is de waarheid, dit is wat i
weet: het was juni, zomer in Crescent City. Emma was zes, Jake en i
waren verliefd en we waren bezig een gezin te worden.

We vergeten, we onthouden, de geest heeft z'n eigen koppig
wil.

En nu de golf naar ons toe komt, neem ik me plechtig voor d
speciale moment te onthouden; ik zweer dat ik het zal opschrijve
zodra ik thuiskom: de vreemde, oranje kleur van de mist, waaracl
ter de zon schijnt; de welving van Goofy's rug terwijl ze peddelt; d
gerafelde contouren van Seal Rock, dichterbij dan ik hem ooit he
gezien; de koele, lekkere geur van de Grote Oceaan.

Ik denk aan Crescent City, de tsunami die een hele stad begroe

k denk aan die 29 huizenblokken waar ze gewoon met de dingen
van alledag bezig waren: de kasbedienden telden geld, de postmede-
werkers sorteerden post, de schoolkinderen marcheerden in een enkele rij naar de lunch. Duizenden kilometers verderop, in het verre
Alaska, deed een aardbeving de bergen beven en de platen in de aarde verschuiven. In de diepte rommelde de oceaan. De mensen van
Crescent City, verdiept in hun saaie leventjes, voelden de verschuiving niet. Ze voelden de energie niet die een golf opwekte die zo gigantisch was dat hij hun rustige stadje met de grond gelijk zou maken.

Zelfs al zouden onze wetenschappers het probleem van het geheugen kunnen oplossen, dan nog zijn we geen stap verder. Het geheugen is in essentie louter retroactief, niets meer dan een manier
om te bevestigen welke weg we tot nu toe hebben afgelegd. We zullen nooit het cesiumatoom kunnen horen, zijn razende trillingen,
elke miljoenste seconde die ons dichter bij een ingrijpende verandering brengt. Zelfs wanneer we de perfecte vergelijking kunnen bedenken om het verleden mee te beoordelen, dan nog zullen we nooit
in staat zijn een vergelijkbare vergelijking voor de toekomst op te
stellen.

Goofy gebaart naar me. De golf is nu dichterbij, rijst op als een
grijze muur. Ik voel hoe mijn lichaam wordt opgetild, als was het
niet meer dan een kurk op de getijdenstroom. Ik voel hoe de golf
achter mij aan kracht wint.

'Dit is het!' roept Goofy. In één snelle beweging staat ze op haar
plank, de knieën gebogen, de armen gespreid, als een zeevogel die
wil opvliegen.

Ik haal diep adem, peddel als een bezetene en wacht tot de golf
mij terugdraagt naar vaste grond. Het water kolkt om mij heen, de
plank trilt, ik zie niets, maar op een of andere manier weet ik dat ik
vooruitga.

Dankwoord

De volgende boeken waren van groot belang bij mijn onderzoek
The Art of Memory van Frances A. Yates, *Memories Are Made of Thi*
van Rusiko Bourtchouladze, *De kunst van het geheugen: de herinne-*
ring, de hersenen en de geest van Daniel L. Schacter, *The Girl's Guid*
to Surfing van Andrea McCloud en *San Francisco's Richmond Distric*
van Lorri Ungaretti. Ik stuitte op de *confabulatores nocturni* in Lui
Borges' essay *The Thousand and One Nights*.

Dank aan mijn fantastische agent, Valerie Borchardt, voor haar vertrouwen in dit boek; mijn geweldige uitgeefster Caitlin Alexande
voor haar geduld en toewijding; Anne Borchardt en Bill U'Rei
voor hun meesterlijke commentaar op de vroegste versies; Misty
Richmond voor haar expertise op het gebied van de fotografie; Erin
Enderlin van Jay Phelan voor het proeflezen; en Jiri Kajane voo
de heerlijke souvlaki. Verder wil ik Bay Area Word of Mouth en d
mensen van Simple Pleasures in San Francisco bedanken voor d
voorziening van morele en cafeïnerijke allerhande.

Ik dank wijlen Bill White, die me een prachtig plekje om te schrijve
bood in Costa Rica. Ook dank ik Lawrence Coates, Wendell May
en de Bowling Gree State University, die me tijd en ruimte boder
om het boek te voltooien toen ik daar gastschrijver was.

Een slaperige roep naar Oscar, die me elke ochtend om vijf uur wakker maakte. En bovenal dank ik Kevin.

Noten van de vertaler

1. *Muni*: het openbaar vervoer in San Francisco.
2. BART: Bay Area Rapid Transit, metrolijn dwars door San Francisco, die doorloopt tot in Oakland en Berkely.
3. *Caltrain*: trein die San Francisco met San Jose en Palo Alto verbindt.
4. *Saltwater taffy*: soms met zeewater, maar meestal met gezouten zoet water gemaakte toffee.
5. *Stuckey's*: keten van supermarkten langs de weg, in 1937 in Georgia begonnen door W. S. Stuckey met een pecannotenkraampje.
6. *Tanforan, Hillsdale en Serramonte*: winkelcentra in San Francisco.
7. *Hacky Sack (merknaam)*: een klein leren zakje met bonen dat door kinderen bij wijze van spel met de voeten hoog wordt gehouden.
8. Ik herinner me de goede tijden net iets scherper.
9. *Home Depot*: een grote bouwmarkt.
10. En we gaan allen met hen mee, naar de stille begrafenis, die van niemand is, want er is niemand om te begraven.
11. *Pepto-Bismol*: een middel tegen maag- en darmklachten in een felroze verpakking.
12. *West swell*: voor surfers gunstige deining.
13. WWJD: *What would Jesus do?* Persoonlijk motto voor duizenden christenen in de vs, om te leven volgens Christus' leer.
14. *To The Finland Station*: is geschreven door Edmund Wilson.
15. *Double-up*: wanneer twee golven in elkaar gaan. Right: een golf die naar rechts breekt (vanuit de surfer gezien). Tube: holle golf.
16. *Point break*: golf die met de vorm van het strand mee breekt.
17. *Troll*: iemand die op het strand in de schaduw van de pier blijft hangen. *Waxboy*: iemand die op het strand eindeloos zijn plank zit te waxen maar nooit gaat surfen.
18. *Ole Miss*: University of Mississippi.
19. *Left break*: een golf die naar links breekt (vanuit van de surfer gezien).
20. *Drop*: het naar beneden rijden van de golf nadat je er net op bent gaan staan.
21. *Peeler*: golf die perfect breekt en het strand bereikt zonder aan kracht in te boeten.

22. *Muriel Rukeyser*: 20ste-eeuwseAmerikaanse dichteres. *Richard Diebenkor* 20ste-eeuwse Amerikaanse schilder.

23. *Leash*: band rond de enkel waarmee de surfer met zijn plank verbonde is.